Matt Nothoi

Le Jeu des régnants

Chroniques d'une dévastation annoncée, tome 2

Auto-édition le Châtelier Imaginaire

Couverture : Eva MARTIN
ISBN : 978 2 9559173-3-6

Auto-édition le Châtelier Imaginaire, 2021

Chapitre 1 : Hugo

Hugo sentit le matelas bouger, puis quelqu'un toucha sa cuisse. Surpris, il ouvrit les yeux : Lily grimpait dans le lit et, tout en sanglotant, elle se glissa entre Val et lui. Depuis une semaine, elle dormait très mal. Elle avait probablement encore fait un cauchemar. Le plus souvent, un monstre bleu avec des yeux rouges la kidnappait. Lily le décrivait comme une créature très, très méchante qui méritait « un coup de pied au derrière ». Hugo serra sa fille contre lui, l'embrassa sur le crâne et demanda :

— Qu'est-ce qu'il y a, ma chérie ?

— J'ai fait un mauvais rêve.

Il lui caressa les cheveux.

— Ce n'est rien, lui dit-il. Le monstre bleu ne viendra pas t'enlever. Tu es en sécurité ici.

— C'était pas l'monstre bleu, gémit-elle. C'était l'homme aux yeux rigolos. Il vous f'sait du mal à Maman et à toi.

À cet instant précis, Val se retourna dans le lit. D'un claquement de doigts, elle alluma la lumière. Gêné par la brusque clarté, Hugo enfouit sa tête sous l'oreiller.

— À quoi ressemblait-il, ce méchant homme ? demanda Val d'une voix tendue.

— Il a des yeux comme l'tatouage sur ton ventre.

Hugo parvint à accepter la brûlure de la lumière au moment où Val se leva du lit, une expression d'inquiétude vissée sur le visage. D'un pas nerveux, elle effectua plusieurs trajets entre l'armoire et la porte du salon. Les ballons qui flottaient au plafond tournaient lentement sur leur axe en projetant une clarté blanche sur les murs et le parquet en **bois-métallique.**

Devant les signes d'agitation de Val, Lily se remit à sangloter.

Hugo s'assit sur le lit et serra sa fille plus fort contre lui.

— Tout va bien, ma chérie, lui murmura-t-il. Ne t'inquiète pas.

— Il a les cheveux noirs et le teint blafard ? demanda Val d'une voix tendue.

— Voui, répondit Lily en essuyant ses larmes.

Ignorant de quoi il retournait, Hugo se contenta d'écouter pour essayer de comprendre les réactions de son épouse, elle qui en temps normal se comportait de manière si tempérée.

— Et tu l'as déjà vu avant ? insista Val. Dans la réalité ?

Lily fit non de la tête.

— Just' dans mes rêves.

— Et il te dit quoi dans tes rêves ?

— J'sais pas. J'comprends rien.

Val inspira une longue bouffée d'air. Hugo l'avait observée maintes fois effectuer ce geste lorsqu'elle essayait de garder son calme. À son tour, il sortit du lit avec sa fille dans les bras. Une sensation de malaise lui tenaillait l'estomac.

— Qu'est-ce qu'il y a ? demanda-t-il à Val. Pourquoi tu prends autant au sérieux un simple cauchemar ?

— C'est mauvais signe, répondit sa femme. Tout ceci ressemble à des rêves prémonitoires. Et avec vos antécédents familiaux, j'ai peur que Lilly puisse voir les futurs, comme Déia.

Sa petite Lily… son ange… capable de prédire l'avenir ? C'était une plaisanterie ! Avec un tel don, les Nôstres ne les laisseraient jamais en paix. Ils chercheraient à s'emparer d'elle par tous les moyens. Il demanda d'une voix tremblante :

— Et « l'homme méchant », qui est-ce, à ton avis ?

Il détesterait la réponse, il le savait. Pourtant il ne pouvait tout simplement pas rester dans l'ignorance. Val ne lui épargna rien :

— Le Roi. Mon ex-mari. S'il vient pour nous, alors nous sommes en danger. Nous devons fuir au plus vite. Prépare nos affaires !

Hugo scruta sa femme durant de longues secondes.

— Si j'ai bien compris ton histoire de chat de Schrödinger, l'univers est fini : il contient déjà toutes les versions des passés, des présents et des futurs, versions qui existent sous la forme de dimensions parallèles. Grâce à son don, Déia observe les dimensions qui pourraient survenir dans notre branche des futurs si quelqu'un « ouvrait la boîte » où le chat est enfermé. C'est bien ça ?

Sa femme acquiesça. Hugo réfléchit un instant. Il détestait ces concepts abstraits dont il maîtrisait très mal les ramifications. Il avait toujours le sentiment d'être incroyablement stupide tant il peinait à concrétiser ses intuitions par des paroles ou raisonnements logiques. Val l'encouragea à poursuivre d'un signe de tête, aussi il ajouta :

— En d'autres termes, pour que notre réalité bascule dans celle perçue par Lily, il est nécessaire qu'une personne réalise une action très précise à un moment pivot entre deux réalités potentielles. Et donc, rien ne nous dit que nous serons confrontés au Roi dans notre propre réalité. Pire encore, c'est peut-être notre décision de quitter ce lieu qui provoquera notre perte.

Un éclair de compréhension traversa le visage de Val.

— Mais oui, tu as raison ! Lily, est-ce que l'homme méchant nous faisait du mal dans notre maison ou ailleurs ?

— À la maison, renifla Lily. Il a coupé la tête de Papa avec un bâton brillant.

À ces mots, Lily se remit à pleurer, et Hugo dut la rassurer à nouveau.

— C'est décidé, déclara Val, nous devons partir d'ici au plus vite ! Avec un peu de chance, le don de Lily nous permettra d'avoir toujours une longueur d'avance.

Mais à quel prix ? *songea Hugo, le cœur et l'estomac serrés comme jamais. Pour continuer de les protéger, sa petite fille de six ans devrait vivre encore et encore les meurtres de ses parents. Quel enfant*

pouvait supporter de telles horreurs et s'en sortir indemne psychologiquement ? Malgré ses états d'âme, Hugo acquiesça. Selon Lily, leur forteresse ne suffirait pas à arrêter le Roi. Il aimait leur maison actuelle, il aurait voulu y rester, mais si ce choix les condamnait à mort…

Val s'occupa de Lily, pendant qu'il fourra dans un sac toutes leurs affaires. Quinze minutes plus tard, sa femme engendra une plateforme de déplacement rapide, et ils prirent la fuite.

Hugo reprit connaissance au milieu de la forêt. Le soleil se levait tout juste. Retourné par cette crise de possession, il s'assit contre un arbre. Son moi alternatif habitait dans une demeure identique à la leur ; il avait reconnu la chambre à coucher. La possibilité que Lily puisse voir les avenirs le terrorisait. Quelles monstruosités vivrait-elle avant l'âge de dix ans ? Lui-même se souvenait toujours d'une crise effrayante où un homme le frappait avec une batte de base-ball. À l'époque, il avait sept ans. Même à présent, il lui arrivait de se remémorer la scène en fermant les yeux : son nez cassé qui répandait une grande quantité de sang sur le bitume ; la position fœtale où il gisait, impuissant ; son agresseur qui continuait à le marteler ; ses poignets et ses mains, fracturés ; ses côtes brisées et endolories ; et bien entendu, la souffrance qui avait depuis très longtemps chassé la peur ; puis, le noir complet lorsqu'un coup lui avait enfin fracassé le crâne. Après cet épisode, Hugo avait refusé de sortir de sa chambre pendant des jours.

La venue possible du Roi le mettait mal à l'aise. Par le passé, aucune de ses crises ne l'avait mentionnée. Que signifiait cette apparition subite dans ses visions ? Se rapprochait-il d'eux ? Rôdait-il autour de leur demeure en ce moment même ? Hugo devait en informer Val au plus tôt. Peut-être s'agissait-il d'une fausse alerte ? Néanmoins, il préférait s'en inquiéter dès à présent plutôt que de le regretter amèrement dans le futur.

Il se leva pour rentrer chez lui, cependant le craquement d'une brindille l'arrêta. Avec une nervosité nouvelle, il scruta les environs. Deux adolescents marchaient vers lui d'un pas gauche. Le regard vissé sur le sol, ils prenaient garde selon toute vraisemblance aux multiples racines qui crevaient la terre ici et là. Ils portaient une tunique blanche brodée de fils écarlates qui dessinaient une paire d'yeux sur leur poitrine. Le plus grand pouvait avoir seize ou dix-sept ans et le second peut-être quatorze ans. Ils avaient un teint blafard, un long nez à la Cyrano, un faciès émacié, des cheveux sombres et une silhouette très fine. Hugo devina qu'ils étaient frères.

Alors que les adolescents entamaient une partie moins accidentée du sentier, l'aîné aperçut Hugo. Leurs yeux se croisèrent, et aussitôt Hugo se pétrifia, car un voile blanc et opaque recouvrait les pupilles de l'enfant. La pellicule tendait vers la grisaille au niveau des iris. Quant à leur sclère, elle s'avérait noire comme la nuit. *Le tatouage sur le ventre de Val !* comprit Hugo avec terreur.

Les inconnus s'arrêtèrent à quelques mètres de lui. Mal assuré, le plus âgé leva la main en guise de salut. Sa timidité tranquillisa Hugo. *Ce sont de simples gamins. Ils ne sont pas dangereux. Ils n'ont rien à voir avec le Roi. Val saura quoi en faire. Et, de toute manière, nous ne risquons rien tant qu'ils restent à l'extérieur de la palissade.*

— Suivez-moi, leur dit-il en accompagnant ses paroles d'un geste qu'il espérait explicite.

Les nouveaux venus échangèrent dans leur langue, qui avait des consonances gutturales et sèches. Hugo ne comprit aucun mot, car il n'avait jamais rencontré ce langage au cours de ses crises. Après un débat somme toute animé, l'aîné indiqua avec des signes qu'ils lui emboîteraient le pas.

Hugo connaissait désormais bien la forêt. Il retrouva son chemin au milieu des pins sans aucune difficulté. Quelques minutes plus tard, ils parvinrent devant la forteresse. Les deux adolescents observèrent avec intérêt la palissade en *bois-métallique* sur laquelle dansaient des runes scintillantes. Puis leurs yeux se posèrent sur la maison construite sur pilotis, qui culminait à quatre ou cinq mètres de hauteur.

Lorsqu'ils s'approchèrent à moins de cinq mètres de l'enceinte, les girouettes qui se trouvaient un peu partout sur la palissade se mirent à tourner sur elles-mêmes à grande vitesse. Dans le même temps, une sirène stridente retentit, similaire à celle d'une alerte de bombardement aérien dans les films qui traitaient de la Seconde Guerre mondiale.

Hugo attendit l'arrivée de son épouse dont, il le savait, le sommeil léger ne survivrait jamais à un tel vacarme. Val se jucha au sommet de la palissade deux ou trois minutes plus tard. Mal coiffée, elle semblait de mauvaise humeur.

— Que se passe-t-il ?

Puis ses yeux se posèrent sur les adolescents, qui affichaient une expression de surprise identique à celle de Val. Hugo vit alors des larmes apparaître subitement sur les joues de sa femme.

— Walther ? Paul ? demanda-t-elle d'une voix incertaine.

Ce sont ses enfants ! comprit Hugo. *Comment nous ont-ils retrouvés ?* Un sourire ravi fendit le visage de ses beaux-fils. Il remarqua alors les similarités entre leurs traits et ceux de son épouse. *Comment ai-je pu manquer un tel détail ? Autant être aveugle !* Val sauta de leur côté de la palissade. Avec candeur, Walther et Paul se précipitèrent sur elle pour l'embrasser. L'étreinte dura de longues secondes. Ils se couvrirent de baisers humides et se serrèrent à nouveau.

Une conversation rapide s'ensuivit. Parallèlement, une foule de questions fusa dans la tête de Hugo tandis qu'un sentiment de malaise s'insinuait en lui. Le souvenir de sa crise ne cessait de lui revenir. Le Roi se trouvait-il dans les vicinalités ?

— Que font-ils ici ? demanda-t-il à Val sur un ton abrupt.

Sa femme se tourna vers lui, le visage inquiet.

— Je ne suis pas sûre de bien comprendre. Le Roi les a déposés à proximité. Il est accompagné d'une dizaine de soldats. Selon les enfants, ils patientent à quelques kilomètres d'ici.

Aussitôt, la nervosité de Hugo se décupla.

— Qu'attendent-ils exactement ?

Val se gratta l'avant-bras. Son visage exprimait de l'incertitude. Les années de mariage aidant, Hugo connaissait la manière dont son épouse fonctionnait : rationnelle, elle pesait toujours ses options avec soin. Néanmoins, à l'heure actuelle, il existait trop d'impondérables pour prendre une décision éclairée. Si le Roi et les autres Nôstres attaquaient, lui et sa femme couraient un grand risque. Sans plus attendre, il lui parla de sa crise.

— Rentrons, ordonna alors Val. Nous serons bien plus en sécurité à l'intérieur !

Elle posa la main sur la palissade et une ouverture s'opéra dans la barrière magique. D'un geste, Val les invita tous à se réfugier dans leur forteresse. Probablement attirée par l'inhabituelle activité matinale, Lily s'était levée. Elle les attendait dans la cour avec son pyjama constitué de peaux de bêtes. Elle s'approcha des nouveaux venus avec timidité. Une fois à l'intérieur, Val continua à exhiber des signes de nervosité : elle se gratta le cuir chevelu, scruta les alentours à plusieurs reprises et sursauta quand Lily lui toucha la jambe.

— Nous sommes en sécurité ? l'interrogea Hugo à haute voix.

— S'ils ne sont que dix, nos défenses magiques les retiendront un moment. Mais à leur place, j'aurais déjà attaqué. Après tout, tu étais dehors une partie de la nuit. Tu faisais une cible facile. Ils auraient pu t'enlever, faire pression sur moi. Je ne comprends pas quel est leur plan.

Elle jeta un nouveau regard autour d'eux.

— Attendez-moi ici. Je vais voir ce qui se passe à l'extérieur.

D'un bond phénoménal, elle se propulsa sur le toit de leur maison sur pilotis. En son absence, Hugo observa les adolescents, qui semblaient tout aussi angoissés que leur mère. Il essaya de communiquer avec eux, mais il sentit de la défiance à son égard, alors il conserva le silence. Trois ou quatre minutes plus tard, Val atterrit dans la cour, le visage toujours tiré par la nervosité. Percevant la tension qui les animait tous, Lily se mit à pleurer. Pour la rassurer, Hugo la prit dans ses bras, puis il demanda à sa femme :

— Alors ?

— Les branchages des arbres masquent le sol. On ne voit rien ! Nous aurions dû tout dégager quand nous avons commencé les travaux.

Un grondement de tonnerre attira leur attention à tous. À l'unisson, ils levèrent les yeux. Une lumière bleutée envahit le ciel à un ou deux kilomètres au-dessus d'eux. Bientôt, la chose engloba leur campement et bien au-delà, avant de redescendre, formant un dôme.

— Par les tripes enflammées de la Déesse ! jura Val.

Et Hugo comprit que la situation était critique.

— Qu'est-ce que c'est ? s'inquiéta-t-il.

— Un bouclier, expliqua Val. Comme celui que j'ai utilisé durant *Cela*. Mais au lieu de protéger les personnes qui se trouvent à l'intérieur, le Roi l'a conçu pour empêcher tout le monde de sortir. Mon ex-mari suit le manuel du parfait stratège. Nous sommes pris au piège !

Des gouttes de sueur perlèrent sur le front de Val.

— Alors ils vont attaquer ? demanda Hugo.

Val hésita.

— Nos défenses sont solides. Si le Roi essaie de les forcer, il perdra la majorité de ses hommes. De plus, il n'enverrait jamais Paul et Walter au cœur d'un futur champ de bataille. Ce sont les princes… ses enfants. Ce serait insensé !

— Peut-être que le Roi va chercher à nous affamer ? supputa Hugo, qui avait en tête les sièges médiévaux.

Il jeta un regard nerveux en direction de la petite cabane qui leur servait de cuisine. La veille, Val avait rapporté pas mal de viandes et des tubercules sauvages. Ils avaient de la nourriture pour au moins une semaine.

— J'en doute, lui répondit Val. Ce serait trop long, et il n'y gagnerait rien. Le Roi est un stratège tordu. C'est autre chose, crois-moi.

À peine eut-elle prononcé ces mots, qu'elle se tourna vers Walther et Paul. Elle s'adressa à l'aîné d'une voix pressée. À mesure qu'ils parlaient, l'adolescent devint de plus en plus pâle. Lui et son frère discutèrent de longues minutes. Finalement, Walther sortit de sous sa tunique un pendentif en forme de dent pour le montrer à sa mère. Val s'en empara et l'examina avec soin.

— Ce fils de pacifiste est pire que tout ! fulmina-t-elle.

Surpris par cette injure inhabituelle, Hugo se demanda d'où elle provenait et en quoi elle insultait le Roi.

— Je ne comprends rien de ce qui se passe ! Explique-moi à la fin !

— Je reconnais bien le Roi, continua Val sur un ton haineux. Utiliser mes propres enfants contre moi ! Mettre en place un plan tordu pour le simple plaisir de me prouver une fois encore qu'il m'est supérieur en tout.

— À quoi sert ce pendentif ? insista Hugo, qui souhaitait par-dessus tout comprendre la situation.

— C'est un cheval de Troie, répliqua Val. Et je ne peux plus rien faire maintenant.

À cet instant précis, toutes les runes magiques présentes à l'intérieur de la forteresse scintillèrent à l'unisson. Val sursauta. Elle jeta un regard alentour.

— Et il ne perd aucune seconde, murmura-t-elle.

— Pourquoi la forteresse réagit-elle ainsi ? voulut savoir Hugo.

Sa femme conserva le silence. Elle observait dans toutes les directions à la fois, comme si elle tentait d'évaluer les dégâts. Les motifs magiques se mirent à clignoter. Le phénomène dura plusieurs secondes, puis tout s'arrêta et les runes devinrent aussi ternes que des gravures.

— Nos protections sont désactivées, annonça Val.

Un instant plus tard, un homme se jucha sur la palissade. D'une taille légèrement supérieure à Paul, il arborait une tunique blanche identique à celle des deux princes. Les garçons lui ressemblaient, cependant ses yeux étaient infiniment plus effrayants que les leurs, même si Hugo n'aurait pas su en donner la raison. *Le Roi !* Hugo sentit des sueurs froides couler le long de son dos. Le monarque sauta et parcourut une quinzaine de mètres dans les airs avant d'atterrir à côté d'eux.

— Utiliser l'amour que je porte à mes enfants contre moi, c'est impardonnable ! s'exclama Val.

Une tension presque électrique crépitait entre elle et son ex-mari. Ils se faisaient face, les pieds solidement ancrés au sol, comme si chacun craignait d'être emporté dans une tempête provoquée par l'autre. Tous deux se haranguèrent mutuellement dans une langue qu'Hugo ne comprenait pas. Néanmoins, il éprouva une fierté sans borne pour son épouse qui affrontait son ancien bourreau sans fléchir un seul instant.

Il s'apprêtait à rejoindre sa femme quand Paul lui empoigna le bras. L'adolescent lâcha une flopée de paroles inintelligibles. Hugo prit la mesure de la situation lorsque Walther apparut à son côté, les traits crispés par la terreur. Le cadet déclara dans un anglais à la prononciation approximative :

— *Run* !

Hugo le regarda, interloqué par ces mots anglais qui sortaient de la bouche d'un jeune Godéranien.

— *Run for your life* ! répéta Walther.

Lily, qui percevait la tension environnante, tremblait de peur dans les bras de Hugo.

— Je ne partirai pas sans Val, répliqua-t-il.

Walther l'observa, les sourcils froncés. *Peine perdue !* Et lui qui ne parlait pas un mot d'anglais, qui avait toujours obstinément refusé d'apprendre cette maudite langue au collège, convaincu qu'elle ne lui servirait jamais à rien.

Paul désigna alors ses parents du doigt en poussant des exclamations incompréhensibles. En toute hâte, Hugo se retourna. Des étincelles violacées crépitaient autour de Val et du Roi, qui continuaient à se crier dessus comme si le reste du monde avait disparu à leurs yeux. Le visage de Val était déformé par la colère. Jamais Hugo ne l'avait vu dans un tel état ; jamais il n'avait été aussi fier d'elle.

Sans signe avant-coureur, tandis qu'elle s'époumonait, Val tendit le poing en direction de son ex-mari. Aussitôt, des éclairs bleutés jaillirent de ses phalanges. Le Roi eut à peine le temps de faire un bond de côté avant que l'attaque ne ravage l'endroit où il se tenait un instant plus tôt.

Le cœur de Hugo se mit à battre la chamade comme jamais. Les dents crispées, il se sentit complètement inutile. Comment pouvait-il aider sa femme, lui qui ne maîtrisait pas un seul sort ? Car, il le savait, Val aurait besoin de tout son soutien. Ne lui avait-elle pas dit que la spécialité de son ancien mari était la guerre alors qu'elle se passionnait pour la construction ?

Le Roi émit un commentaire au ton sarcastique. Le salopard se moquait de Val ! Celle-ci, loin d'être en reste, projeta dans sa direction de nouveaux projectiles magiques, cette fois-ci orangés. Le Roi éclata de rire. Un bâton écarlate poussa entre ses mains et, comme au base-ball, il cogna les attaques de son ex-femme pour les lui renvoyer dessus. Avec un petit cri de surprise, Val plongea sur le côté. Les sorts passèrent au-dessus d'elle avant d'exploser contre les pilotis de leur habitation. Un gigantesque craquement retentit, tout de suite suivi par un long grincement tandis que la maison chutait en direction du sol.

Quand elle se brisa par terre en projetant un peu partout des éclats de bois, Hugo jura. Pour protéger Lily d'une éventuelle écharde, il présenta son dos à leur demeure en ruine. Il attendit plusieurs secondes, mais aucune douleur ne le frappa. Aussi, il tourna la tête pour continuer d'observer le combat acharné que menait sa femme. Avec épouvante, il découvrit que le Roi, toujours muni de son bâton magique, s'était propulsé juste derrière Val. Celle-ci tenta de lui échapper en plongeant sur le côté, mais avec une rapidité incroyable, il lui asséna un formidable coup dans le dos. Val poussa un hurlement strident avant de s'écrouler. *Il a touché sa moelle épinière !* comprit Hugo, horrifié.

— Non ! cria-t-il.

Il reposa Lily au sol pour se précipiter vers son épouse. Il eut à peine le temps d'entendre Walther déclarer sur un ton sentencieux :

— *Too... fucking... late* !

Sans se préoccuper d'eux ou de sa fille, Hugo s'agenouilla auprès de Val.

— Je t'aime ! répéta-t-il avec le désespoir d'un condamné à mort.

Elle essaya de lui répondre, mais sa bouche se tordit d'un rictus impuissant. Elle devait souffrir le martyre ! Des larmes de regret coulèrent le long de ses joues. Hugo voulut les essuyer, mais il aperçut les pieds du Roi et il se retourna à la hâte. Le monarque désigna son bâton et déclara dans un français impeccable :

— Petit sort de mon cru. Dès que mon arme touche un être vivant doté d'un système nerveux, les signaux électriques qui parcourent le corps sont perturbés et ne renvoient à la victime que des sensations de douleurs. Généralement, la personne est paralysée pour les heures à venir.

Hugo décela de la jubilation dans la voix de l'homme. Une fureur sans nom s'empara de lui.

— Salopard ! Qu'est-ce que ça pouvait bien te foutre que Val ait refait sa vie ? Qu'elle ait trouvé un peu de bonheur après que tu l'aies massacrée durant toutes ces années ? Qu'est-ce que tu avais besoin de venir sur Terre, fils de pute !

Le Roi le toisa avec mépris.

— Ne surestime pas ta propre importance ou celle de cette traînée de pacifiste, répliqua le souverain. Je me moque qu'elle t'ait ouvert ses cuisses. Un troupeau de porcs pourraient lui passer dessus que ça ne me ferait ni chaud ni froid. Comprends bien que rien de tout ceci n'est personnel. *Elle* m'a demandé de tuer Val, et je n'ai vu aucun inconvénient à lui rendre ce service.

Ce salopard pouvait bien se parer d'excuses ou se donner un rôle supérieur, Hugo percevait dans ses gestes et son comportement un plaisir malsain. Hugo sentait la haine broyer ses entrailles. Il voulait s'emparer de la tête de cet enfoiré et la pulvériser entre ses doigts. Plus encore, l'homme était sur le point d'assassiner Val, et Hugo était prêt à tout pour l'en empêcher. Toujours accroupi, il étudia la position du Nôstre. Peut-être que s'il le surprenait et retournait son bâton contre lui, alors il aurait une chance. De toute manière, il n'avait plus rien à perdre.

En poussant un cri animal, Hugo bondit sur le Roi. Cependant, l'homme avait anticipé son attaque. Avec le calme d'un guerrier entraîné, il brandit son arme et, à une vitesse stupéfiante, il frappa. Arrêté net dans son élan par le coup, Hugo retomba par terre. Une vive brûlure au niveau de sa poitrine lui coupait la respiration. Avec difficulté, il baissa les yeux en direction de la zone douloureuse. Dans un état second, il mit un instant à comprendre que le bâton du Roi le traversait de part en part. Pire encore, bloqué en position assise, son corps se convulsait comme s'il se faisait électrocuter.

— Qu'est-ce que c'est fragile, un Humain, s'agaça le monarque.

Hugo voulut parler, hurler, mais la souffrance se révéla trop forte ; elle était si puissante que, pour la supporter, son esprit se dissocia de son corps et, dans un moment de clarté étrange, il prit conscience qu'il ne survivrait pas à cette matinée funeste. Il avait échoué : ce salopard tuerait Val. Et Lily ? Est-ce qu'il l'assassinerait aussi ? Tous ses proches disaient qu'elle ressemblait à sa mère. Ce malade était suffisamment timbré pour vouloir effacer toute trace d'elle. Cette simple pensée le révolta. Il essaya de se relever pour protéger sa femme et sa fille, mais son corps ne répondit à aucune de ses injonctions. Il était paralysé.

Le Roi généra alors une sorte d'épée lumineuse dans l'un de ses poings.

— Comme je te l'ai dit, ça n'a rien de personnel.

Il souleva son arme. *Il va me tuer ! Non, non, non, non !* Le souverain abaissa sa lame d'un geste sec en direction du cou de Hugo. Avec l'énergie du désespoir, Hugo chercha à se protéger avec les bras, mais ces derniers refusèrent de lui obéir. Durant un instant, une vive brûlure à la base de son cou surpassa toutes les autres souffrances qui l'assaillaient. Puis, tout devint noir.

Chapitre 2 : Paul Schwarzenberg

Paul observa avec effroi le corps décapité de Hugo. Sa tête avait roulé sur quelques mètres avant de s'arrêter. Par chance, de l'endroit où il se situait, il ne voyait que les cheveux de l'Humain. *Merci Godéramée !* Jamais il n'aurait supporté d'apercevoir son visage ou ses yeux. Parce que le Roi avait donné un coup d'épée en diagonale, il avait sectionné également une épaule, dont le bras gisait à proximité du cadavre. La scène se grava dans sa mémoire. Il en cauchemarderait toute sa vie, il le savait.

Dans son dos, Paul entendit des sanglots. Il se retourna pour découvrir Walther en larmes.

— Maman… gémit son cadet d'une voix désespérée.

Écarlate, Lily hurla. Inconsolable, Paul jeta à son tour un regard vers sa mère, inerte, pareille à un amas de chair. Il se souvint d'elle, peu de temps avant sa fuite. À l'époque, plusieurs hématomes lui coloraient les bras. Malgré les lunettes de soleil qu'elle portait, il voyait les marques bleues qui soulignaient ses yeux. Elle ressemblait alors à un cadavre doué de conscience. Le contraste avec la femme qu'il avait rencontrée aujourd'hui était saisissant. Sa mère avait été vivante, vibrante et heureuse.

À cet instant précis, Paul croisa son regard, et y décela une étincelle de vie. Un tressaillement le secoua tout entier. Les lèvres remuèrent ; elle tentait de communiquer avec lui, de lui parler, mais pour une raison étrange, aucun son ne sortait de sa bouche. De justesse, il se retint de se précipiter vers elle : s'il lui témoignait la moindre affection, le Roi le punirait.

De frustration, Paul sentit les larmes affluer. *Pas maintenant !* s'enjoignit-il. *Si le Roi me voit pleurer…* D'un geste empressé, il essuya les gouttes qui menaçaient de rouler le long de ses joues. Une partie de lui souhaitait se ruer sur le Roi et le frapper de toutes ses forces ; une partie de lui voulait s'interposer entre le souverain et sa mère ; mais comment pouvait-il lutter contre un guerrier accompli qui maîtrisait la magie ? De plus, le Roi le terrorisait depuis sa petite enfance. Jamais il n'avait osé se rebeller. Et à ce moment précis, sa propre lâcheté lui donna envie de vomir. Il se méprisait.

Par dépit, il s'approcha de sa sœur, qu'il prit dans ses bras. Le contact de ce corps contre le sien l'apaisa un peu. Cependant, la fillette essaya de le repousser. Elle cria des paroles dans sa langue étrange. Avec fermeté, il la maintint contre lui, tenta de la rassurer en lui murmurant des mots doux, mais en vain. Elle se mit à hurler plus fort encore. Sa voix stridente lui vrilla les tympans.

— Paul ! gronda le Roi. Laisse donc cette gamine tranquille. Et viens ici ! Il est temps de faire tes adieux à ta mère.

Paul sursauta. Paralysé, il scruta le Roi un moment sans véritablement comprendre le sens de ses ordres.

— Paul ! s'agaça le Roi. Arrête de me regarder comme un demeuré et fais ce que je te dis !

Il se tourna vers son frère, qui semblait tout autant que lui en état de choc. À cet instant précis, Lily lui tambourina la poitrine. *Je suis tellement inutile que même ma sœur refuse mon aide...* Avec un soupir, il la posa à terre. Toujours en pleurant, la fillette se précipita vers Hugo. Elle secoua son corps inerte, toucha sa tête, puis se remit à hurler. Elle alla ensuite vers sa mère, mais n'obtint pas de meilleur résultat. Le cœur de Paul se serra en observant le désespoir de Lily.

— Paul ! Si je viens te chercher... Et amène ton frère !

L'avertissement le tira de son état passif. Le Roi passerait à l'action sous peu. Paul se voyait déjà mordre la poussière, être frappé, se recroqueviller en position fœtale et implorer la Déesse pour que les coups s'arrêtent. *Bouge-toi !* s'enjoignit-il. Après avoir secoué la tête, il prit le poignet de son frère et l'attira vers le corps inerte de leur mère.

— J'ai failli attendre, grommela le Roi. Maintenant, contemplez-la. Crachez-lui dessus si vous le souhaitez. Dites-lui à quel point son départ vous a blessés. Videz votre sac ! Débarrassez-vous du fardeau qui vous pèse depuis toutes ces années. Expliquez-lui à quel point son abandon vous a affaiblis. Profitez-en ! C'est la dernière fois que vous la voyez.

Paul demeura muet, stupéfait de ces propos. Comment le Roi pouvait-il croire que le problème venait de leur mère ? Pendant des années, il l'avait maudite parce qu'elle les avait abandonnés, Walther et lui. Néanmoins, depuis quelque temps, il comprenait ses raisons : s'ils étaient partis ensemble, le Roi les aurait pourchassés sans relâche. Jamais elle n'aurait reconstruit sa vie. *Au moins, elle a connu un peu de bonheur*, songea-t-il.

— Vous n'avez rien à lui dire ? s'étonna le Roi. Vous m'en voyez désolé. J'espérais vraiment que cette journée vous libérerait.

Walther se tourna alors vers le souverain et déclara d'une voix tremblante :

— Tu n'es qu'un sale chien de guerre sans moral ! Comment as-tu pu lui faire ça ?

Le Roi serra le poing, puis expédia un coup dans le visage de Walther, qui s'écroula au sol, le nez brisé et du sang partout sur les mains. Paul se jeta auprès de son cadet, l'aida de son mieux, et osa un regard furieux en direction du Roi. Le monarque haussa les épaules, puis il adressa à Paul un sourire méprisant.

— Comme d'habitude, je ne vais rien tirer de vous. Tant pis. Je pensais vous rendre service.

Le Roi généra une lame luminescente. Avec horreur, Paul le vit se positionner au-dessus sa mère.

— Comme je l'ai dit à ton mari, cette exécution n'a rien de personnel. Je me moquais bien que tu sois partie. Je t'ai très vite remplacée. Ce n'était pas très dur, pour être honnête. Mais tu as commencé à travailler pour Déia. *Elle* a décidé que vous pouviez être dangereux à terme. Je me demande bien pourquoi, d'ailleurs, mais peu importe. Je fais donc le ménage comme *elle* l'a souhaité.

Paul éprouva l'envie subite de sauter sur le Roi, de le frapper, mais il se retint. La peur était trop forte. À l'heure actuelle, il se sentait incapable de lutter. Le mépris qu'il ressentait pour lui-même grandit encore. Pétrifié, il vit le Roi lever le bras, puis plonger la lame dans le crâne de sa mère.

— Maman… murmura-t-il.

Ses genoux ployèrent sous lui. Dans un état second, il remarqua la texture fine de la poussière contre ses doigts et la brise qui lui caressait les oreilles. L'odeur de la forêt environnante l'écœura. Une nausée irrésistible s'empara de lui au point de le faire vomir. La remontée acide lui brûla l'œsophage, puis de la bile gicla sur ses mains et sur ses avant-bras.

Lorsqu'il parvint enfin à redresser la tête, Paul vit le Roi qui le toisait d'un air dédaigneux.

— Je me demande ce que j'ai fait pour mériter des enfants pareils. J'ai pourtant tout essayé…

Le Roi soupira, comme pour souligner sa malchance.

— Relève ton frère, ajouta-t-il, nous quittons ce trou perdu. Et rince-toi la bouche !

Durant toute sa vie, Paul avait cherché à plaire au Roi. Chaque réprimande l'avait mortifié un peu plus, et il avait tenté de s'améliorer. Après tout, le Roi ne le punissait pas pour rien. Il était son père. Il l'aimait. Le problème venait de lui, l'enfant ingrat qui ne faisait rien comme il fallait. Sans l'ombre d'un doute, il méritait les châtiments que le souverain lui infligeait. Cependant, malgré ses efforts pour se conformer aux injonctions paternelles, il n'avait jamais gagné les faveurs tant désirées. Alors, Paul avait modifié sa stratégie. Il avait tenté d'esquiver le Roi autant que possible pour s'éviter de la peine. Néanmoins, à cet instant précis, un changement irrémédiable se produisit en lui. Une haine sans pareille remplaça son amour pour lui. *Un jour, je te tuerais !* promit-il. *Tu m'entends !*

Cette décision le galvanisa. Lentement, il se releva. La tête de Paul arrivait à la même hauteur que la poitrine du Roi. Pour ne pas trahir ses intentions meurtrières, il baissa les yeux. Walther gisait derrière lui, couché en position fœtale. Il s'accroupit auprès de son cadet, puis le secoua avec gentillesse, mais celui-ci demeurait en état de choc.

— C'est inutile, gronda le Roi. Cette lavette ne se relèvera pas avant un moment. Il tient trop de sa mère.

Le monarque créa une plateforme de déplacement rapide.

— Charge-le dessus, ordonna-t-il.

Avec difficulté, Paul y installa le corps mou de son frère. Durant l'opération, il croisa les yeux choqués de Walther. La haine qu'il éprouvait à l'égard du Roi s'accentua encore. *Attends un peu que je me* sacrifie *à Godéramée. Tu comprendras ta douleur !* Lorsqu'il eut étendu Walther sur le véhicule magique, Paul s'épongea le front.

— Allons-y, ordonna le Roi. Nous avons perdu assez de temps comme ça.

Les yeux de Paul tombèrent alors sur sa sœur. En larmes, Lily secouait sa mère en vain. Elle avalait ses mots et hurlait des phrases dans la même langue incompréhensible que Hugo. Il voulut s'approcher d'elle, la prendre dans ses bras, mais la main du Roi s'abattit sur son épaule. Ce simple contact lui donna des frissons de dégoût.

— Oublie la morveuse, gronda le monarque.

— Mais elle va mourir de faim si elle reste seule ici, répliqua Paul. On ne peut pas laisser ma sœur périr de cette manière !

Il comprit son erreur juste après avoir prononcé ces paroles. Paul mordit ses lèvres, s'attendant à une humiliation supplémentaire ou un coup. Rien ne vint. Au contraire, le souverain le contempla avec les sourcils froncés, ce qui était bien plus inquiétant encore.

— Tu sais quel sort je réserve aux traîtres, n'est-ce pas ?

Paul baissa les yeux aussitôt.

— C'est mieux comme ça, approuva le Roi. Reste à ta place et tout ira bien. Maintenant, avance !

Paul effectua quelques pas et s'arrêta. L'estomac serré, il se retourna vers Lily. *Que va-t-elle devenir, seule et sans protection ?* Une claque derrière le crâne interrompit ses interrogations. Il sursauta, puis bondit sur le côté par réflexe.

— Qu'est-ce que…

Le Roi le fusillait du regard.

— La gamine vivra. *Elle* a envoyé quelqu'un pour la chercher.

— Elle ?

— Tu n'as pas besoin d'en savoir davantage, répliqua le monarque. Maintenant, avance ou je t'en colle une dont tu te souviendras toute ta vie !

Avec réticence, Paul le suivit en marchant à proximité de la plateforme de déplacement rapide où son frère était évanoui.

Chapitre 3 : Gavannha

Gavannha s'immobilisa dans la plaine herbeuse sans se soucier des Humains qui le distançaient. Les yeux fermés, il déclencha un sort en mouvant son index gauche. Aussitôt, des courants d'air en provenance des quatre coins cardinaux convergèrent dans sa direction. Tout en amenant dans leur sillage des bruits, des odeurs et des conversations, les forces d'Éole le caressèrent avec une sensualité qui le fit frissonner de plaisir. Une seconde plus tard, son esprit dressa une cartographie mentale des alentours : Humains, animaux, topographie et végétation.

En plus de ceux que Gavannha avait déjà repérés tout à l'heure, trois tireurs embusqués supplémentaires le tenaient dans leur viseur. Il avait également détecté une petite escouade qui les suivait à distance en profitant des collines et des bosquets. Les Humains n'avaient aucune confiance en lui.

En revanche, il n'avait découvert la présence d'aucun individu susceptible d'être un Nôstre. Bien entendu, si un de ses congénères cherchait à se fondre dans la masse, il était peu probable que Gavannha parvienne à le distinguer des Humains. L'allié de Déia avait-il posté un de ses acolytes dans les environs ? Si tel était le cas, le meilleur moyen de débusquer ce Nôstre consistait à construire un artefact capable de détecter la magie. *Plus tard*, décida-t-il.

Même s'il avait obtenu les informations désirées, Gavannha conserva les yeux fermés, car le contact immatériel du vent contre sa peau le rendit nostalgique. Sa présence rassurante lui rappelait ses montagnes natales ; les monts et ravines qu'il escaladait pour fuir la maison de sa grand-mère ; le sentiment de liberté qu'il éprouvait alors, juché sur les hauteurs comme un chamois, avec pour seule compagnie les éléments naturels.

— Qu'est-ce qui se passe ? demanda Vladimir de sa voix éraillée. Pourquoi le vent vient-il de tous les côtés ?

À regret, Gavannha rouvrit les yeux. Le regard inquisiteur du général était posé sur lui. De leur côté, Aliénor et Joseph remettaient leurs vêtements en ordre à cause des bourrasques inattendues.

— La météo a l'air très capricieuse dans cette région, remarqua Gavannha.

— Ce n'est pas la météo qui est en cause, répliqua Vladimir.

— Ah ! Qu'est-ce donc, alors ?

— Vous !

Gavannha haussa les sourcils.

— Et quel intérêt aurais-je à déclencher des bourrasques comme celles-ci ?

Vladimir grimaça.

— Je l'ignore, mais je le découvrirai !

— Nous y aller, s'impatienta Joseph. Les autres attendre nous.

Ils marchèrent quatre kilomètres supplémentaires. À mesure qu'ils s'approchaient du campement, Gavannha détecta ici et là des traces de vie : des marques de passage dans l'herbe ou des déjections. Il entrevit également à plusieurs reprises des Humains qui ne portaient aucune arme. *Ils disaient donc la vérité en affirmant que leur groupe était à la fois composé de civils et de militaires*, songea-t-il.

Lorsqu'ils parvinrent à l'orée d'une plantation de bouleaux, les rencontres se multiplièrent. Une cinquantaine de mètres plus loin, le campement apparut devant Gavannha. *Ils utilisent les arbres pour dissimuler leur présence. Malin !* Il marqua une nouvelle pause pour s'imprégner des lieux, pour comprendre de quelle manière l'endroit était régenté. Ici, une dizaine de charrettes. Là, des chevaux qui paissaient sous la vigilance de plusieurs enfants. Un peu partout, des tentes moutonnaient. Il y avait peut-être cent cinquante Humains. Un tiers d'entre eux ne portait aucune arme. Si un Nôstre attaquait, ces gens n'avaient que peu de chance d'en réchapper.

Tous les individus présents l'observaient. Des soldats, probablement ceux affectés à la surveillance, se raidirent ostensiblement, et il put lire l'anxiété sur leur visage.

En camogérien, Aliénor déclara :

— Nous avons débattu publiquement de tes conditions ce matin. Certains se sont opposés bec et ongles à ta venue. Ils risquent de cristalliser leur haine, leur colère et leur peine sur toi.

Peu lui importait. Sauf s'il relâchait sa vigilance, aucun Humain ici présent ne s'avérait une menace concrète pour lui. En revanche, si un Nôstre se cachait parmi les civils ou les soldats, alors le danger devenait réel.

— Vous avez intégré de nouveaux individus récemment ? voulut-il savoir.

— Oui, nous absorbons de petits groupes au fur et à mesure de nos pérégrinations, répondit-elle. Vladimir insiste pour que nous soyons toujours en mouvement. Pourquoi une telle question ?

Donc, un Nôstre aurait pu se glisser parmi eux sans la moindre difficulté. Dans sa tête, il avait déjà exclu la Camogérienne de ses suspects potentiels : ses réactions durant leur première rencontre lui avaient paru trop sincères pour être le fruit d'une comédie.

— Par simple curiosité, répondit-il.

— En anglais, exigea soudain le général d'une voix sèche. Je veux être en mesure de comprendre en permanence de quoi vous discutez !

Quelqu'un est paranoïaque... Ou alors, il n'a aucune confiance en Aliénor. Intéressant.

Joseph héla une fillette de peut-être dix ans qui trottait non loin d'eux avec des branchages entre les mains. Lorsqu'elle les rejoignit, sa petite tête chevaline recouverte d'une crinière blonde se tourna vers Gavannha, qui l'observa à son tour avec attention. Le faciès de l'enfant exprimait davantage la curiosité que la crainte.

— Rassembler tout le monde, ordonna le vieil homme. Présenter Gavannha.

Après un bref acquiescement, elle repartit au galop. Comme un souverain habitué à être obéi, Joseph somma ensuite plusieurs adultes de préparer un lieu de réunion à l'extérieur de la plantation. Trois femmes extirpèrent d'une charrette des couvertures pendant qu'une dizaine d'hommes débarrassèrent le sol des rocs susceptibles de gêner les postérieurs délicats.

Pendant ce temps, Vladimir réorganisa ses troupes. En son for intérieur, Gavannha sourit de leurs vains efforts pour le placer sous surveillance renforcée. De toute évidence, ces Humains n'avaient aucune idée du pouvoir destructeur d'un Nôstre. Que pouvaient donc ces soldats, juchés dans les arbres, avec leurs fusils ? Même si leur technologie avait beaucoup évolué depuis son dernier passage sur Terre cinquante ans plus tôt, il lui suffisait de se dématérialiser pour leur échapper, ou bien d'engendrer un bouclier. Le général augmenta le nombre de gardes aux quatre points cardinaux du campement. *Il craint une attaque-surprise. Il compte accueillir les agresseurs potentiels avec l'artillerie la plus lourde à sa disposition.*

Bientôt, une petite foule s'agglutina sur les couvertures. Avec attention, Gavannha observa comment les différents groupes interagissaient. Les treillis militaires se mélangèrent aux loques des civils. Malgré tout, il remarqua que les soldats avaient tendance à rester entre eux, partageant sans l'ombre d'un doute la camaraderie de ceux qui avaient survécu aux mêmes épreuves.

Tandis que tout le monde s'installait, Aliénor lui avait détaillé l'historique de ce groupe nomade. Ces Humains avaient traversé plusieurs frontières et incorporé en leur sein des personnes issues de tous les horizons. Ils provenaient au moins de cinq pays différents, dont certains parlaient une langue avec des racines communes, mais pas tous. Pour éviter qu'une majorité impose sa langage aux autres, Joseph avait décrété que tous s'exprimeraient en anglais, à l'exception des soldats, qui se donnaient des ordres en russe par mesure d'efficacité. Ici et là, Gavannha entendit des conversations bancales, saupoudrées de mots originaires du slave, du polonais et même de l'allemand.

Joseph fit signe à Gavannha de s'installer sur des tapis qui faisaient face à l'assistance. Lui-même, Vladimir et Aliénor le rejoignirent. Alors qu'un jeune homme aida le vieillard à s'asseoir, Aliénor souffla à Gavannha en camogérien sans se soucier du regard furieux de Vladimir :

— Il souffre d'arthrite. Des fois, il n'arrive plus à marcher.

Lorsque tout le monde fut prêt, Joseph prit la parole dans son anglais bancal habituel :

— Comme convenu, vote ce matin. Rencontré Gavannha, Vladimir, Aliénor, moi. Arguments convaincus nous. Gavannha avec nous être.

Dans l'assistance, des rumeurs formulées dans plusieurs langues fusèrent. Certains se levèrent et quittèrent le rassemblement. Des soldats se perdirent en injures haineuses. Pourtant, nota Gavannha avec intérêt, cette réaction bruyante resta le fait d'une minorité ; la majorité demeurait dans l'expectative. Vladimir prit la parole.

— Pour ceux qui s'inquiètent de leur sécurité, nous avons déployé le système de protection le plus efficace que je connaisse. Plusieurs tireurs d'élite sont en position en ce moment même. Si Gavannha tente quoi que ce soit d'hostile, il sera abattu. Nous surveillons également tout ce qui se passe à l'extérieur. Nous pourrions décapiter une tique sur le dos d'un ours si nécessaire.

Les gens applaudirent le général à tout rompre. *A-t-il conscience que son dispositif est inutile contre un Nôstre ? Ou bien cherchent-ils simplement à rassurer les membres de la troupe ?*

Aliénor se leva.

— Il s'agit seulement de mesures de sécurité, intervint-elle. Gavannha est une personne bienveillante. Il suit un code moral très strict qui lui interdit de nous nuire. De plus, il souhaite nous aider à combattre les criminels qui nous ont attaqués. Nous devons donc lui accorder un accueil chaleureux.

Le général jeta un regard furibond à la Camogérienne, qui lui expédia en retour un sourire narquois. Gavannha fronça les sourcils. Non seulement Vladimir et Aliénor ne semblaient pas s'apprécier, mais en plus ils s'acharnaient tous deux à détruire le travail ou l'influence de l'autre. *Au besoin, je pourrais peut-être les monter l'un contre l'autre*, songea Gavannha.

Un soldat se leva.

— Je ne vois aucune différence physique entre vous et nous, remarqua-t-il dans un anglais parfait. Êtes-vous un Humain ?

À la différence de ses pairs, il portait les cheveux longs et une barbe de trois semaines. Vladimir lança des yeux courroucés à destination de son subordonné, qui l'ignora avec superbe. Gavannha en déduisit que l'individu se souciait peu de l'avis de sa hiérarchie. *C'est le type de soldat qu'on utilise dans des missions où penser par soi-même est plus important que de respecter des ordres*, songea-t-il. Malgré lui, Gavannha éprouva une certaine sympathie pour ce soldat.

— Volya ! le réprimanda le général. Je n'ai pas autorisé les questions !

Gavannha réfléchit un instant. En révélant sa différence aux Humains, il enfreignait déjà la *Nobilianiti*. Si un jour ou l'autre il passait en jugement, il pourrait arguer qu'il s'agissait de circonstances exceptionnelles. Sa sentence serait selon toute vraisemblance réduite. Cependant, s'il commençait à se plier à la hiérarchie humaine et respecter les ordres de ses commandants, ces derniers lui en demanderaient toujours plus et exigeraient peut-être un jour qu'il participe à une guerre qui n'était pas la sienne. Ce qui, potentiellement, pouvait lui valoir une condamnation à mort de la part d'un tribunal de Nôstres. Soucieux de marquer son indépendance vis-à-vis de Vladimir, Gavannha répondit au soldat :

— Sur le plan génétique, vous et moi, nous sommes identiques. Nous venons simplement d'un monde parallèle au vôtre, d'où ma capacité à pratiquer la magie.

Dans l'assistance, la mention de monde parallèle provoqua des regards surpris et des conversations enflammées. La notion de magie engendra quant à elle une ébullition furieuse. Les discussions fusèrent toutes en même temps.

— Depuis combien de temps parmi nous ? demanda un autre soldat en criant pour se faire entendre au milieu de la cacophonie ambiante. Combien magiciens sur Terre ?

Le visage de Vladimir s'empourpra.

— Silence, ordonna-t-il de sa voix éraillée.

Sa colère calma les esprits. Gavannha en profita pour répondre.

— Si j'en crois notre mémoire collective, nous avons toujours circulé parmi vous. Quant à notre nombre, je suis incapable de vous donner une estimation. Je peux tout au plus supposer qu'il y a dorénavant davantage de Godéraniens que d'Humains.

Devant leur expression interrogative, il leur apporta des explications supplémentaires. Le nom de son monde. La Déesse. Les Nôstres. Les Non-Sacrifiés.

Comment venez-vous sur Terre ? demanda quelqu'un d'autre.

Gavannha leur révéla l'existence du Passage. Il s'attarda un peu sur les raisons pour lesquelles la Déesse avait laissé cette voie de communication ouverte :

— Un sort de magie a ravagé la Godéranie il y a très longtemps. Nous vivons tous sous un dôme maintenant, car l'air à l'extérieur est irrespirable. Pour nous, la Terre est une sorte de *paradis*. Selon nos traditions religieuses, Godéramée souhaitait nous montrer ce que nous avons perdu à cause des errances d'une poignée. Pour nous responsabiliser… Pour justifier ses Commandements… Pour nous inspirer…

Joseph toussa.

— Moi veut clarifier détails.

D'un geste, Gavannha l'invita à poursuivre.

— Godéramée donné à vous magie. Godéramée permet à vous voyager entre deux dimensions.

Gavannha hocha la tête pour l'encourager à continuer.

— Vous utiliser technologie vous pas maîtriser, ajouta Joseph. Moi me tromper ?

— Des technologies ? s'étonna Gavannha.

— Oui, magie, Passage. Godéramée personnage historique. A fait à vous cadeaux. Vous pas pouvoir offrir magie à autre espèce ?

Gavannha demeura un instant silencieux, observant Joseph avec attention. Il comprenait où le vieil homme souhaitait en venir : armer des soldats avec une nouvelle « technologie » pour mieux se défendre contre leurs ennemis. D'un point de vue militaire, il saisissait très bien la démarche. Et… il l'approuvait.

— Vous avez raison, admit finalement Gavannha. Nous ne disposons pas d'une maîtrise complète de la magie. Nous sommes en effet incapables de la transmettre aux Humains.

Il tut néanmoins l'existence des artefacts. *Si cette troupe se sent plus en sécurité, Vladimir exigera mon départ. Et alors, peut-être, ne reverrais-je jamais Takuba*. Le risque lui semblait trop élevé pour être pris. De plus, il souhaitait réduire autant que faire se peut ses infractions à la *Nobilianiti*.

Joseph se frotta le menton.

— Vous plus nombreux que Humains. Combien Humains survécu cataclysme ?

Gavannha l'informa des multiples groupes rencontrés au cours de ses pérégrinations et de l'existence de la ville mentionnée par Déia. Aussitôt, les discussions reprirent dans l'assistance. Gavannha dégagea deux tendances très lourdes. Les civils, las de leur errance sans fin, souhaitaient retrouver le confort de la sédentarité. Au contraire, les militaires craignaient de se trouver dans un endroit trop densément peuplé ; selon eux, leurs chances de survie s'accroissaient s'ils demeuraient au sein d'une ou plusieurs troupes mobiles.

Joseph mit fin au tumulte en levant son poing droit dans les airs. Il se tourna ensuite vers Gavannha.

— Où cette ville être ?

— Dans ce que vous nommez le Moyen-Orient.

— Seriez-vous en mesure de nous guider si nous choisissons de nous y rendre ? demanda Vladimir.

Gavannha fronça les sourcils. L'intérêt subit pour cette ville lui rappela la manière peu naturelle avec laquelle Déia avait amené le sujet. L'en avait-elle informé à dessein pour qu'il en révèle l'existence à ces Humains ? Si tel était le cas, comment la Déicide avait-elle deviné que ce « détail » captiverait l'attention de ce groupe ? Plus troublant encore, comment avait-elle prédit sa rencontre avec ces individus en particulier ? Ou bien, cette partie-là de l'énigme était l'œuvre de son mystérieux allié ? Si Gavannha désirait démêler cette machination, il devait continuer à errer dans les méandres de la toile que l'on avait tissée autour de lui. Lorsqu'il comprendrait les tenants et les aboutissants de cette affaire, il pourrait prendre une décision avisée.

— Oui, répondit-il finalement, je suis en mesure de vous y emmener.

Le vieillard demeura un instant songeur.

— Nous discuter sans vous.

Gavannha s'inclina. L'issue de ces débats lui importait peu.

— Délibérations durer longtemps, indiqua Joseph. Aliénor montrer tente où vous dormir.

***

La Camogérienne le conduisit au milieu du campement. Gavannha remarqua que les tentes étaient dans des états de délabrement variables. Un camouflage militaire recouvrait la majeure partie d'entre elles. Certaines ressemblaient à des tipis amérindiens, conçus avec des branches et des peaux de bêtes, d'autres étaient de fabrication industrielle. Gavannha repéra aussi des bâches suspendues à cinquante centimètres au-dessus du sol avec des paquetages entassés à proximité. Aliénor montra l'une d'elle et déclara :

— Les personnes qui font un tour de guet durant la nuit dorment ici. Comme Vladimir et ses soldats étaient en manœuvre lorsque des Nôstres ont attaqué leur base souterraine, nous avons quelques vraies tentes. Pour le reste, nous faisons avec les moyens du bord.

Des foyers brûlaient à divers endroits du campement. Gavannha s'arrêta à côté de l'un d'eux pour observer la fumée noire qui montait vers le ciel.

— D'après le général et ses hommes, nous sommes visibles à plusieurs kilomètres, l'informa Aliénor.

Gavannha acquiesça. Il était tout simplement impossible de camoufler la présence d'autant de personnes à un même endroit. Si ces fameux Nôstres qui exterminaient les Humains sévissaient dans les environs, ce groupe-ci serait anéanti à coup sûr.

La Camogérienne le conduisit à une charrette où s'entassaient diverses affaires, notamment des outils comme des poignards ou des ustensiles de cuisine. Des objets industriels, à l'instar des casseroles ou des fourchettes, se mélangeaient à des pots en bois, des couteaux, conçus à partir d'os, et des instruments hétéroclites. La femme s'empara d'une toile de tente d'origine militaire.

— Les derniers occupants sont morts hier d'une intoxication alimentaire, révéla-t-elle. De la viande avariée ou peut-être de l'eau croupie. Joseph ne l'a encore attribuée à personne. Elle te revient donc pour l'instant. Installe-toi où tu le souhaites. Maintenant, si ça ne te dérange pas, j'aimerais vraiment retourner avec les autres pour participer aux débats.

— Bien sûr, répondit-il.

Gavannha choisit un endroit situé à l'écart du campement. Malgré le fait qu'il n'avait jamais monté une version aussi moderne de ce type d'habitation humaine, il comprit comment ériger sa nouvelle demeure sans grande difficulté. Il caressa et admira les armatures légères qui maintenaient l'édifice debout. *De quel matériau sont-elles composées ?* Les Terriens avaient décidément réalisé de gros progrès technologiques depuis sa dernière visite.

Puis, ses réflexes d'ancien soldat se réveillèrent. *Maintenant, il est temps de penser à se protéger pendant mon sommeil…* Il s'empara d'une branche. D'un geste vif et précis, il traça un double cercle sur le sol autour de la tente avant de graver les runes de sa formule. Elles convergeaient vers l'intérieur et mordaient sur sa toile. L'opération lui prit une dizaine de minutes. Une fois satisfait, il positionna sa paume au-dessus, puis il libéra sa magie. Pareille à un liquide verdâtre, elle se propagea à l'intérieur de ses motifs. Lorsqu'elle recouvrit l'ensemble de ses dessins, elle entra en ébullition. Pendant de longues secondes, une multitude d'étincelles crépitèrent. La tente s'illumina et s'ébranla comme au cœur d'une tempête. Enfin, tout se calma. Les runes se ternirent, s'enfoncèrent lentement dans le sol et la toile, avant de disparaître à tout jamais. *Bien, maintenant je pourrais dormir en toute sécurité.*

Avec un soupir satisfait, il pénétra dans sa nouvelle habitation, s'assit en tailleur, posa ses mains à plat et se concentra. La majorité de son Art, c'est-à-dire un système de sorts qui convenaient à ses besoins principaux, tournait autour de trois éléments : la terre, le feu et l'air. Le choix de ce dernier élément était assez rare, car le maniement de l'air introduisait de nombreux inconvénients : il interagissait très mal avec les propriétés magiques traditionnellement utilisées pour renforcer les corps.

Par mesure de précaution, et pour éviter les risques de cancer magique, beaucoup de Nôstres s'abstenaient de recourir aux sorts liés à l'air. Cependant, durant tout son *sacrifice*, Gavannha avait inventé des moyens de passer outre ces difficultés.

Les yeux fermés, Gavannha tapa ses deux index en rythme sur le sol. Aussitôt, les vibrations de la terre lui envoyèrent une image mentale du campement. Comme il se basait sur les forces telluriques, qui par essence étaient en mouvement permanent, sa vision manquait de stabilité. Les formes à peine reconnaissables clignotaient dans ce qu'il appelait son sixième sens. L'idée de ce sort lui était venue en observant les chauves-souris qui se repéraient dans l'espace grâce aux ultrasons. D'un moulinet de la main, Gavannha ordonna aux courants d'air de converger vers lui et de transporter sur leur passage la cacophonie des délibérations. Autour de lui, la tente se mit à trembler. Malgré la toile, qui entravait en partie les discussions, Gavannha eut accès à la majorité des conversations. D'emblée, il grimaça. Si les Humains utilisaient l'anglais à la tribune, beaucoup d'autres chuchotaient avec un voisin issu du même pays dans une langue dont il ignorait tout. Il perdit ainsi de nombreuses informations.

— Je vais devoir me construire un traducteur magique, grommela-t-il.

Contrairement à sa grand-mère paternelle, une *artisane* de grand talent, Gavannha possédait de faibles capacités en la matière. Cependant, il avait appris à fabriquer des objets de ce genre durant ses fonctions de maître-espion. L'opération lui demanderait peut-être quatre ou cinq jours.

Durant plusieurs heures, il écouta les débats, pondéra les diverses opinions et catégorisa tous les individus qui s'exprimaient. Peu à peu, il obtint une cartographie de la troupe. Dans les semaines suivantes, il affinerait cette première image. Pendant cette phase d'observation, il nota qu'Aliénor se prononçait avec fougue pour se rendre à la ville.

Cette prise de position suscita en lui de nombreuses questions. Si elle y était mêlée, quel rôle la Camogérienne jouait-elle dans la machination du mystérieux allié de Déia ? Et surtout, pourquoi désirait-il que ce groupe d'Humains emprunte la direction du sud-est ? Qu'y gagnait-il ?

Pour y réfléchir, il coupa son sort de mise sur écoute et s'allongea. Sans même en prendre conscience, il sombra dans un sommeil profond au bout de quelques minutes.

***

Il se réveilla avant l'aube avec une faim féroce qui lui tenaillant l'estomac : depuis un jour ou deux, il prenait des repas frugaux. L'envie de se gorger de nourriture se saisit de lui. À l'extérieur, tout le monde dormait encore, à l'exception des sentinelles qui surveillaient sa tente. Sans se préoccuper d'elles, il établit une plateforme de déplacement rapide et s'éleva vers les cieux.

— Où vous allez ? s'exclama une voix dans son dos.

Il l'ignora. Son expédition de chasse le conduisit vers les bovins repérés la veille près de l'étang. Il jeta un sort de camouflage, qui masquait son odeur, puis s'approcha. Les animaux levèrent brièvement la tête à son arrivée avant de reprendre leurs activités initiales. Gavannha se promena un instant parmi eux. Il s'arrêta devant un jeune taureau boiteux qui ne survivrait pas à l'hiver. Avec une lame luminescente, il décapita la bête, qui s'écroula au sol, parcouru par des soubresauts nerveux.

L'odeur du sang effraya les autres, qui caracolèrent dans tous les sens et s'éloignèrent de lui en poussant des meuglements terrifiés. Gavannha activa un sort qui démultipliait sa force physique. Il hissa le taureau sur une plateforme avant de reprendre la direction du campement, qu'il repéra grâce à la fumée des foyers.

À cette vue, il stoppa son véhicule dans les airs. Son but premier était de retrouver son fils. Pour ce faire, il devait avant tout comprendre les machinations de Déia et son allié. Car si ces deux-là le manipulaient, alors Takuba était bel et bien mort. Et dans un tel cas de figure, il emploierait le reste de son existence à leur faire payer au centuple la peine et les faux espoirs qu'ils lui avaient causés. Cependant, en tant que Nôstre, il ne pouvait décemment laisser des congénères massacrer des Humains en toute impunité. La *Nobilianiti* lui imposait de les arrêter et de porter sur eux le jugement de la Déesse.

Si le campement est visible d'aussi loin, les sbires des trois sages seront attirés plus rapidement. Je n'aurais donc pas besoin de les pourchasser. Il abhorrait le fait de se servir de ces Humains comme appât, mais il ne connaissait néanmoins pas de meilleur moyen : il n'avait jamais développé des capacités de *traqueur*.

Il reprit la route. Le soleil s'élevait avec une lenteur paresseuse. Des rayons pourpres violacés colorèrent le ciel ainsi que les étendues d'eau alentour. Du haut de son véhicule, Gavannha observa le camp au travers des arbres. Une dizaine d'individus s'affairaient entre les tentes. Certains allumaient un feu. Plusieurs sentinelles le signalèrent du doigt.

Vladimir, Aliénor et deux soldats l'accueillirent dès son atterrissage. La femme lui jeta un regard réprobateur. Sur un ton propre à châtier un enfant imprudent, elle le sermonna :

— Ça ne va pas de partir comme ça pendant la nuit ! On croyait tous que tu t'étais enfui pour de bon. Sans parler de Vladimir qui t'accusait d'être allé chercher du renfort pour nous attaquer.

— J'avais faim, répliqua-t-il d'une voix mauvaise.

Les Humains devaient apprendre à craindre les Nôstres et comprendre pourquoi ils ne pourraient jamais leur tenir tête. Une petite démonstration de force s'imposait. Toujours debout sur sa plateforme, il activa son sort, puis jeta à leurs pieds la carcasse du bovin. L'animal devait peser près de cinq cents kilogrammes. Le général observa Gavannha avec une appréhension nouvelle dans les yeux. Sans un mot supplémentaire, Gavannha engendra une lame luminescente, puis dépeça le taureau. Sous les exclamations de surprise des Humains, il créa un feu magique. À l'aide de quelques branches renforcées par un sort, il y installa le bovin. Une fois l'opération achevée, il prit la direction d'une retenue d'eau afin de se nettoyer. Aliénor l'accompagna, tout comme de jeunes soldats.

— Merci pour l'intimité ! remarqua-t-il lorsqu'il comprit qu'ils le suivraient, peu importe l'activité à laquelle il s'adonnerait.

Il se déshabilla et pratiqua ses ablutions devant eux, non sans grommeler. Nullement dérangée par sa nudité, Aliénor ouvrit la conversation comme s'ils partageaient tous les deux un repas :

— Nous avons décidé de nous diriger vers cette ville.

Il cessa un instant de s'asperger le corps. La Camogérienne avait eu gain de cause la veille. Ce simple dénouement donna à Gavannha la certitude qu'elle était mêlée de très près à la machination de Déia et son allié. Il lui faudrait donc surveiller le moindre de ses gestes avec attention.

— Pourquoi ce choix ? demanda-t-il.

— Vladimir voudrait recruter autant d'Humains que possible pour mener sa guerre contre les Nôstres.

Autant envoyer une fourmilière à l'assaut d'une armée de tapirs. Il tut néanmoins son scepticisme et se contenta d'acquiescer. Alors qu'il reprenait ses ablutions, Aliénor ajouta :

— Des gardes nous ont signalé que tu as fait un petit tour de magie hier soir avec ta tente. Vladimir exige que tu lui expliques à quoi il servait.

Gavannha s'immergea à moitié dans l'eau brunâtre. Il aurait préféré une rivière, mais il n'avait aucune envie de réutiliser sa plateforme pour le moment.

— C'est un sort de protection pour éviter d'être assassiné dans mon sommeil.

Aliénor marqua un temps d'arrêt. Elle se mordit les lèvres un instant, puis déclara :

— On dirait que nous avons un problème de confiance.

Gavannha désigna les deux soldats qui surveillaient le moindre de ses mouvements.

— Selon toute vraisemblance, rétorqua-t-il.

Sa réplique jeta un froid. Aliénor l'observa comme si elle ignorait quoi répondre.

— Joseph et Vladimir veulent plus d'explications, lui annonça-t-elle finalement. Ils souhaiteraient savoir comment les Nôstres nous trouvent, quels sont leurs modes opératoires, et ainsi de suite.

Il garda le silence un moment pour s'octroyer un instant de réflexion. Afin de donner le change à Aliénor, il sortit de l'eau, et s'empara d'une serviette qu'il avait découverte au cours de ses pérégrinations. Plus le temps avançait et plus il comprenait les objectifs de ce groupe d'Humains : loin d'avoir besoin d'un protecteur comme Joseph, Vladimir et Aliénor le lui avaient affirmé durant leur rencontre, Vladimir voulait en apprendre davantage sur les Nôstres. Le général suivait ainsi un adage très répandu sur Terre : « connais ton ennemi mieux que tu ne te connais toi-même ». Ou quelque chose de ce genre. En l'état actuel des choses, il ne voyait aucune raison de lui refuser ce savoir.

— Je répondrai à leurs questions une fois que j'aurais mangé, répliqua Gavannha en finissant de s'essuyer le corps.

***

De retour au campement, il découvrit avec surprise qu'une poignée d'Humains s'occupait de sa grillade géante, imprimant à l'animal une rotation grâce aux branches plantées dans le sol. Ils faisaient la queue et se servaient comme si la prise leur appartenait. Dès qu'il aperçut

Gavannha et Aliénor, Joseph claudiqua vers eux.

— Gaspillage préparer viande comme ça ! s'insurgea le vieil homme auprès d'Aliénor. Fumer viande bien mieux. Conservation plus longue. Maintenant manger viande d'ici deux jours. Toi informer Gavannha !

Aliénor se gratta une excroissance imaginaire sur le nez.

— Tu peux le lui dire toi-même. Il est juste à côté, tu sais.

Gavannha haussa les épaules, et se dirigea vers le bovin grillé. Il se tailla plusieurs tranches, qu'il transporta sur des feuilles de maïs apportés par les Humains. Il s'assit à l'écart, contre un arbre, et dévora sa nourriture. La viande était tendre pour un animal boiteux. Seulement, elle manquait d'assaisonnement. Il se surprit à rêver d'une marinade préparée par les cuisiniers du palais du Chitosa Perdu. Il n'avait pas dégusté un plat digne de ce nom depuis des décennies. Il se resservit à plusieurs reprises, imité par un grand nombre d'Humains. Une heure plus tard, le taureau n'était plus qu'un squelette sans viande. La cervelle. Les abats. Tout avait disparu, consommé ou dérobé par des opportunistes qui ne souhaitaient pas chasser dans les jours à venir. Une femme âgée récupéra la peau et entreprit les premières étapes d'un tannage artisanal. D'autres s'emparèrent des os pour les tailler sur des pierres et fabriquer des outils.

Aliénor réapparut près de lui une fois son repas achevé.

— Tu manges dix fois plus qu'Antoine, s'émerveilla-t-elle.

— Je n'ai rien avalé depuis deux jours ou presque, répondit-il en savourant la confortable sensation que lui procurait son estomac bien rempli.

Les yeux mi-clos et les paupières lourdes, il éprouva l'envie irrésistible de faire une sieste. Aliénor lui refusa ce plaisir :

— Joseph a changé nos plans. Nous resterons ici quelque temps pour chasser et fumer la viande. Le voyage jusqu'au Moyen-Orient est long ; nous devons nous organiser avec soin.

Gavannha acquiesça paresseusement.

— Il veut utiliser tes talents, insista-t-elle. Pour tuer et transporter les animaux. Pendant ce temps, nous installerons les fumoirs.

Il ouvrit ses paupières avec difficulté.

— Je refuse de faire le travail seul, répondit-il. Et puis, j'ai besoin d'une sieste.

D'un pas lent, Gavannha reprit la direction de son logement, où il put dormir en toute sécurité.

Après la chasse, où sa fonction principale se réduisit à transporter la quinzaine d'animaux morts sur des plateformes de déplacement rapide, il s'entretint plusieurs heures avec Aliénor, Joseph et Vladimir, qu'il nommait dans sa tête le triumvirat.

Durant la conversation, Vladimir l'interrogea sans cesse sur leurs tactiques guerrières. Le général peinait à concevoir que seules la fourberie ou une erreur d'inattention leur permettraient de vaincre un Nôstre. Ses questions se firent de plus en plus insidieuses, accusant Gavannha de mensonges. Même Joseph et Aliénor semblèrent gênés par son insistance. Tout d'abord, Gavannha lui assura que ses soupçons s'avéraient sans fondement : il n'avait aucune raison de mentir aux Humains. Cependant, l'obstination de Vladimir lui donna la désagréable sensation d'être un prisonnier de guerre à qui l'on soustrayait des informations.

— Avec tout le respect que je vous dois, général, finit-il par déclarer au comble de l'agacement, peu importe la manière dont vous retournez les choses dans votre tête. Imaginez une armée dont chaque membre peut, s'il en a le désir, raser en quelques minutes une ville comme… Saint-Pétersbourg. Pensez-vous vraiment que les Humains peuvent faire face à une telle menace par leurs propres moyens ? Soyez réaliste !

Cette réponse jeta un froid glacial. Les discussions s'achevèrent ensuite très rapidement. Une fois encore, sans se soucier de l'équipe chargée de sa surveillance, Gavannha érigea une plateforme et s'éloigna de plusieurs dizaines de kilomètres. Il atterrit près d'un bosquet, s'assit en tailleur et contacta Jaméo. Une heure plus tard, le maître-espion se téléporta face à lui.

— Quelles sont les nouvelles ? lui demanda son ancien protégé.

Gavannha lui décrivit comment il avait connu les Humains, ses discussions avec Aliénor et le fait qu'en mentionnant la ville, la troupe avait décidé de la rejoindre.

— Je ne sais pas trop quoi en penser, avoua-t-il en conclusion. J'ai vérifié à plusieurs reprises depuis mon réveil. Je n'ai découvert aucune surveillance ou activité suspecte dans les alentours. Ça ne signifie rien, bien entendu. Les meilleurs *furtifs* sont indétectables. Cependant, je doute qu'une personne haut placée gaspille des ressources rares simplement pour se tenir informée de mes agissements et planifier une rencontre avec Aliénor, quand fixer un rendez-vous avec une date aurait fait l'affaire. Je distingue néanmoins trop de coïncidences pour invoquer le seul hasard. Je peux presque voir les ficelles qui manipulent nos destins. Je dois m'attendre à d'autres surprises à l'avenir, j'en suis persuadé. Je vais scruter les moindres gestes d'Aliénor. J'obtiendrai peut-être des éclaircissements de cette manière.

— Tu crois donc avoir découvert le bon groupe d'Humains ? l'interrogea Jaméo.

Gavannha répondit d'un signe de tête positif.

— Et toi ? Où en est ton enquête sur Déia ?

Avec une certaine frustration, Jaméo mit les mains dans ses poches.

— La Déicide se trouve bien à l'extérieur du Dôme, dans une de ses colonies autonomes. Cependant, elle est protégée en permanence par ses enfants. Et ce ne sont pas les plus inoffensifs qui sont de garde, si tu vois ce que je veux dire. Avant que je puisse monter une opération pour passer outre leur système de sécurité, Naguère 1er est venu dans mon bureau, furieux, et m'a intimé de tout abandonner. Il m'a fixé un ultimatum, puis il a ordonné à mon espion sur place de rentrer sur le champ au palais. Nous avons dû nous exécuter.

Gavannha réfléchit un instant.

— Il est d'ordinaire bien plus subtil. S'il réagit de manière aussi vive, alors tu es sur la bonne voie et il se sent au pied du mur. Pour moi, il s'agit d'un indice supplémentaire qui tendrait à prouver que Déia disait la vérité.

— C'est également mon avis, abonda Jaméo. J'ai ordonné à des espions de rassembler des informations sur une éventuelle cabale. Peut-être trouverons-nous l'identité de celle qui contrôle les sages. Je suis cependant peu optimiste. Si rien n'a transparu jusqu'à présent, les chances pour que mes hommes déterrent quoi que ce soit maintenant sont plutôt maigres. De plus, avec la guerre en gestation, il y a des signaux faibles dans tous les sens. Mes services sont complètement débordés.

— Qu'en est-il de la coalition dont tu m'avais parlé la dernière fois ?

— Tout est au point mort pour l'instant, répliqua Jaméo. Le Phrygiana pèse de tout son poids pour bloquer les négociations.

Gavannha s'y attendait. Le Phrygiana se situait à la frontière avec l'Husdamore. Peu importe la configuration des armées, pris entre le marteau et l'enclume, son seul espoir d'éviter une destruction complète s'avérait d'empêcher le conflit lui-même.

Tous deux convinrent de se recontacter un peu plus tard, lorsqu'ils auraient chacun avancé sur leur enquête respective. Une fois Jaméo parti, Gavannha retourna au campement. Il essuya à nouveau les reproches d'Aliénor sur le fait d'avoir semé ses sentinelles. En revanche, Vladimir fit montre de contrition et programma pour le lendemain une nouvelle réunion d'information.

Chapitre 4 : Kayeff

Les oiseaux semblaient avoir tous disparu de la campagne environnante ; Kayeff n'en entendait plus un seul dans le bosquet situé à une vingtaine de mètres de lui. Il n'avait pas souvenir que leurs congénères godéraniens s'enfuyaient en présence de la magie. Peut-être étaient-ils dérangés par le bruit du rituel ?

Il reporta son attention sur la tâche en cours. À cet instant précis, les éclairs orangés cessèrent de crépiter et de projeter alentour des étincelles capables d'incinérer une personne au moindre contact. Dans le même temps, la fumée verdâtre qui recouvrait le cercle rituel se dissipa, révélant un manche irrégulier d'une dizaine de centimètres planté dans le sol argileux. *Enfin !* Kayeff se redressa tandis que la sensation de froid propre à l'utilisation de la magie s'estompa au niveau de son bras et de son estomac. Le rituel durait depuis près d'une vingtaine de minutes. Une éternité pour la création d'un artefact si banal et si simple. Quelque chose avait mal tourné. Il traversa le double cercle, piétina les runes tracées dans la terre glaise, puis s'empara de l'objet. Au toucher, l'item magique s'avérait aussi glacé qu'un métal resté dehors par temps de gel.

— Par la Déesse !

Au lieu de conférer des vertus offensives à l'ancienne branche de sapin, il en avait seulement transformé les propriétés physiques. Comment avait-il pu obtenir un résultat si éloigné de l'effet recherché ? Il avait pourtant revérifié chacune de ses runes !

— J'en déduis que tu t'es planté en beauté, commenta Isaël.

Agacé par le ton de l'Humain, Kayeff se tourna vers lui. De justesse, il se retint de lui expédier une remarque acerbe. Avec les semaines, la patience et l'humeur de Kayeff empiraient, il en avait conscience. Prenant sur lui, il se contenta d'énoncer des faits.

— Je viens d'inventer une nouvelle sorte de métal mais, en effet, cette tentative se solde une fois de plus par un échec.

Comme pour prouver ses dires, il tendit l'objet à Isaël, qui grimaça à l'instant même où il l'eut entre les doigts.

— C'est glacé, ton truc ! Et en plus, avec toutes les irrégularités du manche, je ne vois pas comment on pourrait tenir ça de façon confortable. De toute évidence, on vous enseigne plus à parlementer qu'à pratiquer la magie à l'OPP…

Avec une mimique de dégoût, Isaël jeta au sol l'arme ratée, puis il souffla sur ses mains pour les réchauffer. *De mieux en mieux...* Kayeff résista à l'envie d'établir une plateforme de déplacement rapide et d'abandonner ces quelques Humains à leur sort. D'ici un mois ou deux, ces incapables seraient morts de faim. Seule une image mentale de Bafane, le visage furieux, l'empêcha de passer à l'acte. Frustré, il se gratta l'intérieur du coude et l'avant-bras, laissant des marques ensanglantées dans le sillage de ses ongles. *Il faut que je trouve un moyen de leur enseigner à survivre sans moi*, se rappela-t-il. *Armer ces Humains est la première étape du processus. Je dois simplement découvrir la formule adéquate. Si seulement j'avais à ma disposition un livre de sorts spécialisé dans les artefacts*. De fait, il éprouvait la désagréable impression de devoir réinventer la roue.

— J'ai passé la majeure partie de mon *sacrifice* à étudier des problèmes magiques autrement plus complexes, se justifia-t-il malgré lui auprès d'Isaël. J'ai créé des sorts que beaucoup m'envieraient. Cependant, je n'ai jamais été très doué avec les objets. Je ne suis ni un *artisan* ni un *bâtisseur*, comme vous l'avez déjà observé à maintes reprises. Je pense que mes inclinations personnelles m'orientent davantage vers les arts guerriers.

— Un pacifiste guerrier, s'amusa Isaël, narquois.

Je vais finir par provoquer une rupture d'anévrisme chez celui-là ! Cette fois, il se gratta l'arrière du crâne. Comment avait-il pu laisser Bafane l'enfermer dans cette situation ridicule ?

— Il s'agit seulement d'une classification, expliqua Kayeff du ton le plus posé possible.

— C'est beau de pouvoir entrer dans une catégorie, intervint Grincheux d'une voix sarcastique.

Et ça y est ! L'autre s'y met aussi ! C'est vrai qu'il n'est pas encore midi ! Kayeff se tourna vers l'ancien expert-comptable. L'homme fumait à proximité, étendu sur une des peaux de vaches. Il ressemblait à un sans-abri, avec ses carreaux de lunettes recouverts de graisse et sa barbe hirsute. Après deux mois passés en sa compagnie, Kayeff avait compris que l'Humain supportait mal sa normalité. Il cultivait donc son originalité, ce qui le rendait plus banal encore.

— C'est une tendance, l'informa Kayeff avec un sourire forcé. Tu as des Nôstres qui sont à la fois *artisans* et *machinistes,* ou *terreux* et *guerriers*. Il existe aussi des Nôstres qui touchent à toutes les disciplines, et qui dès lors seraient difficiles à classer. De plus, à l'intérieur de ces grandes catégories, tu as ce que l'on appelle les spécialités. Mon père adoptif est un *guerrier-traqueur*, c'est-à-dire qu'il a modifié son corps pour accroître ses capacités à pister les individus sur de très longues distances. En outre, les personnes comme lui développent bien souvent des techniques de *furtifs*, qui leur permettent d'observer leurs cibles sans être détectés. En définitive, la ou les catégories dans lesquelles tu entres reflètent tout bonnement ton parcours de vie…

Grincheux répliqua avec un sourire empreint de scepticisme. Kayeff haussa les épaules. *Peu importe ce que cet Humain pense !* Parfois, il se demandait pourquoi il se donnait autant de mal avec eux. Probablement une résurgence de son existence au sein de l'OPP, où l'on estimait que le savoir était une forme de pouvoir qui permettait à l'individu de s'émanciper. Kayeff s'essuya les mains, puis il se tourna vers Isaël.

— Je vais réfléchir à une autre méthode pour fabriquer les armes dont vous avez besoin.

— Comme tu veux, répondit l'ancien militaire. Mais ne tarde pas trop. Il y a beaucoup de chiens sauvages dans la région. Berti et Angela affirment en plus qu'il y avait des zoos dans les parages. Il y a peut-être des lions, des tigres et tout un tas de serpents tropicaux qui se baladent par ici, maintenant.

— Je sais, s'agaça Kayeff.

Il jeta un regard en direction d'Anke qui écrivait sur une table bancale. Entièrement concentrée sur son ouvrage, l'auteure semblait inconsciente du monde alentour. Elle posa un instant son crayon pour consulter ses notes parmi la dizaine de cahiers ouverts qui traînaient à ses pieds. *Un tigre du Bengale pourrait s'approcher sans qu'elle s'en aperçoive.* Kayeff secoua la tête. La situation de dépendance de ces Humains l'exaspérait de plus en plus. Il lui fallait trouver une solution.

Ses yeux embrassèrent le reste du campement qui s'étalait juste derrière Anke. Des peaux de bovins. Des sacs de couchage dénichés lors d'une mission de fouilles la semaine dernière. Un cercle de pierre pour faire un feu. Un petit saladier en verre où s'amassaient des fruits cueillis en début de matinée, car Berti craignait qu'ils développent maladies comme le scorbut s'ils continuaient à s'alimenter de produits d'épicerie. L'ancienne infirmière avait insisté pour mener une expédition dans un verger situé à quelques kilomètres d'ici. Ravi de voir les Humains enfin prendre leur destin en main, Kayeff avait organisé le transport dès le lever du jour.

— Je vais faire un tour au supermarché pour examiner nos stocks, annonça Kayeff. Je pense que nous repartirons très vite au train où vont les choses.

Il cherchait surtout la solitude afin de réfléchir à ses options. S'il parvenait à placer ces Humains dans un endroit sécurisé où ces derniers pourraient vivre de façon autonome, Bafane accepterait-elle de l'aider à mettre en œuvre sa vengeance ? Elle le lui avait promis, mais rien n'empêchait sa mère adoptive de revenir sur ses engagements. Il savait à quel point elle voulait le protéger. Et si une telle chose se produisait, comment lui fallait-il réagir ? Devait-il foncer sur Godéranie pour dévaster Sageopolis ? Les résultats seraient probablement assez médiocres. Devait-il au contraire essayer de trouver des alliés fiables qui poursuivraient les mêmes objectifs que lui ? Mais comment découvrir les bons candidats alors que les sages avaient exterminé tout son réseau en détruisant l'OPP ?

— Comme je l'ai déjà dit, affirma Isaël, nous devrions utiliser notre temps à faire des plantations et créer un petit village pour l'hiver prochain.

Kayeff releva la tête, surpris de cette intervention. *De quoi parle-t-il ? Ah oui, il revient encore une fois sur son obsession de fonder une ferme.*

— Les autres refusent de rester ici.

— Les autres manquent de pragmatisme, rétorqua Isaël avec conviction. Ce sont tous des intellectuels ou des artistes. Mis à part Peter, ils n'ont jamais travaillé de leurs mains. Ils ignorent comment anticiper ces choses-là. C'est notre boulot de le faire pour eux.

Et moi qui me pensais paternaliste…

— Tu es libre de tenter l'expérience, mais tu risques de te retrouver seul très rapidement, répondit Kayeff.

Sur ces mots, il prit la direction de l'ancien centre commercial. Sur la route, il songea une fois encore à ses alternatives. Les Humains refusaient de se rendre à la ville ou de rester ici. Au cours de leurs discussions nocturnes autour du feu, il avait remarqué qu'ils désiraient de plus en plus sortir de leur isolement, rencontrer de nouvelles personnes. Peut-être Kayeff pouvait-il profiter de cette situation pour chercher d'autres Humains désireux de les incorporer en leur sein. Ces derniers seraient sans nul doute plus à même de survivre que son groupe. S'ils migraient vers des régions plus clémentes, au sud, ils trouveraient bien une ferme ou une communauté agricole qui accepteraient de les recueillir.

— N'écoute pas Isaël, déclara Grincheux.

Kayeff sursauta. L'ancien expert-comptable marchait à quelques pas de lui, une cigarette vissée entre les lèvres.

— Que veux-tu dire ? demanda Kayeff.

— Isaël pense toujours qu'il a raison mais, en l'occurrence, il a tort. Ce serait une erreur de reproduire ce que nous connaissons déjà.

— Je ne suis pas certain de te suivre.

— Nos sociétés humaines se dirigeaient vers le désastre. Notre mode de vie n'était pas durable, mais la complexité de nos organisations sociales nous empêchait de tout réformer en profondeur. *Cela* nous offre une chance unique : reconstruire quelque chose sur des bases saines. Or, Isaël voudrait que nous rebâtissions tout sur ce même modèle. Voilà pourquoi je dis qu'il a tort.

Kayeff secoua la tête. *Encore une de ces maudites discussions autour du modèle de société du futur !* Depuis quelques jours, les Humains passaient leur temps à disserter à ce sujet.

— En attendant de savoir quelle société vous souhaitez édifier, vous devez apprendre à vous débrouiller sans moi. Et pour l'instant, ce n'est vraiment pas le cas.

Au moins, le message était clair !

— Peut-être avons-nous déjà inventé cette société nouvelle ? contra Grincheux. Une alliance symbiotique entre Nôstres et Humains. Peut-être formons-nous actuellement le modèle du futur ?

Kayeff s'arrêta et observa l'ancien expert-comptable d'un œil grave.

— J'ai un combat à mener sur Godéranie. Chaque instant que je passe à vos côtés est du temps que je n'utiliserais jamais pour détruire les sages. Est-ce là ce que tu souhaites ? Qu'une menace permanente pèse sur l'Humanité ?

— Si les Nôstres avaient vécu parmi nous, au vu et au su de tous, nous aurions pu employer vos items magiques pour nous protéger. *Cela* n'aurait jamais été aussi dévastateur.

Et il insistait…

— Rien qu'en vous aidant en ce moment, je risque d'être jugé, probablement exécuté, parce que j'enfreins les Commandements de la Déesse !

Oui, je risque ma vie à cause de vous. Le moins que vous puissiez faire serait d'y mettre un peu du vôtre, tu ne crois pas ? Grincheux s'arrêta pour essuyer en vain les carreaux de ses lunettes.

— Ritter te l'expliquerait mieux que moi, mais les religions découlent très souvent du besoin de se créer une histoire ou une destinée commune. Ces Commandements ont permis de vous donner un cadre, mais au-delà, quelle valeur ont-ils ? Quel était le but de Godéramée en vous les imposant ? De quand datent-ils ? Quelle pertinence ont-ils encore à l'heure actuelle ? Faut-il les suivre aveuglément ? D'ailleurs, les trois sages les ont d'ores et déjà rendus obsolètes. Peut-être devriez-vous tous les imiter ?

Surpris, Kayeff observa l'ancien expert-comptable avec attention.

— Si tu veux mon avis, poursuivit Grincheux, c'est en restant avec nous que tu portes l'attaque la plus virulente contre l'Husdamore. Tu construis un modèle alternatif au leur. Comment coloniseront-ils la Terre si des Nôstres sont là pour protéger les Humains ? Et de toute manière, que comptes-tu faire seul contre un empire ?

Un souvenir de l'Université du Sud-Est revint à Kayeff. Les cadavres amassés pour dessiner des roses sur les pelouses ravagées. La torture d'Arizz. L'assassinat de tous les membres de l'OPP à l'échelle de la Godéranie. *Cela*. Les orphelins de guerre massacrés. Et lui, il répondrait à ces crimes comme un pacifiste, en créant une communauté d'un genre nouveau ? Il laisserait aux sages la possibilité de dormir sur leurs deux oreilles ? Il attendrait que d'autres personnes décident de les juger au nom de Godéramée ? *Quelle blague !*

— Pure rhétorique, argua Kayeff. Vous avez réussi à faire la part des choses entre les sages et les Nôstres. Je doute que tout le monde en soit capable… Et la cohabitation est-elle seulement souhaitable ? Vous dépendez trop de ma magie, selon moi.

Grincheux tira une dernière fois sur sa cigarette, puis d'un geste machinal, il écrasa le mégot par terre au milieu d'un tas de cendres.

— C'est normal que nous dépendions les uns les autres. C'est le propre de toute société. Réfléchis-y !

Sur ces paroles, l'Humain prit la direction de l'est pour entamer sans l'ombre d'un doute l'une de ses interminables promenades en solitaire. Immobile, Kayeff l'observa entrer dans un champ de blé qui bordait l'ancienne zone commerciale.

***

Au détour du rayon apéritif, Kayeff découvrit Jörn et Hanne qui s'embrassaient avec passion. De toute évidence, le monde extérieur n'existait plus pour eux. Appuyé contre les étals, l'homme portait sa compagne au niveau des hanches pour pallier leur différence de taille. Surpris par cette scène inattendue, Kayeff s'arrêta brutalement, les yeux rivés sur les mains de Hanne qui couraient sur le corps de son compagnon, déjà torse nu. Même s'il se tenait à cinq mètres d'eux, Kayeff entendait sans difficulté leurs halètements.

Comme à l'accoutumée, il observa la joute amoureuse avec une certaine incompréhension devant ce phénomène pourtant si fréquent autour de lui. D'aussi loin qu'il se souvienne, il pouvait compter sur les doigts de ses mains le nombre de fois où il avait ressenti des pulsions sexuelles. Et, chaque fois qu'il les avait assouvies, loin de la satisfaction animale décrite par ses amis de l'OPP, il avait davantage éprouvé une impression de « tout ça pour ça ? ». Pourquoi l'ensemble de ses camarades passaient-ils l'essentiel de leur temps à en discuter et à enchaîner les liaisons ? Que retiraient-ils de ces brèves étreintes physiques qui lui paraissaient si insipides ? Ses copains de l'époque lui avaient conseillé de persévérer ; il n'avait pas trouvé la bonne. Il avait essayé, mais ses aventures adolescentes l'avaient conduit au début de sa vingtaine à interrompre aussi bien la recherche d'une âme sœur que la quête du sexe, au grand damne de Bafane qui souhaitait des petits enfants.

Lorsque Hanne se débarrassa de son haut, Kayeff détourna les yeux. Il avait d'autres choses à faire que de se replonger dans le passé et se perdre en conjecture sur des questions existentielles. Il se dirigea donc vers la réserve, située un peu plus loin, derrière le rayon boulangerie. À peine eut-il effectué une dizaine de pas qu'il aperçut Berti et Angela, dissimulées dans la section des vins, pillée pour alimenter les multiples veillées alcoolisées du groupe. À genoux, les deux femmes observaient en gloussant les baisers de Hanne et Jörn. Étonné de les découvrir dans cette position de voyeuse, il s'arrêta de nouveau pour tenter de comprendre ce qui les intéressait :

— Tu crois qu'ils vont le faire sur le sol ou debout ? souffla Berti.

La chanteuse secoua la tête.

— Je les ai surpris plus d'une fois à traîner près de l'ancien magasin de literie. Ils ont dû se dégoter un matelas par là-bas. Je te parie qu'ils vont s'arrêter au milieu pour finir dans un endroit plus confortable.

— Les hommes me manquent, avoua Berti.

Angela cessa de regarder le couple et posa les yeux sur son amie.

— Peter, Grincheux et Ritter sont célibataires, déclara-t-elle. Bon, je ne te propose pas Isaël, je sais très bien quels sont tes goûts…

L'ancienne infirmière grimaça.

— Aucun d'eux ne m'attire. On se connaît depuis si longtemps que j'aurais l'impression de coucher avec un de mes frères.

La chanteuse leva les yeux. Apercevant Kayeff, elle se mordit les lèvres. S'en voulait-elle de l'avoir exclu de la liste des célibataires potentiels ? Était-ce en raison de ses origines ou bien avait-elle détecté son manque d'intérêt pour la bagatelle ? Peu lui importait. Cette discussion lui avait au moins permis de comprendre que ces Humains avaient besoin d'être incorporés à un plus grand groupe. La vie, telle qu'ils la connaissaient à l'heure actuelle, les étouffait tous.

Il leur adressa un signe de tête, puis reprit son chemin. La réserve était le lieu où les employés du magasin avaient entreposé les machines en plus de l'alimentation. Deux transpalettes et une laveuse industrielle rouillaient dans le coin gauche de la pièce. Durant *Cela*, le plafond s'était écroulé sur les stocks, détruisant une bonne partie des emballages avec la nourriture qu'ils contenaient. Malgré leurs efforts pour déblayer cet endroit, ils n'avaient pu amasser qu'une quantité limitée de produits comestibles.

Armé d'un petit calepin, Ritter comptabilisait les boîtes de conserve et les paquets de chips restants.

— Où en est-on ? demanda Kayeff.

L'homme releva les yeux de ses notes.

— Ce n'est pas brillant. On consomme davantage que prévu. La bonne nouvelle, c'est qu'on ne tombera pas à court de riz et de pâtes avant un moment. La mauvaise, c'est que d'ici trois semaines, il ne restera plus rien d'autre à manger.

Kayeff acquiesça. Le départ approchait.

— C'est ce que je craignais.

— Tu crois qu'Isaël a raison en affirmant que l'on devrait utiliser les champs autour de nous pour récolter le blé et faire de nouvelles plantations ?

— Aucun d'entre nous ne possède des compétences en agriculture.

Kayeff désigna les paquets de riz.

— Je suis même incapable de te dire si ces grains ont subi un traitement particulier avant leur mise en emballage et s'il y a dans les environs une terre pour les faire pousser.

— Je sais, soupira Ritter. Alors que fait-on ? On reprend la route ?

— C'est la meilleure option, confirma Kayeff. Anke trouvera le moyen d'écrire le soir avant nos veillées. Et si vous le souhaitez, nous chercherons des agriculteurs…

L'Humain émit un sourire de soulagement.

— Ce ne serait pas mal, admit-il. On commence à tourner en rond. Ce n'est pas bon. Toutes les nuits, je rêve de rencontrer de nouvelles personnes. Je ne sais pas si je supporterais qu'on s'installe ici.

— Je suis d'accord, répondit Kayeff. Ce lieu est une étape et rien de plus.

En prononçant ce dernier mot, il songea aux sages et à son monde d'origine. *Dans combien de temps pourrais-je retourner là-bas ?* se demanda-t-il. *Comment vais-je prouver à Bafane que je suis prêt à entrer dans l'arène ?*

— Je te laisse annoncer la nouvelle ce soir à la veillée, dit Kayeff. Vous pourrez alors discuter de vos options. Pour ma part, je vais m'entraîner pendant le reste de la journée.

De cette manière, il aurait le temps de réfléchir à la solution la plus viable.

***

Une dizaine de jours plus tard, Bafane émergea d'un portail à leur habituel lieu de rencontre, à proximité du chêne. Elle portait une robe argentée qui brillait au soleil. La fatigue tirait les traits de son visage.

— Je n'arrête pas de faire des allers-retours, déclara-t-elle. Entre le manoir, la Godéranie, les Humains que j'ai secourus, la ville, toi, je suis éreintée.

Il hocha la tête.

— Quelles sont les nouvelles de la ville ? lui demanda-t-il.

— Plutôt bonnes. Les Humains ont décidé de la rebaptiser. Désormais, ils l'appellent Nahala.

D'un geste machinal, Kayeff se gratta le cou. Même s'il guérissait ses lésions eczémateuses, sa maladie de peau réapparaissait, souvent à des endroits différents.

— Ce mot me dit quelque chose, avoua-t-il en se souvenant des séries télévisuelles qu'il regardait parfois lorsqu'il séjournait au manoir.

— Ça veut dire héritage en hébreux, répondit Bafane. C'est plutôt bien choisi, je trouve.

— Résistance aurait convenu davantage, mais peu importe.

— Quelqu'un est de mauvaise humeur à ce que je vois.

— Comme tu t'en doutes, je perds patience.

Bafane soupira de lassitude.

— J'ai commencé à élaborer un plan. Cependant, j'ai besoin d'informations de terrain très précises. J'ai trouvé une agence de renseignement pour m'assister.

Kayeff fronça les sourcils.

— Pourquoi Érèbe ne t'aide-t-il pas ? C'est typiquement le genre d'activités où il excelle.

Bafane se mordit la lèvre inférieure. Elle lui dissimulait quelque chose, comprit-il. *Pour me contrôler ou pour me protéger ?* Il se garda néanmoins d'insister. S'il l'énervait, elle l'empêcherait de participer à la guerre. Or, malgré la colère permanente qui l'incitait de plus en plus à tout plaquer, Kayeff savait que ses chances de réussite seraient démultipliées si ses parents adoptifs l'appuyaient. Il prit donc son mal en patience.

— Nous avons détecté une escouade de Nôstres sur Terre, révéla Bafane. Castor est persuadé que ce sont des Husdamoriens. J'ai demandé à Érèbe de les pister et de les maintenir sous surveillance constante.

Une seule escouade ? Kayeff sentit un frisson d'excitation lui courir le long de l'échine. Personne ne connaissait le nombre exact de Nôstres vivant sur Terre. Cependant, les statisticiens estimaient qu'il y en avait entre cinq cents et mille. Certains ne s'opposeraient pas aux soldats des sages, mais il comprenait mal comment une dizaine d'individus pouvait exterminer le reste de l'Humanité. *Ces Husdamoriens n'ont aucune chance. Que sont-ils ? Une diversion ? Autre chose ?* Plus il songeait aux actions de ses ennemis et moins leur plan semblait clair. *Veulent-ils seulement coloniser ce monde ?*

— C'est peu de combattants pour nettoyer la Terre des derniers Humains, remarqua Kayeff pour voir comment sa mère adoptive réagirait.

Comme de coutume, Bafane effectua des allées et venues tout en réfléchissant. Sa robe traînait sur l'herbe qui ondulait dans son sillage.

— Il y a probablement d'autres escouades que nous n'avons pas encore repérées. Castor et Pollux essaient de mettre en place un système de triangulation dans toute la région de Nahala. D'après eux, il sera bientôt possible de détecter un Nôstre à cent kilomètres à la ronde.

— De quelles défenses disposons-nous ?

Sa mère adoptive s'arrêta un instant de marcher.

— Nous sommes parvenus à rassembler une trentaine de Nôstres de tous les horizons. Que des gens sérieux et motivés. Tous les autres que nous avons localisés préfèrent agir de leur côté. Mais je ne suis pas étonnée de ce résultat décevant. La majorité du temps, la Terre n'attire que des Nôstres au profil très particulier. Ce sont en général des solitaires qui ne veulent plus rien avoir à faire avec la Godéranie ; ou alors, ce sont des fugitifs qui font tout pour se faire oublier.

Kayeff acquiesça. C'était cohérent.

— On a des informations sur ces soldats de l'Husdamore ?

— Aucune, pour le moment. J'ai missionné notre agence de renseignement là-dessus. Je vais croiser leurs résultats avec ceux d'Érèbe pour tester la fiabilité de leurs sources et leur professionnalisme. Avec de la chance, cette agence nous obtiendra suffisamment de détails pour que l'on sache à quoi nous en tenir. S'il s'agit de troupes d'élite, avec le peu d'alliés dont nous disposons, nous risquons de peiner à les contenir à Nahala.

Songeur, Kayeff observa l'horizon. Des bovins paissaient à un kilomètre de là. L'espace d'un instant, il envia la simplicité de leur existence, puis son cerveau revint aux affaires courantes. Malgré leur infériorité numérique, ces Husdamoriens engendreraient des dégâts majeurs si les Nôstres de la Terre leur en laissaient l'occasion.

— À ton avis, ils savent pour Nahala ? demanda-t-il.

— Supposer le contraire serait une grosse erreur stratégique, tu ne crois pas ?

— En effet.

Il réfléchit un instant, puis déclara :

— Je devrais peut-être emmener à Nahala les Humains avec qui je vis. Nous sommes bientôt sur le départ. Je pourrais renforcer nos défenses.

Certes, ses protégés ne seraient pas contents, mais il c'était une bonne excuse : d'autres Humains avaient besoin de lui. Il trouverait bien un moyen de convaincre Isaël et Anke qu'il s'agissait pour eux de la meilleure décision possible. De cette manière, il participerait à plusieurs affrontements ; il prouverait ainsi à Bafane sa valeur en tant que combattant. Et quand elle aurait peaufiné son plan contre l'Husdamore, elle le laisserait bien plus volontiers se joindre à l'effort de guerre.

Sa mère passa plusieurs fois devant le chêne.

— Non, répondit-elle finalement. Depuis le début, nous réagissons aux manœuvres des sages. Nous créons une force de défense pour protéger une ville que LEUR sort a miraculeusement épargnée. Nous essayons de forger une coalition internationale qui se constitue, parce qu'ILS ont lancé *Cela*. Nous entrons dans leur jeu, et donc nous risquons de le perdre. Nous ignorons leur prochaine machination. Peut-être ont-ils laissé Nahala debout pour rassembler leurs opposants qui vivent sur Terre ? Peut-être trament-ils une offensive afin de tous nous massacrer en une seule fois ? Si tu viens nous prêter renfort, il est possible que tu sois exterminé en même temps que nous. Et alors, plus personne ne pourra semer le chaos chez eux. Je vais abandonner le manoir avec mes soldats restants et emménager provisoirement à Nahala. Ce sera suffisant pour le moment.

Frustré, Kayeff serra les poings.

— Mis à part le système de détection, quelles protections avez-vous installées autour de Nahala ? Un dôme ? Quelque chose de plus perfectionné ?

— Castor et Pollux refusent toujours d'informer les Humains de notre présence, répondit Bafane. Selon eux, ce serait une entorse à la *Nobilianiti*. Ils ont infiltré les instances dirigeantes avec deux lieutenants de confiance, mais nous sommes contraints d'employer des artefacts de sécurité invisibles. Donc, pas de dôme de protection autour de Nahala.

— Quelle connerie ! s'exclama Kayeff.

Il donna un coup de pied dans un caillou proche. Ce dernier vola sur plusieurs mètres avant de disparaître dans les herbes hautes.

— C'est à cause de ce genre de scrupules que des guerres sont perdues, ajouta-t-il.

— Je sais, répondit Bafane. Comme j'emménage à plein temps à Nahala, je vais avoir plus de poids dans les décisions. J'espère arriver à changer leur opinion. À mon avis, une attaque d'envergure se prépare sur Nahala ; nous devons évacuer la ville le plus tôt possible pour éviter un carnage. De plus, je souhaite la transformer en un piège mortel pour tout ennemi qui chercherait à nous envahir.

Une expression déterminée s'afficha sur le visage de Bafane ; quelques années plus tôt, Kayeff aurait éprouvé un pincement de cœur pour les futures victimes de sa mère ; au lieu de ça, un frisson d'excitation mêlé à de l'envie le parcourut.

***

Kayeff emmena les Humains à l'orée de l'ancienne zone

commerciale, dans un champ de blé où les tiges jaunies ployaient sous le poids des grains. De multiples sillons lacéraient les cultures, signes que les animaux circulaient un peu partout. Des sangliers avaient gratté la terre à maints endroits, piétinant et arrachant les épis. Devant une haie, Kayeff posa quatre petits cylindres les uns à côté des autres. Chacun d'eux mesurait une quinzaine de centimètres. Avec fierté, il les caressa du bout des doigts. Ces deux semaines de travail acharné avaient enfin payé. Contrairement aux essais précédents, les items magiques s'avéraient lisses au toucher et leur surface sombre était à température ambiante. Il se releva.

Les Humains formaient un demi-cercle face à lui. Comme un commandant sur le point de livrer bataille, il les évalua un à un. Depuis *Cela*, leur physique avait bien évolué. Malgré les rasoirs qui jonchaient les rayons de l'ancien supermarché, les hommes se coupaient rarement la barbe ; la plus courte d'entre elles datait d'une semaine. Angela et Peter avaient perdu leur embonpoint ; la peau de la chanteuse pendait d'ailleurs un peu au niveau de son cou. Les autres possédaient désormais un corps mieux accoutumé aux exercices physiques. Aucun d'eux ne ressemblait cependant à un athlète. Grincheux, Anke et Isaël étaient trop maigres ; Jörn avait de sérieux problèmes de dos ; malgré leur petit gabarit, Hanne et Berti montraient le plus gros potentiel.

— Comme vous le savez tous, déclara Kayeff d'une voix calme, je ne demeurerai pas éternellement à vos côtés. J'ai essayé de vous enseigner comment survivre dans la nature. J'aimerais à présent vous apprendre à vous défendre.

À l'exception d'Isaël, la majorité de son auditoire lui jeta un coup d'œil dubitatif.

— Je sais que vous avez des doutes, voire des réticences pour certains, mais c'est un mal nécessaire.

Berti et Angela échangèrent un regard.

— Je suis désolée, annonça l'ancienne chanteuse, mais si la simple vue d'un veau empalé me donne la nausée, j'ai des difficultés à voir comment le maniement des armes me correspondrait. Je passe mon tour.

À la surprise de Kayeff, Berti intervint :

— Je suis d'accord sur le principe, mais le Monde d'hier est mort. La vie que nous menons à présent est vraiment différente.

Ses protégés utilisaient depuis quelques jours le titre du livre d'Anke pour désigner leur existence d'avant *Cela*. Malgré lui, Kayeff sourit tandis que ses réflexes d'historien reprenaient le dessus et identifiaient avec intérêt les signes d'une reconstruction du passé. Bientôt, des mythes viendraient se greffer à ce nouveau nom propre. Les réinterprétations de certains aspects de la vie humaine d'avant *Cela* se succéderaient. Elles accentueraient la confusion et brouilleraient les souvenirs. Dans cinq cents ans, les contemporains réutiliseraient cette période pour tisser des récits qui justifieraient certaines coutumes ou traditions politiques iniques.

La réalité déchira alors sa rêverie d'universitaire. Pourquoi songeait-il à de telles inepties ? Les siens avaient péri, massacrés par les sages. Il n'y aurait plus personne à l'OPP pour l'écouter disserter à propos du passé et de sa reconstruction. Juste des cendres. Tout ce qui lui restait, c'était la vengeance.

Il voulut intervenir, répondre à Angela, mais Berti continua sur sa lancée :

— Tu commettrais une grosse erreur si tu te privais de ces leçons. Avec un peu de chance, tu n'en auras même jamais besoin… J'espère que nous n'en aurons jamais besoin. Mais au cas où…

— Berti a raison, appuya Ritter. Les sages ont envoyé des Nôstres pour achever les derniers Humains. Si nous sommes incapables de nous défendre, je ne vois pas comment nous pourrions survivre. Nous devons tous apprendre.

— La violence appelle la violence ! répondit Angela sur un ton catégorique.

Cette position de principe remémora à Kayeff les dogmes de l'OPP. Les siens avaient payé un immense tribut à cet idéalisme forcené. Il voulut s'exprimer, mais une fois encore l'un des Humains le devança. Après tout, le noyau de ce groupe s'était rencontré au conseil municipal de leur quartier où ils débattaient des problèmes de la communauté :

— C'est vrai, concéda Grincheux. Mais il existe parfois des situations où on ne peut éviter la violence. L'important est de choisir ses batailles. Une personne capable de combattre n'est pas nécessairement une brute épaisse.

— J'ai appris la nature des souffrances que je pouvais infliger aux autres et à moi-même en m'entraînant au corps à corps, pointa Isaël avec une mauvaise foi évidente. J'ai vraiment gagné en empathie durant mon service militaire. Qui sait, en maniant des armes, tu deviendras peut-être plus pacifiste encore.

Jörn et Grincheux jetèrent à l'ancien soldat un regard sceptique. Pour couper la controverse, qui s'annonçait interminable, Kayeff activa un sort. Une lame luminescente de couleur violette jaillit de son poing. Elle était à peine plus épaisse qu'une tige de blé, mais son bourdonnement fit sursauter les Humains. Tous observèrent l'arme avec circonspection.

— Ceci est une lame luminescente, leur expliqua-t-il. C'est un sort classique utilisé par les Nôstres. Vous pouvez la comparer à une épée.

Pour illustrer ses propos, Kayeff trancha d'un geste un arbuste qui se situait derrière lui dans la haie. Un morceau de bois vola dans les airs, son moignon dévoré par des flammèches. Kayeff les éteignit du bout du pied.

— Simple et mortellement efficace. Avec un sort comme celui-ci, aucune force physique n'est requise pour tuer ; c'est aussi facile que couper du beurre à moitié fondu.

Avec un large sourire, il désigna les quatre cylindres qui attendaient toujours sur le sol.

— Ces items magiques peuvent créer une lame luminescente.

Il se pencha et saisit l'un d'eux. Sa main se porta à l'extrémité du manche, où un bouton permettait d'activer l'objet. Aussitôt, une lame de couleur blanche en jaillit, émettant un bourdonnement caractéristique.

— Vous pouvez ajuster sa taille avec ce mécanisme.

Ce disant, il tourna un petit interrupteur rotatif situé sur le côté. L'épée lumineuse s'allongea d'une dizaine de centimètres.

— J'attire votre attention sur les dangers d'avoir une lame trop grande. Au-delà d'un mètre cinquante, l'artefact va surchauffer, et il risque de vous éclater entre les mains. Si un tel accident se produit, vous serez transpercés par des milliers d'échardes magiques. Mort instantanée garantie…

Sur ces mots, Kayeff éteignit l'arme avant de la tendre vers les Humains. Isaël s'approcha tout de suite.

— Avant de l'allumer, prévint Kayeff, respectez ces deux précautions. Premièrement, assurez-vous de la tenir dans le bon sens : aucun de vous ne voudrait s'empaler lui-même par accident. Deuxièmement, vérifiez que personne ne traîne autour de vous pour les mêmes raisons.

— C'est comme au service militaire, déclara Isaël avec nostalgie. Lorsque j'étais simple troufion, notre formateur nous expliquait comment fonctionne une arme à feu comme si nous étions des demeurés.

D'un geste assuré, Isaël alluma l'item magique. Il effectua plusieurs va-et-vient, tranchant des tiges de blé à chaque mouvement.

— Je trouve que tu manies très bien ce manche, insinua Peter avec un large sourire dessiné sur le visage. Aurais-tu des révélations à nous faire ? Après tout, si je me souviens bien, il y avait peu de femmes soldates à l'époque où tu servais sous les drapeaux…

Kayeff éprouva un sentiment de lassitude. Pouvaient-ils prendre sérieusement la leçon qu'il s'échinait à leur enseigner pour une fois ? Il s'aperçut alors qu'il se grattait au niveau de la hanche et se contraignit à arrêter. Par chance, Isaël se garda de répondre ou de lancer une nouvelle controverse : il se contenta de renifler.

— Ton arme me rappelle une vieille saga de science-fiction, déclara Anke.

Kayeff hocha la tête.

— Je me demandais lorsque l'un de vous aborderait le sujet.

— Tu connais les films ? s'étonna Grincheux.

— Bien sûr. J'ai passé toute ma vie à faire la navette entre la Terre, où vivent mes parents adoptifs, et la Godéranie. Je vous surprends peut-être, mais Bafane aime bien regarder la télévision. Elle avait trafiqué l'antenne pour que l'on puisse capter des chaînes du monde entier. C'est comme ça que j'ai appris plusieurs langues humaines.

Kayeff s'arrêta un instant avant d'ajouter :

— La différence majeure avec les sabrolasers est que les lames luminescentes ne s'entrechoquent pas. Lorsqu'elles se croisent, elles continuent leur trajectoire initiale sans s'arrêter. Au risque de vous décevoir, tout combat épique est impossible. Si on vous attaque avec l'une d'elles, vous devez esquiver la lame. Sinon, vous finirez comme cet arbuste : décapités.

— Si un Nôstre s'en prend à nous, comment fait-on pour se défendre avec ces… lames ? demanda Isaël. Je veux dire, il sera forcément plus habitué que nous à les manier et à les éviter. En plus, d'après ce que tu nous as raconté, vous pouvez lancer des attaques à distance.

Kayeff hocha gravement la tête.

— Je vous ai fabriqué ces armes pour vous protéger des animaux dangereux ou des Humains hostiles. Pour le reste, si un soldat de l'Husdamore passe à l'offensive, la seule ligne de conduite possible, c'est la fuite.

— En gros, résuma Isaël d'une voix amère, nous n'avons aucune chance.

— Donc ça ne sert à rien d'apprendre à se défendre, conclut Angela.

L'ensemble des visages s'assombrit alors.

— Ne vous en faites pas, leur déclara Kayeff. Je ne vous quitterai pas avant de vous savoir sains et saufs en mon absence.

Cette annonce fut reçue de façon mitigée.

— Tu pourrais nous fabriquer l'équivalent d'armes à feu ? demanda Peter. Elles augmenteraient considérablement nos chances de survie. En plus, je pourrais les utiliser pour chasser.

L'idée sembla excellente à Kayeff. Pourquoi n'y avait-il pas songé de lui-même ?

— Je vais avoir besoin de temps pour tester différents rituels, répondit Kayeff, mais c'est dans l'ordre du possible.

Les yeux de Peter brillèrent d'excitation, comme un enfant à qui l'on promettait un jouet en échange de sa bonne conduite. Durant le reste de la matinée, Kayeff leur enseigna les mouvements d'esquive et d'attaque les plus élémentaires. Angela tint le manche d'un artefact à peine une minute avant de décréter qu'elle n'y toucherait plus. Grincheux se coupa le mollet en lâchant sa lame par inadvertance. Quant à Isaël, il monopolisa une arme pendant tout l'entraînement. Sans grande surprise, beaucoup plus habitué que les autres à utiliser son corps pour gagner sa vie, Peter montra le plus de dextérité dans le maniement des lames, mais la rigueur des exercices l'ennuya très vite et il préféra plaisanter avec Berti. Seule Hanne prit la leçon au sérieux. Elle se déplaçait avec rapidité et précision. Au bout d'une heure, Kayeff comprit qu'elle deviendrait la plus redoutable du groupe si elle poursuivait ses efforts.

Kayeff conclut la séance d'entraînement par des encouragements, puis il annonça :

— Comme vous le savez déjà, le supermarché sera bientôt à court de nourriture. Nous partirons d'ici peu et, comme vous l'avez décidé la semaine dernière, nous nous dirigerons vers le sud à la recherche d'autres survivants avec qui s'allier.

Pour une fois, les Humains avaient écouté ses arguments et il avait obtenu gain de cause… Un sourire ravi étira alors l'ensemble des visages, notamment ceux de Berti et Angela.

— Si vous êtes d'accord, continua-t-il, j'aimerais inclure dans nos journées de voyages des temps consacrés à l'usage des armes.

Isaël et Hanne hochèrent la tête. Les autres se contentèrent d'un haussement d'épaules. Sur le chemin du retour, Kayeff se demanda si ses compagnons de route parviendraient un jour à se débrouiller par eux-mêmes. *Patience*, s'intima-t-il. *Patience*.

Chapitre 5 : Le Moine

Depuis leur entrée dans le Passage qui reliait la Terre à la Godéranie, l'alter ego du Moine scrutait la moindre réaction d'Alia. L'enthousiasme de la jeune femme le ravissait ; elle était comme une bouffée de fraîcheur dans un monde aigre et pourrissant. Fascinée par les nuages éthérés aux couleurs orangées ou violacées, Alia observait les alentours avec la bouche grande ouverte.

— Ces teintes sont juste magnifiques, s'extasia-t-elle. J'ignorais que la nature pouvait produire une telle beauté. On dirait…

Une série de grondements couvrit le reste de ses paroles. L'alter ego remarqua une multitude d'éclairs ténébreux qui noircissaient l'horizon. Un nuage pourpre se mit ensuite à gonfler avant de s'approcher d'eux à une vitesse effarante.

— Attention, la prévint-il, ça va secouer.

Il voulut la prendre dans ses bras pour l'empêcher de paniquer, mais il se retint au dernier moment. Elle risquait de l'envoyer promener.

Comme s'ils se trouvaient au milieu d'une mer de sang en furie, un vague écarlate gigantesque déferla sur leur plateforme de déplacement rapide. Positionné au centre de leur véhicule, un item magique en forme de brindille émit un crissement suraigu. Surprise, Alia se protégea les oreilles. Dans le même temps, identique à une immense bulle de savon, un bouclier se matérialisa pour les préserver de la perturbation atmosphérique. Quand le raz de marée les heurta, ils dévièrent néanmoins de leur trajectoire initiale et commencèrent à vriller dans cet espace dénué de haut et de bas.

— Par le sang de la Déesse ! jura Griff, celle-là, c'en est une grosse !

Au dernier moment, l'alter ego rattrapa Alia, que la secousse avait déséquilibrée. Elle atterrit dans ses bras. Aussitôt, l'odeur de ses cheveux lui envahit les narines. Il s'attendit à une remontrance de sa part : elle n'avait besoin d'aucun homme pour survivre ! Pour qui se prenait-il à incarner le chevalier servant ? Mais, rien ne vint. Plus surprenant encore, elle s'attarda même contre lui après que leur véhicule fut stabilisé, et la chaleur de son corps contre le sien l'électrisa. Finalement, Alia se dégagea de lui. L'alter ego la laissa partir à regret.

Une expression de concentration intense marquait le visage de Griff. Le regard rivé sur l'horizon, il rectifia le cap d'une dizaine de degrés.

— Griff a bien fait de fabriquer cet item magique hier soir, commenta-t-elle. Sans cet artefact, on se renversait.

Les yeux plissés, Alia contempla le vide infini qui s'étendait sous leurs pieds. Une anxiété certaine anima les traits de son visage.

— Le Passage est dangereux, lui confirma l'alter ego avec un sourire. Mais le véritable péril, c'est l'atmosphère. Elle est respirable, mais elle provoque parfois des hallucinations ou des pertes de repères. Il y a très régulièrement des Nôstres qui disparaissent dans cet endroit. L'intérêt de cet artefact, c'est surtout de nous prémunir contre un éventuel déphasage. L'effet de cet item magique n'est pas visible, mais il est réel. Sans lui, peu à peu, tu sombrerais et tu t'égarerais complètement dans cette immensité.

— Et une chute serait moins dangereuse ? répliqua Alia, sceptique.

— Tout à fait, lui assura l'alter ego. Le Passage, c'est une faille entre deux dimensions. Tomber ici reviendrait à basculer dans un gouffre sans fond. Jamais tu ne t'écraserais contre le sol. Nous n'aurions alors aucune difficulté à créer une autre plateforme de déplacement rapide. Tu n'as aucune raison de t'inquiéter.

Alia continua d'observer le vide sous leurs pieds. Pour lui changer les idées, il montra les éclairs verdâtres qui crépitaient à un kilomètre d'eux.

— C'est le vortex de sortie, annonça-t-il. D'ici une trentaine de secondes, nous serons sur Godéranie.

— Tant mieux, répliqua Alia.

À cet instant précis, l'alter ego sentit que le Moine souhaitait reprendre le contrôle de leur corps. *Fini de conter fleurette*, s'agaçait-il. *Nous arrivons dans un endroit dangereux, et tu n'as pas ce qu'il faut pour gérer cette situation.* À regret, la personnalité d'origine obtempéra. À l'instant même où le Moine s'installa aux commandes, Alia perçut la différence ; elle s'écarta de lui d'un bon mètre. *Elle ne m'aime pas beaucoup*, s'amusa le Moine. Aussitôt, l'alter ego répliqua : *je me demande bien pourquoi...* Ce qui agaça le Moine. D'ordinaire, sa personnalité d'origine lui laissait les rênes durant tout le temps de leur mission. Jamais il n'interférait ou presque. Cependant, à cause d'Alia, il se manifestait de plus en plus. La jeune femme se révélait une distraction dont il se serait bien passé. À la moindre erreur, la Déesse les massacrerait. Ce n'était pas le moment d'être déconcentré par un vagin et une odeur de fleur !

Lorsqu'ils franchirent le vortex et que des étincelles fusèrent dans sa direction, Alia poussa un cri de frayeur. Le Moine l'ignora, préférant étudier l'entrée du Passage : l'édifice avait déjà servi de piège mortel à plusieurs reprises au cours de l'Histoire. À la différence de son jumeau terrestre, aucun combat n'avait endommagé cet édifice-ci, qui trônait fièrement au milieu d'une île tropicale de petite taille. À travers l'ouverture située sur sa gauche, le Moine aperçut des palmiers et des cocotiers. Dans celle de droite, il vit une large mangrove. Au sommet du cercle de pierre, six mètres plus haut, il détecta une dizaine de Nôstres. Le Moine claqua sa langue contre son palet pour déclencher un sort de vision à distance. Aussitôt, ils lui parurent plus nets. Certains des inconnus tenaient entre leurs mains des items magiques. L'un d'eux brandissait notamment un long bâton pourvu d'une boule à son extrémité. D'expérience, le Moine se méfiait des artefacts, parce qu'ils détenaient très souvent des capacités surprenantes. Tous les soldats présents étaient sur le qui-vive, exhibant parfois des signes de nervosité.

Néanmoins, aucun d'eux n'attaqua.

— Il n'y a aucun Husdamoriens, remarqua Griff.

Le Moine découvrit alors qu'un bouton sur la chemise du joueur brillait d'une lueur écarlate. Visiblement, l'homme avait procédé aux mêmes vérifications que lui, mais à l'aide de ses propres moyens. Rien de surprenant. Le Moine hocha la tête en signe d'assentiment.

— Comment pouvez-vous le savoir ? interrogea Alia.

L'alter ego demanda au Moine de lui répondre, mais ce dernier l'ignora. Ce n'était pas le moment d'être distrait.

— Les Husdamoriens portent des toges rouges, suppléa Griff. Les Godéraniens sont très attachés à leurs vêtements traditionnels. Pour une mission de surveillance comme celle-ci, les soldats n'ont aucune raison d'employer un subterfuge.

— Que font ces soldats ici ? questionna Alia.

— Ils contrôlent les flux migratoires. C'est complètement inutile, surtout entre la Terre et la Godéranie, mais ça rassure les stratèges militaires en temps de guerre généralisée d'avoir des yeux un peu partout.

Ce qui explique pourquoi il n'y a aucun croiseur de guerre alentour, songea le Moine après avoir observé le ciel. *Les risques d'une invasion par le Passage sont juste trop ridicules pour gâcher des ressources ainsi.*

— Mais la guerre n'a pas encore commencé !

— Non, mais elle rôde, et avec elle s'installe la paranoïa…

Des crabes aux pinces bleues couraient ici et là près de leurs pieds. Cependant, dès que le Moine souleva un orteil, les nécrophages se précipitèrent dans leur trou. D'un geste, il ordonna aux deux autres d'emprunter la sortie de gauche. Les soldats les observèrent d'un œil vigilant. À l'extérieur, six individus discutaient avec animation. L'un d'eux arborait un maquillage de guerre krustkrien : de larges bandes rouge sang recouvraient ses joues ; des motifs géométriques noirâtres décoraient son visage ; une iroquoise se dressait sur son crâne ; des bijoux dorés lui couvraient la poitrine et le cou.

— Il ressemble à une personne originaire des Premières Nations, souffla Alia. Sauf qu'il a une physiologie asiatique.

Le Krustkrien discutait avec une Phrygienne, dont les vêtements colorés s'arrêtaient au-dessus du nombril et mettaient son ventre replet bien en évidence.

— Les six soldats que tu vois proviennent tous de pays différents, expliqua Griff à Alia.

Il les lui énuméra et les situa sur la carte de la Godéranie. Tandis qu'ils conversaient, la Phrygienne s'approcha.

— Êtes-vous le Moine ? demanda-t-elle.

— Non, je suis Sage M.

Surprise par cette réponse, elle se raidit. Ils échangèrent un long regard de défi, puis la Phrygienne examina avec attention Alia et Griff. Elle se tourna à nouveau vers le Moine.

— Je vous croyais mort, remarqua-t-elle après plusieurs secondes de silence. Êtes-vous le véritable Moine ou un imitateur ? Avez-vous l'intention de reprendre vos fonctions ? Quel camp souhaitez-vous rejoindre ? Qui sont vos compagnons de voyage ?

Pendant qu'elle posait ces questions, le Krustkrien tritura une de ses boucles d'oreille. *Si c'est un item magique*, songea le Moine, *alors il va essayer de me capturer*. Par le passé, plusieurs pays avaient tenté de l'emprisonner, de se servir de sa renommée pour provoquer des guerres ou intimider des adversaires. Sans plus attendre, le Moine frotta le sol avec sa semelle. Ce faisant, il déclencha une toile d'immobilisation assez large pour paralyser tous les Nôstres présents sur l'île. Néanmoins, il sentit que plusieurs d'entre eux utilisaient des sorts d'évitement. Ceux-là parviendraient à se libérer de son emprise d'ici une minute ou deux.

— Allons-y ! ordonna-t-il.

Sans plus attendre, il établit une plateforme de déplacement rapide.

— Pour aller où ? s'étonna Griff.

Malgré leur discussion passée sur la nécessité de sortir des futurs connus, le joueur semblait réticent maintenant que le moment de perdre le contrôle était venu. Le Moine désigna les soldats.

— Nous en parlerons en route quand nous serons hors de portée des oreilles indiscrètes.

Griff hésita. Dans le même temps, le Moine sentit que certains Nôstres, pareils à des anguilles gluantes entre les mains d'un pêcheur, commençaient à glisser sur sa toile d'immobilisation. D'ici une minute tout au plus, ces individus se libéreraient de son emprise.

Il grimpa sur son véhicule.

— Montez ! exigea-t-il.

Alia s'empressa de le suivre, puis elle installa son coffre à peinture au centre de la plateforme. Avec une lenteur qui exaspéra le Moine, elle activa l'aimant magique conçu par Griff en enclenchant un petit levier situé sur le côté de la malle. Aussitôt, l'objet se fixa sur la dalle de verre flottante. La jeune femme vérifia que la caisse ne bougeait pas. Une fois satisfaite, elle s'assit.

— Je n'ai jamais rêvé d'un tel événement ! protesta Griff. Normalement, nous sommes censés prendre contact avec la République de Krustkr. C'est notre meilleure chance d'abattre les sages.

Soit le joueur ne lui faisait pas confiance, soit il avait peur. Quoi qu'il en soit, le Moine devait le rassurer, et vite.

— Les destins dont tu rêves sont trop flous pour être fiables. Il est grand temps d'effectuer un saut dans l'inconnu. Tu as cinq secondes pour te décider.

L'homme se mordit les lèvres. Le Moine analysa ses atermoiements. Depuis leur conversation sur la plage, Griff avait évoqué à deux reprises le fait que ses rêves prémonitoires ne correspondaient plus à la réalité. Ce décalage signifiait selon lui qu'ils étaient sortis des branches des futurs auxquelles il avait accès. Il était aveugle et songeait sans nul doute au Tabula Rasa. Le joueur s'inquiétait, et le Moine imagina les questions qu'il se posait : mettait-il en branle des événements qui les mèneraient tout droit à leur perte ? Griff jeta plusieurs regards en direction de la Phrygienne et du Krustkrien. Finalement, avec réticence, il monta sur la plateforme.

Aussitôt, ils s'élevèrent dans les hauteurs. Sous leurs pieds, l'île de l'entrée du Passage se résuma à une flaque de terre au milieu d'un océan turquoise.

— Où allons-nous ? demanda Griff tout de suite après leur départ précipité.

— L'ancienne capitale du Chitosa, Centrum.

— Je n'ai jamais rêvé que nous allions là-bas !

— Tout juste, répondit le Moine. Comme promis, je nous forge de nouveaux destins.

Une expression de malaise se dessina sur le visage du joueur.

***

À cause de l'altitude, tous trois portaient des vêtements chauds. Alia observait le Dôme de Godéramée.

— La couleur du ciel est vraiment glauque. C'est normal ?

Le ciel en question exhibait des teintes grisâtres, voire noirâtres à certains endroits. Telles des blessures sanguinolentes dans le cœur de la voûte céleste, des traînées pourpres crevaient parfois le manteau nuageux. Assis à l'avant de la plateforme, les jambes pendantes, Griff se désintéressait de la conversation. L'alter ego, qui avait repris le contrôle de leur corps après leur décollage, répondit à la jeune femme :

— Non. Aujourd'hui, tu as de la chance : on voit le soleil naturel de ce monde.

Du doigt, il montra une forme ovale qui oscillait entre le jaune orangé et un bleu livide.

— C'est vraiment le même soleil que la Terre ? s'étonna-t-elle. Il a l'air tout pâlichon, comme s'il était malade.

— Oui, répondit-il. Le Dôme produit un effet d'optique. La barrière nous isole également de la chaleur et des radiations.

Il désigna une forme écarlate qui se levait à l'est. Son éclat sanglant se réverbérait furieusement sur le bouclier.

— Nous vivons grâce à ce soleil-ci. C'est lui qui rythme nos jours et nos nuits. Le Dôme est conçu pour générer une atmosphère viable, il contrôle notre climat et, sans lui, aucune vie ne serait possible sur cette planète.

— J'ai du mal à croire que c'est également la Terre. C'est tellement différent ! Là, par exemple, on serait au niveau de l'Amérique du Sud ? De l'Australie ? De l'Europe ?

L'alter ego comprit qu'Alia avait besoin de repères, qu'elle se sentait perdue dans ce monde nouveau qui ne ressemblait en rien à celui qu'elle avait quitté. Il s'empressa donc de lui fournir le plus d'informations possible :

— C'est la Terre, et ce n'est pas la Terre. L'événement qui a engendré nos deux mondes parallèles s'est produit selon toute vraisemblance à la venue de Godéramée, c'est-à-dire il y a trente mille ans. Depuis, bien des choses ont évolué. Le sort qui a dévasté cette planète en a modifié la morphologie. D'après nos légendes, de gigantesques éruptions volcaniques ont défiguré les continents ; des séismes démentiels ont rasé les montagnes ; nos océans se sont asséchés ; en une poignée d'heures, toute la vie a disparu. Comparer la géographie de la Terre avec celle de la Godéranie n'a pas vraiment de sens.

— Mais alors, comment avez-vous survécu ? s'étonna Alia. D'après ce que vous m'aviez dit l'autre jour, la catastrophe s'est produite il y a vingt-cinq mille ans. À l'époque, nous étions à peine plus que des hommes des cavernes. Vous aviez déjà une technologie capable de fabriquer cette barrière de protection ?

L'alter ego répondit d'un signe de tête négatif.

— Sans la Déesse, nous n'existerions plus. Elle a créé le Dôme, utilisé du magma pour engendrer un continent viable et elle a sauvé d'innombrables espèces animales, végétales ou aquatiques. Elle a amené de l'eau. Plus important encore, elle a assemblé des individus en provenance des quatre coins de la planète sous cette barrière de protection.

Alia désigna alors l'immensité terrestre qui poignait à l'horizon.

— Et du coup, ce continent, il est situé où exactement par rapport à la géographie de mon monde ?

— D'après certaines archives, nous sommes dans l'équivalent terrien de la Mélanésie.

La jeune femme resserra son manteau autour d'elle. Prête à poser une nouvelle question, Alia ouvrit la bouche, mais Griff se tourna dans leur direction et intervint dans la conversation d'une voix péremptoire :

— La Déesse est tout sauf la bienfaitrice de la Godéranie !

Agacé par cette interruption, l'alter ego répliqua :

— Tu crois aux thèses dévastationnistes ?

Griff acquiesça. Aussitôt après avoir secoué la tête face à cette déclaration aberrante, l'alter ego leva les yeux en direction du Dôme.

— Vous pourriez m'expliquer un peu ? s'irrita Alia. Contrairement à vous, j'ai des dizaines de milliers d'années d'Histoire à rattraper !

— Selon nos traditions religieuses, répondit Griff, Godéramée est venue sur notre monde avec trois de ses sœurs, chacune pourvue de pouvoirs différents. Quand Godéramée a décidé de nous offrir la magie, une violente querelle a éclaté entre elles, avant de dégénérer en guerre totale. Au cours des combats, les sœurs auraient créé un sort ravageur. Mais, avant qu'elles parviennent à le lancer, Godéramée les aurait emprisonnées dans un roc. Trop dangereux pour être désamorcé, le sort serait resté en suspension durant trois millénaires. Puis, deux Nôstres,

Abela et Caïna, l'auraient utilisé pour s'entretuer, transformant la Godéranie en dévastation fumante. À la suite de cet incident, la Déesse aurait exigé des Nôstres qu'ils obéissent à ses commandements. C'est la version officielle de cette histoire. Cependant, mes visions me permettent d'affirmer qu'Abela et Caïna n'ont jamais existé. Godéramée et ses sœurs ont créé cette catastrophe de toute pièce. Le Dôme est une cage, rien de plus.

— C'est un avis très personnel, commenta l'alter ego sans chercher à dissimuler son scepticisme. Et s'il s'agissait d'une cage, pourquoi Godéramée nous aurait-Elle laissé un Passage vers la Terre ?

— Parce que la Terre et les Humains font également partie de la cage ! rétorqua Griff. Pour quelle raison nous donnerait-Elle l'accès à un seul et unique monde quand il en existe des milliards par ailleurs ? Pour nous montrer le paradis que nous avons perdu en utilisant la magie de façon inconsidérée, comme soi-disant Abela et Caïna ? Si tel était le cas, pourquoi aurait-Elle laissé *Cela* anéantir la population humaine ? Elle n'est pas notre bienfaitrice, et encore moins une déesse, c'est une créature froide et dénuée d'empathie ! À l'instar du Moine !

En son for intérieur, le Moine intima sa personnalité d'origine à la prudence. Un événement important était en train de se produire, et il voulait regagner le contrôle. L'alter ego l'en empêcha : il désirait rester en compagnie d'Alia. Néanmoins, il décida de prendre en considération cet avertissement et observa le joueur avec attention.

— Elle m'a torturé dix années durant. La Déesse se sert de moi comme un outil jetable au besoin. Je sais quel genre de personne Elle est. Et sans le Moine, jamais je n'aurais survécu.

L'alter ego prit seulement conscience à cet instant précis des intonations menaçantes présentes dans le ton de sa voix. Quant au joueur, il souriait à pleines dents, comme si l'énerver était son but premier depuis le début de cette conversation. Il *me manipule*, songea-t-il. *Je dois me méfier de lui lorsque je suis aux commandes ou nous courons à la catastrophe.*

Dès qu'elle entendit le mot torture, Alia s'empara de son bras. Il accueillit ce geste avec un sourire. Cependant, il garda le silence durant de longs instants. *Quel est le but de Griff ? Pourquoi nous a-t-il lancé sur cette discussion ?* Il décortiqua avec soin les propos de Griff. Peu à peu, une certitude étrange l'envahit : d'une manière ou d'une autre, Godéramée était liée au Tabula Rasa. Pourtant, il décela des incohérences évidentes dans les paroles du joueur. Quelque chose d'important lui échappait encore.

— Godéramée essaie d'empêcher la fin des futurs, n'est-ce pas ? Or, tu sous-entends qu'Elle est mêlée de très près à cette affaire. Le paradoxe est patent. D'où ma question : comment se produit le Tabula Rasa ? Qui en est responsable ?

Un large sourire éclaira à nouveau le visage de Griff.

— Tu n'es pas encore prêt à accéder à la vérité, répondit le joueur. J'ignore toujours si tu vas prendre *son* parti ou le mien dans la guerre à venir. Je suis néanmoins content de t'entendre enfin poser les bonnes questions.

Il aurait déjà pu tout me révéler, cependant il se tait. Par manque de confiance ? Pour préserver les avenirs qu'il connaît ?

— Et quelles sont les bonnes questions ? interrogea l'alter ego, glacial.

— Celles qui te mèneront à être ma dame, corps et âme. La vérité n'est qu'une partie du processus.

Griff se tapota le crâne avec l'index, puis ajouta :

— Il y a tout d'abord un travail à effectuer là-dedans. Tu sais, cette sombre histoire pavlovienne. Le Moine, c'est *sa* création. *Elle* a mis dix ans pour te massacrer à petit feu, pour te briser complètement de l'intérieur et te pousser à devenir ce chien battu qui gémit et couine dès qu'*elle* hausse les sourcils… Un animal en cage incapable d'imaginer une vie sans le bâton de sa *maîtresse*. De mon côté. J'ai surtout besoin de toi ; le Moine n'est qu'un pantin sans intérêt qui mérite d'être exterminé à la première occasion. Je te divulguerai la vérité, pleine et entière, lorsque tu auras scié tes barreaux. Pas avant.

Des émotions multiples parcoururent l'alter ego : la peur de Godéramée ; le soulagement de rencontrer enfin un individu qui comprenait son cheminement ou ses souffrances ; et, bien entendu, l'espoir de pouvoir un jour redevenir lui-même. Alia resserra sa prise sur son bras. Dans le même temps, le Moine lui expédia des signaux d'alerte : *Griff est en train de te retourner le crâne, et tu es juste trop stupide pour le voir ! Il essaie de te convaincre de trahir Godéramée ! Comme si Griff a la moindre chance de L'abattre... Comment la Déesse réagira-t-Elle, à ton avis, lorsque tu prendras parti pour Son ennemi juré ? La torture ! Comment peux-tu te montrer aussi aveugle ?*

Profitant du silence, Alia demanda :

— Elle ressemble à quoi, la Déesse ?

— C'est une créature humanoïde bleue de deux mètres vingt, l'éclaira Griff. Elle a un visage arrondi et une musculature légèrement supérieure à la nôtre. Pour te donner une idée, il y a de très fortes similarités avec les divinités hindoues.

— Pourquoi ai-je l'impression que cette comparaison est loin d'être anodine ? répondit-elle. Tout comme le nom d'Abela et Caïna ou encore les peintures de guerre de ce Krustkrien…

— Malgré les Commandements de la Déesse, les Nôstres ont toujours eu une certaine influence sur le cours de l'Histoire terrienne, révéla Griff. Les religions hindoue, juive ou grecque sont par exemple directement issues de nos actions sur votre monde. Après, bien entendu, vous avez adapté le tout à votre convenance. De la même manière, vous avez eu un impact sur la Godéranie. Les fondements de l'OPP proviennent de la Grèce antique.

— Je vois, répondit Alia. Tout ceci ne m'étonne qu'à moitié. Quoi qu'il en soit, j'espère que vous allez la pulvériser, cette garce !

Une vague orangée recouvrit le Dôme en un instant. Une pluie de rocs frappa la barrière protectrice avec insistance, et un vacarme désagréable résonna alors. Alia sursauta. Elle observa les alentours avec une certaine appréhension.

— Tout va bien, la rassura l'alter ego. Le bouclier nous gardera en sécurité, quoi qu'il arrive.

— C'est comme ça tous les jours, commenta Griff. J'ignore pourquoi les Nôstres insistent pour vivre sur Godéranie…

Un frisson parcourut l'échine de l'alter ego : un de ses sorts de surveillance venait de se déclencher. Il se retourna et aperçut une tache à l'horizon. *L'un des soldats est parvenu à s'extraire de ma toile d'immobilisation assez rapidement pour nous prendre en chasse.* À regret, il confia le contrôle de son corps au Moine, qui souhaitait mettre en œuvre une stratégie connue de lui seul. À peine arriva-t-il aux commandes, qu'il annonça :

— Quelqu'un nous suit.

Au son de sa voix, Alia sursauta. Elle l'observa un instant, et le Moine sut qu'elle avait deviné qu'il était à nouveau emparé des rênes. Dans ses yeux, il ne découvrit aucune peur. Simplement un soupçon de dégoût. Elle relâcha son bras comme si son contact lui répugnait.

***

— Que nous veut ce soldat ? demanda Alia d'une voix inquiète.

— M'utiliser pour servir les intérêts de son pays, répondit le Moine. Certains dirigeants godéraniens pensent que m'avoir à leurs côtés, de gré ou de force, leur ouvrira les portes de la gloire. Ils croient être en mesure d'élargir leurs frontières ou devenir des généraux célèbres.

— Ou plus simplement, le contredit Griff, ils désirent en apprendre davantage sur tes intentions. Ils souhaitent découvrir qui est Alia et qui je suis. Tu as disparu pendant trois cent quarante-trois ans. Ton retour est un événement considérable, surtout dans le contexte actuel. Ils cherchent à savoir auprès de quel camp tu vas t'impliquer. À tes côtés, un souverain gagne plus facilement ses guerres. Les messages télépathiques doivent fuser dans toutes les directions.

— Mais j'y compte bien. À ton avis, pourquoi ai-je conservé mes habits de Moine en arrivant ici ? Je voulais préparer mon retour.

— Pourquoi s'intéresseraient-ils à moi ? s'étonna Alia d'une voix tendue. Je suis juste une artiste !

— Être en ma compagnie suffit à faire de toi quelqu'un d'important, lui répondit le Moine. Je suis le Faiseur de carnages. J'ai démantelé les empires les plus puissants de la Godéranie, engendré des charniers, aidé des généraux à remporter des batailles que tout le monde jugeait perdues d'avance. Je suis l'incarnation même de la réussite guerrière pour les habitants de ce monde. Je suis le seul prêtre de Godéramée…

— Bla, bla, bla, bla, bla ! s'agaça Alia.

Surpris, le Moine s'arrêta. Elle en profita pour intervenir :

— Ça y est ? Tu es redescendu sur Terre… enfin sur Godéranie ? Alors, Monsieur je-suis-une-légende-vivante, que fait-on au sujet de ce poursuivant ?

Décidant qu'il accordait trop d'attention à cette Humaine depuis le début, le Moine se tourna vers l'arrière, claqua sa langue et scruta la tache sombre à l'aide de son sort.

— C'est la Phrygienne, annonça-t-il.

La guerrière avait du talent si elle avait échappé à sa toile d'immobilisation avec autant de facilité. Peut-être même parviendrait-elle à leur donner du fil à retordre. *Parfait, justement ce dont j'avais besoin. C'est l'occasion rêvée de voir Griff à l'œuvre et d'estimer ses capacités réelles.*

— Le Pharaon collabore souvent avec l'Husdamore, déclara le Moine. Cette soldate travaille peut-être pour les sages ! Comme je suis aux commandes de la plateforme, je ne peux rien faire. Griff, débarrasse-moi d'elle !

Ce n'était que partiellement vrai, mais le joueur ne releva pas le pieux mensonge.

— À mon avis, c'est inutile, voire contre-productif. Nous avons besoin de publicité pour abattre nos ennemis. C'est justement l'opportunité que cette Phrygienne nous offre.

— Tu veux mon aide, oui ou non ? interrogea le Moine. Tu souhaites empêcher le Tabula Rasa ? N'est-ce pas pour cette raison que tu m'as laissé nous sortir des futurs connus ? Pour améliorer tes chances de nous sauver tous ? Je suis aux commandes pour le moment, alors je te conseille de faire le ménage quand je te le demande.

— Non, cette femme est importante dans les futurs, s'agaça Griff. Elle doit me conduire jusqu'au Pharaon pour nouer une alliance avec lui. Sans elle, tous nos plans échoueraient. Qui plus est, cette Phrygienne est aussi censée m'apprendre si *elle* a fait exécuter Valérianovska et Hugo, et si *elle* a capturé Lily.

Le Moine cessa d'observer leur poursuivante.

— De quoi parles-tu ? Qui sont ces gens ? Pourquoi t'intéresses-tu à leur sort ?

— Hugo est un fou de Déia et Valérianovska un pion. Avec la défaite de la Déicide, ils se trouvent tous les deux en position de très grande vulnérabilité. Je voulais savoir si *elle* en avait profité pour les tuer.

— Quelle importance ont-ils dans la partie en cours ?

— Leur influence à tous les deux est limitée, presque nulle désormais.

— Alors, pourquoi te soucier de leur sort ?

— J'admire ton sens de l'empathie. Leur fille, Lily, est essentielle pour les futurs. C'est encore une enfant, mais il existe neuf chances sur dix pour qu'elle devienne une joueuse. Si *elle* s'empare de Lily pour la convertir à *ses* ambitions, *sa* puissance sera décuplée. Personne ne pourra plus l'arrêter. L'enjeu est donc de taille.

— Si cette gamine est si importante que ça, pourquoi Déia ne l'a-t-elle pas emmenée chez elle, au milieu de la dévastation, pour la protéger ? Pourquoi ne l'as-tu pas toi-même secourue ?

— Parce que dans les futurs, le résultat d'une telle manœuvre se révèle toujours catastrophique !

Le Moine pondéra un instant ces propos. En fondant toutes leurs décisions sur des avenirs fragmentaires, les joueurs vivaient dans un monde d'hypothèses et de probabilités. L'avantage considérable que leur octroyait leur don de prescience se transformait en des œillères qui réduisaient leur imagination à celle d'un petit pois déshydraté.

— En d'autres termes, cette Phrygienne est inutile ! trancha-t-il. Tu m'as demandé de l'aide pour te sortir des futurs connus, n'est-ce pas ? Eh bien, c'est ce que je suis en train de faire. Tue-la !

— La technique des terres brûlées ? C'est ça que tu appelles nous extirper des futurs connus ?

— Mon offre est à prendre ou à laisser, mais il n'existe aucune demi-mesure.

Leurs regards s'affrontèrent. Puis, les yeux de Griff se promenèrent à plusieurs reprises entre la Phrygienne et le Moine. Une hésitation profonde marquait ses traits. Le joueur se mordit la lèvre inférieure, poussa un long soupir et maugréa des mots dans une langue que le Moine ne parlait pas. À son ton, il supputa que Griff jurait ou l'insultait.

— J'espère que je ne le regretterai pas, déclara finalement le joueur dans un langage commun.

Malgré ses réticences, l'homme retroussa les manches de sa chemise. Ses deux bracelets dorés s'illuminèrent d'une lueur ambrée. *Voyons ses items magiques à l'œuvre*, songea le Moine, qui souriait en son for intérieur. Griff joignit ses mains, et un halo fluorescent les entoura. Il positionna ses doigts de façon à former un cercle qui lui servait de viseur. Il pointa ce dernier sur leur poursuivante.

— C'est une mauvaise idée, persista-t-il.

Le joueur devenait pénible.

— Fais-moi confiance ! s'exaspéra le Moine.

Griff secoua la tête, agacé, mais il expédia tout de même une bordée de projectiles à peine plus gros qu'un poing. La tache à l'horizon commença aussitôt une manœuvre d'esquive en piquant vers l'océan. Griff agita ses doigts. Ses boules d'énergie explosèrent dans le ciel. Une vague de turbulences ambrée se répandit sur plusieurs centaines de mètres avant d'atteindre leur cible. Le souffle perturba la trajectoire ennemie. La Phrygienne perdit le contrôle de son véhicule ; elle vrilla dans tous les sens. Griff l'observa un instant.

— C'est une jeunette inexpérimentée ! grogna-t-il. Inutile de la tuer.

Pieux mensonge... songea le Moine. Avec une telle attaque, la moitié des Nôstres aurait déjà effectué le grand plongeon.

— Fais ce que je te dis !

Griff esquissa une grimace contrariée.

— Ça va secouer, prévint-il d'une voix mauvaise.

Il bondit de la plateforme. Dans le même temps, ses chaussures montantes émirent des étincelles bleutées identiques à une pluie d'étoiles. Son départ brutal déséquilibra leur véhicule, qui tangua. Alia poussa un petit cri de surprise. Renonçant à son dégoût, elle s'accrocha à lui pour éviter de tomber.

— Par la Déesse, grommela le Moine, qui mit de longues secondes à stabiliser la plateforme.

Ignorant l'Humaine, il tourna les yeux vers Griff qui, telle une comète, fondit droit sur leur poursuivante alors que celle-ci essayait encore de reprendre de l'altitude. Avant la collision, les deux Nôstres échangèrent des sorts. Des gerbes multicolores illuminèrent le ciel, produisant des déflagrations d'une puissance étonnante. Le Moine fronça les sourcils.

— Qu'est-ce que…

De violentes turbulences atmosphériques frappèrent sa plateforme de plein fouet. Alia perdit l'équilibre. L'alter ego se manifesta aussitôt : il court-circuita le Moine afin de saisir à nouveau le contrôle de leur corps. D'un bond, il attrapa la jeune femme, puis la serra contre lui. Elle hurla de peur tandis que leur véhicule piqua vers la mer en tournoyant comme un avion sur le point de s'écraser. Concentré sur un moyen d'éviter l'accident, l'alter ego ignora le cri strident. Tel un marionnettiste, il se mit à actionner en rythme les doigts de sa main gauche. Un instant plus tard, un courant d'air ascendant frappa leur plateforme. Le vent ralentit leur chute en contrant les effets délétères des explosions. Leur trajectoire se stabilisa, et l'alter ego arrêta leur véhicule à une dizaine de mètres au-dessus de l'eau. Il essuya d'un geste sec la sueur qui coulait abondamment sur son front.

— C'était limite, grommela-t-il.

Un instant plus tard, le Moine reprit le contrôle de leur corps, furieux de son intervention. De quel droit sa personnalité d'origine se manifestait-elle dans un moment aussi crucial ? Tout ça pour une greluche ! L'alter ego demeura silencieux. Il avait sauvé Alia, et c'était tout ce qui lui importait.

Le Moine se tourna en direction du combat qui rageait toujours à l'horizon : des explosions multicolores fleurissaient dans le ciel comme un bouquet final de feu d'artifice. Par précaution, le Moine se positionna au niveau de l'océan, là où le souffle lié à l'affrontement l'affecterait le moins. Il existait des façons bien plus efficaces de se débarrasser de la Phrygienne. *Griff m'envoie un message de protestation. Il veut s'amuser à qui est le chef... Puéril...*

Alia le repoussa alors avec force.

— Vous avez failli me tuer en jouant à qui pisse le plus loin ! cria-t-elle. Vous avez quel âge, Griff et toi, bordel ?

Quelques milliers d'années...

Une déflagration gigantesque retentit, suivie de près par un nuage gris qui sembla s'étendre sur plusieurs dizaines de kilomètres. Un instant plus tard, une silhouette inerte creva la fumée et chut en direction de la mer. La Phrygienne, inconsciente. Elle fut talonnée aussitôt par Griff, qui serra son ennemie contre lui avant de s'écraser dans l'océan.

Le Moine observa les environs de l'impact. Après un tel plongeon, les deux Nôstres s'étaient probablement enfoncés d'une quinzaine de mètres sous l'eau, voire davantage. Si par malchance l'un d'eux n'avait aucun sort de protection capable de supporter le choc ou la pression de la profondeur, alors il récolterait de graves séquelles. Après une minute d'attente, les deux individus refirent surface. La Phrygienne semblait inconsciente. Griff établit un radeau de magie écarlate et la hissa dessus. Il y grimpa à son tour avant de vérifier le pouls de la soldate. Puis, grâce à ses chaussures, il se propulsa hors de leur plateforme, laissant leur poursuivante derrière lui. Il atterrit sans douceur auprès d'eux. Le Moine lutta une fois encore pour conserver l'équilibre de son véhicule.

Et leurs regards s'affrontèrent.

— Elle a perdu connaissance, mais elle vivra, le défia le joueur.

— Tant qu'elle ne nous suit pas, répondit le Moine en haussant les épaules.

— Nous aurions pu nous arrêter à une petite menace ! Elle aurait flanché ! Elle aurait fui ! Elle doit tout juste avoir cent ans ! Elle sort à peine des jupons de son maître !

C'est faux, et tu le sais très bien ! Ou alors, à une autre époque, elle serait devenue un Dragon.

— Je suis le Moine. Je sème les dépouilles là où j'apparais. C'est ma mission. Les seuls avertissements dont je me contente sont faits de cadavres. Les mots suffisent rarement. Tu veux vraiment abattre les sages et empêcher le Tabula Rasa ? Tu vas devoir abandonner certaines de tes réticences ! Parce que le sang coulera à flots, crois-moi !

Avant de s'asseoir sur le rebord du véhicule, Griff cracha son mépris aux pieds du Moine. De son côté, énervée par le comportement du joueur et écœurée par la présence du Moine, Alia leur tourna le dos.

Chapitre 6 : Lily

Lily s'accroupit devant la mare, qui lui renvoya l'image de son visage, noir de saleté avec des traces rouges autour de la bouche. Avec assurance, elle plongea le gobelet dans l'eau qui contenait des milliers de particules en suspension. Lily en versa le contenu dans l'entonnoir de la machine fabriquée par Maman, qui lui avait montré comment l'utiliser. Elle connaissait donc par cœur toutes les étapes à suivre pour obtenir de l'eau potable. D'abord, verser le liquide dans le réservoir. Ensuite, mettre le gobelet sous le tuyau qui sortait du sablier. Enfin, appuyer sur le bouton vert situé sur le côté du cylindre.

Un sifflement retentit durant quelques instants, puis l'eau monta le long du tuyau pour ensuite passer par le sablier, qui effectua trois rotations sur lui-même. Pas une de plus. L'eau dégringola, fraîche et pure, dans le gobelet. Lily but son verre d'une traite et recommença l'opération jusqu'à ne plus avoir soif.

Son estomac grogna. Aussi, elle se dirigea vers les buissons que Maman lui avait montrés avant de s'endormir pour toujours. Maman lui avait dit qu'elle pourrait manger les fruits rouges lorsqu'ils deviendraient noirs. Cependant, même s'ils étaient « comextibles », contrairement aux jaunes qui poussaient un peu plus loin, Lily avait trop faim pour attendre qu'ils noircissent, et elle les mangeait alors qu'ils étaient verts ou rouges. De fait, elle trouvait ces fruits très acides. Pire encore, elle les détestait ! Néanmoins, elle avait tellement faim que leur goût horrible ne l'empêchait plus de les mâcher. Elle avait trouvé une technique : à chaque fois qu'elle en mettait un dans sa bouche, elle s'imaginait en train de manger les bonbons rouges avec un goût de fraise que ses parents achetaient chaque année pour son anniversaire. Parfois, Lily avait même l'impression de sentir du sucre lui inonder les papilles.

Parfois… Mais la plupart du temps, elle grimaçait et frissonnait.

— Beurk ! s’exclama-t-elle en crachant un fruit, au goût vraiment ignoble.

Pourtant, malgré cette expérience désagréable, elle continua de les cueillir dans le buisson. Une demi-heure plus tard, elle reprit la direction du campement. Papa et Maman ne reviendraient plus, elle l’avait compris. Pourtant, elle passait autant de temps qu’elle le pouvait en leur compagnie. Depuis sa naissance, ils s’étaient occupés d’elle, lui avaient préparé à manger ou servi à boire. Alors certes, ils n’avaient pas eu que de bonnes idées. Après tout, ils l’avaient obligé à aller à l’école alors qu’elle détestait ça – surtout à cause de Kevin, qui lui tirait les cheveux sans arrêt et insistait pour lui faire un bisou baveux sur la joue à chaque fois qu’il la voyait. Mais sans eux, elle se sentait perdue. Depuis toujours, Lily avait cru qu’ils seraient éternels, comme le soleil. Jamais elle n’avait imaginé qu’ils partiraient avant elle. Et, même s’ils ne bougeaient plus, elle avait envie d’être près d’eux. De faire un bisou à Maman ou que Papa la serre dans ses bras. Et puis, elle se sentait si seule, si effrayée… Comment ferait-elle quand il n’y aurait plus de fruits et que ses réserves de nourriture seraient finies ? Qu’est-ce qu’elle mangerait ? Maman insistait toujours pour lui montrer avant ce qui était « comextible » ou non. Si elle ne faisait pas attention, elle tomberait malade. Maman avait beaucoup insisté là-dessus !

Depuis que le méchant homme était venu, qu’il avait fait du mal à Papa et à Maman, la palissade magique ne fonctionnait plus du tout. Mais ce n’était pas grave car, avant de partir, le vilain monsieur avait fait un trou dedans. Lily pénétra donc dans l’enceinte sans difficulté. Ses yeux se positionnèrent en premier lieu sur les décombres de leur maison sur pilotis, qui gisaient un peu partout. Puis, elle observa les corps de ses parents.

Le bras de Papa bougea alors. Surprise et pleine d’espoir à l’idée que ses parents n’étaient peut-être pas morts, elle s’écria :

— Papa ! Maman !

Aussitôt, dérangé dans son repas, un corbeau s'envola, non sans émettre un croassement de contrariété. Et le bras de Papa cessa de se mouvoir. Devant ce sursaut d'espoir douché, Lily sentit des larmes couler le long de ses joues. Elle s'approcha de ses parents, mais plissa du nez. Ils sentaient de plus en plus mauvais ! La tête coupée de Papa l'observait toujours avec, sur ses yeux, cette pellicule blanche à la fois étrange et effrayante.

Lily s'agenouilla à côté. Pourquoi la mort existait-elle ? À l'école, Kevin, qui avait perdu son grand-père l'année dernière, disait toujours que c'était la volonté de Dieu. Si c'était vrai, eh bien Dieu était quelqu'un de méchant qui méritait un coup de pied au derrière ! Malgré l'odeur nauséabonde qui se dégageait de Papa, elle tendit la main pour lui caresser les cheveux.

— Qu'est-ce que tu fous, gamine ? s'exclama alors une voix dans son dos.

Surprise, Lily sursauta, puis se retourna aussi vite qu'elle le put. Un homme très costaud la regardait. D'emblée, elle détesta la manière dont il l'observait et le sourire bizarre qui étira ses lèvres à mesure qu'il la contemplait. Elle sentit un frisson de peur courir le long de son dos. Non, ce monsieur, elle ne l'aimait pas du tout. Et puis d'abord, d'où venait-il ? Il n'y avait que de la forêt autour de leur maison en ruine.

— Tes parents sont morts depuis longtemps ! s'agaça l'homme. Ils ne se réveilleront jamais.

Même si elle le savait déjà, l'entendre de la bouche d'un inconnu lui fit très mal. Les larmes coulèrent à flot le long de ses joues, ce qui occasionna une expression d'agacement sur le visage de l'homme.

— Arrête de chialer, la morveuse, tu veux ?

Lily ne lui répondit pas, car ses pleurs redoublèrent encore et sa vue se brouilla. Elle détestait ce monsieur ! D'un geste rageur, elle essuya ses larmes d'un revers de manche. Elle vit alors que l'homme s'approchait d'un pas nonchalant. Aussitôt, Lily se recula. Cependant, ses pieds trébuchèrent sur des décombres et elle tomba à la renverse. Sans lui laisser le temps de se relever, l'inconnu la saisit par le col, puis la souleva avec une facilité déconcertante. Ses vêtements dégageaient une odeur qui mêlait les frites et les grillades, ce qui donna encore plus faim à Lily.

— Lâche-moi ! s'indigna-t-elle. J'te connais pas et j't'aime pas !

Elle essaya de lui flanquer des coups de pieds ; elle frappa le poignet de l'homme de toutes ses forces. Une grimace furieuse anima alors le visage de l'inconnu. L'espace d'un instant, Lily crut qu'il allait la frapper, car le poing du monsieur se leva avec détermination. Effrayée, elle protégea sa tête avec ses bras. Mais aucun coup ne vint.

— Écoute-moi bien, petite merdeuse. Si ça ne tenait qu'à moi, je t'aurais laissé crever de faim dans ces bois. Et même si j'avais décidé de venir te chercher, rien que pour m'avoir frappé, je t'aurais admonesté la correction de ta vie ! Connais-tu la douleur d'un doigt qui se casse ?

Lily cessa de se cacher derrière ses mains et hocha la tête. Elle avait porté un plâtre l'année dernière après être tombée dans les escaliers.

— Imagine s'il me prenait la fantaisie de te les briser tous. Ou que je décidais de t'arracher les ongles un à un. Je l'ai déjà fait des centaines de fois sur d'autres personnes. Torturer les récalcitrants, c'est mon métier, vois-tu, et j'excelle lorsqu'il s'agit d'infliger de la souffrance à autrui.

Lily frissonna de terreur. L'homme disait la vérité, elle le sentait.

— Mais, tu as de la chance, car *elle* a de grands projets pour toi et m'a spécifiquement ordonné de te ramener dans *son* palais, indemne. Comme si moi, Tortureur, je n'étais qu'une simple nounou…

L'homme grogna d'agacement, mais il poursuivit.

— Si tu te tiens tranquille, tout se passera bien. Mais si tu recommences à me frapper ou si tu essaies de t'échapper, peu importe *son* ire, je t'arracherai la peau du visage et je t'obligerai à la manger. Me suis-je bien fait comprendre ?

Terrifiée et la bouche sèche, Lily hocha la tête.

Chapitre 7 : Gavannha

Vous êtes toujours aussi prudents quand vous localisez un autre groupe d'Humains ? questionna Gavannha.

Étendu sur la plateforme de déplacement rapide, Volya demeura silencieux et immobile. Son crâne dépassait tout juste du rebord tandis qu'il observait le campement situé une vingtaine de mètres en contrebas. Ses longs cheveux bruns dansaient au rythme des courants d'air. Pour l'occasion, Gavannha avait teinté le véhicule de la couleur du ciel, et le soldat donnait l'amusante impression de voler. Au bout d'une dizaine de secondes, l'Humain releva la tête, posa ses jumelles, puis il se tourna vers Gavannha.

— Depuis combien de temps tu voyages avec nous ? Trois semaines ? Un mois ?

— Dix-huit jours.

Volya haussa les épaules.

— Peu importe. Tu devrais le savoir, maintenant. Vladimir est paranoïaque. Nous avons déjà rencontré des groupes hostiles par le passé et ces gens-là ne me disent rien qui vaille. C'est pour ça que je t'ai demandé de venir. Je voulais les étudier davantage.

Gavannha se frotta le menton.

— Et alors, c'est aussi mauvais que tu l'imaginais ?

Volya esquissa une grimace d'écœurement.

— Il y a trois femmes nues attachées au centre du campement. La majorité des personnes ont l'air de crever de peur. Et si j'interprète correctement la présence du type chauve qui porte une espèce de gourdin en bois, je dirais que ces braves gens pratiquent l'esclavage et que cet abruti est le contremaître.

Gavannha hocha la tête. Ce que lui révélait le soldat correspondait mot pour mot aux informations fournies par Vladimir deux heures plus tôt, lorsque le général lui avait demandé de l'aide pour en apprendre davantage sur ce groupe. Il éprouva la désagréable sensation de s'être fait manipuler.

— Je ne vois toujours pas en quoi mes capacités étaient indispensables à votre survie. Tu aurais pu en découvrir tout autant en furetant à l'orée de leur campement.

— Et courir le risque d'être repéré ? Crois-moi, tu facilites pour beaucoup ma mission.

D'un geste nonchalant, Volya s'attacha les cheveux.

— Tu n'aurais pas un petit tour dans ton sac pour écouter les conversations d'en bas ? demanda-t-il d'une voix faussement innocente.

Volya esquissa un large sourire. Depuis plus d'une dizaine de jours, le soldat essayait de gagner la sympathie de Gavannha. Sans l'ombre d'un doute, Vladimir lui avait ordonné de l'amadouer : le général était obsédé par les Nôstres. Il recourrait à toutes les tactiques possibles pour en apprendre davantage à leur sujet. *Il est en train de tester mes limites.* L'image d'un enfant avec lequel il fallait se montrer patient s'imposa à lui. Il se morigéna aussitôt. *Mes vieux réflexes ont la peau dure ! Godéranien un jour, Godéranien toujours !* Certes, les Humains vivaient moins d'un siècle, à l'instar des Non-Sacrifiés ; la longueur de leur existence se résumait au passage d'une étoile filante pour un Nôstre ; mais, pour avoir vécu parmi eux durant des décennies, Gavannha savait que les traiter avec arrogance ou condescendance était une erreur. *Néanmoins*, décida-t-il, *il s'agit peut-être de la meilleure des marches à suivre en ce qui concerne Vladimir. Peut-être qu'à force de me répéter, ce maudit général comprendra.*

— Ça commence avec une petite mission de repérage et ça finit avec une demande d'extermination, déclara Gavannha. Et puis, ce serait contraire à la *Nobilianiti.* Je réaffirme mes positions : jamais je ne participerai à une manœuvre militaire ! Jamais je n'utiliserai ma magie contre des Humains. Je regrette déjà d'avoir accepté de t'aider cet après-midi.

Un nouveau sourire illumina le visage rougi de Volya.

— La *Nobilianiti*, hein ? C'est une bonne excuse pour échapper aux corvées. Bientôt, pour ne plus chasser, tu vas nous inventer que Godéramée est végétarienne et que tu es toi-même végan.

Son ton jovial dérida Gavannha qui, avant de s'en apercevoir, riait de toutes ses dents. Même si l'éclaireur jouait la comédie et se rapprochait de lui par intérêt, il était très facile de l'apprécier.

— Tu m'as démasqué. Je ne suis pas un fanatique religieux, mais un grand paresseux.

— Je le savais !

D'un geste machinal, Volya chassa une mèche de cheveux qui lui arrivait dans l'œil.

— Plus sérieusement, tu en es capable ou pas ?

Gavannha l'observa de longues secondes. Au début, il voulut tout simplement nier l'existence de son sort. Puis, il imagina que Vladimir se montrerait beaucoup moins à l'aise s'il apprenait que Gavannha pouvait mettre sur écoute les conversations de tout le monde. Sa paranoïa s'accroîtrait encore un peu. C'était mesquin, il en avait conscience, mais l'attitude du général l'excédait au plus haut point.

— Je peux, mais je ne veux pas. Comme je l'ai déjà dit, il m'est interdit d'utiliser la magie à des fins militaires humaines…

Durant un instant, lorsqu'il révéla qu'il était en mesure d'espionner tout le monde, les yeux de Volya s'étrécirent, puis son visage reprit son habituelle décontraction.

— Dixit celui qui est en ce moment même en mission de reconnaissance s'amusa l'éclaireur. Enfin une personne de principe ! J'ai horreur de ceux qui professent des idéaux pour les parjurer à la première occasion.

Il marque un point… Gavannha conserva le silence.

— Plus sérieusement, insista Volya, dépêche-toi, il fait froid, ici. Je ne dirais rien à personne. Parole de jeune homme de bonne famille.

Une semaine plus tôt, Volya avait raconté à Gavannha son histoire personnelle. D'origine paysanne, l'Humain avait fui sa maison à quatorze ans pour échapper aux coups de sa mère, une veuve aux mains grosses comme des cuisses et au caractère épouvantable. Il avait survécu plusieurs années dans les rues de Moscou grâce au trafic de drogue et divers expédients. Lorsque la police l'avait arrêté, son casier judiciaire était déjà plutôt épais. Le juge lui avait donné le choix : la prison ou l'armée. Enrôlé de force sous les drapeaux, Volya avait passé une grande partie de sa carrière militaire dans des missions pour l'ONU au cours desquelles il avait appris l'anglais. Il n'avait été réaffecté au territoire russe qu'un mois ou deux avant *Cela*.

— Jeune homme de bonne famille, hein ? répéta Gavannha, amusé malgré lui par les pitreries du soldat. Ah oui, j'oubliais, vous autres, les aristocrates, vous considérez que votre parole vaut davantage que celle des manants ou des gueux !

— Notre arrogance nous perdra.

Un silence pesant s'abattit alors entre eux. Volya l'observait d'un œil patient, comme s'il attendait d'un enfant rétif qu'il se montre enfin raisonnable.

Gavannha aurait pu décider de rentrer au campement. Avant le début de cette mission de reconnaissance, il avait contraint l'éclaireur à se débarrasser de toutes ses armes, y compris les couteaux, de peur que l'homme profite de la plateforme pour attaquer les Humains en contrebas. De fait, le soldat ne détenait aucun moyen de pression sur lui. Et, en tant que Nôstre, Gavannha se devait de rester neutre, sans quoi il transgresserait encore un peu plus la *Nobilianiti,* et il s'exposerait à une condamnation à mort. Cependant, il ne put s'empêcher de jeter un bref coup d'œil en direction du sol, de penser à la souffrance de ces femmes enchaînées et de ces esclaves maltraités. En dépit du bon sens, l'image de sa grand-mère paternelle tenant un fouet lui revint à l'esprit. Il fut presque en mesure de goûter la terreur qu'elle lui inspirait, enfant, lorsqu'il la voyait s'avancer dans sa direction d'un pas décidé. Combien de fois avait-il souhaité que cette situation cesse, que quelqu'un vienne le secourir ? Si Volya disait la vérité, beaucoup d'individus souffraient et lui, Gavannha, pouvait potentiellement améliorer leur destin. Il lui suffisait de lancer un tout petit sort… ce qui contreviendrait à la *Nobilianiti.* Le dilemme éthique lui sembla tout simplement insoluble.

— Ce serait contraire à la *Nobilianiti*, répéta-t-il d'une voix moins assurée.

Volya conserva le silence tout en l'observant avec une insistance dérangeante. L'espace d'un instant, Gavannha eut l'impression d'être un monstre. Bien malgré lui, il flancha :

— Bon d'accord, mais, si vous en venez aux mains, je ne participerai pas au conflit, tu m'entends ?

Pour toute réponse, Volya lui expédia un large sourire. Avec un soupir exagéré, Gavannha activa ses doigts pour lancer son sort. Aussitôt, du vent s'engouffra au cœur du campement situé sous eux avant de remonter vers leur plateforme. Comme un écho lointain, une cacophonie de voix leur parvint.

Gavannha ne connaissait aucune des langues utilisées, néanmoins les différentes intonations lui permirent d'y déceler certaines émotions tels le désespoir, le courroux et la peur. Le visage de Volya perdit son sourire à mesure qu'il écoutait les conversations. Après une vingtaine de minutes passées à épier les Humains en contrebas, il annonça :

— Fin de la mission !

Il était livide.

***

— Ce n'est pas notre problème ! cria un civil avec un accent slave à couper au couteau. Ces gens-là ont des fusils et des mitraillettes !

Combien de personnes mourront pour secourir quelques malheureux. Nous ne sommes déjà pas très nombreux, alors comment ferons-nous ensuite pour nous défendre contre les monstres qui veulent nous exterminer ?

L'homme jeta un regard en direction de Gavannha, puis il se mordit la lèvre inférieure, comme s'il prenait tout juste conscience de la teneur de ses propos. Comprenant que l'homme parlait des Nôstres de manière générale et non pas des Husdamoriens qui continuaient d'assassiner les Humains sur Terre, Gavannha l'observa avec les poings serrés. *T'ai-je déjà maltraité ? Toi et moi, nous n'avons même jamais discuté et tu oses me comparer à un monstre ?* Il se retint néanmoins de le remettre à sa place. Se battre contre la haine revenait à donner des coups d'épée dans une mer en furie. Il préférait conserver son énergie pour des causes qui pouvaient être gagnées. Comme retrouver son fils.

— Moi être d'accord, l'approuva une femme d'origine allemande, mais pour autre raison. Nous pas pouvoir aider tout le monde. Nous avoir difficultés trouver à manger. Quoi faire si plus de personnes ? Laisser enfants mourir de faim ?

Ces discussions publiques étaient vraiment improductives. Gavannha contempla l'assemblée. *Personne n'est jamais d'accord, ça s'éternise jusque très tard dans la nuit pour parfois reprendre au petit matin, et en plus les participants s'échaudent à mesure que les gens perdent patience.* Comment les Humains parvenaient-ils décider quoi que ce soit dans ces conditions-là ? La démocratie le dépassait…

— Honte à vous ! s'énerva aussitôt une jeune fille de peut-être vingt-cinq ans. Comment pouvez-vous même songer à abandonner ces personnes à leur sort ? Imaginez-vous à leur place ? Ne seriez-vous pas heureux de recevoir de l'aide ? Ce n'est pas parce que des étrangers ont exterminé la majorité de la population que nous devons perdre notre humanité ! Je préfère mourir la tête haute, fière de mes choix et de toutes mes actions, que de vivre avec la honte. Vous tous, vous n'êtes que des lâches !

Même s'il s'agissait d'une civile, elle brandissait une mitraillette au-dessus de sa tête. Pour avoir observé la jeune femme à la chasse, Gavannha savait qu'elle se servait très bien de son arme et qu'elle serait en premières lignes si un conflit éclatait. Des invectives fusèrent :

— Qui toi traiter lâche ? *Blöde Ziege !*

— *Bękart !*

— *Сука !*

Très vite, il devint impossible de distinguer qui insultait qui, dans quelle langue et pour quelles raisons. D'un bon énergique, Aliénor se leva et se jucha sur une charrette.

— Taisez-vous ! s'époumona-t-elle.

Son intervention provoqua un silence retentissant dans toute l'assemblée. L'ensemble des regards convergèrent en direction de la Camogérienne, à commencer par Joseph et Vladimir qui s'étaient jusqu'alors contentés d'écouter les uns et les autres. Dans un discours enflammé de plus de quinze minutes, Aliénor se prononça en faveur d'une attaque. D'un point de vue éthique, ignorer les exactions commises par cette communauté – cannibalisme, viols à répétition, pédophilie, esclavage, règne de la terreur – c'était tout simplement inacceptable. L'extinction menaçait l'Humanité. Seule l'entraide permettrait à l'espèce de survivre. Une Humanité unie était la meilleure réponse à la question des Nôstres. Or, avant l'unification, l'élimination des déchets et des rebuts se révélait une étape incontournable. Il fallait amputer les cellules cancéreuses avant que celles-ci ne contaminent le reste de l'organisme.

Devant l'insistance de la Camogérienne et ses métaphores nauséabondes, Gavannha plissa les yeux. *Suis-je en train de rater un détail important ?* s'interrogea-t-il. Il repassa dans sa tête les événements qui avaient mené à la situation actuelle. Si Aliénor collaborait bel et bien avec l'allier de Déia ; si prendre la direction de la ville faisait partie du plan ; alors il existait de grandes chances pour qu'un conflit entre ces deux groupes d'Humains s'avère la prochaine étape. S'il devinait juste – et il était persuadé que c'était le cas – alors un dénouement marquant se produirait d'ici peu. Néanmoins, une question vitale continuait de l'obséder : comment l'allier de Déia parvenait-il à orchestrer toutes ces rencontres en dépit des impondérables ?

Vladimir se joignit aussi à la faction interventionniste. Pragmatique, il expliqua que les éclaireurs ignoraient pour le moment si cette horde de barbares les avait détectés. Pour lui, la fuite se révélerait une erreur, car leur groupe s'exposerait alors à un assaut par-derrière. Le plus simple consistait à éliminer la menace tout en bénéficiant de l'effet de surprise.

Le soutien de deux membres du triumvirat fit pencher les débats en faveur d'une offensive. Une heure plus tard, Aliénor dirigea le scrutin à main levée. Joseph entérina le résultat d'une voix à peine audible :

— Quand Vladimir dessiné stratégie, nous attaquer.

***

Une détonation retentit derechef. Les combats se rapprochaient. Malgré lui, Gavannha cessa de méditer et rouvrit les yeux sur la forêt qui s'étalait face à lui. Le son d'une mitraillette déchira à nouveau l'atmosphère saturée de tension. Les Humains avaient entassé les tentes, la nourriture et tous les bagages sur les charrettes attelées aux chevaux. Les personnes âgées et les enfants patientaient à proximité, prêts à prendre la fuite si le plan élaboré par Vladimir échouait.

À deux mètres de lui, Gavannha repéra un petit garçon qui se rongeait les ongles. L'enfant ne cessait de jeter des regards inquiets en direction de la forêt de bouleaux d'où provenaient les bruits de combat. Un jeune adolescent de peut-être quatorze ans posa la main sur l'épaule de son cadet.

— Tu crois que Piotrek va revenir ? demanda le plus jeune.

— Tout ira bien, promit son aîné.

Mais sa voix trahissait ses propres incertitudes. Des petites filles jouaient à la poupée aux pieds d'une charrette. Même si elles étaient plus réservées qu'à l'accoutumée, elles semblaient mieux supporter la tension que beaucoup d'adultes. Ces derniers étaient pour la grande majorité d'entre eux des personnes âgées ou des individus qui ignoraient comment se servir d'une arme. Seuls dix soldats étaient restés en arrière avec l'ordre de couvrir la retraite des civils si la bataille tournait en leur défaveur. Non loin d'eux, ceux qui possédaient des compétences médicales attendaient fiévreusement l'arrivée des premiers blessés.

Cette atmosphère ne m'a pas manqué, songea Gavannha. *Rien ne vaut la tiédeur d'une vie tranquille entourée des miens*. Son ancienne épouse et son fils lui avaient enseigné cette leçon. Sans même en avoir conscience, ils avaient semé un sérieux doute dans son esprit vis-à-vis de la culture de la guerre, si chère à ses compatriotes godéraniens.

Un hurlement de souffrance, si puissant qu'il couvrit le bruit des détonations, retentit alors. Une réminiscence de la Troisième Guerre d'Expansion prit Gavannha au dépourvu et le frappa comme un coup de marteau en pleine tête. La Bataille de Toblakaï…

Le gémissement des agonisants résonnait dans ses oreilles comme une sordide litanie. Des odeurs mélangées de chair brûlée, de sueur, d'urine, de fèces et de sang lui assenèrent les narines. Même le vent des montagnes avait échoué à chasser la puanteur qui imprégnait les lieux. Gavannha s'efforça de regarder droit devant lui, de détourner son attention du crépitement des flammes qui dévoraient les cadavres un peu partout autour de lui. Comme le crépuscule s'installait, ignorer les victimes devint difficile, car les corps incendiés attiraient de plus en plus ses yeux. Malgré le froid, de la transpiration coula sur son front et dans son dos.

Nerveusement, il se gratta les avant-bras où de l'hémoglobine séchée lui brûlait la peau. Il n'aurait su dire si la sensation était le résultat d'un sort ou tout simplement le fruit de son esprit. Il s'engagea sur un sentier escarpé qui montait vers le col où la générale Alathana attendait son rapport. Impossible d'utiliser une plateforme de déplacement rapide pour la rejoindre avec toutes les croiseurs ennemis qui contrôlaient les voies aériennes.

— Aide-moi ! supplia alors quelqu'un.

Surpris, Gavannha s'arrêta pour scruter la pénombre. Il repéra une forme au milieu des buissons à quelques pas de lui. D'un geste, il convoqua une lumière orangée, qui lui donna une bonne visibilité. Son sort révéla une Husdamorienne dont les deux pieds avaient été tranchés et le ventre éviscéré. Elle était empalée de profil sur les branches d'un arbuste à une cinquantaine de centimètres du sol. Les bras couverts de sang, elle tentait désespérément de conserver ses intestins en elle. Gavannha croisa son regard et, par un phénomène étrange, il eut l'impression de contempler son propre reflet dans les rétines bleues à demi dilatées de la femme. Le manteau de fourrure déchiré qu'il portait. Sa musculature puissante. Ses mâchoires carrées. Et la fatigue indicible qui créait de gigantesques poches sous ses yeux. Demain, peut-être serait-il à la place de cette inconnue ? Pour chasser son trouble, il se mordit la lèvre inférieure.

— Je ne peux pas t'aider, lui répondit-il en Husdamorien. Je risquerais la peine capitale pour trahison. Je suis seulement autorisé à t'incinérer.

Qui plus est, peut-être s'agissait-il d'un piège. La majorité des Nôstres aurait déjà trépassé depuis longtemps avec de telles blessures. Il préférait conserver ses distances.

— Je ne veux pas... mourir, plaida l'Husdamorienne. J'ai... un fils... et un compagnon... qui m'attendent.

La moindre de ses paroles devait déclencher chez elle une agonie incroyable.

— Alors, je vais patienter jusqu'à la fin. C'est la seule compassion que je peux te montrer sans risquer la cour martiale. Moi aussi, j'ai une femme et un enfant.

Le visage de l'Husdamorienne se transforma en une masse informe de fureur et de désespoir.

— Que les Chitosiens... crèvent tous...

Elle n'eut jamais la possibilité d'achever sa phrase, car une expression de stupeur s'empara d'elle, ses membres se détendirent d'un coup et ses intestins se répandirent sur les branches avant d'atterrir sur la roche. Malgré lui, Gavannha contempla durant de longues minutes les yeux bleus grands ouverts de l'Husdamorienne. Demain, peut-être serait-il à sa place ?

Avec lenteur, Gavannha se frotta le visage et les yeux. Il ignorait pour quelle raison cet épisode de guerre l'avait tant marqué. Régulièrement, il cauchemardait à propos de cette nuit aussi anodine que fatidique. Un toussotement léger le tira de ses macabres réflexions. Un peu à l'écart du groupe, Joseph fumait une pipe, mais ses poumons se rebellaient. Quelques jours plus tôt, Volya avait découvert un entrepôt de bois, miraculeusement intact, où un agriculteur faisait sécher son tabac avant *Cela*. La troupe avait pillé l'endroit, cependant la marchandise était peut-être de mauvaise qualité.

Gavannha se leva, puis il se dirigea vers le lac gigantesque situé à deux pas des charrettes. Les rayons du soleil se réfléchissaient sur sa surface. Il avança dans les herbes hautes qui poussaient autour de la berge. Quand il eut atteint l'eau, il s'accroupit, puis s'aspergea le visage et la nuque. Aussitôt, le sentiment de souillure qui l'avait étreint un instant plus tôt se calma.

Quand il revint au milieu du groupe, son regard se porta en direction de la plaine rocailleuse qui s'étendait vers le sud. Elle était entrecoupée par un ancien réseau routier qui se résumait à présent à un sentier de terre. Le futur de ces Humains se situait à l'autre bout de cette voie archaïque.

Une détonation de fusil retentit à une centaine de mètres de lui. Tout le monde se raidit. Comme prévu, les affrontements se rapprochaient. Les quelques soldats présents se mirent en position et attendirent. Si le plan de Vladimir fonctionnait, ces derniers n'auraient pas à tirer un seul coup de feu.

L'escarmouche perdura pendant encore trente minutes. Gavannha poussa un soupir lorsqu'enfin les armes se turent. En silence, il s'avança vers le théâtre des opérations. Une fois à proximité, il grimpa sur un arbre. De là, il obtint une vue acceptable du champ de bataille. La végétation avait pâti de l'échauffourée. Des bouleaux gisaient sur leur flanc, déchirés. D'autres flambaient. Les plantes basses et les différents buissons étaient piétinés. Des cratères grêlaient le sol. Quant aux Humains… Des corps s'éparpillaient et, en dessous d'eux, la couleur du sang déteignait sur la terre. *Les soldats de Vladimir ont gagné la bataille*, détermina Gavannha après une observation minutieuse des événements en contrebas.

Il descendit de son perchoir et commença à errer sur le théâtre des opérations. Devant les individus en position fœtale qui gémissaient, Gavannha s'efforça de tenir à distance le souvenir de l'Husdamorienne. D'autres personnes, encore sonnées par les combats, titubaient comme des ivrognes à la sortie d'un bar. Après quelques minutes, il localisa Aliénor, debout avec une mitraillette entre les mains. Un soulagement certain s'empara de lui. Même s'ils passaient du temps tous les deux à discuter tous les jours, il ne l'appréciait pas outre mesure. Néanmoins, s'il lui arrivait quelque chose, alors les plans de l'allier de Déia seraient perturbés et Gavannha ne reverrait peut-être jamais son fils. Il esquissa un bref salut de tête en direction de la Camogérienne, qui lui rendit un regard accusateur.

— Les pertes sont beaucoup plus grandes que prévu ! Si tu nous avais aidés, jamais nous n'aurions gaspillé autant de vies !

Et me transformer en chien d'attaque qui obéirait aveuglément à Vladimir, Joseph ou toi ? Très peu pour moi.

— Ce n'est pas moi qui ai voulu cet assaut, lui répliqua-t-il. Si je me souviens bien, c'est toi qui as milité pour un conflit avec ce groupe-ci.

Il se retint d'insinuer qu'il la soupçonnait de travailler pour un Nôstre. L'avenir lui donnerait tort ou raison, et alors il pourrait décider de la marche à suivre. Sans un mot supplémentaire, il retourna explorer le champ de bataille.

Beaucoup de gens manquaient à l'appel, mais comme la stratégie adoptée par Vladimir impliquait une dissémination importante de ses ressources, Gavannha ne s'en inquiéta pas outre mesure. Sans parler des personnes qui s'étaient égarées par « accident ». Il y en avait toujours… Il faudrait une bonne heure pour rassembler tout le monde, compter les morts, panser les blessés… *Il est temps de me rendre utile.*

Il s'approcha d'un homme appartenant à la troupe ennemie. Ce dernier gémissait, adossé contre un arbre. Lorsqu'il le vit se diriger vers lui, l'Humain l'observa sans chercher à bouger. Trois balles lui avaient perforé la poitrine, dont une dans les poumons. En plus de s'étouffer, il se vidait peu à peu de son sang. Dans les conditions médicales actuelles, il n'avait aucune chance de survie. Gavannha s'agenouilla près de lui.

— Vous me comprenez ? demanda-t-il en anglais.

L'homme acquiesça.

— Très bien. Vos blessures sont trop graves pour être soignées. Je ne peux vous proposer que trois options : une fin rapide et indolore, de la compagnie pour vous aider à mourir ou de la solitude. Que préférez-vous ?

Il aurait pu montrer davantage de tact, mais l'expérience lui avait prouvé qu'il valait mieux être direct dans ce genre de situation. Avec difficulté, l'homme décrispa une main de sa poitrine et souleva un doigt.

— Une mort rapide ?

L'Humain acquiesça.

— Vous êtes certain.

Un signe de tête positif.

— Vous avez besoin d'un peu de temps pour vous préparer ?

Signe de tête négatif. Gavannha n'essaya pas d'imaginer la douleur que l'homme endurait. Il savait seulement que, au-delà d'un certain seuil, tout le monde souhaitait qu'elle cesse. Il posa une main contre la joue du blessé. Même s'il se doutait que l'Humain ignorait tout du rituel ou de sa signification, Gavannah ne put s'empêcher d'énoncer ces paroles en Chitosiens :

— Nous mourrons tous un jour. Comme nous l'a enseigné la Déesse, l'important dans une vie, ce n'est pas son issue, mais les combats menés par chacun de nous tout au long du chemin. Cette bataille est ta dernière. La Déesse seule saura juger de ta bravoure. Néanmoins, tous tes pairs s'accorderont à dire que tu t'es bien battu. Tu peux quitter cette terre avec fierté.

Il embrassa l'Humain sur le front.

— La Déesse t'attend, ajouta-t-il après le baiser.

Il lut dans les yeux de l'homme que ce dernier comprenait ce qui allait se produire. Sans un mot supplémentaire, Gavannha lui saisit la tête, puis lui brisa la nuque. Ensuite, il étendit le mort sur le sol et incendia le cadavre avec un sort. L'incinération était un rituel funéraire réservé aux Nôstres, mais il imagina que Godéramée approuverait. Lorsqu'il se releva, Gavannha croisa les regards méprisants ou même hostiles des Humains. Sans doute n'avaient-ils pas compris ce qu'il venait d'accomplir. Il haussa les épaules. Peu lui importait.

Il passa à la victime suivante : un adolescent de dix-sept ans peut-être qui avait reçu une balle dans l'estomac. Le gamin ne comprenait pas l'anglais, mais il s'agrippa à une main de Gavannha et refusa de le lâcher. *Laisse-moi deviner, tu as besoin de compagnie pour t'aider à surmonter tes derniers instants...*

Durant trois ou quatre heures, le môme pleura, supplia et hurla. Dès que l'adolescent cessa de parler, Gavannha lui raconta en Chitosien sa vie. Même si le gamin ne comprenait rien, Gavannha savait que seuls sa présence et le son de sa voix comptaient. Il lui décrivit son fils, son ancienne épouse et le chantage que sa grand-mère paternelle avait utilisé pour le forcer à abandonner sa famille et combattre dans la Troisième Guerre d'Expansion. Il lui expliqua comment il avait grimpé les échelons de son royaume malgré lui et comment il en était devenu l'une des personnes les plus influentes.

Il arrêta son récit au milieu, tandis qu'il relatait les complots fomentés par Naguère 1er pour le décrédibiliser aux yeux de la population. En effet, l'adolescent lui serra la main comme jamais. Gavannha se pencha sur lui afin de l'examiner. Le môme approchait de la fin. Sans plus attendre, Gavannha reproduisit les mêmes rites funéraires chitosiens qu'un peu plus tôt dans la journée. Dix minutes plus tard, les doigts du jeune garçon cessèrent de compresser sa paume et le masque de souffrance qui lui déformait le visage s'apaisa quelque peu.

Gavannha resta de longues minutes à observer les flammes dévorer le cadavre. D'anciens souvenirs de veillées funèbres s'invitèrent à l'orée de son esprit. Des défunts à qui il n'avait pas songé depuis plus d'un siècle refirent surface et s'adressèrent à lui dans sa tête comme s'il venait tout juste de les quitter.

— *Pourquoi es-tu si triste ?* lui demanda son ex-femme. *Tu ignorais jusqu'à son nom ?*

Je pleure, réalisa-t-il. *Je pleure comme un bleu devant son premier cadavre de guerre.* À cet instant précis, il sut que jamais il n'oublierait cet adolescent, qu'il rêverait de lui dans un millénaire avec la même prégnance qu'un frère d'armes tombé au champ d'honneur.

— Foutue guerre ! murmura Gavannha.

Lorsque le visage du gamin se transforma en amas de chair fondue et méconnaissable, Gavannha se releva. Ses jambes et son corps courbaturé le forcèrent à s'étirer un instant. Au cours des dernières heures, toute son attention s'était concentrée sur le mourant au point qu'il n'avait pas remarqué que les vainqueurs avaient évacué les autres blessés.

Je n'ai plus rien à faire ici.

Il décida d'aller cueillir des plantes médicinales et des simples. Les Humains en auraient peut-être besoin.

***

Lorsqu'il revint au campement, la nuit assombrissait le ciel. La sentinelle de garde lui adressa un regard courroucé. *Vont-ils me rendre responsable des pertes ?* se demanda Gavannha. *Dans mon dos ? C'est certain. De manière officielle ? Probablement pas. Néanmoins, si une telle chose se produit, ma position risque de devenir difficile.* Les Humains débattaient déjà du sort de leurs prisonniers et de qui il fallait juger. Rien de tout ceci ne le concernait.

Gavannha laissa en évidence les quelques lapins et le cerf qu'il avait tués pour que les affamés se restaurent après les délibérations. Les Humains avaient transformé la tente de commandement, qui se résumait à une pièce de tissu triangulaire d'une dizaine de mètres de long, en infirmerie. Une vingtaine de personnes y gisaient. Des soignants improvisés circulaient parmi eux, distribuant eau et nourriture. Gavannha balaya les lieux du regard. Il s'attarda sur une femme blessée à la tête. Un morceau de son crâne manquait. Il détourna les yeux et aperçut le stock de bouteilles de vodka qui trônait à l'entrée ; elles étaient toutes vide. Sans un mot, Gavannha s'éloigna.

Il monta sa tente en quelques minutes. Une fois à l'intérieur, il ouvrit son sac de voyage, s'empara d'un pilon puis d'un bol en bois, et entreprit de créer des emplâtres avec les plantes amassées un peu plus tôt. C'était peu. Trop peu. Néanmoins, il pouvait difficilement faire davantage.

Soudain, à une dizaine de mètres de sa tente, des pas dérangèrent le sol rocailleux. Il releva la tête, aux aguets. Une voix incertaine retentit alors :

— Gavannha ! C'est Volya. On peut venir ?

Plusieurs personnes, donc.

— Oui.

Il les entendit effectuer quelques mètres supplémentaires avec précaution. Depuis qu'il avait révélé à Aliénor l'existence des sorts protégeant sa tente, les Humains gardaient leurs distances.

— On peut entrer ?

— Oui.

Volya inséra sa tête hirsute au travers de la toile. D'emblée, le regard de l'Humain se focalisa sur l'atelier médicinal, puis il observa la boule orangée qui lévitait en haut de la tente et illuminait les lieux comme en plein jour.

— Intéressant, murmura l'éclaireur.

Il s'introduisit ensuite à l'intérieur. Gavannha nota les éclaboussures de sang qui tachaient sa veste sur le côté gauche. Volya avait tué aujourd'hui et, à en juger par ses traits tirés, cette situation l'affectait beaucoup. Pour preuve, il n'essaya même pas de lancer une plaisanterie. Un instant plus tard, deux garçons de peut-être huit ans le suivirent. Aussitôt, une odeur désagréable de transpiration rance et de peur s'installa dans la tente.

Des enfants ? Gavannha fronça les sourcils. D'où venaient-ils et pourquoi Volya les lui avait-il amenés ici ? Étaient-ils une manifestation de l'allié de Déia ? Il les observa avec intérêt. Le premier avait des origines africaines. Timide, presque effrayé, il baissa les yeux dès que Gavannha commença à l'examiner, puis se colla ostensiblement au second enfant, comme si ce dernier pouvait le protéger. Son short lacéré dévoilait une partie de ses jambes maigres et marquées de coups. L'allure du deuxième garçon amusa Gavannha malgré lui : les cheveux blonds et roux du gamin étaient emmêlés et dressés sur son crâne au point de ressembler à une crinière de lion. *Petit Félin*. Le surnom jaillit dans la tête de Gavannha, qui adopta le sobriquet sur le champ. Le regard du fauve miniature était rivé sur la sphère magique qui servait d'éclairage. Contrairement à son ami, dès qu'il se sentit observé, Petit Félin le défia avec une rage meurtrière qui dansait au fond de ses pupilles.

— Voici Klan et Dimitri ! annonça Volya.

— Il préfère Di, intervint Petit Félin d'une voix tranchante et dans un anglais parfait. J'te l'ai déjà dit, non ?

Volya assena une petite tape derrière le crâne de Klan.

— Si tu veux survivre ici, je te conseille d'apprendre le respect ! gourmanda l'éclaireur. Tu n'imagines pas la faveur que l'on vous fait en ce moment !

Gavannha fronça les sourcils lorsque le mot « faveur » fut prononcé. Dans le même temps, Klan fusilla le soldat de son regard assassin, comme pour lui hurler : « je te tuerai ! Un jour, je te tuerai, tu m'entends ? ». Puis, il baissa les yeux vers le sol, tel un conspirateur en train de planifier une revanche.

— Qu'est-ce que je peux faire pour vous ? demanda Gavannha.

— Ces enfants ont besoin qu'on s'occupe d'eux.

La surprise pétrifia Gavannha un instant tandis que son esprit superposa bien malgré lui le visage de Takuba sur celui des deux garçons. Son cœur se serra à mesure qu'il se remémora la première fois où il avait pris son fils dans ses bras. Les sourires enjoués. Les premiers pas. Le premier bisou reçu sur la joue. Les premiers mots. Si l'allier de Déia avait manigancé cette affaire comme Gavannha le craignait… Que croyait-il ? Qu'il pouvait remplacer Takuba par ces deux-là ? Que ça serait la même chose ? Malgré sa fureur et sa peine, il refoula les larmes qui manquèrent de le submerger.

— N'y a-t-il donc personne de plus… compétent que moi ? Je veux dire…

Il ne put continuer, car un souvenir où Takuba refusait avec obstination de faire sa toilette lui revint en tête. Volya poursuivit ses explications comme s'il n'avait pas remarqué ses émotions.

— Klan et Di viennent de l'autre groupe. Ils sont parmi les premiers que nous avons jugés. Considère-les comme des criminels de guerre.

Cette déclaration tira Gavannha de son état émotionnel. Surpris, il observa à nouveau les enfants avec, cette fois, une curiosité non feinte. De toute évidence, les garçons avaient subi de nombreux sévices. Leur corps exhibait des cicatrices, des contusions et des plaies fraîches qu'aucun accident ou maladresse ne pouvait justifier. Petit Félin était le plus abîmé des deux, avec les genoux et les coudes complètement écorchés, des traces de lien au niveau des poignets et peut-être des marques bien plus graves sous ses habits. *Ils ont connu une enfance bien pire que la mienne*, songea Gavannha avec compassion. *Et pourtant, mes grands-mères ne rataient jamais une occasion de sortir le fouet…* Bien malgré lui, il s'imagina à leur place, impuissant, face à des forces qui le dépassaient.

— Ils ressemblent davantage à des victimes qu'à des bourreaux.

— Ils sont dangereux, insista Volya. Les esclaves et même quelques soldats ennemis en ont peur. D'après ce que j'ai compris, le dirigeant de leur groupe avait un faible pour les petits garçons. Ils ont survécu comme ça au début. Puis, parce que… la concurrence était trop rude, ils se sont spécialisés dans l'espionnage. Ils écoutaient tout et dénonçaient la moindre parole séditieuse auprès du chef. Selon les rumeurs, ils seraient responsables d'une dizaine d'exécutions. Ils sont même accusés de meurtre, mais personne n'est parvenu à prouver leur culpabilité. Tous les rescapés réclamaient leur liquidation. Aliénor s'y est opposée de toutes ses forces. Joseph a fini par leur donner une période de probation. Cependant, personne dans le campement ne veut les prendre en charge.

— Laisse-moi deviner. Aliénor a pensé qu'il était tout naturel de me les confier ?

Surpris, Volya acquiesça. Dans le même temps, l'esprit de Gavannha s'emballa. *Ces enfants sont bel et bien liés à la machination de l'allier de Déia. Pourquoi souhaite-t-il que je m'occupe d'eux ? Qu'y gagne-t-il ? Comment a-t-il programmé cette rencontre ? Comment pouvait-il prédire que la troupe attaquerait et qu'elle remporterait l'escarmouche ?* Plus Gavannha avança dans ses réflexions et plus les capacités planificatrices du partenaire de la Déicide lui parurent surnaturelles. Personne ne pouvait tirer des ficelles avec une telle précision. *On dirait qu'il peut... voir le futur*. Bien entendu, cette pensée lui sembla absurde, cependant il la conserva dans un coin de sa tête pour l'examiner plus tard. *Avant de tirer toute conclusion, essayons de creuser cette affaire.* Car, il en était persuadé, les ramifications de cette histoire s'étendaient très loin.

— Pourquoi ne pas les prendre en charge toi-même ? Tu comprends leur langue, non ? Moi, j'en suis incapable.

— J'ai déjà accepté de m'occuper de deux autres gamins, répondit le soldat. À cause de mes obligations, je n'aurais pas le temps de nourrir cinq personnes.

Gavannha acquiesça. Volya n'avait pas de compagne. Il emmènerait donc les enfants partout avec lui.

— Et Aliénor ? N'est-ce pas son idée ? Sa responsabilité ?

Volya le regarda, mal à l'aise.

— Aliénor prétend qu'elle ne pourrait s'en occuper correctement à cause de ses devoirs politiques. Selon elle, tu es l'homme de la situation.

Gavannha se gratta le crâne.

— Pourquoi souhaite-t-elle me les confier à moi en particulier ? Pourquoi ferais-je une différence ?

— S'ils sont sous ta protection, personne ne cherchera à se venger d'eux. Et puis, tout le monde les regarde comme des monstres, tu ne feras pas cette erreur.

Gavannha l'arrêta d'une main.

— Leur âge ne les dédouane pas de leurs errances passées.

Voilà mes réflexes de Chitosien qui reviennent au galop... songea-t-il avec un certain amusement.

— Tu penses qu'on devrait les exécuter ? lui demanda Volya, choqué.

— Votre justice a tranché. Il ne m'appartient pas de la commenter. Je tenais juste à signaler que la perception des enfants diffère dans mon pays. Dans la culture chitosienne, un enfant, c'est un adulte dont les capacités mentales sont moindres. Chez moi, des procès mettent des enfants sur le banc des accusés. Il n'y a aucune corrélation entre pureté, innocence et enfance comme on le voit dans certaines cultures humaines. Tout le monde doit assumer ses actes, peu importe l'âge. C'est l'enseignement principal de Godéramée.

— Et si tu les avais en charge, comment les traiterais-tu ? s'enquit Volya d'une voix soudain plus hésitante.

Gavannha s'étira le cou et craqua plusieurs de ses vertèbres. La question du soldat le piqua au vif. *Qu'imagine-t-il ? Que je torture des gamins au petit-déjeuner ?* L'envie de lui donner une petite leçon s'empara de lui.

— Dans mon pays, on utilise l'écartèlement. On contraint les enfants à assister à l'un d'eux. Une fois qu'ils voient le supplice, on leur explique qu'ils risquent de subir le même sort s'ils enfreignent les lois. Notre taux de criminalité est le plus bas de toute la Godéranie.

La bouche de Volya s'ouvrit, béante. Content de son succès, Gavannha surenchérit.

— Bon après, c'est vrai que l'écartèlement c'est un peu violent. Tous les coups de fouet donnés à ces pauvres chevaux... Tout ça pour arracher un bras ou une jambe à un enfant. C'est cruel. Personnellement, j'ai toujours milité pour la crucifixion. C'est simple et économique : deux planches de bois et quelques clous. C'est visuel : le sang qui dégouline des poignets et des chevilles. Et c'est efficace : les gamins peuvent voir la souffrance du supplicié pendant des jours. Tout le monde a le temps de s'identifier à une agonie aussi longue… Et la méthode marche encore mieux s'ils connaissent la victime. Attends qu'ils aient six ou sept ans. Dans chaque école, tu sélectionnes un enfant par classe – de préférence un rebelle en graine –, tu rends le spectacle public et tu présentes l'affaire comme un rite de passage à l'âge supérieur. C'est très efficace.

Volya éclata alors d'un rire rauque, qui laissait entrevoir son soulagement davantage que son hilarité. Le crâne renversé en arrière, il s'appuya contre la toile de tente. Il toussota quelques secondes avant de déclarer :

— Tu m'as eu ! Jusqu'au bout, j'ai vraiment cru que tu étais sérieux !

Il secoua la tête, comme atterré de sa propre crédulité.

— Qui t'a dit que je plaisantais ?

Cependant, un sourire irrépressible trahit Gavannha.

— Merde, Gavannha, des sujets comme ça sont trop importants pour être tournés en dérision.

Volya le considéra de longues secondes, puis il ajouta :

— Et par ailleurs, je n'arrive toujours pas à savoir si ta réponse est positive ou négative à propos de Klan et Di.

Et pour cause… Une partie de Gavannha se sentait attirée par ces deux êtres dont l'enfance lui paraissait quelque peu similaire à la sienne. Comme si une force supérieure le lui intimait, il voulait les protéger. N'était-ce pas ce qu'il avait lui-même espéré de toutes ses forces jusqu'à son *sacrifice* ? Que quelqu'un le tire des griffes de ses grands-mères ? Mais personne n'était venu. D'une certaine manière, les prendre en charge lui permettrait d'aider le petit garçon qui sommeillait encore en lui, profondément enfoui dans les méandres de sa conscience. Sa revanche personnelle contre le destin… D'un autre côté, il ne cessait de songer à l'allier de Déia, dont il ignorait les objectifs. Dans quel piège était-il en train de s'engluer ? Et puis, il ne pouvait décider seul d'une telle chose.

— Tu me présentes ces deux enfants comme un héraut délivrant un paquet de la part d'un roi. Ils ont leur mot à dire dans cette affaire, eux aussi. Je ne mentais pas quand j'expliquais que, dans mon pays, on les considérerait comme des adultes aux capacités mentales limitées. S'ils ont besoin d'un tuteur, c'est à eux de le choisir. C'est à eux de prendre la responsabilité de leurs actes. Pas l'inverse. Une fois qu'ils m'auront fait la demande en personne, alors je pourrais y réfléchir.

Klan traduisit pour Di les propos de Gavannha. Aussitôt, les enfants se mirent à chuchoter dans un coin de la tente pour que ni le militaire ni lui-même ne puisse les entendre. Pendant qu'ils discutaient, Gavannha sortit de son sac un disque épais de la taille d'une paume avec, en son centre, une excroissance de quelques centimètres.

— C'est un traducteur automatique, expliqua-t-il à Volya, qui observait l'objet avec curiosité. Quand je l'activerai, nous nous comprendrons tous, peu importe la langue que nous utilisons.

Bien entendu, Gavannha se garda de révéler qu'il avait créé le traducteur pour espionner les conversations du campement.

— Plutôt pratique comme gadget, approuva le soldat.

Quand Klan et Di revinrent, Gavannha leur décrivit la fonction de l'artefact et à quoi s'attendre. Pourtant, lorsque l'excroissance au centre de l'item magique projeta un rayon rouge vers leur front, les enfants sursautèrent et l'esquivèrent. Néanmoins, ils virent que Volya et Gavannha demeuraient statiques, alors ils reprirent position.

— Nous pouvons maintenant communiquer sans entrave, leur indiqua Gavannha.

— Si vous dev'nez not' tuteur, qu'est-ce qui faudra faire en échange ? demanda aussitôt Klan. Et ne m'dites pas rien ! Y a toujours un prix à payer…

Comprenant également l'implicite dans le discours de l'enfant, Volya blêmit.

— Je n'exige pas les mêmes choses que votre ancien chef, répondit Gavannha d'une voix calme. Pour le reste, je n'y ai pas vraiment réfléchi. Ce serait très proche de ce que vous connaissiez avec vos familles… Vous savez… avant *Cela*… avant la catastrophe.

— Et pourquoi vous feriez ça pour nous ?

Une fois encore, l'agressivité de l'enfant interpella Gavannha. Chacune de ses paroles ressemblait aux menaces d'un tambour militaire avant la bataille.

— Tout le monde a besoin d'aide à un moment ou un autre de son existence.

— On peut s'démerder tout seul !

— Vraiment ?

Il fit signe à Volya de lui présenter le poignard qui, en plus de sa mitraillette, ne quittait jamais sa ceinture. Le soldat hésita un instant avant d'accéder à la demande. Une fois l'arme en main, Gavannha la tendit aux deux enfants. Il désigna ensuite le lapin qui gisait encore dans un coin de sa tente.

— Si vous pouvez vous débrouiller seul, je suppose que vous êtes en mesure de chasser par vous-même ou de dépiauter cet animal. Montrez-moi !

Klan s'empara de la lame. Un instant plus tard, la vessie et les excréments de la bête se déversèrent copieusement sur la viande. Il arracha la moitié de la chair tandis qu'il s'attelait à lui peler la peau. Avec un soupir intérieur, Gavannha se résolut à se lever avant l'aube pour débusquer un autre petit-déjeuner. En dépit de son entêtement rebelle, même l'enfant comprit son échec et l'humiliation lui brûla les joues.

— Vois-tu, continua Gavannha, ici, tout le monde est responsable de sa nourriture. Il n'y a pas vraiment de mise en commun. Un chasseur, honnête dans ses efforts, mais malchanceux, peut cependant obtenir un dîner chez un ami plus fortuné. Si vous êtes incapables de pourvoir à vos besoins, vous devez posséder des compétences si importantes que le reste de la communauté consent à vous donner des aliments. Or, les… *talents* que vous avez développés récemment sont inutiles ici. Il vous faut donc trouver une personne qui accepte de vous enseigner les règles élémentaires de la survie ou vous résoudre à mourir de faim.

— On a pas b'soin de toi ! cracha Klan.

— Très bien, répondit Gavannha. C'est votre vie, votre droit, votre choix. Maintenant, veuillez m'excuser, mais je suis plutôt occupé.

Klan bondit à l'extérieur avec le même empressement qu'une proie échappant à un prédateur. Di montra plus d'hésitation, mais sa fidélité à l'égard de son comparse l'emporta sur son bon sens. Volya lança un regard déçu à Gavannha.

— Je croyais que tu étais meilleur que ça, que tu souhaitais vraiment nous aider.

— Je ne peux aider personne contre son gré, répliqua Gavannha en reposant son attention sur ses emplâtres. Mais si tu tiens à savoir, s'ils me l'avaient demandé, ma réponse aurait été positive.

— Sans protection, ils vont mourir, s'emporta l'éclaireur. Les survivants de l'autre groupe les haïssent. Ce n'est pas la faim et la soif qui les tueront. C'est une arme à feu. C'est une lame de couteau. C'est un rocher. C'est un poing.

Se gardant bien de lui répondre, Gavannha se remit à pilonner les plantes médicinales. Volya secoua la tête et se leva.

— Si ça peut te consoler, je pense qu'ils reviendront d'eux-mêmes, déclara Gavannha. Ce sont des survivants. Ils savent écraser leur fierté s'il le faut. Comment crois-tu qu'ils ont tenu par le passé ? Tu imagines vraiment qu'ils aimaient se faire violer ?

— J'espère pour toi qu'ils se manifesteront avant d'être tués, répliqua l'éclaireur d'un ton sec.

Alors qu'il franchissait l'embrasure de la tente, il hésita.

— Je peux y aller ?

— Oui. Et pour information, mon sort de protection se déclenche uniquement en cas d'attaque ou d'arrivée inopinée quand je dors. Tu n'as pas besoin de prendre autant de précautions lorsque tu viens me voir…

Volya acquiesça, puis partit d'un pas vif.

Ce soir-là, Gavannha peina à trouver le sommeil. L'image de son fils le hanta tout comme les souvenirs de sa propre enfance. Aussi, il entendit tout de suite l'entrechoquement des pierres et le juron qui fusa aussitôt. Pris au dépourvu, il sursauta. Les yeux fermés, il posa la main sur le sol, et lança son sort de repérage par ultrason. Sans la moindre difficulté, il décela deux petites formes qui se dirigeaient vers sa tente. Malgré les fluctuations et imperfections de son sixième sens, il détecta un couteau entre les doigts de l'un d'eux. On venait le tuer avec une arme de boucher ? Si la méthode d'assassinat lui parut aussi amusante que ridicule, le simple fait que les Humains essaient de l'abattre le mit hors de lui. Pire encore, lorsqu'il poussa son sort un peu plus loin dans les environs, il découvrit un tireur embusqué perché sur une branche. Le sniper devait savoir qu'il était inutile de chercher à le tuer tant que Gavannha se trouvait à l'intérieur de sa tente, car à aucun moment il ne fit feu. Volya avait dû informer le général de leur conversation plus tôt dans la soirée. Le dispositif ressemblait à un traquenard destiné à l'attirer à l'extérieur. Qu'avait-il donc fait aux Humains pour qu'ils essaient à l'assassiner de cette manière ?

Les dents serrées par la fureur, Gavannha demeura allongé et immobile dans la pénombre la plus stricte tandis que les intrus ouvraient la fermeture éclair de sa tente. L'opération dura plusieurs minutes tant ils prirent des précautions.

Avec furtivité, les deux enfants pénétrèrent chez lui. Klan tenait entre ses petites mains un poignard aux dimensions impressionnantes. Di se positionnait derrière lui. *Et en plus, ils utilisent des gamins en guise d'appâts. Dans cette affaire, suis-je vraiment le monstre ?* Néanmoins, tout ne semblait pas se dérouler comme prévu. Di tentait de retenir son comparse quand ce dernier répliquait à l'aide de gestes exaspérés. Aucun d'eux ne vit qu'il les surveillait d'un œil attentif et, petit à petit, Gavannha résuma le désaccord de cette manière : Klan voulait l'assassiner alors que Di essayait de l'en empêcher. À sa grande surprise, Petit Félin capitula. La lame de son couteau se retrouva pointée en direction du sol, en parallèle à sa jambe.

— Sage décision, commenta Gavannha, glacial.

Le son de sa voix brisa la tranquillité nocturne. Les deux enfants se regardèrent un instant, puis ils s'échappèrent en courant. Ils franchirent le seuil de la tente, mais avant qu'ils ne disparaissent dans la nuit, Gavannha posa par terre sa paume droite et lança une toile d'immobilisation. Par ses sens magiques, il sentit les membres de Klan et Di se pétrifier.

Toujours à l'intérieur, là où personne ne pouvait l'atteindre, Gavannha généra une aiguille orangée longue d'une dizaine de centimètres. Le projectile fondrait dans la peau de sa cible en provoquant des perturbations électriques dans tout son système nerveux. Crise de tétanie assurée. Le tireur embusqué regretterait d'être stationné trop loin pour que la toile d'immobilisation puisse le paralyser… Gavannha prit une longue inspiration, révisa dans sa tête le positionnement géographique de sa cible et il sortit en plongeant vers l'avant, de sorte que le sniper soit dans l'impossibilité de le viser. Il effectua une rapide roulade, puis se stabilisa, s'accroupit et lança son aiguille magique, qui fusa vers le soldat perché dans son arbre. Une petite exclamation de surprise récompensa Gavannha de son effort. Malgré les années d'inactivité, il avait gardé la main.

Gavannha se releva avant de s'approcher des enfants. Di se situait légèrement devant Petit Félin. La terreur et l'incompréhension se lisaient dans leurs yeux. Sans chercher à masquer sa colère, Gavannha ramassa le poignard pour le lancer contre un arbre. La lame s'enfonça dans le tronc jusqu'à la garde en émettant un bruit à la fois sec et sinistre. Il reposa ensuite les mains par terre. Des lianes ternes poussèrent du sol pour saucissonner les deux enfants. Une fois satisfait, Gavannha saisit les assassins en herbe par le col, puis il les expédia sans douceur à l'intérieur de sa tente.

Ik se dirigea après vers l'arbre où se convulsait le tireur embusqué. Il généra une plateforme de déplacement rapide, s'éleva jusqu'à la branche où il découvrit un Volya paralysé qui claquait des dents, le dos contre le tronc. Si la présence de l'éclaireur lui sembla logique – après tout l'homme agissait comme s'il ne le craignait pas –, elle lui laissa un goût de déception au fond de la gorge. *Ça m'apprendra à m'attacher aux gens...*

Gavannha plaça sa paume de main contre le tronc. De fines lianes verdoyantes y naquirent. Elles s'enroulèrent lentement autour de l'homme, à commencer par ses jambes. Quand Volya fut immobilisé, Gavannha le prit par la taille, le posa sur sa plateforme comme un vulgaire sac et, lorsqu'il atterrit près de sa tente, comme avec les deux enfants, il le jeta à l'intérieur, le suivit aussitôt, puis referma derrière lui.

D'un geste nonchalant, il convoqua un soleil miniature. Essayant de se calmer, il inspira une longue bouffée d'air. En vain. Il saisit alors Volya par la tête et le releva à son niveau. À présent que les effets de son aiguille orangée s'étaient estompés, le corps du soldat ressemblait à une masse inerte. Gavannha pressa la bouche de Volya avec sa paume. Aussitôt, la barbe de l'éclaireur lui irrita l'épiderme. Pour une raison incompréhensible, son attention se focalisa un instant sur ses doigts, qui laissaient des marques blanches sur la peau de Volya. Puis, il se reconcentra sur la tâche en cours :

— Maintenant, écoute-moi bien ! Je ne suis pas d'humeur à procéder à un interrogatoire en règle. Je vais donc extraire ce dont j'ai besoin de ton cerveau.

Pour la première fois, le soldat montra de l'appréhension. Gavannha appliqua deux doigts sur le front de Volya, puis il projeta son esprit à l'orée de son crâne. Le processus ne requérait aucune forme de magie. Même un Humain pouvait y parvenir avec un entraînement approprié. Il s'agissait juste d'apprendre à taire sa propre existence, et de focaliser toute son attention sur son interlocuteur au point de réussir à percevoir sa signature psychique. Aidée par le contact physique, l'opération lui prit moins de quelques minutes.

— Oublie les lavages de cerveau et toutes les fadaises inventées par les écrivains de ton temps. Considère-moi comme un simple spectateur. Je peux seulement visionner tes pensées présentes. Ça peut être une suite d'idées, un souvenir, un mot répété à l'infini. C'est toi qui vois ! Mais, je te conseille de coopérer.

Grâce à sa perception accrue du corps du soldat, Gavannha sentit les muscles de Volya se tendre. Parfait, il l'avait amené là où il le désirait. *L'heure est venue d'ajouter la dernière petite touche pour qu'il me révèle ce que je souhaite savoir* :

— Une dernière chose. Si tu as des secrets, le meilleur moyen de les dissimuler est de ne pas les cacher. Par expérience, plus tu essaies et plus ils resurgissent.

Bien entendu, évoquer les secrets de Volya conduirait celui-ci à y penser malgré lui par peur de les dévoiler. Sans plus attendre, Gavannha procéda à l'étape suivante. Projeter son esprit vers un autre ne requérait aucune magie, cependant échanger des informations par ce biais nécessitait un sort. À l'instant même où il le lança, des visions aux couleurs agressives lui parvinrent de façon désordonnée.

Un message écrit en lettres blanches sur un fond noir :

« SI TU TOUCHES À UN CHEVEU DE CES ENFANTS, JE TE TUE ! »

Gavannha ressentit les émotions de Volya. Il perçut sa colère et sa détermination. L'homme était prêt à sacrifier sa propre existence pour protéger Klan et Di.

Une photographie de deux enfants et d'une femme. Le mot famille y était gravé en lettre de sang. De manière inconsciente, Volya associait cette image avec un cimetière qu'une vague blanche et brillante pulvérisait. L'amour était omniprésent. La souffrance également.

Perché sur une branche d'arbre pour son quart nocturne dédié à la surveillance du Nôstre, Volya observa Klan et Di en train de pénétrer dans la tente avec un poignard à la main. Une crainte viscérale s'empara du soldat : comment Gavannha réagirait-il face à cette attaque ? Devait-il intervenir ?

Avant qu'il ne puisse se décider, les enfants s'enfuirent, puis se pétrifièrent. Un instant plus tard, à la grande surprise de l'éclaireur, le Nôstre sortit de sa tente en plongeant. Aussitôt après, Volya aperçut un minuscule objet orangé qui fusa droit vers lui. Il n'eut pas le temps de paniquer : il fut percuté en pleine poitrine et expédié contre le tronc. Tout devint noir.

La dernière vision fut projetée de manière involontaire. Volya tenta en vain de la conserver secrète, ce qui, bien entendu, eut pour conséquences de la révéler. En son for intérieur, Gavannha sourit.

Assis dans une tente avec Vladimir, Volya fumait une cigarette industrielle, rare trésor d'une civilisation anéantie.

Avec le temps, la conversation s'était en partie effacée dans sa mémoire. Pourtant, grâce à quelques termes ici et là, Gavannha parvint à appréhender la scène.

Le général assigna une mission spéciale à Volya. Il voulait qu'il surveille le Nôstre en permanence. Pas uniquement pour la protection du campement. Vladimir lui ordonnait d'apprendre tout ce qu'il pouvait sur lui. Et surtout, il désirait que Volya comprenne la manière dont Gavannha pensait, premier pas nécessaire à la destruction de l'ennemi.

Il relâcha Volya. Toujours ficelé avec les lianes magiques, le soldat tomba au sol. Gavannha l'avait soupçonné à tort d'avoir utilisé ces deux enfants pour fomenter son assassinat. Cette altercation découlait d'une simple incompréhension...

Gavannha décida néanmoins de le maintenir prisonnier tandis qu'il interrogeait Klan et Di. Cependant, par courtoisie, il redonna la parole à Volya. Aussitôt, le soldat supplia :

— La *Nobilianiti* ! Souviens-toi de la *Nobilianiti* ! Tu ne peux pas les exécuter à moins qu'ils mettent ta vie en danger ! Ne bafoue pas tous tes principes moraux comme ça ! Souviens-toi de la *Nobilianiti* ! Épargne-les ! Je t'en prie ! Ils ne savent pas ce qu'ils font ! N'as-tu donc jamais été enfant toi-même ?

Un rictus agacé déforma les lèvres de Gavannha. *Qu'est-ce qu'il croit ? Que je juge autrui sans introspection préalable ? Que je considère la violence comme le seul recours à mes problèmes ? Pour quel genre d'individu me prend-il ?*

Il retint une répartie cinglante. À l'heure actuelle, une querelle avec Volya s'avérerait une perte de temps. Il posa donc son attention sur Klan et Di. Mis à part leurs yeux exorbités par la peur, ils ressemblaient à des poupées de chiffon. Gavannha les plaça devant lui pour faciliter la lecture d'esprit.

Il commença avec Klan ; celui qui avait tenu le couteau entre les mains ; celui que d'évidentes pulsions meurtrières animaient. Quand

Gavannha posa les doigts sur son front, une vague de colère nauséabonde le frappa. Pendant de trop longues secondes, rien d'autre ne lui parvint. Il eut l'impression d'entrer en contact avec un corps haineux dépourvu de pensée. Puis, il perçut une pulsation d'intelligence, soigneusement dissimulée derrière ce rempart émotionnel. Gavannha fronça les sourcils. D'instinct, l'enfant avait compris comment se protéger d'une lecture d'esprit : Klan expédiait sur l'indiscret une masse incohérente de sentiments pour l'empêcher de déchiffrer quoi que ce fût.

Avec patience, Gavannha laissa la haine glisser autour lui en imitant une pierre dans l'eau d'un torrent. Une fois qu'il se sentit assez assuré pour entamer sa progression, pas à pas, il se rapprocha de la pulsation d'intelligence. Quand il fut à sa portée, il força le contact, puis accéda aux pensées de Klan.

Il se trouvait dans la tente de commandement. Vladimir, Joseph et Aliénor lui expliquèrent que l'homme noir était une menace pour le reste de la communauté. S'il souhaitait rester en leur compagnie, Klan devait exécuter Gavannha dans son sommeil. Aliénor lui tendit le poignard, et Klan le prit malgré sa peur.

Chapitre 8 : Le Moine

Donc, si je comprends bien, reprit Alia, vous avez beaucoup de parcs naturels en libre accès.

L'alter ego hocha la tête, puis il amorça la descente de leur véhicule en direction de la forêt qui se situait en dessous d'eux. Un instant plus tard, il repéra une clairière et il ajusta la trajectoire de sa plateforme.

— C'est exact, répondit-il finalement. C'est un peu comme les eaux internationales sur Terre. Après la catastrophe qui a dévasté notre planète, des coutumes se sont instaurées autour de nos espaces naturels. Beaucoup d'entre eux sont ce que vous appelez des biens communs, c'est-à-dire qu'aucun pays ne peut s'en arroger la propriété, sous peine d'engendrer une guerre.

Sans un mot, Griff sauta de la plateforme alors qu'elle se situait encore à une cinquantaine de mètres de hauteur. Surpris, l'alter ego arrêta ses explications un instant. Des étincelles bleutées s'échappèrent des chaussures du joueur tandis qu'il négocia son atterrissage avec une souplesse étonnante. Quelques secondes plus tard, l'homme disparut dans les bois. De toute évidence, même trois heures après les faits, Griff était toujours furieux contre le Moine à propos de la Phrygienne.

— Si je lis entre les lignes, reprit Alia, seules les nations très puissantes peuvent se permettre de les annexer. La loi du plus fort, c'est une obsession chez vous !

L'alter ego sourit.

— En effet, mais une telle appropriation reste rare. Nous essayons de préserver ces endroits le plus possible. Le rêve de beaucoup de Nôstres serait de réparer notre atmosphère pour recoloniser ce monde avec ces plantes et ces animaux. Et puis, nous n'avons pas besoin d'occuper ces espaces. Certes, l'OPP a quelque peu changé cette dynamique, mais la culture de la guerre a toujours maintenu notre population à un niveau très bas. Et dans le même temps, nos connaissances en magie agricole rendent le défrichage inutile. Seuls les Nôstres asociaux, les apatrides ou les criminels vivent dans ces régions désolées. Quant aux Non-Sacrifiés, ils préfèrent se cantonner aux zones urbanisées.

— Et vous ne dévastez jamais vos réserves naturelles pendant les conflits armés ? demanda Alia sans chercher à dissimuler son scepticisme.

— Nous évitons, répondit-il. Lorsqu'un tel incident se présente, les *terreux* passent des décennies à tout replanter.

Alia coupa l'aimant magique pour descendre sa malle de leur véhicule. À peine eut-elle posé le coffre sur le sol, que la jeune femme se mit à gesticuler dans tous les sens.

— Ça se voit que vous n'utilisez aucun produit chimique ! s'exclama-t-elle en chassant les insectes qui lui tournaient autour. C'est encore pire qu'en Amazonie, ici.

L'alter ego activa un artefact grand comme la moitié d'un avant-bras. Griff avait taillé l'objet en forme de totem, puis avait accroché des cordes de chanvre colorées à son sommet. Une lueur verdâtre envahit aussitôt la clairière et les bourdonnements cessèrent. Dans le même temps, une nuée de sauterelles s'enfuit de la zone.

— La faune et la flore sont très similaires à ce que vous avez sur Terre. La séparation entre nos deux mondes est assez récente pour ne pas avoir donné lieu à de trop grosses disparités. Nous avons cependant une biodiversité inférieure à la vôtre ; beaucoup trop d'espèces ont disparu durant la catastrophe. Et en vivant dans cet environnement étriqué, les animaux sont devenus plus agressifs à cause de la compétition. Ne t'étonne donc pas si un ours ou une meute de loups t'attaquent au lieu de se cacher comme sur Terre.

Alia observa les alentours avec appréhension. Des craquements sinistres retentirent alors. La jeune femme sursauta et recula de trois pas.

Un instant plus tard, Griff sortit des fourrés avec du bois mort dans les bras.

— Vivement qu'on arrive en ville, maugréa-t-elle.

L'alter ego sourit, puis s'empara d'un sac rempli de tenues humaines. Sans plus attendre, il se débarrassa de sa bure. De cette manière, les nations godéraniennes suivraient ses déplacements avec beaucoup plus de difficultés. Tandis qu'il s'affairait autour de ses vêtements, il surprit le regard d'Alia qui le contemplait avec une lueur de désir au fond des yeux. Il sentit comme une nuée de papillons voler dans son ventre. *Pire qu'un puceau avant sa première fois*, se morigéna-t-il. Il se força à concentrer à nouveau son attention sur ses habits.

— Nous parviendrons à destination dans cinq jours, l'informa-t-il d'une voix badine.

La jeune femme savait à quoi s'en tenir en ce qui le concernait : il avait déjà témoigné son intérêt à maintes reprises. Quand elle serait prête, elle se manifesterait. Les millénaires aidant, il avait appris qu'en amour rien de bon ne sortait lorsque l'on hâtait les choses.

— Changer de vêtements te permettra vraiment de rester anonyme ? interrogea-t-elle sans chercher à dissimuler ses doutes.

— L'habit ne fait pas le Moine, répondit-il sur le ton de la plaisanterie, mais il y contribue. L'immense majorité des Godéraniens ne me reconnaîtrait jamais sans ma bure.

— J'espère que tu as raison, répliqua-t-elle. Je refuse de me retrouver en prison par ta faute.

Le pantalon de lin à mi-hauteur de cuisse, l'alter ego s'arrêta un instant et observa la jeune femme avec attention. Pour faire pression sur le Moine, certains pays enfreindraient sans hésitations les Commandements de la Déesse en s'attaquant à Alia. L'incarcération se révélerait un destin plutôt doux en comparaison des risques réels. Par le passé, des otages avaient déjà perdu certaines de leurs extrémités lors de négociations musclées. Et, c'était dans le meilleur des cas… Un frisson lui parcourut l'échine. *Le Moine empêchera la survenance de telles horreurs*, se convainquit-il en se boutonnant.

***

Le Moine resserra les pans de son manteau autour de lui. Le froid glacé et la vue lui rappelèrent sans difficulté la Troisième Guerre d'Expansion. Dix mois de neige par an ! Pourquoi des Godéraniens avaient-ils éprouvé le besoin de s'installer dans cette vallée située à trois mille deux cents mètres d'altitude ? Son regard se promena sur les montagnes qui cernaient Centrum comme des sentinelles infatigables. La plus haute d'entre elles, le point culminant de la Godéranie, s'élevait à sept mille deux cent mètres. *Probablement à cause d'elles*, se rappela le Moine. En raison des sorts de défense chitosiens et des croiseurs de guerre qui fourmillaient dans les airs à l'époque, ces montagnes s'étaient révélées pendant une grande partie du conflit un rempart presque imprenable. Les os qui jonchaient désormais ces entrailles rocheuses – un million de soldats peut-être – attestaient de l'intérêt stratégique des lieux. Le Moine songea alors que, quelque part, ce cimetière naturel était une ode à sa propre gloire. Car, sans lui, jamais la Troisième Guerre d'Expansion n'aurait démarré.

Un mouvement sur sa droite, à la périphérie de son champ de vision, lui fit détourner le regard du massif montagneux. Éblouie par les glaciers éternels qui réverbéraient la lumière du soleil un peu partout, Alia cachait ses yeux derrière ses mains. Griff tendit à la jeune femme une paire de lunettes aux verres teintés.

— Les montagnes que tu vois autour de nous ont été reconstituées après la Troisième Guerre d'Expansion, expliqua le joueur.

— Reconstituées ? s'étonna l'Humaine. Pourquoi ? Comment ?

— Une partie de la stratégie de l'Husdamore a consisté à les abattre pour accéder à Centrum, le cœur du pouvoir militaire chitosien. Sans parler des batailles aériennes très violentes qui ont eu pour conséquences l'explosion d'une quantité incroyable de projectiles contre le sol. Les *terreux* ont mis plus d'un siècle à refaire pousser les montagnes telles qu'elles étaient à l'origine.

Agacé par leur conversation, le Moine concentra son attention sur Centrum et ses alentours. À l'instar des autres agglomérations de la Godéranie, un dôme recouvrait l'ancienne capitale du Chitosa. Néanmoins, le sort de protection généré par des items magiques semblait antique, avec ses reflets verdâtres qui rappelaient les boucliers fabriqués au millénaire dernier et dont la fiabilité laissait à désirer. Comme si les Phrygiens, en prenant le contrôle de Centrum après la Troisième Guerre d'Expansion, avaient vidé leur grenier des artefacts qui ne leur servaient plus pour les réemployer ici.

Le Moine porta ensuite son attention sur les quatre croiseurs de guerre aux couleurs du Phrygiana – bleu, blanc, rouge, vert et jaune – qui gravitaient au-dessus de la ville. Ils mesuraient entre soixante et cent mètres de long. Deux d'entre eux ressemblaient à des soucoupes armées de canons magiques. Le troisième de ces vaisseaux évoquait un navire volant, avec un mât et une voilure. Le dernier avait l'apparence d'une pieuvre, dont les tentacules pendaient sous lui. *Seulement quatre croiseurs de combat ?* À l'époque du Chitosa, près d'un millier d'entre eux protégeaient l'espace aérien de Centrum, faisant de la ville l'une des places fortes les plus imprenables de la Godéranie. Quant à leur puissance d'attaque respective, elle lui sembla dérisoire. Ces engins vieillissants rejoindraient sous peu un cimetière avant d'être démantelés. De toute évidence, les Phrygiens n'accordaient que peu d'importance à cette partie de la pharaonie.

Une plateforme de déplacement rapide les dépassa à quelques mètres au-dessus d'eux. À son bord, trois Phrygiens dont deux femmes. Un instant plus tard, un autre véhicule surgit sur leur droite. Puis un troisième. Du doigt, Griff attira l'attention d'Alia :

— Tu vois le bâtiment bleu situé au sud-ouest de notre position ? Celui qui se trouve à la base du dôme et vers lequel toutes les plateformes de déplacement rapide se dirigent ?

L'Humaine acquiesça.

— C'est l'équivalent d'un poste de douane, continua le joueur. C'est le seul point d'accès pour traverser le bouclier. Les soldats vérifient les identités, interrogent les voyageurs et fouillent les affaires de tout le monde.

— Je n'ai pas de pièce d'identité, s'inquiéta Alia.

— Moi non plus, s'amusa Griff. Et ce d'autant plus que mon pays d'origine a disparu il y a plus de deux millénaires. Mais rassure-toi, nous allons emprunter un « passage secret ».

À mesure qu'ils s'approchèrent, le Moine obtint une meilleure vue de la ville. Traversée par six branches d'une même rivière, Centrum était à présent de petite taille : aucun immeuble d'une cinquantaine d'étages, comme jadis ; aucun quartier flottant qui lévitait à plusieurs dizaines de mètres au-dessus du sol ; aucune tour de combat. L'ancienne capitale se résumait à un amoncellement de bâtiments en brique ou en bois avec de multiples ponts qui brisaient la monotonie des cours d'eau tout en permettant aux habitants de circuler sans difficulté d'une rive à l'autre.

L'unique point d'intérêt de la ville se révéla le palais. Construit à deux kilomètres du centre, il exhibait des proportions épiques en comparaison du reste. Une pyramide se tenait sur une trentaine d'étages avec, tout autour, des jardins suspendus dans les airs grâce à des plateformes volantes. Toujours positionnés dans le même ordre, des drapeaux aux couleurs phrygiennes habillaient l'édifice. Il s'agissait du seul bâtiment fortifié de Centrum : des tours de défense l'entouraient, toutes reliées les unes aux autres par un mur couturé de runes magiques qui formait un épais rempart.

Si les Phrygiens ont négligé Centrum, ils ont toutefois pris la peine de construire une pyramide, songea le Moine. *Ils ne peuvent pas s'empêcher d'en édifier partout où ils vont, ceux-là. Et, ils n'ont pas dû avoir trop de difficultés à trouver de la place...* Car, après la guerre, de l'opulente capitale du Chitosa, hier l'un des joyaux architecturaux de la Godéranie, il ne restait rien d'autre que des cadavres et des ruines fumantes. Les trois sages s'en étaient assurés. Seuls les Non-Sacrifiés avaient réchappé au carnage. Durant un instant, l'esprit du Moine fusionna les différents souvenirs qu'il possédait de Centrum : la riche et luxueuse mégapole, le tas de cendres qui empestait la charogne et cette agglomération miteuse qu'il n'aurait jamais visitée en temps normal. Il secoua la tête. La confusion, c'était le grand inconvénient d'une longévité de plusieurs millénaires. Traverser toutes ces époques et... se remémorer parfaitement chacune d'elles.

— C'est dans la pyramide que vivent les officiels du Phrygiana, commenta Griff à l'attention d'Alia. C'est le Pharaon qui contrôle à présent toute cette zone depuis la défaite du Chitosa.

— J'ai bien compris que cet endroit appartenait autrefois au Chitosa, continua-t-elle. J'ai saisi que l'Husdamore a monté une coalition pour abattre le Chitosa, considéré à l'époque comme la nation la plus puissante de la Godéranie. En revanche, ce que je m'explique mal, c'est pourquoi Centrum est administrée désormais par le Phrygiana plutôt que l'Husdamore.

Sans crier gare, Griff s'écarta du chemin qui menait au poste de douane, laissant derrière eux les autres plateformes de déplacement rapide.

— Le Phrygiana contrôle Centrum, car c'était l'un des plus gros soutiens des sages durant la Troisième Guerre d'Expansion, éclaircit Griff. À ce titre, lorsque les alliés se sont partagé le territoire du Chitosa, l'Husdamore a cédé l'ancienne capitale au Pharaon. Depuis cette époque, la région tout entière est une mosaïque de petites villes, régies chacune par un État différent, dont certains sont situés à des milliers de kilomètres d'ici. En conséquence, ils n'allouent que peu de moyens pour développer cet espace, et c'est la raison pour laquelle cet endroit a l'air si désolé.

— Ah, c'est pour ça ! s'exclama Alia. J'avais l'impression que vous viviez dans un monde à la croisée entre le médiéval et le steampunk.

— Tu verras que la Godéranie est plus avancée que la Terre technologiquement parlant, rétorqua Griff. Cependant, toute notre organisation socio-économique repose sur la magie. Si les Nôstres viennent à manquer, alors la région connaît un très lourd retard de développement.

— Tu es en train de me dire que vous êtes meilleurs que nous ! s'indigna l'Humaine, les poings serrés.

Aussitôt, Griff battit en retraite.

— Non, non, ce n'est pas ce que j'insinuais. Le mode de vie des Godéraniens est basé sur la magie. Les Humains ont développé des méthodes scientifiques très poussées qui leur permettent une compréhension bien supérieure de leur environnement. Nos connaissances en génétique sont par exemple ridicules en comparaison des vôtres.

Elle hocha la tête.

— Je préfère ça, approuva-t-elle. Une partie de mes tableaux s'inspirent des arts des Premières Nations. Je les fréquente beaucoup… Pardon, je les fréquentais beaucoup. J'ai constaté de première main les dégâts du colonialisme et les stigmates que l'Homme blanc leur a laissés. Je refuse de subir le même sort ! Hors de question que les Godéraniens nous regardent de haut, parce qu'ils nous ont tous exterminés ou presque.

Griff acquiesça. Une dizaine de minutes plus tard, ils atterrirent à proximité du dôme, dans un lieu isolé où seuls des rocs et des maisons en pierre à moitié éboulées les accueillirent. Comme Centrum ne possédait qu'une faible valeur stratégique, aucun soldat ne faisait le guet ou ne les avait suivis.

— Et maintenant ? demanda Alia. On creuse un tunnel avec nos ongles ?

Le Moine sentit l'amusement de son alter ego.

— Non, répondit Griff en fouillant dans son sac.

Il en extirpa une des pièces d'échecs taillées quelques semaines plus tôt durant leur conversation à propos des joueurs. Un cavalier. Le Moine savait que Griff les avait toutes conservées pour procéder à un rituel sur chacune d'elles et les transformer en item magique. Cependant, il ignorait quelle fonction l'*artisan* avait attribuée à cette figurine en particulier. L'homme la posa devant le dôme, puis se recula. L'artefact projeta un halo violacé contre la barrière durant quelques secondes avant de s'éteindre.

— On peut passer, maintenant, annonça Griff.

Ne remarquant aucune altération, le Moine fronça les sourcils.

— Comment marche cet objet ?

— Il perturbe quelques minutes le fonctionnement des atomes, répondit Griff avec un haussement d'épaules.

Le joueur ramassa le cavalier avant de le remettre dans son sac.

— Ils ne peuvent plus s'organiser ou former de la matière pour les dix prochaines minutes. Il est très rare que les boucliers soient protégés contre des sorts comme celui-ci, car les Nôstres manquent de connaissances en physique…

Si ses artefacts se basent sur les savoirs scientifiques humains, dont la majorité des Godéraniens ignorent tout, alors il est encore plus dangereux que je le pensais, songea le Moine.

— Je ne comprends toujours pas, répliqua Alia. Je ne vois aucune entrée.

Griff lui sourit. Il passa le bras au travers du bouclier, à l'endroit où la lumière de son item magique l'avait frappé.

— Les atomes constituant le dôme ne sont plus liés les uns aux autres comme avant, expliqua-t-il. Ils ont perdu la capacité de s'organiser pour former une barrière solide. Ils coulent sur nous, si tu préfères.

— Je n'ai jamais été douée en sciences, répondit Alia après un moment de réflexion, mais je pense que je comprends.

Un à un, ils passèrent au travers.

— Et maintenant ? demanda-t-elle.

— Je vais réactiver mes anciens contacts, déclara le Moine. Les choses sérieuses commencent enfin.

Ils marchèrent un kilomètre avant de pénétrer dans une zone occupée par trois demeures en pierre et des hangars en bois. Dans les champs alentour, quelques paysans s'affairaient dans des plantations de pommes de terre, une bêche entre les mains. Malgré le froid mordant, les travailleurs suaient à grosses gouttes tandis qu'ils s'échinaient. Deux yaks broutaient un peu plus loin en compagnie d'une dizaine de mules.

— Et tu oses me dire que la Godéranie est plus avancée sur le plan technologique. Regarde-les ! Ils triment avec des instruments archaïques ! À quarante-cinq ans, ils auront le dos bousillé et ils seront courbés comme des vieillards !

— En effet, répondit Griff. En temps normal, tu verrais des *terreux* et des *artisans* un peu partout. Peut-être même aussi des *machinistes* et des *bâtisseurs*, s'il y avait des jardins volants. Cependant, comme il y a très peu de Nôstres dans la région, les Non-Sacrifiés effectuent le travail eux-mêmes. Autrement, ils mourraient de faim.

— Et le Phrygiana ne peut pas leur dépêcher des Nôstres pour les soulager ? s'enflamma Alia.

— Les Non-Sacrifiés ont, en général, une vie très agréable, tempéra Griff. Quels que soient leurs mérites, ils reçoivent un logement, des tickets pour se nourrir et le matériel dont ils ont besoin pour vivre. Ils sont libres de poursuivre toutes les activités qui suscitent leur curiosité ou leur créativité. Souviens-toi des Commandements de la Déesse : « les

Non-Sacrifiés, comme tes propres enfants, tu traiteras ». Ils sont choyés, crois-moi ! Pour cette raison, seuls dix pour cent des jeunes se *sacrifient*. Même les régions densément peuplées connaissent très souvent une pénurie de Nôstres. Alors, les expédier dans un endroit désolé tel que celui-ci, ce n'est pas la priorité des dirigeants. Pense à certains pays de la Terre. Il y avait de l'argent pour résorber les inégalités, mais les gouvernements faisaient d'autres choix. Par voie de conséquence, il y avait des enfants qui travaillaient ou qui vivaient dans une pauvreté abjecte.

— Oui, je vois très bien ce dont tu parles, répondit Alia d'une voix furieuse. Les politiciens sont les mêmes partout !

Ils marchèrent en direction du centre-ville. Alia parut impressionnée par les couleurs vives des habits des autochtones, qui portaient un assortiment de vêtements de coton parfois fluo. Beaucoup d'entre eux avaient un bonnet rouge avec des sortes de langue qui couvraient leurs oreilles. Des fresques érotiques grandeur nature tapissaient les bâtiments de brique. Elles représentaient des bêtes, des hommes et des femmes. De temps à autre, des animaux s'accouplaient avec des humanoïdes dans des scènes oniriques où les épidermes devenaient bleus et les pelages verdâtres. Alia s'arrêtait régulièrement pour les observer.

— C'est un vestige de la culture du Chitosa, expliqua Griff. Durant la Troisième Guerre d'Expansion, les sages ont chassé les autochtones et rasé la ville. Je suis surpris que les Phrygiens aient repris ces œuvres d'art à leur compte pendant la reconstruction.

— Je dirais plutôt que des Chitosiens sont revenus dans leur ancienne capitale, rétorqua le Moine d'une voix sèche. Si tu observes les habitants de cette ville avec attention, tu remarqueras qu'un grand nombre d'entre eux porte des vêtements en fourrure, qui sont un accessoire traditionnel chitosien.

— C'est probablement juste, admit Griff à contrecœur après une inspection rapide de la population alentour.

La boue et les immondices inondaient certaines rues. L'ensemble des logements et des magasins étaient sombres malgré la luminosité du soleil. Les étals manquaient de marchandises – dont l'apparente qualité ne résista à aucun examen. La pauvreté prospérait ici. Les vendeurs qui jalonnaient les trottoirs tentèrent de leur faire acheter des objets hétéroclites. Certains proposaient des fruits et légumes, de la viande ou offraient de cuisiner quelques plats à base de pomme de terre et de lentilles. *L'économie de la survie*, pensa le Moine non sans se souvenir du faste qui avait autrefois caractérisé Centrum.

De toute évidence agacée, Alia mit les mains dans ses poches.

— Je ne comprends plus rien, grommela-t-elle. Vous me dites que les Non-Sacrifiés ont des tickets pour se nourrir quand tout va bien, et qu'ils doivent se débrouiller comme ils peuvent lorsqu'il n'y a aucun Nôstre autour. Mais je vois très bien qu'ils utilisent de l'argent. Je suis perdue.

— Nous avons plusieurs formes d'économies qui fonctionnent en parallèle, répondit Griff. Comme les Non-Sacrifiés de cette région n'attendent aucune aide des Nôstres, ils ont créé leur propre système monétaire. C'est très proche de ce que tu connais sur Terre, avec l'offre et la demande. Dans les endroits plus prospères, où les Non-Sacrifiés ont tout en abondance, ils vont utiliser leurs tickets pour acquérir les produits dont ils ont besoin. Les Nôstres sont soumis à un autre régime : ils sont tenus de participer à leur échelle à la richesse de la nation en fonction de leurs compétences.

— Gracieusement, je suppose ? intervint Alia. Je veux dire, vous considérez les Non-Sacrifiés comme des enfants dont il faut s'occuper… Et on ne demande jamais à sa très chère progéniture de rembourser tout le temps qu'on leur a consacré, je me trompe ? Vive le paternalisme ambiant !

— Tu as bien cerné le système, convint Griff. Si un Nôstre souhaite acquérir un bien appartenant à un Non-Sacrifié ou s'il a besoin d'un service, comme une chambre d'hôtel, le prix de la transaction va être le fruit d'un accord entre les deux partis.

— En gros, vous payez une double taxe ! s'amusa Alia. Je comprends mieux le choix des Non-Sacrifiés à présent.

— Note bien, intervint Griff, que dans les endroits plus prospères, il suffit d'être un Nôstre pour obtenir du gouvernement le droit de résider dans des demeures très luxueuses. Certains royaumes font tout pour attirer des talents. Plus un pays compte de Nôstres et plus il s'enrichit…

— Je me disais aussi… Et je suppose que c'est votre *Nobilianiti* qui permet de réguler les abus de pouvoir chez les Nôstres ?

Griff acquiesça.

— Dans une zone où il y a peu de Nôstres, ces derniers vont avoir davantage les mains libres, puisque ce sont les Nôstres qui règlent entre eux les problèmes de discipline.

— Ce sont toujours les mêmes qui sont exploitées ! s'exclama Alia avec colère et aigreur. Et comment les transactions fonctionnent entre Nôstres ?

— Du troc, répondit Griff. Ce peut être un artefact rare, une formule pour un rituel ou un service. Tout dépend de ce dont le Nôstre a besoin et de ce que l'autre en face est capable d'apporter. La valeur des choses est très variable pour nous. Par exemple, mes items magiques nous permettraient d'acquérir les faveurs de personnes très haut placées dans la région…

— Et moi qui vous prenais pour deux vagabonds sans le sou, ironisa Alia. Dénichons un hôtel, alors. J'ai froid et j'aimerais pouvoir me laver. Et avec de l'eau chaude, pour une fois… Nous sommes riches, après tout !

— C'est dans l'ordre du possible, dit Griff, mais je n'ai aucune envie d'attirer l'attention ou de me séparer d'un seul de mes items. Alors, ce sera un logement modeste…

Ils dénichèrent une pension familiale miteuse entre deux ruelles sordides. Plusieurs sans-abri dormaient à proximité de la porte, emmitouflés dans des couvertures rapiécées. Dans les appartements, l'éclairage était presque inexistant, les murs nus et les meubles bancals. Le gérant des lieux leur présenta son épouse, dont la silhouette, affaissée par les années et les accouchements, étirait ses habits bleu-turquoise. Elle les accueillit avec un large sourire, puis leur expliqua qu'elle se chargerait du ménage et des repas. Tandis qu'elle conversait avec aisance, son mari retira de temps à autre son bonnet phrygien pour se gratter le sommet du crâne. Sept à huit enfants couraient un peu partout dans le logement en chahutant. Après un thé et des gâteaux secs, l'hôtelier leur fit visiter les chambres, qui se résumaient à un lit au matelas mou et une armoire poussiéreuse.

— C'est à votre convenance ? demanda-t-il avec espoir.

Le Moine et Griff se tournèrent vers Alia.

— Ça fera l'affaire, affirma-t-elle dans sa langue maternelle.

Ils communiquèrent sa réponse au Non-Sacrifié, qui leur sourit.

— Très bien. Pour le prix, adressez-vous à mon épouse. C'est elle qui gère les négociations en général.

— Ben voyons ! grommela Alia une fois qu'ils lui eurent traduit les paroles de l'hôtelier. Elle s'occupe du repas, du ménage, des enfants et de leurs revenus. Et lui, dans cette affaire, il fait quoi ? Il dépense leur argent dans les bars du coin avec ses amis ?

Le Moine sentit sa personnalité originelle éclater de rire en leur for intérieur. Dès que la femme du propriétaire apprit que tous les trois ne possédaient ni permis de séjour ni carte d'identité, les prix devinrent exorbitants. Griff négocia à la baisse, mais il dut concéder une rénovation partielle du logement. Quant au Moine, il s'engagea à prodiguer des cours particuliers à l'abondante marmaille.

***

Le Moine toisa Griff du regard. Le joueur était assis sur un fauteuil bancal à côté d'une bibliothèque contenant une quinzaine d'ouvrages en papier. Un tapis rapiécé couvrait le sol. Sur une table basse en bois trônait un vase où dépérissaient des fleurs blanches.

— Je n'aime pas cette idée ! s'entêta Griff. Tu pourrais la mettre en danger ! Elle n'a rien à faire au milieu d'une rencontre avec tes contacts.

— Alia a insisté, lui répondit le Moine avec agacement. Je ne demande pas ta permission, je t'informe seulement de notre départ pour le cas où tu aies besoin de nous parler.

Avec dédain, Griff désigna les nouveaux habits du Moine qui, pour l'occasion, avait abandonné ses vêtements terriens pour endosser les couleurs locales.

— Tu es certain que personne ne te reconnaîtra dans la rue ?

— Tu serais surpris du manque d'attention qu'on me porte. Ils connaissent le Moine, mais pas l'homme qui se cache sous sa capuche. Sans ma bure, peu d'individus peuvent m'identifier, parce qu'elle est indissociable de ma fonction. Elle est l'essence même de mon pouvoir, comme des *regalia.* La bure est au Moine ce que la couronne et le sceptre sont aux rois. Sans elle, le Moine n'existerait pas. Donc, à partir du moment où je cesse de la porter, je redeviens anonyme. J'ai déjà eu recours à ce subterfuge et, au risque de te surprendre, il fonctionne toujours.

Griff répondit d'un ton songeur.

— Possible. Seulement, si ton influence se résumait à une bure, il y aurait eu bien plus de faux Moines par le passé.

— En tout et pour tout, il y en a eu cent vingt-sept. La majeure partie d'entre eux est morte dans des souffrances peu enviables. Le plus résistant a tenu quatre-vingt-dix heures. Yann Tiersaverecque parle longuement de cet épisode dans la biographie qu'il me consacre. Tu peux même assister à la scène en direct si tu arrives à te procurer le *recueil de souvenirs* d'un témoin de l'époque. J'ai entendu dire que c'est à la limite du soutenable. Surtout lorsque j'entreprends de lui peler la peau. L'effet visuel et sonore est de première qualité. Je recommande.

Griff devint livide. Le Moine continua pour enfoncer le clou :

— Après la publication de cette biographie, le nombre de mes imitateurs a beaucoup diminué. J'en tue désormais un ou deux par siècle, tout au plus.

— Je comprends de mieux en mieux pourquoi ta personnalité d'origine t'a créé ! répondit Griff, écœuré. Tout individu normalement constitué se serait déjà suicidé.

Le Moine fronça les sourcils. L'insistance du joueur à propos de son alter ego le mettait mal à l'aise. Il ne se souvenait que trop bien de leur discussion juste après la sortie du Passage. Griff souhaitait se débarrasser du Moine pour ne conserver que sa personnalité d'origine. Comme si ce couard avait les épaules pour abattre les sages… Son alter ego n'était bon qu'à conter fleurette, élever des enfants ou fonder une famille. Il était le genre de personne que l'on manipulait aisément par la peur : il suffisait de menacer ses proches, couper quelques doigts ou décapiter une compagne, et il se liquéfiait. C'était peut-être ce que Griff souhaitait : remplacer le Moine par un faible qu'il contrôlerait à sa guise. Pour quelle autre raison aurait-il fait un détour aussi conséquent sur Terre pour lui présenter Alia ? *S'il croit que je vais le laisser faire… Qui plus est, il sous-estime la terreur que la Déesse inspire à ma personnalité d'origine.*

— Mon alter ego est stupide, surtout lorsqu'il y a un vagin dans les environs, mais c'est un survivant, admit le Moine malgré lui. Et plus important encore, je veille sur ses intérêts, ce qui est loin d'être ton cas.

Les yeux de Griff s'étrécirent de surprise ; de toute évidence, le joueur ne s'attendait pas à ce que la conversation s'oriente dans cette direction. Et, il s'agissait de l'effet escompté.

— Oui, j'ai percé à jour ton petit stratagème, précisa le Moine pour enfoncer le clou. Tu peux utiliser Alia pour m'affaiblir, mais il en faudra bien davantage pour me détruire.

Il voulut ajouter quelque chose, mais à cet instant précis, Alia entra dans la pièce. Aussitôt, Griff et lui cessèrent leur conversation. L'Humaine portait une tenue composée de plusieurs teintes de bleu. Sa peau blanche se devinait à travers les différentes couches de vêtements. Seuls son buste et ses parties intimes disparaissaient totalement derrière des tissus plus épais. L'alter ego jaillit immédiatement des limbes où il se cachait et chercha à prendre le contrôle de leur corps. Aussitôt, le Moine s'interposa. *Réfléchis un peu ! Sans Alia, jamais tu ne serais sorti de ta réserve au cours de cette mission ! Griff utilise cette femme pour nous affaiblir ! Il te manipule pour mieux se débarrasser de moi et t'inciter à trahir la Déesse !* Le Moine s'apprêtait à conseiller à son alter ego de repousser l'Humaine une bonne fois pour toutes, de l'assassiner s'il le fallait, quand la *lumière* se manifesta. Éblouissante. Écarlate. Lascive. Jouissive. Sexuelle. Le message s'avérait sans ambages : *elle* lui ordonnait de laisser sa personnalité d'origine succomber à la tentation.

Durant quelques instants, le Moine demeura sans voix. Pourquoi la Déesse lui demandait-Elle de tomber dans le piège tendu par son adversaire ? Puis, la raison s'imposa à lui : un traquenard dans le traquenard. Elle voulait attirer son ennemi dans sa zone de confort pour mieux le surprendre le moment venu. Sa personnalité d'origine nota les instructions de Godéramée, mais pour une fois, il parut s'en moquer. Tout ce que cet abruti décérébré voyait, c'était que l'Humaine était enfin prête à sauter le pas dans leur relation ; il le lisait dans ses yeux.

Soit, si telle est la volonté de la Déesse… Il s'effaça donc au profit de son alter ego, qui changea aussitôt les plans du Moine : ils n'entreraient en contact avec son ancien disciple qu'en fin de soirée. *Campbell mettra un jour ou deux avant d'arriver, de toute façon. Nous avons le temps. Montrons plutôt à Alia la ville.* À l'idée d'une nuit romantique en compagnie de la jeune femme, il se sentit comme un adolescent avant son premier rendez-vous : à la fois nerveux et excité.

— Je suis prête, annonça Alia.

— Alors, allons-y, répondit-il.

***

Ils débouchèrent sur une artère principale où des véhicules plus ou moins rudimentaires lévitaient au-dessus de la rue boueuse. Alia contempla la scène de longues minutes. L'alter ego se réjouit de la fraîcheur avec laquelle elle observait son environnement. Elle semblait ne pouvoir ôter ses yeux des plateformes de transport hétéroclites qui se résumaient parfois à quelques morceaux de tôle mal assemblés. La plus élaborée d'entre elles était un composite mélangeant bois et acier avec des sculptures dorées et autres ornements sur la carlingue. Une femme siégeait en son centre, son attention toute entière focalisée sur un petit miroir tandis qu'elle se maquillait.

Certains véhicules acheminaient des marchandises qui devaient paraître à Alia complètement incongrues. L'alter ego lui-même se demandait quelles fonctionnalités certains de ces objets remplissaient. Pourquoi ces rangées de scies circulaires sur une chaise tout à fait banale ?

Ils traversèrent la rue, passant au milieu des transports en commun où entassaient des dizaines de personnes sur une surface réduite. À cause d'un embouteillage conséquent qui empêchait quiconque d'avancer ou de reculer, les esprits s'agaçaient et, parfois, des cris retentissaient, très vite suivis par des insultes.

Ils croisèrent une fresque érotique et Alia s'arrêta aussitôt.

— Elles sont vraiment crues, s'amusa-t-elle. Et immondes. Sérieusement, un cheval et une femme ? Il faut avoir un problème pour réaliser une horreur pareille ! Vos artistes prennent quoi comme drogues ? Ça ne doit pas être très sain…

— Ce n'est pas un phénomène godéranien, répondit-il. Dans votre époque médiévale, j'ai fait connaissance avec un homme qui avait eu sa première expérience avec une chèvre. Tu serais surprise de certains fantasmes…

Une moue écœurée marqua son visage, puis elle éclata de rire.

— Je viens d'imaginer la scène, fit-elle. Et la pauvre bête ? Elle ne ruait pas ?

— Je l'ignore, répondit-il. Le type était cloué au lit avec une maladie vénérienne. Il avait trop honte pour rentrer dans les détails.

Alia pouffa et posa la main sur son épaule. Aussitôt, l'alter ego sentit des papillons s'affoler au creux de son estomac.

— Cherchons d'autres fresques ! exigea-t-elle en s'éloignant de lui.

Durant un moment, ils errèrent ici et là dans la ville à la recherche des œuvres d'art. Alia commentait souvent le style graphique et la technique *pictural*e. À mesure qu'ils exploraient Centrum, elle marcha de plus en plus près de lui. À une ou deux reprises, leurs doigts se touchèrent. Chaque fois, l'alter ego eut des frissons qui lui parcoururent le bras. Malgré les millénaires d'expérience, il ne pouvait s'empêcher d'être nerveux à chaque nouvelle rencontre amoureuse. Il se sentait à la fois ridicule et délicieusement en vie.

Tandis qu'ils arpentaient une ruelle, remplie d'échoppes et de bar à hôtesses, Alia s'arrêta de façon abrupte. À travers la vitrine d'un petit troquet, des individus s'affairaient autour de plusieurs plateaux.

— Vous pratiquez aussi le jeu d'échecs ? s'étonna-t-elle.

— Il y a deux choses qui donnent son unité culturelle à la Godéranie. La religion et les échecs. Seulement, notre version est légèrement différente de la vôtre. Nous l'appelons « le jeu des régnants », parce que beaucoup de souverains s'y exercent avant d'occuper leurs fonctions. Entrons, je vais te montrer pourquoi.

Il lui prit la main et l'attira à l'intérieur. Elle accepta son contact comme s'il était naturel. Un sourire étirait ses lèvres rougies. Leurs regards se croisèrent à nouveau. Il lut le désir dans les pupilles sombres et dilatées d'Alia, et son cœur tambourina contre sa poitrine. Il approcha sa bouche de la sienne. Elle lui échappa en émettant un petit rire amusé.

— Un peu de patience ! s'écria-t-elle avec gaieté.

Une odeur d'alcool, de tabac et autres substances stupéfiantes saturait l'atmosphère du bar. L'alter ego entraîna Alia vers l'un des plateaux de jeu où deux femmes âgées s'y affrontaient. Toutes deux avaient un nez et des oreilles aux proportions épiques.

— Sale garce ! J'vais t'montrer, moi ! s'exclama l'une d'elles.

Elle tapa les coordonnées de son coup sur un petit boîtier numérique. L'alter ego attira l'attention d'Alia sur ce dernier.

— La différence majeure avec la version terrienne, c'est le libre arbitre des pièces. Les joueurs demandent un déplacement, mais les figurines peuvent lui désobéir. C'est assez chaotique de mettre en œuvre une stratégie lorsque deux fois sur trois tes ordres ne sont pas respectés. Surtout si tu souhaites sacrifier un élément pour une position plus avantageuse… Mais si tu as de la chance, ta pièce effectue un meilleur coup que le tien.

Celle qui avait joué couina de frustration quand son cavalier prit la fuite – la reine adverse menaçait de le tuer.

— P'tain d'chiasse de nourrisson ! C'était mon foutu pion que j'voulais bouger. Rien à taper d'ce crétin de canasson.

Dans le même temps, un large sourire s'épanouit sur le visage de son opposante. Celle qui venait de jouer se tourna alors dans leur direction.

— Jamais entendu c'te langue. Vous v'nez d'où, les jeunes ? Pas beaucoup de touristes dans la région.

— De la Terre, répondit l'alter ego.

La femme fronça les sourcils.

— Ah ! Une Terrienne… J'me disais bien aussi qu'elle portait pas son habit comme nous autre.

Son adversaire entra les coordonnées dans le boîtier numérique. La dame descendit dans la dernière rangée horizontale. Échec et mat.

— Nom d'une couille de pacifiste !

D'un geste plein de fiel, la perdante jeta une liasse de billets à son opposante, puis vida d'une traite son verre et se tourna en direction de l'alter ego :

— Sûr qu'c'est un joli morceau, mais t'avais pas moyen d'trousser une Godéranienne ? L'mélange des races, très peu pour moi.

L'alter ego serra les poings. Plus jeune, il lui aurait fait payer l'injure de façon violente, mais avec l'âge il s'était assagi.

— Nous vous laissons à votre défaite, répliqua-t-il sèchement.

Il agrippa la main d'Alia et l'attira à l'extérieur.

— Elle a dit quoi ? demanda Alia. J'ai bien cru que tu allais lui taper dessus.

Il lui répéta mot pour mot les paroles de la mauvaise perdante.

— Quelle sale conne, celle-là ! s'exclama la jeune femme. Je vais lui montrer, moi !

L'alter ego craignit qu'Alia retourne dans le bar pour chercher querelle à la joueuse, mais la jeune femme se positionna face à la vitrine. Avec insistance, elle claqua ses phalanges contre le verre, de façon à attirer l'attention de la mégère. Lorsqu'elle obtint satisfaction, Alia s'empara de l'alter ego par le col et le plaqua contre la devanture. Pris au dépourvu, il ne comprit ses intentions qu'à l'instant où elle approcha ses lèvres des siennes. Puis, elles se touchèrent. Par la Déesse, que ses lèvres étaient fraîches et délicieuses ! À ce moment précis, Godéramée disparut de son esprit. Griff également. Il n'y eut plus qu'Alia. Les ondes de désirs qui se propagèrent un peu partout en lui. L'incendie qui envahit ses reins, son estomac et son visage.

Collée contre lui, Alia agrippa le postérieur de l'alter ego et l'attira plus fort encore contre elle. La chaleur de son corps contre le sien l'enivra. Presque timidement, il aventura sa langue au-delà de ses lèvres pour explorer la bouche de la jeune femme. Le temps cessa alors d'exister. La tête vide, il flotta dans une zone agréable entre frissons de plaisir et brûlures délicieuses. Sa peau était si sensible qu'un simple frottement provoquait des ondes exquises.

Quand ils se séparèrent, l'alter ego prit conscience qu'il haletait comme s'il venait de fournir l'un des plus grands efforts physiques de son existence. Il était en feu et son désir n'était que trop visible. *Maudite soit la légèreté des vêtements phrygiens !* De son côté, Alia paraissait elle aussi surprise de l'alchimie détonante qui régnait entre eux. Les joues rouges, elle semblait hagarde. Puis, elle dut se souvenir de ce qui s'était produit juste avant leur baiser, car elle s'écarta de l'alter ego et adressa un doigt d'honneur à la harengère.

— Voilà ce qu'il te dit, le mélange des races, salope !

Alia s'empara ensuite du poignet de l'alter ego et l'entraîna un peu plus loin dans la rue. Il se laissa emporter volontiers.

— Je ne pense pas qu'elle ait compris le doigt d'honneur, l'informa-t-il.

Il passa une main autour de sa taille et l'attira contre lui. Cette fois-ci, elle n'exerça aucune résistance. Il eut même l'impression qu'elle recherchait son contact.

— Peu importe qu'elle ait percuté ou non, lui répondit Alia. Moi, ça m'a fait du bien !

Ils échangèrent un sourire complice.

***

L'échoppe où le Moine emmena Alia se résumait à un comptoir avec trois tabourets de bois. À l'instant même où il avait repris le contrôle du corps, la jeune femme s'était écartée de lui avec une expression proche du dégoût. Elle se tenait désormais à un mètre de lui et s'arrangeait pour ne jamais laisser cette distance de sécurité diminuer.

Le barman, un homme d'une vingtaine d'années au visage ovale, essuyait des verres. Il portait autour du cou une fourrure de couleur grise, preuve de son allégeance au Chitosa Perdu. Il les accueillit d'un sourire machinal.

— Qu'est-ce que je peux vous servir ?

— Une bière, ordonna le Moine.

— Laquelle ?

— Abbaye de Centrum.

Le barman se figea. Ses yeux se fixèrent sur le Moine avec attention.

— C'est plutôt cher comme produit, répondit-il avec précaution.

— Je ne bois que le meilleur.

— On m'a toujours dit de n'en servir qu'à des connaisseurs. J'ignore si votre palais est assez fin. Laissez-moi appeler le responsable. Il prendra la décision.

Il héla l'enfant qui se tenait accroupi un peu plus loin dans la rue et qui lui aussi portait une fourrure autour du cou.

— Tanaktopa ! Trois écus pharaoniques si tu me ramènes le patron dans le prochain quart d'heure ! Fissa !

Les yeux du garçon s'allumèrent de convoitise. Il partit en courant.

— Et pour vous, Madame, qu'est-ce que ce sera ?

Le Moine laissa son alter ego reprendre le contrôle de leur corps. Aussitôt aux commandes, ce dernier se rapprocha de la jeune femme.

— Liqueur de pomme de terre. Parfum menthe poivrée, répondit-il à sa place, certain qu'elle aimerait la spécialité locale.

L'homme s'exécuta de bonne grâce. Il déposa le verre devant Alia, qui lui adressa un signe de remerciement. Comme l'échoppe ne comportait aucune table, ils s'installèrent au comptoir.

— Je suis vraiment étonnée de la diversité ethnique de ce pays, commenta-t-elle en avalant une longue gorgée d'alcool. Sur Terre, on pouvait toujours reconnaître les natifs, rien que par leur nombre. Ici, tout est tellement mélangé que je suis incapable de distinguer les migrants.

— Lorsque la catastrophe a détruit ce monde, nous avons tous été rassemblés dans ce lieu. Nos populations se sont naturellement mélangées les unes aux autres. Couleur de peau. Couleurs ou formes des yeux. Morphologie du visage… Ici, tout ça n'a absolument aucun sens. Il est impossible de reconnaître l'origine d'un individu à son physique.

— Tu es en train de me dire que le racisme n'existe pas chez vous ? l'interrogea-t-elle avec scepticisme.

— Non ! Souviens-toi du discours de la mégère. Les mécanismes discriminatoires sont inhérents à la vie en société. Ils ont simplement pris d'autres formes chez nous. Par exemple, les gens ont tendance à s'habiller selon la mode en vigueur dans leur pays d'origine. C'est un genre de fierté identitaire. Tu as ceux qui n'aiment pas les bonnets rouges – comprends les Phrygiens – parce qu'ils ont la réputation d'être pingres et de voler. Chez nous, la discrimination se fonde sur d'autres critères que l'apparence physique.

Alia opina.

— Effectivement, c'est logique. Plus je passe de temps ici et plus je me rends compte que les différences entre vous et nous sont assez faibles.

— À l'exception de la magie, nous sommes les mêmes, affirma-t-il en lui caressant la main.

Sans le Moine, qui souhaitait réactiver ses contacts au plus tôt, Alia et lui seraient déjà dans la chambre à coucher, sur le lit ou par terre, à se goûter le corps mutuellement, à gémir de plaisir, à profiter de la présence de l'autre. Leurs regards se croisèrent et il eut l'agréable impression qu'elle avait compris ses pensées… et qu'elle les approuvait. Un silence plein de promesses s'installa alors entre eux, que le barman le rompit après quelques minutes.

— Vous venez d'où ? demanda-t-il.

La question brisa la magie du moment.

— De la Terre, répondit l'alter ego d'une voix peu amène.

Inconscient du fait qu'il gênait, le serveur siffla d'admiration.

— Ça en fait une trotte ! Et alors, c'est aussi abîmé qu'on le dit ?

L'alter ego soupira.

— Au mieux, il doit rester quelques millions d'Humains sur les sept milliards qui y vivaient à l'origine. Toutes leurs villes sont dévastées. Ils n'ont plus de technologie. Ils n'ont plus rien. La grande question maintenant, c'est de savoir s'ils réussiront à s'adapter à leurs nouvelles conditions de vie ou s'ils périront tous de maladie, de famine ou de désespoir.

La colère s'empara du barman.

— Les trois sages paieront !

Connaissant l'inimité entre Chitosiens et Phrygiens, l'alter ego choisit de lancer une petite pique mesquine au barman pour qu'il les laisse en paix, Alia et lui :

— Le Pharaon n'a pas encore décidé de quel côté il compte aligner ses soldats.

L'homme cracha sur le sol.

— Je suis un sujet du Chitosa Perdu ! clama-t-il. Les Phrygiens se battent lorsqu'ils sont sûrs de gagner ! Ils sont à peine mieux que les Pleutres ! Je suis ici parce que c'est la terre de mes ancêtres. Croyez-moi, dès que la guerre sera déclarée, je prends les armes avec le Chitosa Perdu. Sus aux trois sages !

Tanaktopa reparut alors accompagné d'un homme de grande taille au teint sombre, qui mit quelques pièces de monnaie dans la main de l'enfant. Ce dernier s'en saisit avidement avant de se repositionner de l'autre côté de la rue.

— Ils viennent de la Terre, divulgua le barman.

Le responsable acquiesça. D'un geste nonchalant, il demanda à son salarié de prendre ses distances. Le serveur soupira, mais s'exécuta.

Dans le même temps, le Moine ressaisit les rênes de leur corps et, une fois de plus, Alia s'éloigna de lui.

— Expliquez-moi comment vous êtes entrés en possession de nos codes de priorité maximale ! exigea l'employeur d'une voix sèche.

Le Moine observa le nouveau venu. Des chatoiements argentés apparaissaient de temps à autre sur sa peau lorsque la lumière se reflétait sur son épiderme. Selon toute vraisemblance, le Nôstre avait modifié l'ensemble de son organisme pour le rendre plus résistant.

— J'ai des accréditations et c'est tout ce que tu as besoin de savoir, répliqua le Moine après un instant de réflexion. Ordonne à l'alcoolique de venir à Centrum de toute urgence.

— Campbell ? Se déplacer pour de simples clients ? Tu rêves. Si vous voulez faire affaire, c'est avec moi. Et vous payez d'avance !

— Je ne traiterai qu'avec Campbell. Comme je te l'ai déjà dit, j'ai les accréditations et, en plus, je manque de patience.

— Des mots de passe, ça peut se voler. Je connais tous les clients importants. Tu n'es pas l'un d'eux !

D'un geste furtif, le Moine déclencha un sort d'immobilisation : des filaments lumineux jaillirent du sol. Ils entourèrent l'homme, le paralysèrent et l'empêchèrent d'utiliser la magie. Avant que le Nôstre ait le temps de protester, le Moine lui fracassa la tête contre le comptoir, qui se fendit de tout son long. Du sang gicla un peu partout.

D'un bond effrayé, Alia se colla contre le fond du bar. Mal à l'aise, elle semblait prête à s'enfuir à la première occasion. Le Moine se tourna ensuite vers le barman, qui avait sorti un artefact magique d'une étagère et le pointait sur lui. L'objet ressemblait à un morceau de bois décoré avec des bijoux. *Le genre d'arme capable de carboniser une personne en un instant…*

— Tu tires, et je bousille ton patron avant de t'écharper, déclara le Moine. Si tu restes calme, tu verras le jour se lever demain matin. C'est compris ?

D'un léger mouvement de tête, l'homme opina.

— Maintenant, écoute-moi bien ! fit le Moine à son prisonnier.

Pour appuyer son propos, il produisit une lame luminescente dans son poing et l'apposa doucement sur le cou du Nôstre.

— Dis à Campbell de venir. Il doit déjà se tenir sur le qui-vive, je pense. La nouvelle de mon retour est sur toutes les lèvres.

Un éclair de compréhension traversa le visage du Nôstre.

— Le Moine ? parvint-il à articuler. Alors la rumeur est vraie ?

— Lorsque Campbell sera prêt à me recevoir, envoie Tanaktopa à cette adresse.

Le Moine déposa un morceau de papier sur le comptoir.

— Si tu penses que le rendez-vous est compromis, dépêche-nous un messager différent pour nous prévenir. Entendu ?

— Oui, murmura l'homme d'une voix soumise.

— Bien ! Maintenant, je vais te relâcher et tu vas ordonner à ton barman de pointer son arme dans une autre direction. S'il tire, je vous torture durant les heures qui vous restent à vivre !

— Oui, répéta le prisonnier.

Le Moine fit disparaître sa lame, puis effaça son sort d'immobilisation. L'homme se releva à la hâte avant de faire signe à son employé d'abaisser son item magique. Le salarié s'exécuta, mais conserva néanmoins le doigt sur la gâchette. Durant quelques instants, tout le monde s'observa, évaluant de quelle manière les uns et les autres se comporteraient. Le Moine comprit alors que la partie était gagnée.

— Messieurs ! C'est un plaisir de faire des affaires avec vous ! Nous nous reverrons dans quelques jours, je suppose.

Sans attendre de réponse, il rendit le contrôle de leur corps à sa personnalité d'origine, qui rejoignit Alia aussitôt et entoura sa taille de son bras. Elle était secouée par ce petit éclat du Moine, mais par chance elle ne le repoussa pas. Il s'empressa donc de l'amener à l'extérieur. Alia et lui effectuèrent quelques pas dans la rue, puis ils s'arrêtèrent et l'alter ego se retourna. L'employeur apposait sur son oreille un chiffon imbibé de sang. Le barman se tenait toujours prêt à utiliser son artefact.

— Rentrons à l'hôtel, dit-il. Je suis désolé, je n'aurais jamais dû te laisser participer à une telle rencontre.

— Ne t'en fais pas, répondit-elle après de longues secondes de silence. Je commence à me faire une raison : je vis désormais dans un monde violent. Je dois m'y habituer, même si je trouve certaines situations très inconfortables.

Elle approcha alors ses lèvres de son oreille gauche et murmura :

— Prolongeons cette rencontre dans ta chambre. J'ai besoin d'être serrée dans tes bras.

Tout en frissonnant d'excitation, il acquiesça.

Chapitre 9 : Gavannha

Gavannha rompit le contact mental qu'il entretenait avec Klan, sortit son traducteur automatique et l'actionna. Dès que le rayon rouge eut atteint le front de toutes les personnes présentes, il s'exclama :

— Petit renard ! Il est impossible de travestir la vérité lorsque l'on utilise la télépathie. Un mensonge résonne différemment d'un souvenir authentique. C'est beaucoup plus dilué, beaucoup moins prégnant. Tu ne peux pas me tromper, donc je te conseille de coopérer !

Gavannha observa l'enfant pour s'assurer que ce dernier avait saisi le message, puis il posa à nouveau deux doigts sur le crâne de Petit Félin. Une fois encore, il traversa la tempête haineuse. Il l'avait perçu dès leur première rencontre : Klan était à la fois un survivant et un insoumis ; seule la mort le forcerait à abandonner. Tel un raz de marée, Gavannha pulvérisa les défenses du jeune garçon pour accéder à ses pensées.

Accompagné de Di, Klan était allongé dans l'herbe à proximité d'une tente. Aux aguets, il écoutait la conversation qui se déroulait à l'intérieur de la toile. Trois hommes et une femme discutaient de la manière dont ils le tueraient lui et son frère. Les adultes établissaient différents scénarios pour les assassiner tous les deux.

La peur s'empara de Klan, qui sentit des frissons lui parcourir le dos. Impossible de buter quatre types à la fois ! Et s'il les trucidait un à un, les soupçons retomberaient sur lui dès le premier meurtre.

Une idée le frappa alors : un jour, le chef de son ancienne troupe avait massacré à coups de gourdin le meneur d'une faction qui voulait prendre sa place. Klan se souviendrait toujours de la violence avec laquelle le souverain avait fracassé encore et encore le crâne de son ennemi : les globes oculaires qui avaient jailli de leur orbite sous la pression du premier coup ; le sang qui avait giclé de partout ; les morceaux d'os éparpillés ; la cervelle réduite à l'état de pulpe. Plus gore que ça, tu meurs ! Après une telle démonstration de force, plus personne n'avait contesté ouvertement le pouvoir du chef. Klan devait utiliser la même tactique. Il devait effrayer tous les individus de cette troupe au point que jamais plus ils n'oseraient s'attaquer à Di ou à lui. Et, il avait une cible toute trouvée : l'homme noir bourré de cicatrices. Tout le monde le craignait. Bordel, des soldats le surveillaient en permanence ! Si Klan parvenait à le tuer, à le mutiler de toute part, leurs problèmes seraient réglés !

Klan vola une arme blanche à un abruti inattentif qui était parti pisser. Puis, accompagné de Di, Klan se dirigea vers la tente de Gavannha. En chemin, il commença à avoir peur. Le souvenir de la boule de lumière qui tournait lentement sur son axe dans la tente de l'homme noir lui revenait sans cesse à l'esprit. À une dizaine de mètres de l'endroit où Gavannha dormait, il connut même des hésitations. De toute évidence, ce type bizarre possédait des ressources cachées. C'était une sorte de sorcier ! Un simple couteau suffirait-il pour lutter contre un tel pouvoir ?

Il était sur le point de proposer à Di de rebrousser chemin quand l'image de la catastrophe ayant tué ses parents rejaillit dans sa tête. Contempler à nouveau le corps de sa mère en train de se faire vaporiser par l'étrange phénomène lui serra la poitrine et décupla sa fureur. D'instinct, il savait que Gavannha était mêlé à ces horreurs, et rien que pour ça Klan le haïssait ! Le salopard méritait de mourir dans les plus atroces souffrances !

Refoulant ses larmes, il s'approcha avec une détermination renouvelée. Di et lui entrèrent dans la tente tous les deux. Gavannha dormait, mais son frère était terrifié. Il voulait stopper le meurtre. Pour une raison que Klan saisissait mal, Di s'était attaché à ce salopard au point de le défendre bec et ongle. Pourquoi ne comprenait-il pas que Klan s'apprêtait à tuer Gavannha pour leur bien à tous les deux ?

Leur conversation avec les mains s'envenima et Di finit par lâcher une menace : si Klan assassinait Gavannha, alors Di partirait seul pour mourir dans la forêt. Klan abandonna aussitôt la lutte. Di était toute sa vie. Sans lui, le combat n'avait aucun sens.

À cet instant précis, Gavannha leur parla. Des mots, incompréhensibles, mais chargés de fureur. La terreur s'empara de Klan, qui sentit son estomac se liquéfier. Sans même se concerter, Di et lui s'enfuirent en même temps, mais le corps de Klan arrêta soudain de répondre à son cerveau. Il était paralysé ! L'homme en noir leur avait jeté un sort. Et le monstre allait leur faire du mal !

Gavannha rompit son lien avec Klan. La colère de l'enfant. L'intensité de sa haine. Il mit de longues secondes à s'en extraire. Une fois encore, la culpabilité revint le hanter. Sans l'intervention des trois sages, sans *Cela*, jamais Klan n'aurait connu d'émotions aussi violentes. Non contents d'anéantir la civilisation humaine, les Nôstres avaient également ravagé l'esprit des nouvelles générations. Quel type de société des individus comme Klan pouvaient-ils engendrer ?

Gavannha secoua la tête, las. Il remarqua au passage que Volya suivait du regard le moindre de ses gestes. Essayait-il de deviner ses intentions à l'égard des enfants ? Probablement. Gavannha se tourna vers Di. Sans lui, Klan serait passé à l'acte et aurait, dans le meilleur des cas, reçu la punition la plus sévère de son existence. Il éprouva de la curiosité. Pour quelles raisons Di avait-il décidé de forcer la main de son frère ? Si Volya disait vrai, ces enfants avaient déjà tué. Di ne s'était donc pas toujours opposé aux pulsions meurtrières de Klan.

Au moment même où il posa ses doigts sur le front de Di pour en extraire des souvenirs, une profusion de visions toutes plus incohérentes les unes que les autres le frappèrent avec la violence de coups de poing.

Gavannha laissa échapper un glapissement avant de rompre leur lien. Durant un instant, il se frotta les tempes, puis il entreprit d'effacer la grimace qui lui déformait les traits pour reprendre une expression digne. *Il est capable de me porter une attaque mentale sans aucun entraînement préalable ! Il m'a surpris ! Moi ? Ces deux enfants...*

Gavannha mit sa fierté blessée au second plan. Au travers de leur bref contact, il avait détecté la terreur abjecte et l'espoir qu'il inspirait à Di. Ces émotions contradictoires étaient ancrées au plus profond de l'enfant. Elles allaient bien au-delà de la peur immédiate. Le phénomène datait de bien avant *Cela*. Ces craintes l'accompagnaient depuis son plus jeune âge. Elles étaient l'un des piliers de sa construction identitaire et personnelle. Un nombre incalculable de questions défilèrent dans la tête de Gavannha.

— Faire de la résistance ne te mènera à rien ! prévint-il d'une voix sèche. Tu réussis tout juste à m'énerver encore un peu plus !

Comme prévu, la semonce verbale décupla les terreurs de l'enfant. Préparé cette fois-ci à affronter ses défenses, Gavannha esquiva les attaques mentales. Puis, il perçut la signature psychique réelle de Di derrière la nuée de visions désespérées que ce dernier lui assenait comme s'il s'agissait de projectiles. Gavannha s'approcha du cœur mental de Di. Cette manœuvre déclencha une réaction de panique. Les offensives se multiplièrent et perdirent de leur précision. Elles volèrent en tous sens, tels des gravats durant une explosion. Alors que Gavannha se tenait à quelques pas, les attaques mutèrent. Elles devinrent pareilles à des lames acérées. Surpris, il recula. C'était comme si Di lui lançait des dizaines de poignards par seconde. Malheureusement pour l'enfant, il possédait des siècles de pratique et son endurance d'adulte dépassait de loin les capacités de concentration d'un petit garçon.

Quand Gavannha parvint jusqu'à lui, une peur primale étreignait Di, qui expédia des messages de supplications avec une insistance déconcertante. Puis, une multitude de visions, toutes antérieures à *Cela,* assaillirent Gavannha qui, avec stupeur, relâcha son contact mental.

— Nom d'une couille de pacifiste !

Mais qui est cet enfant ?

Durant une période qui lui parut infinie, son esprit demeura aussi confus que celui de Di. Peur. Colère. Haine. Fatalité. Mélancolie. Suspicion. Amour. Amitié. Espoir. Foi. Gavannha se frotta les tempes pour évacuer les derniers reliquats de la psyché de Di. *Ces visions*... Il essaya de les classer dans l'ordre chronologique, de leur donner une cohérence.

La mère de Di l'avait conçu avec un Nôstre. Pour une raison que Gavannha et l'enfant ignoraient, elle craignait que le père lui vole son fils. Aussi, tous deux avaient régulièrement changé d'adresse quand, dans le même temps, les origines de Di demeuraient sous le sceau du secret. La paranoïa de sa mère avait décuplé les angoisses de Di. Sa vision la plus récurrente était le moment où *Cela* s'abattait sur Terre. Un bouclier s'était formé autour de l'enfant un instant seulement avant l'arrivée de la vague de destruction. Au moment où la barrière de protection s'était déployée, sa mère le tenait par la main ; lors de la création du dôme, le bras de sa maman avait été sectionné à hauteur de coude. Di avait franchi les heures les plus noires de l'Humanité en compagnie d'une relique sanguinolente.

C'était cette dernière scène qui avait fait jurer Gavannha. Di croyait que son père l'avait sauvé de *Cela*. Il se trompait. Gavannha avait observé les souvenirs de l'enfant avec attention. À aucun moment, il n'avait décelé la présence d'une tierce personne. À aucun moment, il n'avait repéré un item magique de surveillance. Certes, Di ignorait les indices permettant de découvrir un individu embusqué ; certes, il aurait pu manquer un détail primordial ; certes, le traumatisme aurait pu compromettre une partie de sa mémoire ; et n'importe quel enquêteur se serait focalisé sur ces difficultés en priorité ; cependant, l'instinct de Gavannha lui hurlait autre chose. *L'allié de Déia !* D'abord la rencontre avec la Déicide. La mention de la ville, qui avait provoqué un changement de trajectoire de toute la troupe. Une description de la marche à suivre pour retrouver son fils. Aliénor… comme prédit… Et à présent, cet enfant, Di, héritier sans conteste des Nôstres, protégé de *Cela* par un inconnu. *Trop de coïncidences s'imbriquent les uns dans les autres pour en déduire que seul le destin est à l'œuvre. Cette affaire est planifiée depuis des années, voire davantage !*

Plus les jours s'égrenaient et plus Gavannha devinait la main invisible qui les dirigeait dans l'ombre. Petit à petit, les contours d'une personnalité se dessinaient derrière ces activités. Il imagina une araignée puissante, impitoyable et cruelle. Nôstres ou Humains, tous étaient des outils à son service. Néanmoins, Gavannha ne comprenait toujours pas les raisons de ses agissements.

Comment lutter contre un individu pareil ? Un début de terreur s'insinua en lui.

— Gavannha !

La voix claqua à ses oreilles comme un coup de fouet. Son subconscient l'informa que Volya l'appelait déjà depuis un certain temps. Il se tourna vers le soldat.

— Qu'est-ce qui se passe ? voulut savoir Volya.

— L'Histoire est en marche, répondit Gavannha, laconique.

D'un mouvement de doigt, il libéra tous ses prisonniers. Klan fut le premier à réagir. Il bondit pour tenter de s'enfuir. D'un geste vif, Gavannha le saisit par le bras et le propulsa au sol, où il l'y maintint sans difficulté avec la paume de sa main. L'enfant se débattit de toutes ses forces.

— Si j'avais commis un dixième de tes crimes, lui déclara Gavannha sur le ton de la conversation, ma grand-mère paternelle m'aurait fouetté jusqu'à l'inconscience avant de verser du vinaigre sur mes plaies. Peut-être même m'aurait-elle brisé les poignets et les chevilles. Remercie le destin de t'avoir placé entre mes mains plutôt qu'entre les siennes.

L'enfant cessa de se mouvoir. Une expression farouche animait son visage. « Essaie un peu de me fouetter ou de me casser les os ! » sembla-t-il vouloir dire. Volya tenta de s'interposer, mais Gavannha le retint d'un signe de tête négatif.

— Je contrôle la situation, affirma Gavannha d'une voix sèche et sans réplique.

L'homme acquiesça, mais demeura sur le qui-vive, prêt à intervenir en cas de besoin. De son côté, Di resta immobile. Gavannha prit le temps de réfléchir. L'Araignée avait manœuvré pour qu'il croise la course de Di. Elle escomptait qu'il le protège, il le sentait. Que faire ? Entrer dans son jeu et avoir, peut-être, la possibilité de revoir son fils ? S'y opposer en laissant ces deux enfants mourir – et bien entendu perdre tout espoir de retrouver Takuba ? Quelle que soit sa décision, son instinct lui soufflait qu'il le regretterait.

Gavannha s'adressa à Di.

— Je suis prêt à faire l'impasse sur votre intrusion de ce soir, même si j'admets que, de mon point de vue, une bonne correction s'imposerait. Je consens également à vous protéger des quatre adultes qui vous menacent. Je vous enseignerai comment chasser, comment survivre par vos propres moyens. Bien entendu, tout a un prix. Si vous acceptez, vous respecterez mes règles, peu importe que vous les trouviez justes ou non.

— Ton offre, commença Petit Félin, tu sais où tu peux t'la mett…

— On est d'accord ! coupa Di avec empressement.

— Quoi ! s'exclama Klan. T'as pété un boulon ou quoi ?

— C'est notre meilleure chance, et tu le sais !

— Crétin ! Tu vois pas qu'c'est un monstre !

— Si c'est un monstre, alors j'en suis un aussi.

À ces mots, Klan blêmit. Il observa longuement son frère. Puis, d'un geste, il abandonna la lutte. Gavannha n'eut aucune difficulté à comprendre sa décision : s'il avait continué à protester, Klan se serait aliéné la seule personne en vie à qui il tenait encore.

— Une dernière chose, fit Gavannha en direction de Di, je ne suis pas ton père biologique.

L'enfant baissa la tête. Gavannha savait que cet espoir mêlé de peur flottait quelque part dans son jeune esprit.

— Et quant à toi, fit-il à Klan, si je te surprends à nouveau avec un couteau à la main…

Gavannha observa le petit fauve, qui le scrutait avec appréhension. *Bien !* songea-t-il. *Le message est passé.* Il relâcha donc son emprise sur l'enfant. Aussitôt, Klan se releva à la hâte et s'éloigna jusqu'à coller son dos contre la toile de tente, comme une bête acculée.

— Je suis désolé pour ta grand-mère, déclara alors Volya.

Surpris par ce changement de conversation, Gavannha observa l'éclaireur sans chercher à masquer son incompréhension.

— J'ai moi aussi grandi dans un climat de violence, lui rappela le soldat. Je n'avais pas réalisé d'où tu venais. Je me suis complètement trompé à ton sujet. Tu connais tout autant que moi les besoins de ces enfants.

Gavannha garda le silence, mais continua de scruter le visage et les yeux de Volya pour tenter de discerner le message implicite qu'il essayait de lui faire passer. En vain.

— Je vais reprendre mon poste, annonça Volya au bout d'un moment.

Il lança à Gavannha un bref hochement de tête avant de quitter la tente. Une fois seul avec les enfants, Gavannha concentra à nouveau son attention sur Klan et Di. Aucun d'eux ne semblait rassuré ou en confiance, et il ne les en blâmait pas. Il essaya de se mettre à leur place. Cette situation devait être terrifiante pour eux, surtout après les horreurs qu'ils avaient traversées.

— Vous êtes en sécurité, ici, leur affirma-t-il d'une voix rauque. Je vous suggère de dormir, nous discuterons davantage demain.

***

Gavannha s'éveilla avant l'aube, l'esprit lourd et fatigué. Il avait introduit les enfants à l'intérieur de sa tente pour mieux les défendre. Néanmoins, tant qu'ils demeuraient une menace, il ne pouvait se reposer en toute quiétude. Comme il ne maîtrisait aucun sort capable de le protéger sur une si courte distance – il n'avait pas transformé sa tente en item magique sans raison –, il avait lutté contre la torpeur toute la nuit. De leur côté, aussi mal à l'aise que lui, les enfants avaient fait de même. Seulement, sans même s'en apercevoir, Gavannha avait sombré dans le sommeil. Par chance, Klan n'avait manifesté aucune velléité meurtrière pendant sa brève période d'inconscience. *J'aurais pu achever mon existence avec un poignard en travers de la gorge*. Gavannha repoussa avec impatience le sermon instinctif qu'il s'admonesta. *Je me suis montré imprudent. Je le sais. Inutile de s'appesantir dessus. Je dois trouver une solution ou la fatigue me rongera, et je commettrai des bévues impardonnables.*

Installés à l'autre bout, comme s'ils cherchaient à s'éloigner le plus possible de lui, Klan et Di s'étaient également endormis. Un ronflement léger s'échappait de l'un d'eux. À cause de la chaleur, ils avaient retiré leur haut et s'en servaient comme un oreiller. Gavannha profita du sommeil des enfants pour observer leurs blessures. Klan était le plus atteint. Sur ses omoplates, des zébrures purulentes dégageaient une odeur nauséabonde. Au niveau de ses vertèbres, son épiderme était arraché sur près de quinze centimètres, et cette plaie suintait un liquide verdâtre. Pour avoir subi ce traitement dans son enfance, Gavannha devina sans grande difficulté des marques de fouet. Même s'il avait besoin de soins médicaux, Di se trouvait dans un état bien moins catastrophique : seules quelques infections gonflaient sa chair.

Gavannha se doutait qu'aucun rapport de confiance ne s'établirait avant plusieurs semaines. Klan et Di avaient vécu trop longtemps sous le règne de la méfiance pour être apprivoisés en quelques minutes. Il sortit son item magique de traduction, puis l'activa.

— Réveillez-vous ! fit-il en projetant une lumière au-dessus de leur tête. Il n'y a rien à manger pour ce matin et je ne peux pas vous laisser seul ici. Donc, debout !

Il frappa ses mains l'une contre l'autre. Ces bruits électrisèrent Klan. L'enfant se redressa en sursaut, aussi alerte qu'un chat en présence d'une menace incertaine. D'un geste vif, il secoua son frère. Ce dernier grogna une fois encore, mais il émergea néanmoins. Gavannha observa le ventre dénudé de Petit Félin où s'étalaient deux lacérations profondes. *Des coups de couteau ?*

— Il nous faut trouver un cours d'eau ou un étang si l'on veut attraper du gibier, les informa Gavannha. Leçon de survie numéro un : les animaux sont craintifs et se cachent des prédateurs. Le meilleur moyen de les apercevoir est de se positionner à un moment où ils viennent se désaltérer, c'est-à-dire à l'aube ou au crépuscule.

Il se tourna ensuite vers Klan, puis ajouta :

— Toi, tu as besoin de soins.

Ce constat eut l'effet d'un coup de bâton : Klan sursauta avant d'enfiler son t-shirt à la hâte.

— Si tu m'touches, j'te tue !

Gavannha hocha la tête. L'enfant exigerait beaucoup de patience.

— Je pars dans deux minutes, que vous soyez levés ou pas, déclara-t-il. Je suis certain que vos quatre admirateurs secrets seront ravis de vous découvrir sans protection.

Ces quelques mots les galvanisèrent. Un quart d'heure plus tard, Gavannha établit une plateforme de déplacement rapide. Klan et Di observèrent le véhicule avec appréhension. Di le toucha avec timidité. Pour leur montrer ce qu'il attendait d'eux, Gavannha grimpa le premier avant de s'asseoir en tailleur au milieu. Aussitôt, probablement pour prouver qu'il n'avait pas peur, Klan le suivit avant de le défier du regard.

Un instant plus tard, Di l'imita.

Gavannha les dirigea vers l'une des berges du lac où, deux jours plus tôt, il avait repéré des empreintes et des déjections animales. Durant ce petit voyage, alors que le soleil commençait à poindre, la fatigue rattrapa les enfants. Serrés l'un contre l'autre, ils placèrent leur tête de sorte que le vent frappe le sommet et l'arrière de leur crâne. Leurs yeux gonflés parvenaient tout juste à se maintenir ouverts. *Dans cet état, ils me gêneront plus qu'autre chose.* Gavannha les déposa à proximité d'un buisson avant de se mettre en chasse.

Il tua un sanglier et une chèvre. À son retour, les deux frères dormaient calmement. Leur poitrine se soulevait à un rythme lent et régulier. Gavannha jeta ses proies au sol. Durant sa traque, à proximité d'une étendue encore calcinée que l'herbe recommençait tout juste à coloniser, il avait découvert une plantation de pommes de terre. Après une cueillette abondante, il revint auprès de ses protégés. Cette fois-ci, ils relevèrent la tête à son arrivée. Ils observèrent avec un regard ahuri les dépouilles. Gavannha activa son artefact de traduction.

— Allez me chercher des brindilles et du bois, leur ordonna-t-il. Nous allons prendre le petit-déjeuner ici.

Certes, il aurait pu alimenter le feu grâce à la magie, seulement il désirait impliquer les enfants ; une structure les aiderait à surmonter leur traumatisme. Klan le défia aussitôt.

— T'as qu'à y aller toi-même ? se rebella-t-il. J'suis pas ton esclave !

Gavannha l'observa d'un regard froid. Petit Félin lui répondit avec des yeux brûlants de colère. Gavannha prédit que l'affrontement durerait plusieurs minutes. Non seulement Klan était entêté, mais en outre la sauvagerie dans laquelle il vivait depuis des mois lui avait enseigné que seule la loi du plus fort prévalait. Gavannha fut donc surpris lorsque Di entraîna son frère en direction de la forêt et que ce dernier se laissa tirer sans émettre la moindre protestation. Les arbres poussaient à une centaine de mètres de leur campement provisoire. Aussi, quand les enfants revinrent avec le bois, Gavannha achevait de dépecer la chèvre.

— Vous savez comment faire du feu ?

— Bien sûr ! cracha Klan.

— Alors, fais-en nous un, veux-tu ?

Après une demi-heure d'échecs successifs, Gavannha s'approcha d'eux et leur montra comment frotter deux brindilles permettait d'allumer un foyer. Petit Félin lui jeta un regard haineux. Di le remercia d'une voix mal assurée.

Le silence s'imposa durant tout le temps de la cuisson. De même, ils n'échangèrent aucune parole pendant le repas. Klan étudiait Gavannha, qui n'éprouva aucune difficulté à pénétrer dans l'esprit du garçon et comprendre comment Petit Félin pensait. Klan se persuadait qu'à un moment ou un autre, quelque chose de mauvais se produirait. Son instinct lui criait que la situation actuelle présentait de nombreux dangers. Au contraire de son frère, Di observait désormais Gavannha avec une curiosité anxieuse. Une partie de sa crainte semblait même s'être envolée.

Comment vais-je pouvoir gérer deux enfants pareils ? Et surtout, pourquoi l'Araignée veut-elle que je m'occupe d'eux ?

Gavannha se gratta l'arrière du crâne.

***

Les membres de la troupe avaient parlementé jusque tard dans la nuit. Aussi, lorsque Gavannha et les enfants atterrirent au milieu du campement, peu d'Humains vaquaient déjà à leurs immuables activités matinales, comme l'approvisionnement en eau, la cuisson de la nourriture, ou le soulagement des besoins naturels.

— Retournez-vous coucher, ordonna-t-il après avoir sorti son traducteur. Je veille.

Aucun d'eux n'objecta. Gavannha soupçonna qu'ils n'avaient guère dormi ces derniers mois ; l'épuisement les menaçait. Une fois ses protégés réfugiés dans la tente, il écorcha le sanglier et le grilla. Il informa des soldats que tout le monde pouvait s'approprier la viande. Ils l'observèrent comme s'il essayait de les corrompre ou d'absoudre son refus de participer aux combats. Gavannha haussa les épaules. Les Humains ne résisteraient pas à l'attrait de la nourriture en libre-service. Ils se serviraient et, d'ici plusieurs heures, l'animal se résumerait à une carcasse dépourvue de chair.

Il découpa la chèvre en fines tranches, puis il en introduisit les morceaux dans le fumoir qu'il avait construit une semaine plus tôt. Le conditionnement pouvait prendre plus d'une journée, mais il devina que la troupe resterait statique quelque temps encore. À partir des os du caprin, il confectionna deux couteaux, qu'il conçut légers avec des manches suffisamment étroits pour que des mains d'enfant puissent les manipuler. Une fois satisfait de son œuvre, Gavannha les déposa au centre d'un double cercle tracé sur le sol.

Il demeura immobile de longues secondes, les observant avec hésitation. Il sentait que Klan et Di avaient besoin d'un gage de confiance. De leur point de vue de bêtes traquées, des armes avec lesquelles ils pourraient se défendre étaient le meilleur cadeau possible : il s'agissait d'un appel à la vie. Cependant, Gavannha tenait cette formule d'Antoine ; son géniteur la lui avait apprise lors de sa visite au Camogéria. Or, tout ce qui provenait de son père biologique lui paraissait… souillé. Impropre. Délétère. Offrir des objets qu'il considérait comme entachés, répugnants, s'avérait-il approprié ? Les enfants le sentiraient-ils ? Parce que Gavannha ne trouva aucune alternative, il cessa ses atermoiements.

Avec un soupir de résignation, il trancha l'une de ses paumes. Dès que le sang commença à s'écouler, il positionna sa main au-dessus des couteaux. Le liquide pourpre se répandit sur les artefacts, les imprégna de sa substance poisseuse. Gavannha dessina ensuite des runes dans le plus grand des cercles. Elles étaient cubiques ou triangulaires, s'étalant de façon irrégulière, ici sans suite précise ni taille définie, et là, sans la moindre proportionnalité, donnant à l'ensemble un aspect biscornu. Une fois satisfait, Gavannha positionna sa main au-dessus de la formule pour y déverser sa magie. Des étincelles écarlates jaillirent du cercle, qui commença à se gondoler, à se tordre, à émettre un couinement de porte rouillée. Petit à petit, le cercle se resserra autour des deux couteaux jusqu'à les étreindre l'un contre l'autre, comme pour les étrangler. Lentement, les marques de sang qui recouvraient les objets s'incrustèrent sur les manches avec une obstination surnaturelle. Lorsque le rituel s'acheva, les étincelles cessèrent de bondir dans toutes les directions et des formes géométriques empourprées étaient gravées dans les deux items magiques.

Entendant un raclement de gorge dans son dos, Gavannha se tourna. Volya se tenait à moins d'un mètre de lui. L'Humain scrutait les deux artefacts comme des trésors.

— On m'a dit que tu as été très occupé ce matin, commenta l'éclaireur. Départ avant l'aube. Retour il y a un peu plus d'une heure. Corruption de soldats avec de la nourriture. Et enfin, petit exercice magique. Vladimir me passera un savon quand il apprendra que j'ai manqué tout ça !

Sans un mot, Gavannha prit l'un des deux couteaux et le tendit à Volya qui, après un instant d'hésitation, s'en empara avec précaution. Il le parcourut du bout des doigts.

— Qu'est-ce que ça fait ?

— C'est lié à mon sang, répondit Gavannha. Tout individu qui le manie ne peut s'approcher à moins d'un mètre de moi sans que je le sache. Et ce, même pendant mon sommeil.

Un éclair d'amusement étira alors les lèvres de Volya, tandis que, avec son index, il sillonnait le manche, trop petit pour ses mains d'adulte.

— Quelqu'un n'a pas confiance en ses nouveaux pensionnaires à ce que je vois.

— Tu aurais confiance, toi ?

— Probablement pas. La nuit dernière était…

— … chaotique, compléta Gavannha. Je suis d'ailleurs surpris que tu me parles toujours.

— Je me suis mis à ta place. Je l'aurais sans doute moins bien pris que toi… Enfin, je préfère ne pas trop m'appesantir sur le sujet. On a tous nos mauvais moments…

Gavannha garda le silence. Aussi, l'éclaireur continua :

— On va rester ici une petite semaine. Vladimir veut que les blessés se reposent. Et Aliénor souhaite juger ce qu'elle appelle « l'aristocratie ennemie ».

Ils discutèrent plusieurs minutes. Le soldat lui annonça ensuite qu'il partait chasser avec ses deux enfants adoptifs. Dans le même temps, les Humains commencèrent à se rassembler au centre du campement. Gavannha n'éprouva ni l'envie de se mêler à la foule ni celle de participer aux procès. Il passa donc le reste de la matinée à s'occuper de menues tâches qu'il repoussait depuis plusieurs jours déjà.

***

Klan et Di émergèrent de la tente en début d'après-midi. Ils engloutirent leur repas, sans cesser de lui jeter des regards incertains. Pour briser la glace, Gavannha sortit son traducteur.

— Ils sont en train de finir les procès là-bas, commenta-t-il en désignant l'assemblée populaire.

Les garçons ignorèrent sa tentative de conversation. Il ne s'en offusqua pas. Il les comprenait. Trop longtemps livrés à eux-mêmes, trop longtemps habitués à fonctionner comme une unité soudée face à un monde hostile, ces enfants devaient réapprendre à incorporer une tierce personne dans leur univers affectif. Pire, à tout instant, ils s'attendaient à une trahison et à de la souffrance.

— On vous a fait visiter le camp ?

Il n'obtint qu'un signe de tête négatif.

— Très bien. On va commencer par là.

D'un geste, il leur ordonna de le suivre. Gavannha les amena devant les charrettes.

— C'est une propriété collective. Tout le monde doit en prendre soin, car sans elles : plus de tentes, plus de réserves de nourriture, et la troupe se disloquerait sans l'ombre d'un doute. Elles sont notre bien le plus précieux.

Il désigna ensuite le marquage rouge d'un mètre carré, dessiné sur le plancher de la charrette.

— Un emplacement de stockage comme celui-ci est alloué à chaque tente. Tout ce que vous souhaitez garder, vous pouvez le poser ici. La limite d'entreposage est de soixante-dix centimètres de hauteur. C'est pour prévenir une surcharge. Ça évite de nous ralentir ou de trop fatiguer les chevaux. Pour l'instant, je ne dépasse pas les trente-cinq centimètres. Donc, si vous avcz des affaires que vous ne voulez pas transporter sur votre dos, n'hésitez pas !

Klan lui décocha un regard haineux. Gavannha se rappela alors que les enfants ne possédaient rien d'autre que leurs vêtements déchirés et ensanglantés.

— Passons à la suite, convint-il, conscient de sa bévue.

Il les emmena vers la charrette centrale où d'épaisses fourrures animales protégeaient un chargement abondant. Deux antennes noires s'élevaient à l'avant et à l'arrière.

— Ça, c'est la réserve commune de nourriture. Vous y trouverez de la viande séchée, des pommes de terre et du blé. C'est géré par Aliénor et Joseph. Imaginons que vous n'avez tué aucune proie pendant deux jours d'affilée, que vous avez vraiment très faim, alors vous allez voir Aliénor. Elle vous aidera. De temps en temps, nous avons aussi des festins collectifs. Quand le stock commence à être bas, plusieurs chasses et cueillettes communes sont organisées. Bon, comme vous êtes sous ma protection, à moins que je ne tombe malade ou que je ne sois blessé, vous ne serez jamais affectés par un manque de provisions.

Le regard de Gavannha s'attarda alors sur les deux antennes, puis il observa Di. Quand il avait nagé dans les souvenirs confus du petit garçon, il avait détecté chez lui une curiosité frustrée à l'égard de son père et, de manière générale, de ses origines. Plus encore, à la manière dont l'enfant le scrutait parfois, Gavannha sentait que Di attendait de lui qu'il l'initie au monde des Nôstres. Contrairement au reste de la troupe, les enfants ne disposaient d'aucune information sur la Godéranie.

Gavannha empoigna donc l'une des deux antennes, puis la présenta aux enfants. Elle était lisse au toucher. L'artefact teinta de couleur cendre la peau de ses doigts. Son poids et sa densité dépassaient celui de l'or, même si, à l'origine, elle provenait d'une branche de bois.

— C'est ce que l'on appelle dans ma langue natale un artefact. En gros, c'est un objet dont la constitution interne et externe est modifiée grâce à la magie. Chaque artefact est créé pour remplir une fonction précise. Il ne peut servir à rien d'autre. Par exemple, ces antennes sont une sorte de radar qui détecte toute activité de magie sur un périmètre de dix kilomètres.

Di ne lâcha pas l'item magique des yeux. Il le toucha avec convoitise. Klan y jeta quant à lui des regards dubitatifs.

— Que savez-vous de moi ? leur demanda Gavannha.

— T'es arrogant et tu pètes plus haut qu'ton cul, résuma Klan sur un ton provocateur.

— Pourquoi ça ? s'étonna Gavannha.

— T'énerves tout le monde. Vu toutes tes cicatrices, c'est clair que t'es pas foutu de t'défendre quand les gens t'mettent une branlée.

Di lui assena un léger coup de coude.

— Tu es un magicien, comme mon père.

Gavannha passa près d'une heure à leur expliquer en détail les Nôstres. Di but toutes ces révélations comme une éponge asséchée. Gavannha éprouva un vertige infini à l'idée d'être celui qui répondrait enfin à toutes ses questions existentielles. Aux yeux du petit garçon, lui seul pouvait lui dévoiler son héritage secret et l'aider à comprendre ses origines. Par sa simple présence, Gavannha se doutait qu'il éveillait des émotions tapies depuis toujours au fond de Di. Il était le père de substitution, celui que Di avait attendu et craint toute sa vie ; celui sur qui il avait parié son existence et celle de son frère ; celui qui l'aiderait à forger son identité. Et, sans l'Araignée, Di serait demeuré dans l'ignorance la plus complète. *Pourquoi l'Araignée me transforme-t-elle en nounou ?* s'interrogea-t-il. *Que peut-elle y gagner ?*

La visite du campement s'acheva avec les chevaux qui paissaient et s'abreuvaient à plusieurs centaines de mètres des tentes. Gavannha expliqua à Klan et Di que des enfants s'occupaient généralement des équidés.

— Ce sont les… pupilles de cette troupe, déclara-t-il en désignant les petits palefreniers qui s'affairent autour des animaux.

Ils vivaient dans des tentes habitées par des personnes âgées ou des individus dépendants. Par leur labeur, ces enfants gagnaient le droit de prendre des vivres dans la charrette centrale. Ils pouvaient ainsi nourrir les adultes avec qui ils dormaient. En échange, ces derniers se chargeaient de cuisiner et de les éduquer.

Gavannha prit soin d'ignorer les regards haineux que les autres enfants lancèrent à ses protégés. Il avait déjà remarqué la même attitude de la part de certains adultes. Conscient de l'effet qu'ils provoquaient sur leur sillage, Klan se pavana avec arrogance tandis que Di fixait ses pieds.

À la fin de la visite, Gavannha fouilla ses poches et tendit les deux couteaux à Klan et Di.

— Demain, je vous montre comment dépiauter des animaux. J'ai pensé qu'il vous fallait des outils appropriés. La lame est renforcée par un sort. Vous pourrez donc apprendre sans avoir peur de la casser.

Comme s'il soupçonnait une forme de piège, Klan l'observa longuement. En définitive, l'avidité l'emporta sur la précaution, et l'enfant se saisit de l'objet convoité. *Parfait*, songea Gavannha. *On va voir combien de temps il résistera avant de passer à l'action.*

***

Une étincelle de magie tira Gavannha du sommeil. Klan se tenait au-dessus de lui, son couteau entre les mains. *Il n'a pas attendu plus de quelques heures...* En l'observant, Gavannha comprit que Klan hésitait à lui plonger la lame dans le cou. S'il avait été plus rapide, peut-être même y serait-il parvenu. Néanmoins, des déchirements intérieurs avaient retenu son geste. Gavannha subodora qu'en l'attaquant à nouveau, Klan craignait de s'aliéner Di. Le petit garçon se figea lorsqu'il aperçut les yeux de Gavannha posés sur lui. Leurs regards s'affrontèrent tandis que le silence trompeur de la nuit les entourait. Comme s'ils se connaissaient depuis des années et avaient tissé une compréhension fine l'un de l'autre, un dialogue sans paroles s'engagea entre eux.

— *Je te hais !* disaient les yeux de l'enfant.

— *Et pourtant, je ne te veux que du bien...*

— *Tu m'as volé mes parents et tu es en train de me prendre mon frère ! J'vais t'crever !*

— *Je n'ai rien à voir avec tes peines, et tu n'es pas le seul à avoir souffert. Dans cette histoire, nous sommes tous les deux des victimes. Cependant, je t'avais dit ce qui se produirait si tu me menaçais à nouveau...*

Contre toute attente, l'enfant commença à pleurer, ses épaules s'affaissèrent, ses mains se mirent à trembler et une bulle de morve gonfla sous ses narines avant d'éclater contre son nez.

Gavannha demeura interdit. Comment un individu aussi endurci que Klan pouvait-il flancher à un moment si important ? Tout au plus parvint-il à émettre un ou deux supputations. L'enfant comprenait la force vertigineuse qui poussait Di vers Gavannha. Et Klan avait peur. Peur de perdre son frère… Peur de se retrouver seul… Pour lui, le cadeau du couteau équivalait à un défi dont seul le vainqueur remporterait l'affection exclusive de Di. Mais à présent que sa cible était éveillée, Petit Félin pensait sans nul doute que son existence s'achevait. Le désespoir l'avait donc accablé, suivi de très près par l'épuisement, qui avait terrassé sa frêle carcasse enfantine avec la même nonchalance qu'un doigt écraserait une fourmi belliqueuse.

— Ne me tue pas, murmura-t-il en anglais. Ne me tue pas. Je… Je ne veux pas mourir…

— Tu as essayé de m'assassiner deux fois. Pourquoi est-ce que je t'épargnerais ?

— Je ferais tout ce que tu veux. Tu peux me frapper. Tu peux me fouetter. Tout ce que tu veux. Je… Je… Je t'en supplie…

D'un geste vif, Gavannha s'empara du couteau, puis le fourra dans son propre paquetage.

— Retourne te coucher ! gronda-t-il.

Des larmes silencieuses roulant sur ses joues, l'enfant partit s'allonger auprès de la silhouette endormie de son frère. *Bien*, songea Gavannha. *Maintenant, je peux dormir sur mes deux oreilles*.

Chapitre 10 : Le Moine

Assis sur le lit, l'alter ego saisit le verre d'eau qui traînait sur la table de nuit branlante. Alors qu'il buvait, Alia posa sa tête sur ses cuisses. Avec une curiosité non feinte, elle entreprit de suivre le tracé du tatouage de Dragon avec ses doigts. À son contact, l'alter ego frissonna de plaisir ; il ferma les yeux pour profiter de la sensation plaisante que provoquait la main fraîche d'Alia contre sa peau. Cependant, un instant plus tard, elle marqua une pause à l'endroit où l'épaisse ligne noire passait à proximité du pubis et se dirigeait vers l'intérieur de sa cuisse.

— Je me demande depuis un moment pourquoi tu as ce tatouage. J'ai l'impression que tu n'es pas le genre de personne qui aime orner son corps.

Il rouvrit les yeux pour découvrir le regard d'Alia rivé sur lui.

— Tu veux dire comme toi ? l'interrogea-t-il avec amusement.

Ce disant, il caressa le ventre et l'épaule gauche de la jeune femme où s'épanouissaient des motifs tribaux qu'il n'avait jusqu'alors jamais rencontrés au cours de ses pérégrinations terrestres.

— Oui, comme moi, répondit-elle d'une voix facétieuse.

— Tu n'as pas froid ?

Il reposa le verre, puis se pencha pour saisir la couverture qui avait glissé par terre au cours de leurs ébats.

— Ou comment changer sans subtilité le sujet de la conversation, le taquina-t-elle. C'est un souvenir embarrassant ? Le résultat d'une nuit de beuverie au cours d'une partie fine ? Laisse-moi deviner, tu t'es réveillé avec un objet étrange et massif coincé dans l'anus ?

— S'il ne s'agissait que de ça. Non, ce tatouage est plutôt une réminiscence douloureuse.

La jeune femme grimaça.

— Je suis désolée, j'ignorais que…

— Ne t'en fais pas. Je n'ai pas trop envie d'en discuter maintenant, mais je peux te le montrer si tu le souhaites.

Elle haussa les sourcils.

— Comme avec les *recueils de souvenirs* que m'a prêtés Griff hier ?

— Tout à fait.

— Dans ce cas-là, je veux bien, mais seulement si tu n'as aucune réticence à me révéler cette partie de ton passé.

— C'est un épisode fondateur de ma vie. Je m'attendais à le partager avec toi à un moment ou un autre. C'est juste que je ne pensais pas que cet instant viendrait si tôt dans notre relation.

Elle hocha la tête.

— Comment fait-on ?

L'alter ego posa les doigts sur son front.

— Ferme les yeux et détends-toi, je m'occupe du reste.

Elle éclata de rire.

— On dirait que tu me fais une proposition… intéressante. Il ne manque plus que les menottes.

Malgré lui, il sourit.

— On peut arranger ça quand tu le souhaites…

Il s'efforça de faire le vide dans sa tête avant de projeter son esprit vers celui d'Alia. Et il déclencha le sort :

La cascade émettait un grondement permanent. Impossible de méditer avec un tel vacarme ! Un cri de vautour retentit alors. Surpris, il ouvrit les paupières. Perché sur la petite excroissance rocheuse qui fendait la chute d'eau, l'oiseau de proie avait les yeux rivés sur lui. Il me regarde avec la même avidité qu'un cadavre en putréfaction. Sale bête !

— Dégage ! Il n'y a rien à manger ici !

L'oiseau répondit par un cri strident sans pour autant bouger de son point d'observation. Cependant, l'attention du vautour se réorienta vers le bassin situé quelques dizaines de mètres en contrebas, là où l'eau de la cascade se déversait à toute vitesse et où une brume humide flottait en permanence.

— Je te préviens, je suis de mauvaise humeur, alors à ta place je ne tenterais aucune idiotie.

Ce disant, il referma les paupières à la hâte. Sa maîtresse lui administrerait une sévère correction si elle le surprenait en pleine conversation avec le volatile. Celle qui le sacrifiait *à la Déesse insistait pour qu'il conservât un emploi du temps régulier et qu'il évitât toute distraction. Cette routine, disait-elle, aidait son corps à trouver ses repères. Elle permettait à son organisme de mieux s'adapter aux rituels. Il était trois heures et, comme depuis des années à ce moment-là de la journée, il méditait. D'ici une trentaine de minutes, il se lèverait pour s'échauffer les muscles.*

Alors qu'il parvenait enfin à ignorer les chatouilles provoquées par les gouttes de sueur qui glissaient sur sa peau, il sentit un danger rôder autour de lui. En sursaut, il rouvrit les yeux… à l'instant même où des lianes orangées jaillirent du sol. Par la Déesse ! *Il n'eut pas le temps de les esquiver : elles le ligotèrent avec une précision redoutable.*

D'emblée, il essaya de faire appel à un sort, mais il était coupé de sa magie. Qui plus est, son corps refusait avec obstination de répondre au moindre de ses ordres. Tous ses muscles lui paraissaient mous, comme s'il était resté alité des années. Même respirer lui était devenu difficile. Qu'est-ce qui se passe ? Pourquoi quelqu'un s'attaquerait-il à moi ? Ça n'a aucun sens !

— Je te l'ai déjà dit des centaines de fois : tu dois être aux aguets en permanence ! Dans la vraie vie, tu serais mort il y a une minute ou deux. C'est ça que tu veux ? Crever sans avoir même la chance de te battre et prouver ta valeur ?

Reconnaissant la voix de sa maîtresse, son estomac se contracta.

Dès qu'il commettait une erreur de cet acabit, elle le lui faisait payer au centuple. Il avait ainsi manqué de périr la dernière fois. Il garderait toute son existence une raideur au niveau de sa hanche droite. Et depuis, il nourrissait une crainte sans commune mesure à l'égard de sa maîtresse. Aussi, lorsqu'elle apparut dans sa tunique rouge bouffante et qu'il aperçut un item magique entre ses doigts, une terreur pure balaya toute pensée cohérente. Un instrument de torture !

Avec l'énergie du désespoir, il essaya de se libérer. En vain. Les lianes orangées étaient inamovibles. Il voulut se mettre à supplier, lui dire qu'il ferait mieux si elle lui en donnait l'opportunité, qu'il ne la décevrait plus, mais sa langue reposait amorphe dans sa bouche. Pitié ! *hurla-t-il en son for intérieur.*

Sa maîtresse secoua la tête pour marquer sa désapprobation.

— Tssst, la peur est ta pire ennemie, je te l'ai déjà dit. À ton âge, tu aurais au moins dû comprendre que la souffrance en elle-même n'est qu'une information générée par ton organisme. Comme l'orgasme. La chaleur. Le froid. Ou toute autre sensation corporelle. Le véritable danger de la douleur, c'est la peur qu'elle produit chez des faibles d'esprit dans ton genre, des faibles d'esprit qui sont incapables d'atteindre l'équanimité.

Les mains de sa maîtresse agrippèrent sa tunique, qui lui cisailla la nuque. D'un geste sec, elle arracha l'habit.

— Ce sera pénible ! promit-elle en brandissant son instrument de torture.

Il retint de justesse l'urine qui menaçait de s'écouler de sa vessie. C'était limite ! *Un tel signe de faiblesse serait puni par une souffrance plus sévère encore. Un sourire torve se dessina sur les lèvres de la femme.*

— Si impressionnable... murmura-t-elle.

Par la Déesse, elle a remarqué ! *Elle approcha alors l'objet de son torse. Quand l'artefact lui perça la peau et provoqua une douleur légère, il se crispa malgré tout. Dès qu'elle retira l'item magique, un point de couleur noire apparut à l'endroit où l'aiguille avait traversé son épiderme.* J'ai confondu des instruments de torture avec des outils de tatoueur ? Ridicule. *Si sa terreur initiale n'avait pas été aussi viscérale, il aurait ri de sa méprise. Il ne s'agissait ni d'une punition ni d'un passage à tabac auxquels elle le soumettait pour, disait-elle parfois, l'endurcir. Son corps tout entier se détendit.* Mais pourquoi veut-elle me tatouer ?

L'opération se poursuivit durant près d'une heure dans le silence le plus complet. Il observa d'un œil sidéré l'épaisse ligne qui serpenta peu à peu autour de son tronc et qui acheva sa course à l'intérieur de sa cuisse gauche. Un Dragon ? Elle fait de moi un Dragon ?

Trop abasourdi, il mit un certain temps à prendre conscience de la chaleur qui s'enroula petit à petit autour de son corps.

— Je vois que tu commences à transpirer, remarqua sa maîtresse. Pour l'avoir vécu moi-même il y a près d'un millénaire, je te préviens : ce qui va suivre est très désagréable.

Alors qu'elle achevait les finitions, il eut l'impression que l'encre était devenue pareille à de l'huile bouillante qui brûlait à vif tout ce qu'elle touchait. À proximité du tatouage, son épiderme livide prit une teinte rosée, puis rouge, puis violacée, avant d'arborer une couleur de porc carbonisé. Un fumet de viande grillée émanait même de son propre corps ! Il essaya de hurler, mais la souffrance le dépassa, et il défaillit.

Il ignorait ce qui le réveilla : le grondement de la cascade ou le coup de bec du vautour contre son foie. Probablement le second... En sursaut, il se redressa. Effrayé, le charognard s'envola à tire-d'aile en poussant des cris d'indignation.

— Sale bête !

Sa voix était rauque, parcheminée. Pendant quelques secondes, perdu, il se demanda pourquoi il s'était endormi sur son lieu de méditation. Puis, pareil à un fond sonore dont on prend soudain conscience, la douleur qui lui enserrait le tronc se rappela à lui. Brutale. Implacable. Son corps se crispa en un instant. Il observa alors le tatouage : comme des écailles grotesques de dragon, des cloques noirâtres ou verdâtres s'étaient épanouies sur lui durant son évanouissement.

— Comment vais-je pouvoir dissimuler de telles plaies ? Le moindre vêtement provoquera des souffrances abominables.

Puis, la conclusion logique de cette situation jaillit dans son esprit :

— Les Nôstres vont chercher à me tuer, désormais !

Il scruta la marque indélébile avec effroi. Il pourrait creuser et s'arracher la chair à souhait, le tatouage réapparaîtrait après quelques jours.

Où était sa maîtresse ? Elle lui devait des explications ! Comment avait-elle osé faire de lui un Dragon ? Jamais elle ne lui avait demandé son avis ! Pourquoi aurait-il voulu d'un tel honneur et d'un tel châtiment ? Il tenait à la vie !

Pour localiser sa maîtresse, il se concentra sur le lien magique qu'ils partageaient depuis le début de son sacrifice. *En vain.*

— C'est impossible.

Un maître ne rompait ce lien qu'à la fin du sacrifice. Mais, c'est beaucoup trop tôt ! *Il lui restait encore peut-être soixante années avant de devenir un Nôstre. L'évidence le frappa alors. Les Dragons n'accueillent dans leurs rangs que des individus remarquables dans la maîtrise de la magie. Jamais un novice toujours accroché aux tuniques de sa maîtresse n'aurait reçu une telle distinction. Le tatouage était un « cadeau » d'adieu.*

— Je... je suis devenu un Nôstre.

Il se frotta le visage. Elle l'avait libéré de leur lien avec la même brutalité qu'elle l'avait sacrifié. *Il aurait eu besoin de plus de temps pour appréhender ces changements subits. Cependant, d'autres Nôstres fréquentaient parfois cet endroit. S'ils le voyaient, les bruits de sa consécration se répandraient comme une traînée de poudre, et les premiers chasseurs se mettraient à sa poursuite. Il devait disparaître au plus vite.*

Il se releva avec difficulté.

Maudite soit sa maîtresse ! La Godéranie tout entière était devenue en une après-midi une zone hostile. Où pouvait-il se réfugier ?

Il rouvrit les yeux lorsqu'il cessa de transmettre le souvenir à Alia. La jeune femme l'observait avec compassion.

— J'ai ressenti ta souffrance quand elle t'a tatoué, déclara-t-elle. Je suis vraiment désolée.

Elle se redressa et l'attira vers elle pour le serrer dans ses bras. L'alter ego se laissa faire : il avait besoin de réconfort, même s'il s'était contenté de lui communiquer ce souvenir. L'étreinte dura plusieurs minutes puis, sans crier gare, Alia demanda :

— Griff m'avait pourtant dit qu'il fallait entre soixante-dix ans et un siècle pour former un Nôstre. Il insinuait que le corps du disciple est mis à rude épreuve et qu'il était vital de respecter certaines étapes.

— Certains disciples meurent parce que leur maître a surestimé les capacités de leur organisme, confirma-t-il.

— Mais pas pour toi, insista-t-elle.

— Certaines lois que l'on croit immuables peuvent être contournées. Il suffit de chercher un peu. C'est grâce à cette petite trouvaille que ma maîtresse a décidé que j'étais digne de devenir un Dragon.

— Pourquoi aurais-tu préféré t'en passer ? C'est un signe de reconnaissance, pourtant.

— À mon époque, notre espérance de vie était plutôt réduite.

— Pourquoi ?

— Plusieurs millénaires avant ma naissance, les Dragons venaient de tous les horizons, mais la grande majorité d'entre eux était des *bâtisseurs*, des *artisans* ou des *machinistes*. Les Godéraniens les tenaient en très haute estime. Des Dragons appartenant à la catégorie des *guerriers* ont cependant commencé à se mêler de politique. Ils ont attaqué certains monarques qui, selon leurs propres critères, se comportaient mal vis-à-vis des Non-Sacrifiés. Les événements ont très vite dégénéré. Les chefs d'État ont pris peur ; ils se sont mis à pourchasser les Dragons sans faire de distinction. Pour se défendre contre les assauts fréquents, l'Ordre a promu davantage de *guerriers*. Cette tendance s'est accrue au cours des années au point que, à mon époque, aucun autre type de Nôstres n'accédait à nos rangs.

— En d'autres termes, ironisa Alia. Par le simple profil de ses nouveaux adhérents, l'Ordre est devenu de plus en plus agressif. De quoi calmer toutes les inquiétudes… J'apprécie la finesse stratégique de tes ancêtres…

L'alter ego acquiesça.

— Les dirigeants politiques ont lancé ce que vous appelez : « une chasse aux sorcières ». Ils ont exterminé la grande majorité d'entre nous. De mon temps, il ne restait plus qu'une poignée de Dragons. Et nos rangs diminuaient à cause des assassinats systématiques dont nous étions victimes. De plus, seul un Dragon peut faire entrer un Nôstre dans l'Ordre. De fait, la réduction de nos membres a provoqué une baisse du nombre de nos recrues. En définitive, un siècle ou deux après mon *sacrifice*, la pratique du tatouage a cessé. Aujourd'hui, mis à part les anciens comme moi, je doute que les Nôstres se souviennent même de nous.

— Comment tu as survécu à cette purge ?

— J'ai fait profil bas en migrant sur Terre.

— Et…

Elle ne put l'interroger davantage, car quelqu'un fit irruption dans la chambre. Alia sursauta. De son côté, l'alter ego se redressa, prêt à combattre. Il découvrit alors Griff accompagné de Tanaktopa. Les cheveux décolorés de l'enfant se dressaient en tous sens sur son crâne. Des anneaux et des diamants sertissaient ses deux oreilles. Des tissus de la meilleure qualité remplaçaient ses vêtements loqueteux de mendiant.

— Ce gamin insiste pour te délivrer son message lui-même, annonça Griff.

— On frappe avant d'entrer ! s'exclama Alia.

L'alter ego remarqua alors une chose étrange : les yeux du joueur étaient rivés sur lui, sur son corps, avec une expression qui allait bien au-delà d'une simple attirance sexuelle. La personnalité d'origine discerna sur ses traits de la nostalgie mêlée à de la mélancolie et de l'envie. *C'est comme s'il scrutait un amant de longue date ou un amour perdu. Bizarre.* Une idée frappa soudain l'alter ego : Griff l'avait sans l'ombre d'un doute déjà observé de cette manière par le passé, mais le Moine n'était pas équipé pour décrypter de pareilles émotions ; ce n'était pas dans son ADN. La raison qui avait poussé le joueur à venir sur Godéranie et s'affranchir des futurs connus malgré les allégeances ambiguës du Moine lui parut dès lors évidente. *Seul quelqu'un de très confiant ou d'amoureux est capable d'une telle foi !* Et Griff ne lui avait jamais semblé naïf...

Brisant le cours de ses pensées, Alia se leva d'un bond avant de se précipiter sur Tanaktopa à qui elle administra une petite claque à l'arrière du crâne. L'enfant émit un léger couinement de douleur.

— Pervers ! s'exclama-t-elle. Arrête de te rincer l'œil !

Même si, sans l'ombre d'un doute, il ne comprit pas l'ordre d'Alia, le jeune garçon eut le bon sens de rougir et de détourner le regard.

— Quel est ton message ? demanda l'alter ego.

— Campbell a accepté de vous rencontrer, répondit Tanaktopa. Il vous attend en ce moment même. Je suis chargé de vous conduire à lui.

— Très bien.

Le Moine reprit alors le contrôle.

L'aube s'élèverait d'ici trois ou quatre heures. Quelques personnes s'échappaient des bars pour rejoindre leur logement ou commencer leur emploi. Un adolescent les dépassa en courant. Sans bonnet phrygien, il arborait deux boucles d'oreilles qui s'agitaient en tous sens. Pareilles à des étoiles, elles scintillaient sous la lumière des réverbères. Ses longs habits sombres contrastaient avec la mode locale.

— Je me demande ce qu'un Unien fait par ici, observa Tanaktopa. Il entretient probablement une liaison dans le coin. À ce qu'il paraît, ce sont des tombeurs : ils cachent tous au moins deux ou trois maîtresses et cinq ou six amants dans leurs placards.

Griff éclata de rire.

— Mon père était originaire de la région, s'amusa-t-il. Bon, à l'époque, ce n'était pas la Fédération Unique qui contrôlait la zone, mais ils avaient déjà cette réputation-là.

— Et alors ? s'enquit Tanaktopa. C'est vrai, votre réputation ?

— C'est bien en dessous de la vérité, affirma Griff.

L'enfant hocha la tête d'un air grave sans comprendre que Griff plaisantait. Le Moine huma le vent frais. Autour d'eux, des immeubles en brique de trois ou quatre étages se dressaient, délabrés et, pour certains, près de s'effondrer. Tandis qu'ils cheminaient, la *lumière* se manifesta. Des couleurs pourpres éclosirent un peu partout. Du sang ! Un signe de victoire ! La Déesse marquait son approbation et sa satisfaction. Des événements importants se dérouleraient d'ici peu. Le Moine observa Griff du coin de l'œil. Les heures du joueur étaient comptées.

Ils pénétrèrent dans un établissement que Tanaktopa qualifia de « l'un des moins fréquentables du quartier ». Dans ce bar en sous-sol, les murs suintaient l'humidité et une odeur rance d'alcool mêlée à de la sueur empestait l'atmosphère.

Dans la salle principale, tout le monde les évalua dès leur arrivée. La *lumière* se mit alors à jubiler, et le Moine comprit que cet endroit se révélerait le tombeau de Griff. Avec attention, il scruta les lieux pour savoir d'où l'attaque proviendrait. Il dénombra une dizaine d'individus. De jeunes gens servaient au comptoir dans des habits chitosiens. Deux hommes se tenaient dans un recoin sombre, là où personne ne pouvait les surveiller. Néanmoins, dès qu'ils se virent observés, ces derniers tentèrent de disparaître encore davantage dans la pénombre. Deux groupes de trois personnes s'étaient installés à l'opposé l'un de l'autre. Aucun d'eux ne paraissait à même d'abattre le joueur.

— Génial, grommela Griff. Un bar où se rassemble la pègre locale.

Tanaktopa les mena derrière une séparation en bois où Campbell patientait en buvant une liqueur transparente dans une pinte. Ses joues parsemées de vaisseaux sanguins témoignaient de son amour immodéré pour l'alcool. La main qui tenait son verre tremblait et ses cheveux roux graisseux collaient à son front. À la vue de Campbell, une vague de chaleur traversa l'alter ego, qui eut envie de reprendre le contrôle de leur corps pour saluer son ancien disciple, voire le serrer dans ses bras. *Plus tard !* s'agaça le Moine.

— C'est bien Griff, fit Campbell d'une voix traînante. Bon travail Tanaktopa ! Tu peux nous laisser maintenant, je n'ai plus besoin de tes services.

L'enfant leur adressa un signe de tête respectueux, puis les quitta.

— Qu'un pacifiste me bouffe les couilles ! s'exclama alors Griff.

Surpris, le Moine se tourna vers lui et découvrit qu'une expression de colère animait le visage de Griff.

— Tu m'as tendu un piège ! s'écria le joueur. Et moi, j'ai été assez stupide pour te faire confiance !

Les bracelets de Griff luirent sous sa chemise. Dans le même temps, son pendentif en forme de coquillage vibra sur sa poitrine et son pantalon noir se transforma en une fumée sombre qui masqua très vite la position de ses jambes. Le Moine se tendit. Il savait qu'une confrontation éclaterait ce soir, mais l'agressivité soudaine de Griff lui sembla inexplicable. Aux aguets, il chercha en vain d'où provenait le danger.

— Je ne comprends pas, remarqua alors le Moine.

— Il travaille pour *elle !* s'énerva Griff. Campbell est *son* cavalier. Tu nous as menés droit dans *ses* griffes. Quand j'ai entendu son nom, je n'ai jamais soupçonné que c'était lui, car nos chemins ne se croisent dans aucun des futurs ou presque !

Incrédule, le Moine se tourna en direction de Campbell. Qu'est-ce que cet abruti d'alcoolique avait encore fait ? Celui-ci émit un rot long et sonore.

— Alors, pour ta gouverne, mon petit Griffounet, ma situation est bien plus compliquée que tu ne sembles le penser. Vois-tu, je sers plusieurs joueurs aux intérêts contraires. Par exemple, j'ai reçu il y a quelques jours un message d'un certain Antoine. Apparemment, tu as besoin d'aide et, le Antoine, il m'a fortement conseillé de t'appuyer. Question de vie et de mort à ce qu'il paraît… Donc, le choix est encore dans la balance. Tu sais, cette sombre histoire de libre arbitre…

— Tu étais au courant pour les joueurs ? s'étonna le Moine.

— Oui. *Elle* m'a recruté voilà deux siècles. Quant à Antoine, nous faisons affaire depuis une cinquantaine d'années. Et j'ai accepté de collaborer avec Déia il y a peu de temps aussi. Vois-tu, mon cher Moinichoux, contrairement à la piètre opinion que tu te fais de moi, j'ai des talents uniques que tout le monde s'arrache.

Faisant fi de la tension environnante, Campbell vida sa pinte d'une traite avant de se resservir. Il sirota sa liqueur comme de la bière en émettant à chaque gorgée un petit soupir de contentement. La *lumière* se manifesta alors avec fureur. Campbell devait attaquer Griff ou l'ancien disciple de son alter ego en paierait les conséquences. Le Moine capta une bouffée d'inquiétude en provenance de sa personnalité d'origine, qui lui envoya un souvenir des années passées chez Tortureur, puis une vague d'affection sans fond à l'égard de Campbell. Il ne manquait plus que ça ! L'autre foutu sentimental était en train de perdre le contrôle. Si le Moine ne soutenait pas Campbell, alors l'alter ego tenterait de reprendre les rênes de leur corps, et tout partirait à vau-l'eau.

— La situation est sérieuse, prévint-il Campbell. Si tu Lui désobéis…

À ces mots, Griff lui jeta un regard blessé. Dans le même temps, Campbell fracassa son verre contre la table avant de tonner :

— Je suis un grand garçon, maintenant. Je peux décider de ma vie tout seul. Qui plus est, si ta personnalité d'origine est mon ancien maître et que, de fait, j'ai un minimum de respect pour ce qu'il pourrait me dire, toi, tu n'es rien de plus qu'un bouffon sans envergure !

La *lumière* arborait toujours des teintes menaçantes.

— Tu es surtout arrogant à souhait, lui rétorqua le Moine. Comment crois-tu que je suis né ? Elle te brisera si tu t'opposes à Elle !

Campbell se repositionna dans son siège. Affalé en arrière, il caressa son ventre rond, puis passa sa main dans ses cheveux graisseux qui se dressèrent sur son crâne au contact de ses doigts.

— Il est trop tard, maintenant. L'idée d'attaquer les sages me séduit bien davantage que celle d'assassiner Griffounet.

Campbell jeta un large sourire vers Griff.

— C'est exact, mon petit Griffounet, ajouta-t-il. Tu as deviné juste : *elle* m'a ordonné d'en finir avec toi ce soir. Le plus amusant dans cette histoire, c'est que jamais le Moine, ta reine, ne pourrait lever la main sur moi pour te protéger. Ce bar est censé être un piège mortel. Ton tombeau ! Celle-là, tu ne l'avais pas vu venir dans tes rêves, n'est-ce pas, ô créature supérieure capable de lire l'avenir ? Échec et mat !

Griff joignit ses poignets, générant une boule de lumière orangée de la taille d'un ballon de basket. Néanmoins, l'attaque demeura en suspension à proximité du joueur, comme si ce dernier hésitait encore à passer à l'offensive. Loin de se sentir menacé, Campbell se servit dans un deuxième verre, puis il but une gorgée.

— Pour être honnête, déclara l'ivrogne, te tuer ne m'apporterait aucune satisfaction particulière. Ce serait comme débarrasser le monde d'une vieille momie décatie. C'est un travail ennuyeux. Sans parler de la poussière ! Je suis allergique, vois-tu. Je préfère m'attaquer aux sages et te laisser entre des mains moins capables. *Son* personnel de nettoyage habituel devrait suffire…

— Tu risques gros, insista le Moine.

D'un revers de main énervé, l'alcoolique expédia sa bouteille à moitié pleine contre le mur, où elle explosa avec fracas en provoquant aussitôt un silence total dans le bar.

— Garçon ! beugla Campbell d'une voix traînante, une autre bouteille. La mienne est tombée.

Le barman s'approcha un instant plus tard avec un plateau débordant. Il jeta un regard inquiet vers Griff et la boule de magie qui gravitait devant lui, mais n'émit aucun commentaire. Dans le même temps, les conversations reprirent dans la pièce. Dès que le serveur eût ramassé les débris, Campbell se tourna vers le Moine.

— Ma femme est humaine, je te rappelle. Ma fille a passé toute son enfance sur Terre. Je refuse de leur dire que je ne me suis pas opposé aux sages à cause de la peur ! À ton avis, je ressemble à un chien qui se promène la queue entre les jambes et qui gémit de terreur lorsque sa *maîtresse* hausse le ton ? Ne prends pas ton cas pour une généralité !

Le Moine laissa l'attaque couler sur lui. Accorder trop d'importance aux propos de Campbell revenait à s'emparer d'un hérisson à pleine main : c'était à la fois inutile et douloureux. Il préféra se concentrer sur les affaires en cours, sa seule raison d'être.

— Tu vas donc travailler avec Griff ?

Campbell acquiesça.

— Mieux vaut collaborer avec les quatre joueurs : mes marges de manœuvre n'en seront que plus grandes. Par exemple, Antoine a promis de me protéger contre *elle* si je *lui* désobéis…

Un sourire retors se dessina alors sur les lèvres de Campbell.

L'idiot ! Même si la Déesse ne pouvait le punir dès à présent, Godéramée n'oubliait jamais. Et l'alter ego en avait conscience. Dans leur esprit, il ruait pour prendre le contrôle de leur corps. Sa personnalité d'origine voulait attaquer Griff afin de protéger Campbell. Comme si ce dernier changerait d'avis… Campbell était à peine moins entêté qu'une mule acariâtre. Peut-être même l'ancien disciple de son alter ego défendrait-il le joueur si le Moine passait à l'offensive. *Et à deux contre un, je n'ai aucune chance. Dans la situation actuelle, je ne pourrais jamais satisfaire les demandes de la Déesse*. Coincé entre le marteau et l'enclume, il prit une longue inspiration tandis que son esprit essayait de découvrir avec frénésie une issue à ce problème insoluble. Jusqu'à l'illumination.

Nonobstant la *lumière* furieuse qui vibrait dans son champ de vision, avec un calme affecté, le Moine s'assit à la table et invita Griff à l'imiter. Ce dernier insista pour rester debout, observant chaque mouvement effectué par Campbell.

— Ton arrogance se retournera contre toi, Campbell, souligna le Moine d'une voix froide. Mais tu es libre de prendre tes décisions, bonnes ou mauvaises. Au moins, je t'aurais prévenu.

L'intéressé renifla avec mépris.

— Tu as besoin de quoi, mon petit Moinichoux ?

— Comme d'habitude. Des informations. Les différentes alliances géopolitiques de la Godéranie. Qui est susceptible de déclarer la guerre à l'Husdamore ? De quel poids militaire ces pays disposent-ils ? Quels seraient les raisons et les freins à un engagement ? Fournis-moi également une sorte d'échelle des motivations pour chaque nation – un étant : j'aime les sages et je les soutiens quoi qu'il arrive ; dix étant : je les hais et je souhaite mourir pour avoir l'occasion d'en tuer au moins un. Bien entendu, inclus-y aussi les déchirements internes. La propagande de Sage M permettra de renverser un ou deux gouvernements fragiles, comme d'habitude, et je ne veux aucune mauvaise surprise.

Le Moine effectua une courte pause. Campbell l'observait avec, dans ses pupilles, une lueur d'amusement.

— *Elle* va te taper sur les doigts, déclara-t-il, goguenard. Ta personnalité d'origine doit être en train de se pisser dessus.

Peut-être, mais contrairement à toi, je peux encore rétablir la situation pour accomplir ma mission. La Déesse a toujours au moins un plan de secours, et elle insiste depuis le début pour que l'on se joigne à la future coalition. À haute voix, il se contenta de lister ses exigences.

— Pour les partisans des sages, j'ai besoin d'apprendre quelles actions ou quels avantages sont susceptibles de leur faire changer de camp ; ou si leurs opposants en politique intérieure sont, quant à eux, mieux disposés à retourner leur veste. Je veux également connaître tous les embryons de contestation des sages en Husdamore. En gros, fais-moi une cartographie des pouvoirs en place. Pour finir, je souhaite savoir qui accepterait de soutenir Griff si je l'accompagne.

Campbell but une nouvelle gorgée.

— C'est dans l'ordre du possible. Laissez-moi à peu près deux semaines. C'est le minimum syndical pour obtenir toutes ces informations.

Il se tourna vers Griff.

— Pour la rétribution, je m'arrangerai avec mon ancien maître un peu plus tard, lorsqu'il daignera enfin sortir du trou à rat où il se terre. Ce trouillard connaît déjà mon prix.

Griff fronça les sourcils, mais n'émit aucun commentaire.

— Ma personnalité d'origine paiera sans difficulté le montant que tu demandes pour tes services, assura le Moine.

Un sourire arrogant se dessina sur les lèvres de Campbell.

— Alors, il n'y a plus qu'à !

Sur le chemin du retour, Griff remarqua d'une voix furieuse :

— Tu as voulu me trahir !

Les muscles du Moine se tendirent. La *lumière* s'était calmée. *Elle* peinait à se reformer, comme si la Déesse était encore incertaine de la marche à suivre. Néanmoins, Elle avait bel et bien un plan de secours, comme il l'avait escompté ; il avait intérêt à ne commettre aucune erreur, cette fois-ci, ou bien Godéramée le lui ferait payer au centuple. Dans le même temps, il ne pouvait se permettre d'ignorer la menace que Griff représentait, si ce dernier s'estimait en danger ou lésé.

— Campbell est l'ancien disciple de ma personnalité d'origine. Tu connais mon alter ego, n'est-ce pas ? Crois-tu qu'il serait homme à laisser périr de cette manière un individu qui lui est cher ?

La fureur qui habitait le visage du joueur s'adoucit un peu.

— Non, en effet, admit-il. Contrairement à toi, il a du cœur. Mais méfie-toi…

Le Moine supporta sans fléchir le regard inquisiteur de Griff. *Coincé entre le marteau et l'enclume…*

Chapitre 11 : Kayeff

Pour découvrir d'autres Humains, Kayeff avait exploré la région en utilisant sa forme astrale. À une quinzaine de jours de marche, il avait repéré une dizaine de flammèches qui cheminaient vers le sud. Il emmena donc son petit groupe vers eux pour les intercepter.

— Je me demande comment on va se présenter à eux ? s'interrogea Angela au cours du voyage.

— On pourrait envoyer Berti en tenue sexy, suggéra Peter. Elle briserait tout de suite la glace.

Anke lui donna aussitôt une claque derrière la tête.

— Non, mais sérieux ! s'indigna-t-elle. C'est de cette manière que tu considères les femmes ?

L'homme prit une expression penaude.

— À ta place, je ne me bercerais d'aucune illusion, intervint Isaël. On ignore tout d'eux. Je pense que l'on devrait les surveiller un moment pour savoir à qui nous avons affaire.

En disant ces derniers mots, l'ancien soldat jeta un coup d'œil entendu vers Kayeff.

— Arrête d'être paranoïaque, le contredit Berti. Ce sont des gens comme toi et moi. Je suis sûre qu'ils seront tous très sympathiques.

Elle échangea un regard complice avec Angela, et toutes deux gloussèrent à l'unisson.

— Je suis réaliste, répliqua Isaël. Au cours de ma carrière, j'ai survécu à plusieurs campagnes militaires. Contrairement à vous, j'ai vu des trucs immondes. Je sais de quoi les Humains sont capables. S'il n'y a pas d'institutions fortes pour les contrôler…

Pensif, Kayeff relégua à un bruit de fond la controverse inévitable qui s'annonçait. Trois jours plus tôt, Bafane l'avait informé que l'agence de renseignement était revenue vers elle. Son contact lui avait fourni une liste complète des quarante Nôstres envoyés sur Terre par l'Husdamore. Certains d'entre eux traînaient des réputations sordides. Criminels de guerre. Exactions à l'encontre des Non-Sacrifiés. Viols. Massacres injustifiés. Tortures. Tests de rituels sur des tiers ou des animaux. Sans la protection des sages, la justice les aurait depuis longtemps rattrapés. D'après l'agence, les Husdamoriens se répartissaient en trois escouades, qui quadrillaient chacune un territoire donné.

Bafane s'inquiétait. Sur Terre, Nahala concentrait la plus grosse quantité d'Humains et d'opposants aux sages. Selon toute logique, il s'agissait d'une cible prioritaire. Cependant, leurs ennemis avaient jusque-là évité la zone. Érèbe était donc parti en mission de reconnaissance. Il s'était fixé pour objectif de détecter leurs adversaires et de comprendre leur stratégie. Il n'avait pour l'heure fait remonter aucune information concluante, même s'il avait repéré quelques traces de leurs activités. Par mesure préventive, Bafane avait décidé de passer à l'offensive : elle avait envoyé une partie de son armée personnelle pour quadriller la région. Bafane souhaitait harceler les troupes de l'Husdamore pour les épuiser, puis les exterminer avant qu'ils ne puissent mener à bien leur schéma tactique. De leur côté, Castor et Pollux renforçaient les défenses magiques de Nahala. Il s'agissait d'un exercice d'équilibriste, car ils avaient jugé que les Humains devaient ignorer leur présence pour respecter la *Nobilianiti*. Pour Bafane, ils allaient au-devant d'une catastrophe.

— En tout cas, j'espère qu'ils parleront notre langue ! s'exclama Berti. L'anglais, ce n'est pas ma tasse de thé.

Tiens, le sujet de la conversation a déjà dérivé ?

— Selon tes propres dires, Berti, personne ne s'est jamais plaint de ton maniement de la langue.

— Peter ! le réprimanda Anke.

Le soir même, à l'aide de sa forme astrale, Kayeff calcula les points de rencontres potentielles avec l'autre groupe. Il sélectionna un lieu qui permettait de traverser une large rivière, persuadé que les autres Humains le franchiraient pour continuer leur périple vers le sud. L'endroit se situait sur une plaine herbeuse et à découvert. Il serait donc possible de s'observer mutuellement. En fonction des réactions de tout le monde, ses protégés et lui-même réfléchiraient à la marche à suivre.

Cependant, lorsque le jour de la rencontre arriva, assis à proximité d'un pont en pierre épargné par *Cela*, ils attendirent en vain. Au début, Kayeff pensa que ces Humains avaient dévié de leur trajectoire. Néanmoins, après les avoir cherchés durant plusieurs heures sous sa forme astrale, il réintégra son corps, bredouille. *Deux solutions*, songea-t-il. O*u bien ils ont des items magiques qui m'empêchent de les repérer, ou bien ils sont morts*. Malheureusement, la deuxième option lui semblait plus crédible, car Érèbe avait signalé des Nôstres renégats à une centaine de kilomètres d'ici.

— Nous essaierons de découvrir le fin mot de cette histoire demain, annonça-t-il aux Humains d'une voix lugubre.

Les poings serrés, Kayeff passa une partie de la nuit à surveiller les environs : son item magique était davantage conçu pour effrayer les animaux que pour les protéger des Nôstres. Durant toute sa veillée, des images de l'Université du Sud-Est tournèrent en boucle dans son esprit. Les enfants massacrés. Le corps mutilé d'Arizz. Les dépouilles savamment positionnées pour représenter une peinture de Madelin. La minutie de la mise en scène. Ces souvenirs ravivèrent son envie de vengeance. Aussi, lorsque l'aube se leva, il se redressa, prêt à en découdre.

À l'orée d'un petit bosquet, les Humains et lui découvrirent des cadavres encore frais. Les poings serrés, Kayeff observa le charnier. Le sang avait giclé dans toutes les directions : sur l'écorce des arbres, sur la terre et sur la végétation. Les corps gisaient dans des postures grotesques. Les os et la colonne vertébrale d'une femme étaient si endommagés qu'elle ressemblait à une poupée de chiffon désarticulée. Quant à sa tête, toujours attachée au tronc, elle reposait contre ses pieds. Chaque macchabée témoignait d'une agonie différente et ô combien douloureuse.

Absorbé par sa fureur, Kayeff ne jeta qu'un rapide regard en direction de ses compagnons de route, qui exhibaient des réactions diverses devant le charnier, entre pleurs, dégoût, vomissements ou colère. Les mâchoires bloquées l'une contre l'autre, il se désintéressa d'eux pour scruter les alentours à la recherche d'indices.

— Nous vivons une époque bien triste, remarqua en allemand une voix caverneuse.

Érèbe ! De leur côté, les Humains demeurèrent pétrifiés durant une bonne seconde. Puis, leurs yeux balayèrent les environs avec une frénésie inquiète. Kayeff n'eut aucune difficulté à imaginer leurs pensées : l'assassin était revenu sur les lieux de son crime. Ceux qui possédaient des lames luminescentes les sortirent sans la moindre hésitation, rompant le silence tendu avec le vrombissement de leurs armes.

— Montre-toi, Érèbe, exigea Kayeff.

Une masse sombre se forma lentement au milieu des dépouilles. Peu à peu, un visage à peine esquissé apparut au sommet d'un nuage ténébreux. Les Humains braquèrent leurs lames dans sa direction.

— Que s'est-il passé ici ? demanda Kayeff d'une voix furieuse. Sais-tu où sont les responsables de ce massacre ?

Son père adoptif s'humecta les lèvres.

— J'étais en train de localiser le Nôstre qui a engendré ce carnage lorsque vous êtes arrivés. Vous avez brouillé toutes les pistes.

Kayeff fronça les sourcils. Au besoin, Érèbe pouvait retrouver une puce sur le dos d'un chien galeux. Les *traqueurs* comme lui repéraient leur cible grâce à l'infime signature magique émise par un Nôstre. Selon toute vraisemblance, Érèbe avait identifié et localisé le meurtrier avant même d'enquêter sur cette boucherie. De plus, jamais la présence d'Humains ne brouillerait les sorts de détection d'un homme aussi talentueux que lui.

— Tu mens ! affirma Kayeff. Je ne suis plus l'enfant d'autrefois. Je n'ai plus besoin que tu me protèges. Où est le tueur ?

Érèbe soupira. Une expression de tristesse apparut brièvement sur son visage.

— C'est exact. Le petit garçon d'autrefois souriait… À présent, je ne perçois que de la rage en toi. Je préfère te tenir à l'écart de toute cette histoire.

— Vraiment ? Et qui va rendre justice, alors ? Toi ? Tu n'as plus ce qu'il faut pour ça ! De nous deux, je suis le seul à avoir encore le courage de me salir les mains !

La forme vaporeuse se dissipa. *Ce foutu lâche est en train de s'enfuir !* Kayeff s'exclama :

— Non ! Tu ne vas nulle part.

Furieux, il s'accroupit, posa les doigts contre le sol et lança une toile d'immobilisation. Des filaments lumineux couvrirent la zone en moins d'une seconde, formant un vaste réseau dont Kayeff était le centre. Comme une araignée, il perçut tous les êtres vivants qui faisaient vibrer ses fils, à commencer par les Humains présents autour de lui. Il sentit son père adoptif durant un instant. Cependant, au lieu de s'engluer, ce dernier glissa hors du piège, telle une anguille entre les mains d'un pêcheur. En son for intérieur, Kayeff jura. Érèbe demeurait un être insaisissable qui se jouait des sorts d'immobilisation les plus élaborés.

— Ne m'oblige pas à employer les grands moyens, menaça Kayeff.

La réplique fusa sans tarder. Kayeff sentit un premier coup l'atteindre à l'estomac. Un second le frappa au menton et un dernier lui balaya les jambes. Désorienté et légèrement sonné, Kayeff atterrit sur son postérieur, les mains plaquées sur l'herbe fraîche.

Le visage vaporeux réapparut au-dessus de lui, désapprobateur.

— On dirait un chien fou. S'en prendre à ton propre père ? Mais je ne te blâme pas ; tu es le résultat de la guerre. D'autres que toi sont tombés bien plus bas encore.

— Où est le boucher ? gronda Kayeff.

Il observa son père de longues secondes. De légers tics nerveux agitaient ses lèvres. *Érèbe éprouve des émotions conflictuelles,* comprit-il. *Autrement, il aurait déjà quitté les lieux.*

— Tuer quelqu'un est un exercice difficile, affirma Érèbe.

Pourquoi s'est-il révélé à nous ? S'il était resté dissimulé derrière ses sorts, jamais je ne l'aurais repéré, et cette confrontation ne se serait pas produite. Et pourquoi est-il encore ici ? Il me cache quelque chose.

— J'ai abattu les Husdamoriens qui ont voulu me tuer durant le massacre de l'OPP ! répliqua Kayeff, piqué au vif malgré lui par la condescendance de son père. Ne me sous-estime pas !

— Tu ignores tout de ce qui t'attend. Tu ne le comprends peut-être pas en ce moment, mais en assassinant d'autres personnes, tu détruis une partie de toi-même par la même occasion. Dans mon cas, j'étais motivé par mes idéaux. Je croyais agir pour la bonne cause. Pendant des siècles, je n'ai éprouvé aucun regret. Et puis, j'ai commencé à rêver de mes victimes. D'abord, ce fut un enfant, ou pour être exact, l'expression de pure haine gravée sur ses traits ; j'avais tué ses parents devant ses yeux. Le môme a passé la majorité de son existence à essayer de me retrouver. Et puis, d'autres sont revenus me hanter, des individus dont je ne pensais même plus me souvenir. Ils m'insultaient, me suppliaient, parfois, les deux en même temps. J'ai commencé à avoir des insomnies. À certaines périodes, je restais éveillé pendant une semaine d'affilée. J'ai perdu l'appétit au point de n'avoir plus que la peau sur les os. Seul mon engagement auprès de Madelin m'a empêché de dépérir. Et toi, tu es en train de prendre la même direction que moi… Est-ce là ton désir ? Me ressembler en tous points ?

Kayeff cracha aux pieds d'Érèbe.

— Tu radotes. Je connais ton histoire, et je suis convaincu que certaines causes valent que l'on se sacrifie.

— J'en étais également persuadé, répondit Érèbe d'une voix atone. Regarde où j'en suis à présent. Et pour être tout à fait honnête avec toi, j'ai beau t'observer, je ne vois aucun idéal en toi. Juste de la haine.

— Qu'est-ce que tu proposes, alors ? Tourner la tête et ignorer ces meurtres ? Tu penses vraiment que j'arriverais à dormir si je faisais l'autruche, ici et maintenant ? Ces hommes et femmes méritent justice !

Érèbe émit un raclement de gorge écœuré.

— Justice ou vengeance ? interrogea-t-il. La nuance est de taille, crois-moi. Les troupes de Bafane s'occupent d'une autre cible à l'heure actuelle. Elles viendront par ici dès que possible. Inutile que tu détruises ton âme pour ce va-t-en-guerre. Les soldats de Bafane l'attraperont et le jugeront.

— Et Bafane va également envoyer ses zombis en Husdamore, je me trompe ? Vous allez tout faire pour m'écarter une fois de plus, c'est bien ça ? Comment puis-je prouver ma valeur en tant que guerrier et individu si vous m'en empêchez ? À ton avis, quelle opinion vais-je avoir de moi-même si je vous laisse me manipuler à nouveau ? En me protégeant toute mon existence, vous m'avez affaibli ! Je refuse de passer ma vie à attendre que l'on rende justice pour moi ! Je veux prendre mes responsabilités en tant que Nôstre, peu importe les conséquences ! Vous ne pouvez plus m'en empêcher !

Érèbe baissa les yeux.

— Un véritable discours de Godéranien, murmura-t-il. Je croyais t'avoir pourtant sauvé de ces inepties.

Kayeff se souvint des après-midi interminables à écouter Érèbe décrire les tourments qui l'assaillaient. Son père concluait toujours par des thèses qui condamnaient la violence sous toutes ses formes.

Néanmoins, jamais il n'avait proposé de méthode convaincante pour répondre à la brutalité des sages. Désormais, Kayeff en devinait la raison : Érèbe et Madelin ne connaissaient aucune alternative. Ils avaient donc besoin de personnes comme Bafane ou lui-même pour accomplir la sale besogne. Les idéaux trahissaient très vite leurs limites face à la réalité du monde, avait-il lu autrefois dans un ouvrage humain. L'hypocrisie de son père adoptif lui donna la nausée, et Kayeff ne put dissimuler le mépris qu'il éprouvait à son égard.

Sous le visage d'Érèbe, qui flottait à deux mètres de hauteur, des morceaux de fumée noire se matérialisèrent alors pour former l'ébauche grossière d'un corps sec à l'apparence fragile.

— Tu penses être prêt ? l'interrogea Érèbe d'une voix froide où transparaissaient pour la première fois des pointes de fureur. Tu crois que l'on t'a affaibli ? Tu as raison au moins sur un point : je t'ai préservé de beaucoup de choses, mais personne n'est capable de te protéger contre toi-même. Maintenant, je peux seulement espérer que tu survives et ressortes de cette histoire avec le moins de séquelles possible.

Malgré sa propre colère, Kayeff haussa les sourcils devant le ton de son père adoptif, qui était d'ordinaire si pondéré.

— Où est cet assassin ?

— Il campe à une trentaine de kilomètres d'ici, répondit Érèbe, glacial.

— Que sais-tu de lui ?

— À l'origine, Drago est un *bâtisseur* de génie. J'ignore cependant comment il a évolué sur les deux derniers millénaires. Attends-toi à des sorts tordus ; aucun Nôstre ne survit aussi longtemps sans être très dangereux.

Kayeff se mordit la lèvre inférieure.

— Il est si âgé que ça ?

— Au moins trois mille ans. Tu devras faire appel à ton sort de guérison pour en venir à bout. Si tu veux mon conseil, tends-lui une embuscade et tue-le avant qu'il ne te détecte. Mais je doute que tu sois capable d'un meurtre de sang-froid… Tu es bien trop inexpérimenté pour accomplir un assassinat propre et efficace.

À qui la faute ? lui reprocha Kayeff avec fureur. Érèbe désigna alors les motifs lumineux qui couraient au sol et paralysaient les Humains.

— Puisque tu veux apprendre à guerroyer, voici un premier conseil : lancer sans discrimination une toile d'immobilisation avec des alliés autour est une grossière erreur ; tu les as statufiés, et ils sont maintenant sans défense. Si tu avais été mon ennemi, j'aurais profité de l'occasion pour les exterminer avant de m'occuper de toi. Vous seriez tous morts en moins de cinq secondes.

La voix de son père tremblait, mais Kayeff ignorait quelle émotion nourrissait ces tressaillements inhabituels. Néanmoins, rouge d'embarras à cause de son erreur de débutant, Kayeff effaça la toile d'immobilisation. À peine libérés, les Humains se regroupèrent derrière les porteurs de lames, comme si ces armes dérisoires arrêteraient un tueur accompli comme Érèbe.

— Je suis un allié, leur déclara ce dernier en allemand.

— C'est mon père adoptif, compléta Kayeff.

Ses protégés jetèrent un regard circonspect en direction de la forme vaporeuse.

— Il utilise des sorts de dissimulation, les informa Kayeff. Son corps est quelque part derrière les écrans de fumée. Il n'est pas différent de vous ou moi. De plus, c'est un pacifiste convaincu. Même une mouche est en sécurité avec lui.

Il prononça cette dernière phrase avec un mépris évident, et une expression d'écœurement transparut sur le visage mal défini d'Érèbe.

Debout sur sa plateforme de déplacement rapide, Kayeff suivit les instructions de son père adoptif, resté en compagnie des Humains pour les protéger en cas d'attaque. Une sonnerie stridente se mit à retentir environ un kilomètre avant son arrivée. *J'ai déclenché un système de sécurité*, comprit Kayeff avec colère. *Pire qu'un amateur !* Il fila sans plus tarder vers le campement de sa cible. Peut-être pouvait-il prendre Drago de vitesse ?

D'un regard circulaire, Kayeff observa les lieux. Aux aguets, il scruta tout d'abord le squelette de sanglier qui gisait à côté d'un foyer. Un peu plus loin, un fumoir à viande dégageait une odeur de venaison. Sous ce dernier, comme si ses flammes se nourrissaient d'air, un feu magique de couleur verte rutilait sans consommer le moindre combustible. Kayeff examina ensuite la petite tente de bois tapissée de peaux de bêtes qui s'élevait près d'un étang. Elle était vide. L'assassin avait-il déjà pris la fuite ?

Des clapotis en provenance de l'étang attirèrent alors l'attention de Kayeff, qui s'approcha de la rive rocailleuse avec précaution. Au travers des roseaux, il surprit des mouvements. Tendu comme jamais, il étudia l'homme qui se hissait sur la berge. Au début, Kayeff pensa qu'une épaisse couche d'hémoglobine recouvrait le criminel. *Non*, réalisa-t-il après un instant de réflexion, *c'est sa couleur de peau naturelle ! Un rituel magique qui a mal tourné, sans l'ombre d'un doute...* Quoi qu'il en soit, le monstre n'avait plus vraiment l'apparence d'un homme. Ses cheveux bruns poussaient en touffes éparses sur son crâne. Quant à son nez, tranché à la base, il se résumait à deux fentes répugnantes. Ses yeux reptiliens brillaient d'une lueur jaune. Kayeff aperçut ensuite l'épaisse ligne tatouée qui serpentait le long de son tronc et qui s'achevait au niveau de sa cuisse gauche.

Un Dragon !

À cette vue, pour la première fois depuis le début de la journée, un frisson de peur lui parcourut l'échine. Fasciné malgré lui par la créature de légende qui se tenait devant lui, il observa les cicatrices qui couraient sur l'ensemble de son corps : ventre, cœur, thorax, cou, bras et jambes. Quelles épreuves Drago avait-il traversées ? Pourquoi un Dragon exécutait-il les basses œuvres des sages ?

En venant dans ce campement pour abattre la justice des Nôstres, Kayeff avait pensé attaquer sans préavis, comme le lui avait conseillé Érèbe. Il avait voulu massacrer le responsable des meurtres sans même prendre la peine de le connaître ou de le comprendre. Pour lui, il s'agissait seulement d'un monstre qu'il fallait exterminer. Cependant, il prenait désormais conscience que ce tueur échappait au profil qu'il avait forgé dans sa tête. À présent, il hésitait, et de fait il laissait toujours plus de chance à son adversaire d'attaquer.

L'assassin haussa les épaules.

— Jamais pu blairer OPP… déclara Drago en s'habillant avec une lenteur calculée. Faiblards… qui déclenchent systèmes de sécurité élémentaires… Même pas besoin de me dépêcher de finir mon bain…

Sa voix sifflait et ses paroles devenaient de plus en plus inaudibles à mesure que sa phrase s'allongeait. Ses poumons étaient sans doute trop endommagés pour lui permettre de tenir une discussion normale. Tout en mettant son pantalon de toile verte, Drago précisa le fond de sa pensée :

— Votre rectitude morale ridicule… votre suffisance… arrogante… votre prêche d'inepties stupides… me donne envie de gerber !

Kayeff conserva le silence. Il observait chacun de ses gestes avec une attention soutenue. Il se doutait que le tueur cherchait à endormir sa méfiance par ses mouvements lents et ses insultes ; il avait lu la technique dans un manuel autrefois. Kayeff laissa donc le venin s'écouler autour de lui. Si le tatouage était véritable, alors la moindre erreur se révélerait fatale. Pourtant, quelque chose en lui l'empêchait de passer à l'offensive.

— Venger Humains, n'est-ce pas… ? Couiné et supplié… Comprenaient rien… Vies inutiles…

De nouveau, Kayeff affronta son regard, mais cette fois-ci avec une hargne redoublée. Les lèvres du tueur s'étirèrent de façon surnaturelle, tranchant son visage d'une oreille à l'autre. *Un sourire de l'ange !*

L'homme avait de toute évidence survécu à une table de torture. Peut-être même plusieurs.

— Ton tatouage ? demanda Kayeff. C'est un vrai ?

Les sourcils de l'assassin, qui se réduisaient à deux traits fins presque invisibles, se soulevèrent.

— Nouvelle génération connaît sa signification ?... Improbable.

— Avant que les sages massacrent l'OPP, j'enseignais l'Histoire. Alors, ton tatouage est authentique, oui ou non ?

Sans s'inquiéter outre mesure d'une éventuelle attaque, l'homme enfila un poncho kaki dont les extrémités s'arrêtèrent sur ses hanches. L'habit dissimulait ses mains.

— Ah... Professeur... intellectuel... Modeler esprits malléables de la jeunesse... Gens comme vous, précieux... Sans vous, inculture... Sans vous, nous serions... si stupides...

À mesure qu'il parlait, sa voix se chargeait de menace.

— Est-ce un vrai ? insista Kayeff.

Un sourire moqueur déchira le visage du tueur, révélant des dents taillées en pointe.

— Grenouille hésitante chassant moustique... tombe sur serpent affamé...

Piqué au vif, Kayeff rétorqua :

— Je sais me défendre. Et contrairement aux anciens membres de l'OPP, l'usage de la violence ne me répugne pas.

L'homme éclata de rire, avant de se mettre à tousser à cause de l'effort. Kayeff l'observa sans comprendre.

— Alors trois sages ont gagné guerre idéologique... Enseigner ennemis à penser comme eux... Transformer ennemi comme eux... À combattre le dragon, on devient... le dragon. N'est-ce pas... Kayeff ?

Comment connaît-il mon nom ? Puis, l'évidence le frappa : *Drago m'a tendu un piège. Il savait que j'étais dans les parages, et il a voulu m'attirer sur son territoire pour mieux me tuer. Je suis tombé dans le panneau !* Kayeff sentit des gouttes de sueur perler sur son front. *Je dois réagir au plus vite ou bien je suis fini !* Il généra un halo enflammé dans sa main droite, mais il manqua de temps pour diriger l'attaque sur son adversaire. Le tueur expédia au même moment une aiguille lumineuse, qui transperça son poncho avant de fondre sur Kayeff à très grande vitesse. En catastrophe, Kayeff bougea de quelques centimètres. Au lieu de le frapper en plein cœur, le dard magique l'atteignit à l'épaule gauche. Il traversa sa peau, plus solide que du métal, et se ficha dans son os, qui se brisa lors de l'impact. Le choc le propulsa à terre. Une souffrance abominable agita ses nerfs, de ses ongles à son cou, malgré son insensibilité partielle.

Armé de toute sa volonté, Kayeff se força à ignorer la douleur. Il saisit à pleine poigne l'aiguille lumineuse fichée dans son épaule, puis la retira. Même après l'avoir ôtée de son corps, son bras demeura paralysé. Il serra les dents. Avec difficulté, à peine moins courbé que Madelin au crépuscule de son existence, il se releva et observa son adversaire, qui souriait d'un air moqueur.

— Ce dard… petit coup de semonce… Poison se répand petit à petit… trépas douloureux… agonie de plusieurs jours… Mais, plus amusant encore… il joue avec perceptions temporelles… une seconde peut paraître des heures… Une minute, des années… Tu es déjà mort…

Les lèvres du tueur bougeaient au ralenti. Les sons mirent une durée infinie avant de lui parvenir. Avec une frénésie désespérée, Kayeff activa son sort de guérison. Dès que ses perceptions changèrent, le temps reprit sa course normale. Il explora son corps à la recherche du venin, qu'il détecta sans difficulté ; il se voyait comme des étoiles en plein cœur de la nuit. Peu à peu, il s'en débarrassa et la rejeta sous forme de transpiration. Dans un second temps, il s'occupa de son épaule.

Tout en se soignant, il surveilla les mouvements de son ennemi. Drago lui apparaissait tel un enchevêtrement mécanique de veines, de muscles, d'organes et de sang. Il repéra plusieurs os mal ressoudés. De très graves lésions pulmonaires réduisaient son souffle. De multiples blessures incorrectement guéries gênaient certains de ses gestes, lui causant des souffrances continuelles. L'assassin s'était désintéressé de lui. Drago sifflotait. À cause de ses sens altérés, Kayeff percevait difficilement les actions de son ennemi. Le tueur s'affairait au milieu de son campement. Peut-être le fumoir ? *Bien*, pensa-t-il. *Sous-estime-moi. Laisse-moi le temps de me traiter.*

Kayeff hésita à occire son adversaire sur le champ. Rompre deux ou trois veines dans son cerveau aurait suffi. Seulement, malgré sa colère et sa haine, Drago l'intriguait. *Un universitaire reste un universitaire*, songea Kayeff avec une pointe d'agacement contre lui-même. Il avait étudié l'Ordre des Dragons, dont les membres consacraient leur existence à approfondir les connaissances magiques des Nôstres. Il se demandait comment l'un d'eux avait pu déchoir de façon aussi spectaculaire. *Même les purges et la peur ne peuvent expliquer ce revirement. Selon Érèbe, c'était un* bâtisseur. *Les arts guerriers l'intéressaient peu. Quelque chose de grave s'est produit pour le conduire jusqu'ici.*

Kayeff décida de provoquer Drago afin de récolter des informations et des clés pour comprendre la trajectoire du Dragon. Si celui-ci attaquait, Kayeff soignerait ses blessures à mesure qu'il les lui infligeait. De plus, exhiber ses capacités de guérison lui permettrait de prendre l'ascendant psychologique sur cet assassin. Qui sait, peut-être obtiendrait-il des réponses ?

Pour ce faire, il devrait parler et donc désactiver son sort de guérison par intermittence. *Au moins, mon entraînement m'aura servi à quelque chose.* Durant plusieurs secondes, Kayeff arrêta et déclencha son sort, dans le but de s'accoutumer à l'effet kaléidoscopique qui bouleversait continuellement ses sens et lui donnait la nausée. L'assassin sifflotait une mélodie joyeuse. Entendant une note sur deux ou trois, Kayeff fut incapable d'en reconnaître l'air.

Quand il eut l'impression de pouvoir se tenir debout sans vomir, Kayeff se redressa, puis se tourna vers son ennemi, qui remuait la viande dans le fumoir et ajoutait des branchages dans le feu pour donner du goût à la nourriture.

— C'est bien ce que je pensais, le provoqua Kayeff. Tu es un imposteur. Ton tatouage est un faux. Autrement, le poison aurait été létal. Pour l'instant, ça titille tout juste mon système immunitaire.

Drago se retourna brusquement, les sourcils froncés. Par ses perceptions alternées, Kayeff vit la magie qui affluait dans les mains de l'assassin.

— À ta guise… Cocktail plus… violent, alors !

À l'origine, il était malaisé de comprendre les phrases hachées du tueur. Le passage entre l'observation des cordes vocales et l'écoute des sons compliquait encore l'exercice. À peine Drago eut-il prononcé ces mots, qu'une dizaine de dards fondirent sur Kayeff. Ils se fichèrent un peu partout sur lui. L'un d'eux empala même son œil droit. Par chance, le dard s'arrêta avant de s'enfoncer dans son cerveau et de le tuer sur le coup. *J'aurais pu payer très cher cette petite bravade*, songea Kayeff en maudissant son inexpérience et les risques démesurés qu'il prenait sans même en avoir conscience.

Préparé au choc, il ne recula que d'un pas ou deux. Toujours en activant son sort de guérison par intermittence, il empêcha la douleur de se propager sur ses nerfs. Dans le même temps, il stoppa la diffusion du poison non sans expédier à son ennemi un sourire moqueur. Avec une nonchalance étudiée, il ôta une à une les aiguilles lumineuses avant de les jeter au sol. Kayeff s'amusa des gouttes qui ruisselèrent sur les tempes du Dragon. Pour accentuer encore son effet, il retira le dard planté dans sa cavité oculaire. Durant la manœuvre, le projectile s'accrocha à la sclère. À mesure qu'il extirpait le corps étranger, son œil s'arracha au point de ne laisser qu'un fil ensanglanté entre l'organe et sa cavité d'origine. D'un mouvement sec, Kayeff trancha le nerf optique, puis il jeta le dard vers son adversaire avec son globe toujours embroché dessus.

L'assassin l'attrapa au vol. Non sans satisfaction, Kayeff le vit scruter l'œil avec inquiétude.

— Les membres de l'OPP auraient-ils des choses à t'apprendre ?

Il orienta sa tête de sorte que Drago puisse observer la repousse de son organe. Kayeff agglutina des cellules de son corps vers son orbite oculaire pour recréer un embryon d'œil, puis il en accéléra la croissance. Une fois le développement achevé, sa vision redevint normale. Il expédia un large sourire vers son ennemi, dont le malaise était palpable. *Maintenant, j'ai l'ascendant psychologique*, jugea-t-il.

— Sérieusement sous-estimé… Mais, grossière erreur… Attaquer pendant que ma garde était baissée… Tu aurais dû… Ta victoire… certaine…

— Tu n'as jamais été une menace pour moi, mentit Kayeff.

Avec son sort de guérison, il cibla le genou du tueur et, d'un geste négligent, il pulvérisa la rotule. Tout en tombant au sol, l'homme glapit de douleur. L'incompréhension illuminait son visage de manière presque comique tandis que, les doigts crispés sur sa blessure, il scrutait Kayeff à la recherche d'une explication. *Bien, te voilà neutralisé !*

— Pour soigner, il faut connaître le fonctionnement d'un organisme à la perfection, l'éclaira Kayeff. Et qui maîtrise les rouages d'un corps, sait où disposer le minuscule grain de sable susceptible d'enrayer toute la mécanique.

Drago jeta sur lui un regard incrédule. Puis, l'espace d'un instant, la peur se manifesta sur son visage ravagé.

— Un sort de guérison… et de torture… comme *elle*…

De qui parle-t-il ? Mon sort est unique ! Peu importe ! Le moment est venu d'enfoncer le clou et d'obtenir les réponses à mes questions.

— Imagine un Nôstre capable de modifier un organisme à distance sans que personne en ait conscience. Imagine les possibilités qui s'offrent à lui en matière de meurtre. Pas de traces. Pas de suspects. Simplement un cadavre gisant par terre. Maintenant, dans un tout autre registre, imagine le degré de souffrance que l'on peut infliger si l'on connaît les jonctions nerveuses qui déclenchent une agonie de douleur lorsqu'on les tord.

— Tu ne *lui* arrives pas… à la cheville ! cracha alors Drago, au comble de la fureur.

Sans crier gare, tel un reptile prenant appui sur sa queue, l'assassin se propulsa sur Kayeff à l'aide de sa jambe valide. En parallèle, il érigea une lame luminescente dans chaque main. Surpris par la vitesse d'attaque de son adversaire, Kayeff généra en catastrophe une barrière de protection. En vain : les lames passèrent au travers du bouclier. *Nom d'une couille de pacifiste !* Par chance, à cause du temps de pénétration, quelques dixièmes de seconde, Kayeff eut l'opportunité de se mettre de profil. La première lame lui brûla la peau du dos au niveau des omoplates et la deuxième emporta avec elle un bout de son nez.

Durant un instant, comme si le temps s'était figé, le vrombissement résonna à ses oreilles avec une insistance meurtrière et les avertissements d'Érèbe lui revinrent à l'esprit. *Je me suis montré arrogant.* Et la colère mêlée à la peur s'empara de lui à nouveau. Elle balaya toute la curiosité résiduelle qu'il éprouvait à l'égard du Dragon. L'homme était un assassin sans scrupule qui profitait de la moindre ouverture pour frapper et tuer. *Comment ai-je pu être aussi naïf ? Peut-être a-t-il même participé au massacre de l'OPP. Il ne mérite aucune pitié !*

Avant que Drago, en équilibre sur sa jambe valide, ne réajuste ses armes pour le trancher en deux ou trois morceaux, Kayeff lui pulvérisa les poignets. Il ne s'attaqua pas simplement aux os : il détruisit les tendons, sectionna les muscles, mutila la chair et rompit les nerfs. Il laissa cependant la peau intacte, de sorte que les mains de son adversaire tombèrent à la perpendiculaire de leur bras, comme des poids morts. Le

Dragon hurla et ses lames luminescentes disparurent.

— Tu devrais te tenir tranquille, maintenant, déclara Kayeff. Fini les mauvaises surprises.

Il effaça sa barrière, puis donna un coup de pied dans l'estomac de Drago. Une gerbe de sang jaillit de la bouche du tueur.

— Celui-ci, c'était pour Arizz.

Il le frappa maintes fois, scandant à chaque coup le nom d'un de ses amis morts durant l'attaque de l'OPP. À mesure qu'il brutalisait son adversaire, une rage disproportionnée s'empara de lui. En position fœtale, Drago gémissait ou hurlait. Grâce à son sort, Kayeff évaluait les dégâts qu'il infligeait. Les hémorragies internes. Les lésions à l'estomac. Au foie. À un rein. Au pancréas. Finalement, le corps du tueur relâcha une substance chimique qui le plongea dans l'inconscience.

Kayeff s'arrêta, la respiration saccadée. Durant une seconde, son éducation de pacifiste reprit le dessus, et il observa avec horreur le résultat de sa colère. L'organisme violenté qui gisait à ses pieds lui donna la nausée. *Que suis-je en train de devenir ?*

Une gerbe de vomi jaillit de ses lèvres. Un instant plus tard, agenouillé sur le sol, Kayeff essaya de calmer le rythme de sa respiration. Dans un état second, il mémorisa la forme de chacun des brins d'herbe qui se dressaient sous lui. Il remarqua même une araignée et plusieurs fourmis, qui s'affairaient à leur vie quotidienne, inconscientes de l'épisode brutal qui venait de se jouer à deux pas d'elles.

Petit à petit, Kayeff se calma. Quand il se sentit à nouveau en pleine possession de ses capacités, il se releva. Le goût de vomissure présent dans sa bouche l'écœura. La sensation lui parut intolérable. Il n'eut alors plus qu'une idée en tête : laver ses papilles. Il se dirigea vers le fumoir et l'ouvrit. *Ce n'est pas encore prêt, mais peu importe*. Il pouvait guérir d'une intoxication alimentaire ou tuer un parasite au besoin. La texture caoutchouteuse du sanglier était difficile à mâcher. En revanche, les saveurs de la viande lui permirent d'effacer la souillure de la bile sur son palais.

Il revint ensuite près de Drago, toujours évanoui. J*e dois l'interroger pour en apprendre davantage sur le plan des Sages concernant Nahala.* Durant plusieurs minutes, il réfléchit au meilleur moyen d'obtenir des informations. Il considéra le chantage. Une réponse en échange d'un organe guéri. Cependant, il écarta cette option. Drago restait dangereux ; s'il le soignait, même en partie, l'homme pourrait utiliser un sort inattendu et provoquer de gros dégâts. Certes, Kayeff avait commis de nombreuses erreurs stupides durant ce combat, mais il avait retenu la leçon. En plus du risque encouru, l'assassin pouvait lui mentir pour l'attirer dans un piège. *La torture sera plus efficace.* À cette pensée, il sentit la nausée le gagner de nouveau. *Ça suffit*, s'admonesta-t-il. *C'est la guerre. Endurcis-toi un peu ou tu vas donner raison à Érèbe !*

Il érigea une croix magique, dont le halo parvenait à éclairer les alentours même en plein jour. Il hissa le corps de l'homme sans connaissance et le crucifia. Comme ses mains se résumaient à des extrémités mortes, il planta d'épaisses échardes luminescentes au niveau des coudes. Une fois qu'il eut fini, du sang s'écoulait des bras et des chevilles de Drago. Kayeff utilisa son sort, explora l'organisme de son adversaire et le vida des substances chimiques responsables de son inconscience. Le tueur s'éveilla aussitôt, une grimace de douleur vissée sur le visage.

— Quelles sont vos intentions à propos de Nahala ?

Les dents serrées, l'homme conserva le silence. Sa peau paraissait plus pourpre que de coutume tandis qu'une fine pellicule de sueur maculait son front et qu'une odeur âcre émanait de lui. Plusieurs rides de souffrance le défiguraient. À l'aide de ses bras et de ses jambes, l'assassin tenta à plusieurs reprises de se soulever pour faciliter sa respiration, mais les clous magiques avec lesquels Kayeff l'avait immobilisé lui entamèrent les chairs et les os. Il gémit puis retomba à chaque fois.

— Malgré ton tatouage, je te surpasse sur tous les plans, lui signala Kayeff. En dépit de tes crimes, je suis prêt à abréger tes souffrances rapidement. En échange, tu me dis ce que je veux savoir.

La bouche mutilée de l'assassin se tordit, puis forma un rictus.

— Pourquoi les sages ont-ils lancé *Cela* contre la Terre ? Pourquoi n'attaquez-vous pas Nahala ?

Drago toussa, puis se convulsa de tout son long. Un filet de sang coula de ses lèvres.

— Mort… bientôt… siffla-t-il avec une élocution encore plus pénible qu'à l'accoutumée. Plus vite… plus lentement… ça… ne change rien…

Kayeff hésita à utiliser son sort pour réparer certaines de ses lésions afin de prolonger la discussion. Il pouvait perpétuer la torture pendant des décennies en cas de besoin. Cette manière de procéder lui parut cependant amorale. *J'ai renoncé au pacifisme de l'OPP, mais je suis différent des sages*, décida-t-il. *Je ne franchirais pas certaines extrémités... Je ne suis pas devenu le dragon que je combats.*

— Pourquoi œuvres-tu pour les sages ?

Un nouveau toussotement propulsa du sang alentour.

— Travaille pas… pour eux… juste… collaboration… Mission… pour *elle*.

Kayeff le regarda, perplexe. L'assassin ajouta avec une difficulté croissante :

— Tu crois… être un… dur ? Chiot arrogant… *Elle* te… pulvérisera… comme moi… autrefois… Tu agis… pour… le… mauvais… joueur…

Son menton chuta sur sa poitrine. Kayeff n'eut besoin d'aucun sort pour connaître son état. Il avait perdu l'étincelle qui animait tout être vivant. *Elle ? Et qu'entendait-il par « mauvais joueur » ? Érèbe comprendra peut-être ces inepties...*

Kayeff observa le cadavre crucifié pendant très longtemps. *Ai-je vraiment commis un tel acte ?* se demanda-t-il. *Il le méritait !* décida-t-il en éprouvant l'étrange besoin de se justifier. *C'était un criminel. J'ai simplement abattu la justice des Nôstres sur lui. Je suis du bon côté.* Les avertissements de son père adoptif lui revinrent en tête. *Vais-je rêver de Drago dans les années à venir ? De son corps mutilé ?*

Par acquit de conscience, il effaça sa croix. D'un geste sec, il décapita l'assassin, incendia Drago, puis incinéra toute trace de sa victime dans le campement. Kayeff passa de longues minutes à regarder les flammes magiques dévorer la dépouille du tueur.

— Je pensais que j'aurais eu à intervenir, déclara Érèbe d'une voix mal à l'aise. Tu t'en es mieux sorti que je ne l'imaginais.

Kayeff sursauta. Il scruta les alentours avant de découvrir une masse sombre qui flottait juste derrière lui.

— Que fais-tu ici ? Tu devais protéger les Humains.

Un corps à la physionomie incertaine se précisa.

— Je t'observais et je me préparais à te secourir en cas de besoin.

Un visage parcouru par la fureur s'esquissa ensuite sur un cou mince comme une aiguille.

— Même si je désapprouve tout ce que tu fais en ce moment, ajouta son père adoptif, je ne te laisserais pas mourir d'une manière aussi sordide.

— Pourquoi m'observais-tu ? Tu choisis toujours chacun de tes mots avec soin. Tu n'étais donc pas seulement ici pour m'aider si Drago prenait le dessus.

Érèbe s'approcha du corps de l'assassin, que les flammes dévoraient en dégageant une odeur nauséabonde. Kayeff devina que de fortes émotions animaient son père adoptif.

— Nous espérions que tu échouerais à cette épreuve, annonça Érèbe d'une voix écœurée. Bafane souhaitait tout simplement te protéger.

Quant à moi, je voulais t'éviter les souffrances qui t'attendent.

Érèbe se retourna, et Kayeff repéra des larmes sur le visage gravé dans les ombres. Son cœur se serra. Un souvenir d'enfance lui revint alors. Durant sa première nuit au manoir, il avait dormi sous son lit tant Érèbe l'effrayait. Il savait à présent que sa terreur nocturne était justifiée. Son père adoptif se révélait bien plus affûté qu'une lame luminescente. Il pouvait frapper et tuer tout ce qui l'entourait avec une facilité déconcertante. Seulement, à l'instar de beaucoup d'armes approchant la perfection, il ne servait plus beaucoup désormais. Madelin l'avait inséré dans un solide fourreau, puis il l'avait entreposé à la vue de tous, comme le tableau d'un grand maître. Érèbe avait cessé d'ôter la vie, devenant aussi inutile et vaniteux qu'un ornement ou un bijou.

— Vous estimez donc que je suis prêt ?

Érèbe acquiesça avec gravité. Une immense satisfaction s'empara de Kayeff. Tous ces mois d'attente et d'entraînement portaient enfin leurs fruits. Il se sentit fier des progrès accomplis.

— Tu savais que c'était un Dragon ?

Érèbe détourna le regard.

— Pourquoi me l'avoir caché ?

— Je craignais que ton admiration pour eux se retourne contre toi.

Ce qui a failli être le cas... Kayeff garda néanmoins pour lui même ce commentaire acerbe.

— Je vois. Pour qui Drago travaillait-il ? Apparemment, il ne suivait pas les ordres des sages, mais ceux d'une femme. Bafane n'a jamais voulu me répondre, mais j'ai conscience que vous en savez davantage que moi à ce sujet.

Érèbe hocha la tête.

— Drago faisait allusion à la guerre qui se déroule en coulisses depuis des millénaires.

Surpris, Kayeff essuya ses mains contre sa robe.

— Quelle guerre ?

— Je collabore depuis très longtemps avec Déia, tout comme Madelin et Bafane. Ce que tu ignores, en revanche, c'est que *Cela* et notre conflit ouvert avec les sages ne sont que la face émergée de l'iceberg. D'autres batailles, toutes aussi importantes, se déroulent un peu partout sur Terre et sur Godéranie.

Érèbe lui parla alors de quatre individus doués de prescience qui se livraient à une partie d'échecs à l'échelle du monde réel. À l'exception de la Déicide, il ne connaissait pas l'identité des joueurs ou leurs intentions. Il croyait seulement en la vision de Déia, qui souhaitait instaurer des sociétés moins violentes et plus justes. Siècle après siècle, les actions brutales des pièces appartenant aux ennemis de Déia avaient convaincu Érèbe du bien-fondé de son allégeance.

Kayeff n'éprouva aucune surprise sur le fait que ses proches aient gardé secrètes des informations aussi importantes. Érèbe en particulier avait tendance à vouloir le protéger. En revanche, l'idée que des individus puissent prédire le futur le déstabilisa. Des frissons d'angoisse glissaient le long de son dos dès qu'il songeait que des Nôstres comme les sages ou Bafane s'avéraient de simples figurines dans un jeu plus vaste.

— Et aujourd'hui, lui annonça alors Érèbe d'une voix triste, tu viens toi-même d'entrer dans la partie. Depuis le début, Bafane et moi, nous essayions de t'éviter ça mais, en nous poussant dans nos derniers retranchements, tu as toi-même scellé ton destin.

Sidéré, Kayeff cessa de respirer. Puis, il se souvint que sans Déia, jamais ses parents ne l'auraient adopté et jamais Madelin ne l'aurait *sacrifié* à la Déesse.

— Déia laisse toujours à ses pièces le choix de s'impliquer ou non dans la partie, continua Érèbe. Jusqu'à hier, tu restais un électron libre. Mais aujourd'hui, tu as franchi le Rubicon, comme disent les Humains.

— Je ne comprends pas de quoi tu parles, s'agaça Kayeff.

— Drago était une tour appartenant à la joueuse responsable de

Cela. Tu as scellé ton destin en le tuant. Te voilà désormais un pion de Déia.

L'annonce d'Érèbe le laissa sans voix. *Comment peut-on participer à une guerre sans même en avoir conscience ? Tout ceci n'a aucun sens !*

— Je ne comprends pas, répéta-t-il.

— Drago travaillait pour la même joueuse que les sages. Donc, si je synthétise la situation, tu viens d'abattre la tour qu'*elle* souhaitait opposer à Castor, Pollux et ta mère. Qui plus est, tu te prépares à saper l'influence des sages, *sa* reine. Tu crois vraiment que tes actions vont passer inaperçues ? *Elle* a un plan te concernant, sois-en assuré !

Agacé par le ton de son père adoptif et confus par la tournure des événements, Kayeff effectua des allées-venues nerveuses.

— Pourquoi m'avez-vous dissimulé toutes ces informations ! s'exclama-t-il après un moment de réflexion. J'aurais mieux compris dans quoi je mettais les pieds !

La tête constituée de pénombre branla avec irritation.

— Quand Déia est venue nous demander de l'aide, juste après *Cela*, nous avons négocié avec elle, révéla Érèbe. Elle ne pouvait nous garantir que tu échapperais à cette guerre, cependant elle nous a donné la marche à suivre pour nous propulser vers les avenirs où tu avais les meilleures probabilités d'éviter ce conflit. Si Drago avait pris le dessus et si j'étais intervenu, tu aurais perdu toute confiance en toi ; tu aurais enfin écouté nos conseils et *elle* aurait cessé de te considérer comme une menace, car j'aurais été celui qui tuait *sa* tour. En taisant la vérité, nous avions une chance de te sauver ; tu n'aurais jamais eu besoin d'en savoir davantage ! À présent, il est trop tard.

Érèbe frappa avec colère le cadavre enflammé de Drago. Fragilisé par le brasier qui le consumait, le corps du meurtrier se disloqua en deux. Déstabilisé par le comportement inhabituel de son père, Kayeff cessa de s'agiter. Pour la première fois de sa vie, il observa le pacifiste disparaître et aperçut l'esquisse d'un autre homme, violent et capable de profaner une dépouille dans le simple but de calmer ses nerfs. Dans le même temps, il prit conscience qu'Érèbe réagissait ainsi à cause de lui. Son père avait même pris la décision de recommencer à tuer par sa faute. Kayeff éprouva de la culpabilité durant un instant. Cependant, l'émotion s'estompa très vite. Il ne pouvait vivre toute son existence sous l'égide de ses parents. De plus, s'il désirait survivre, il devait en apprendre davantage sur ces joueurs et la partie en cours.

— Pourquoi Drago a-t-il dit que j'agissais pour le mauvais joueur ? s'enquit-il. C'est à cause de la destruction de l'OPP et de la blessure de Déia ?

Érèbe sursauta. Il observa avec surprise le corps coupé en deux, comme étonné de sa propre réaction. Puis, il se tourna vers Kayeff avant d'acquiescer.

— Madelin ignorait tout ou presque de la partie en cours. Malgré ses connaissances lacunaires à propos des joueurs, il officiait pour Déia en tant que tour. Après l'annihilation de l'OPP, *elle* a installé les sages au centre du plateau. Or, les sages correspondent à *sa* reine. Ils ont donc un champ d'action bien supérieur à feu Madelin. En outre, les filles aînées de Déia, qu'*elle* a tuées juste avant de faire lancer *Cela*, étaient, elles aussi, des pièces majeures. Pour éviter une défaite totale, Déia a déplacé en catastrophe toutes ses forces ou presque sur Terre, à Nahala, qui est devenue son dernier bastion. Elle essaie d'amener Castor et Pollux, qui forment tous les deux un pion, à une situation similaire à celle de Madelin autrefois, c'est-à-dire les promouvoir en tour. Notre mission, à Bafane et à moi, est de les y aider.

— Tu veux dire que Déia est dans une position désespérée à l'heure actuelle ? demanda Kayeff en se grattant le cuir chevelu.

— Tu manies très bien l'euphémisme, répliqua Érèbe. Déia a subi une défaite écrasante. Cependant, la Déicide nous a tous choisis parce que nous avons des principes, une idéologie. De cette manière, elle sait que nous irons jusqu'au bout de nos missions, peu importe les circonstances, car elles correspondent à ce en quoi nous croyons. Grâce à nous, Déia maintient une certaine emprise sur la partie en cours.

— Pourquoi l'autre joueuse n'achève-t-*elle* pas Déia ? demanda Kayeff.

Érèbe hocha gravement la tête.

— C'est le problème lorsque tu entres en contact avec les joueurs. Tu disposes très rarement d'une vision globale. Par exemple, Déia a encore un pion sur Godéranie. Il se nomme Naguère 1er.

— Le roi du Chitosa Perdu ?

— Lui-même. Cependant, je ne connais pas sa mission. Tout est compartimenté. Pour répondre à ta question précédente, je pense que la situation actuelle sert les intérêts de l'autre joueuse tout autant que ceux de Déia. Pour moi, tout ceci est une affaire de probabilités. Nous ignorons tout des futurs possibles et des éléments qui les déclencheront. À l'heure actuelle, la Déicide et son ennemie placent chacun leurs soldats à des endroits stratégiques. L'issue de cette histoire reposera comme d'habitude sur notre libre arbitre à nous, les pièces et les pions.

Songeur, Kayeff observa ses sandales durant de longs instants. Seuls les craquements des brasiers magiques interrompirent le silence.

— Pourquoi Déia ne vient-elle pas me voir ? Je pourrais la soigner.

— Comme je te l'ai dit, prédire ou comprendre les agissements des joueurs est impossible si tu ignores les futurs ou leurs éléments déclencheurs. À mon avis, pour que ses plans de secours se réalisent, Déia a besoin d'être blessée et alitée quelque part dans la dévastation godéranienne.

— Pour une personne qui affirme ne pas en connaître beaucoup sur cette guerre, tu me sembles très bien informé.

— Je participe à ce conflit depuis un millénaire et demi, répliqua Érèbe. Je sais comment les joueurs pensent. Je suis même capable à présent d'identifier le joueur pour lequel une pièce travaille rien qu'à son comportement. En temps voulu, tu apprendras tout ceci également.

Kayeff s'apprêtait à commenter, à exiger plus d'explications, mais Érèbe l'arrêta d'un geste de la main.

— Je vais demander à l'agence de renseignement de Bafane de te rendre visite dans les semaines à venir. Le messager t'amènera les informations dont tu as besoin pour mener à bien ta vendetta en Husdamore. Ton séjour sur Terre touche à sa fin. Tu es à présent le fer de lance de Déia sur Godéranie, mais je ne t'adresse pas mes félicitations.

La surprise laissa Kayeff sans voix. Jamais il n'avait songé que les événements s'enchaîneraient à cette vitesse.

— Et… les Humains que je protège ? voulut-il savoir. Ils sont encore loin d'être autonomes. Qui plus est, ils refusent d'aller à Nahala.

— Nous trouverons une solution le moment venu, répondit Érèbe. Maintenant, je dois partir. Les Husdamoriens envoyés sur Terre se sont mis en mouvement. Je vais les surveiller pour essayer de comprendre ce qui se trame.

Sur ces mots, la masse sombre se dissipa. Lorsque seuls un tas de cendre et des morceaux d'os carbonisés subsistèrent, Kayeff érigea une plateforme de déplacement rapide avant de monter dessus. La tête du Nôstre pendait au bout de sa main gauche. Justice était rendue. Les Humains devaient en être informés. De cette manière, ils sauraient que les heures des sages étaient comptées.

Chapitre 12 : Le Moine

Des guirlandes multicolores pendaient dans les ruelles étroites et dans les grandes avenues. Centrum débordait en ce jour de marché. Des étalages bourgeonnaient ici et là : légumes, fruits fétides, viandes et poissons recouverts de mouches, plats préparés, bougies parfumées et pots-pourris. Les odeurs agressives de tous ces produits disparates se mélangeaient au point d'écœurer le Moine. Sur leur droite, Alia étudiait avec attention des fleurs proposées par une femme âgée entièrement vêtue de jaune.

— Je devrais pouvoir en faire des pigments rouges, murmura Alia, songeuse.

Griff lui tendit des billets gagnés la semaine dernière en vendant des artefacts magiques sur mesures. Alia s'empara de l'argent puis, avec des gestes emphatiques, elle négocia le prix de la marchandise.

— J'ai horreur de cette situation, s'agaça Griff. Je suis aveugle, maintenant. Comment puis-je surveiller les mouvements des autres joueurs si je suis incapable de voir les futurs ? Autant me condamner à mort tout de suite !

Ce disant, Griff continua d'observer la rue avec une nervosité dont il n'avait jamais fait montre lorsqu'il évoluait dans des branches d'avenirs qu'il maîtrisait. De toute évidence, l'incertitude lui pesait, surtout depuis leur rencontre avec Campbell. Désormais, l'homme se préparait à une attaque en règle. De fait, il déambulait beaucoup moins souvent dans Centrum. Auparavant, Griff effectuait presque tous les soirs des escapades en solitaire dans la ville. Le Moine avait essayé de le suivre à plusieurs reprises, mais le vieux briscard connaissait toutes les techniques de filature. Chaque fois, Griff l'avait semé, disparaissant dans une ruelle qui menait à un cul-de-sac ou au milieu d'une allée passante. Le lendemain matin, le joueur reparaissait, toujours d'excellente humeur, pour entamer les réparations de l'hôtel. Le Moine le soupçonnait de fréquenter les bars de rencontre qui foisonnaient à Centrum.

— Bienvenue dans mon monde, où l'incertitude est la règle et où la moindre erreur signifie la mort, répliqua le Moine.

— Ce n'est pas seulement une question de tranquillité d'esprit. Je dois absolument savoir ce qui est arrivé à Val, Hugo et Lily. Il en va de notre survie à tous. Quant aux futurs, crois-moi, tu ne veux pas d'un avenir qu'*elle* aurait défini.

Toujours vigilant, Griff surveillait les alentours en même temps qu'il discutait. Le Moine remarqua que le regard de son interlocuteur s'attardait parfois sur de jeunes hommes, qu'il suivait sur quelques mètres avant de reprendre sa vigie. De toute évidence, le joueur aimait les corps filiformes avec une certaine prédilection pour les bruns aux yeux verts. *Maintenant, j'ai une idée assez précise de tes goûts*, songea le Moine. *Je serais donc capable de te préparer un petit piège au besoin.*

— Nous avons demandé à Campbell d'enquêter sur la famille de Val. L'alcoolique te donnera les informations dès qu'il aura du nouveau.

— Si nous pouvons avoir confiance en lui… Peut-être est-il en train de me vendre à un autre joueur à l'heure actuelle ?

Le Moine secoua la tête.

— Campbell est arrogant, rustre et son humour douteux en agace plus d'un. Cependant, s'il s'engage dans un marché, il le respecte. C'est son fonds de commerce, après tout, et sans une fiabilité exemplaire, jamais il n'obtiendra l'influence et le pouvoir qu'il recherche depuis sa plus tendre enfance.

Griff haussa les sourcils.

— Ton alter ego le connaissait avant de le *sacrifier* à la Déesse ?

Devant cette question étonnante, le Moine demeura de longues secondes à observer le joueur. Comment cet homme pouvait-il ignorer un sujet aussi important pour sa personnalité d'origine ? N'était-ce pas ce qui fournissait encore à son alter ego la force de vivre ? *Soit son don de prescience est inférieur à celui de ses adversaires ; soit, tous autant qu'ils en sont, ils n'ont qu'une vision très fragmentaire des futurs. Et si tel est le cas, personne ne devrait leur déléguer la moindre décision...* Pour tester les connaissances de Griff, le Moine répondit :

— Ma personnalité d'origine est très liée à la famille de Campbell.

Griff hocha la tête, mais à aucun moment il ne sembla comprendre le sous-entendu. En son for intérieur, le Moine sourit. *Bien, je dispose d'une latitude beaucoup plus grande que je ne l'imaginais*. Satisfait, il décida de réorienter la conversation :

— Tu ne m'as toujours rien dit de Ses plans. Pourquoi a-t-Elle ordonné aux sages de lancer *Cela* ? Comment compte-t-Elle empêcher le Tabula Rasa ? Pourquoi vouloir t'opposer à Elle ? Quels sont tes propres objectifs ?

Griff soupira. Ils avaient cette discussion presque tous les jours, désormais.

— À l'heure actuelle, ma confiance en toi est bien trop limitée pour que je te donne de telles informations. Je t'ai révélé l'existence des joueurs pour te permettre de choisir un camp. Rien d'autre !

— Si j'ignore tout de leurs intentions, comment pourrais-je sélectionner une option en particulier ?

Agacé, Griff roula des yeux.

— Alors, intéresse-toi à *ses* actions. Qui a manigancé l'extermination de toute l'Humanité ou presque ? Quelles branches des futurs voit-*elle* pour continuer à croire qu'*elle* sert le bien commun tout en commettant des crimes pareils ? Souhaiterais-tu vraiment vivre dans les avenirs qu'*elle* prépare ?

— Je suis le Moine. Le Faiseur de carnages. L'éthique ou l'idéologie m'indiffèrent. Peu me chaut qu'Elle ait exterminé des milliards de personnes. Je m'intéresse seulement au résultat de ses actions. Pourquoi a-t-Elle ordonné aux sages d'épargner une partie de l'Humanité ? Je les connais tous les trois, ils ne commettraient jamais une erreur aussi grossière ! Que prépare-t-Elle ? Quelle menace représentes-tu pour qu'Elle prenne le risque de fomenter une guerre contre l'Husdamore, le bastion de Sa pièce maîtresse, rien que pour te tuer ? Sa stratégie permet-elle d'empêcher le Tabula Rasa ? Et surtout, es-tu en mesure de faire mieux qu'Elle ?

Les poings de Griff se serrèrent.

— Donc, si un des joueurs ne passe pas une décennie à te torturer, il perd toute crédibilité à tes yeux ?

Le Moine haussa les épaules.

— Au moins, mon séjour dans Ses geôles m'a enseigné qu'Elle est sérieuse, méticuleuse et déterminée. D'après ce que tu m'as révélé durant nos discussions, tu as toujours pris cette partie en dilettante.

Griff balaya cette réplique d'un revers de main.

— Il est tout simplement impossible d'avoir une conversation sensée avec toi…

Le silence s'abattit sur eux, ponctué par les bruits du marché :

— Cinq kilos de chèvre pour le prix de trois, hurla un vendeur un peu plus loin.

Des clients intéressés s'approchèrent.

— J'ai ce qu'il me faut, annonça Alia en soulevant un sac gonflé de marchandises. Je vais pouvoir enfin achever les trois tableaux que j'ai en cours. Je me demande s'il y a de bonnes galeries dans la région. Je pourrais exposer, essayer de me faire un nom.

Le Moine céda le contrôle du corps à son alter ego, qui prit aussitôt la jeune femme par l'épaule.

— Centrum est trop isolée. En revanche, la capitale du Phrygiana, Babylonnihilo, serait un point de départ intéressant. Le Pharaon est féru d'art. Il encourage les artistes à vivre là-bas. Les peintures d'une Humaine susciteront sans nul doute sa curiosité.

— Quand pourrons-nous y aller ? demanda-t-elle avec excitation.

— Le Phrygiana est un allié traditionnel de l'Husdamore. À mon avis, si nous y passons, ce sera pour mettre la ville à sac.

Un nuage de colère s'empara du visage d'Alia.

— Les Godéraniens et leurs guerres ! s'exclama-t-elle. Si vous vous intéressiez davantage à l'art, vous éprouveriez beaucoup moins le besoin de vous entretuer, croyez-moi !

— Rentrons à l'hôtel, intervint Griff. J'ai horreur de me promener en pleine rue. Je me sens à nu.

— Peut-être aurais-tu préféré rester à l'hôtel ? l'interrogea Alia. Je suis désolée de t'avoir demandé de nous accompagner.

— Ne t'en fais pas, j'ai pris du plaisir à venir ici. Je supporte mal cet enfermement contraint, j'ai l'impression d'être en prison.

Peu importe, où tu te caches, songea l'alter ego, *Elle te trouvera. Alors, autant vivre ta vie comme tu l'entends*. Il garda néanmoins pour lui-même cette remarque, fruit de son expérience personnelle. Certes, les actions du joueur lui semblaient plus nobles que celles de la Déesse ; qui plus est, Griff l'avait toujours bien traité ; et, en d'autres circonstances, entre cet homme ou Godéramée, il l'aurait choisi lui. Cependant, il ne pouvait s'empêcher de considérer le combat de Griff comme une lutte perdue d'avance, nonobstant les touches d'espoir que le joueur lui insufflait parfois. Aussi, l'alter ego conservait ses distances avec lui autant que possible.

La *lumière* se manifesta alors. Surpris, il s'arrêta un instant le temps qu'*elle* matérialise ses volontés sur le plan visuel. À nouveau, la couleur rouge domina l'ensemble. Du sang serait versé. Plus important encore, un nœud coulant orange se forma en *son* centre. Le message s'avérait limpide :

— Si tu prends le parti de Griff, disait-elle, tu retourneras dans les oubliettes de Tortureur.

Outre ses menaces, la *lumière* ordonnait à la personnalité d'origine du Moine d'emprunter un itinéraire alternatif à celui qu'ils avaient prévu. La peur s'insinua dans les entrailles de l'alter ego, et il céda aussitôt le contrôle de leur corps au Moine qui, sans la moindre hésitation, déclara :

— Prenons cette rue. C'est un raccourci.

Griff, qui avait selon toute vraisemblance perçu le changement de personnalité, l'observa un instant d'un air soupçonneux avant de hausser les épaules. La *lumière* approuva chaleureusement la manœuvre. Bien, le piège se refermait une fois de plus sur le joueur. Godéramée serait satisfaite et elle oublierait son échec dans le bar.

Néanmoins, le Moine sentit que son alter ego commençait à éprouver du remords, comme souvent dans de telles situations. Il ne cessa de partager ses insupportables atermoiements : peut-être Griff était-il leur seule chance d'obtenir la liberté ? En le trahissant aujourd'hui, il était possible qu'ils se condamnent tous deux par la même occasion. *Qu'il est pénible !* s'agaça le Moine, qui balaya toutes ces objections d'un revers de main mental : Griff était sans nul doute une épine dans le pied de la Déesse, mais il ne serait jamais rien de plus. Godéramée le massacrerait le moment venu ! Mieux valait se tenir du côté du vainqueur, même si la place occupée se révélait inconfortable. L'alter ego n'insista pas : la pugnacité n'avait jamais été son fort. Après tout, c'était un faible…

Ils marchèrent en silence. Après quelques minutes, la *lumière* lui ordonna d'emmener le groupe à l'écart des quartiers commerçants pour s'enfoncer dans des ruelles moins peuplées. Tout le monde le suivit. Un sourire en coin se dessina cependant sur les lèvres de Griff, et le Moine sut que le Nôstre avait compris ce qui se tramait. Pire encore, le joueur se laissait manipuler. *Il teste ma loyauté ! Cet abruti donne sa chance jusqu'au bout à ma personnalité d'origine.* À cause de la peur et de la honte, l'alter ego s'enfonça un peu plus dans les méandres de leur esprit.

Le Moine détecta alors des mouvements autour d'eux. Neuf individus suspects les cernaient. Quatre d'entre eux avaient pris position à diverses fenêtres. Trois se tenaient derrière eux, empêchant toute retraite, et deux bloquaient le passage au bout de la ruelle. Tous portaient de larges toges rouges qui trahissaient leur appartenance à l'Husdamore. À son tour, Griff les aperçut. Il se retourna et dit au Moine :

— Tu nous as menés jusqu'ici à dessein, et le temps est venu de faire ton choix. *Elle* ou moi ?

Le Moine hésita un instant. Si Griff était aussi dangereux qu'il le subodorait, le joueur se débarrasserait de ces tueurs d'une manière ou d'une autre. Ce faisant, le Moine aurait une idée précise de ses capacités, ce qui lui permettrait de calculer ses chances de victoire en cas d'affrontement. Néanmoins, trahi, Griff risquait de chercher à se venger de lui. *Et s'il utilise des sorts trop puissants pour moi, alors je suis condamné. Mieux vaut procéder avec un minimum de subtilité. Il me teste, soit, faisons-lui goûter à sa propre médecine !*

— Si tu es incapable de te débarrasser de neuf assassins, quelle chance as-tu de L'abattre, Elle ? Prouve-moi que tu as ce qu'il faut pour tuer la Déesse, et alors seulement je réfléchirai au fait de me joindre à ton combat.

Une expression meurtrie passa un instant sur les traits du joueur, très vite remplacée par de la détermination.

— C'est une mise à l'épreuve ou une trahison ?

— Une épreuve.

Loin d'être dupe, Griff serra les poings. Sous l'impulsion plus qu'insistante de son alter ego, le Moine prit la main d'Alia pour l'entraîner vers les Nôstres situés devant eux. Ceux-ci les laissèrent passer. L'un d'eux effectua même un bref signe de tête en direction du Moine, comme s'il travaillait encore pour l'Husdamore. Il emmena Alia jusqu'au bout de la ruelle et se positionna de façon à observer le combat.

— Reste près de moi, ordonna-t-il à la jeune femme. Ton cher et tendre veut que je te protège des attaques perdues.

Elle était furieuse.

— Espèce de sale… Griff se bat pour les Humains… Pour moi…

— Nous essayons tous de survivre, répliqua le Moine. Si ton cher et tendre avait insisté davantage, peut-être aurais-je pris d'autres décisions. Néanmoins, nous savons tous deux quel sort nous attend si nous prenons part à ce combat. Les choix éthiques ou moraux peuvent très aisément se retourner contre toi. L'enfer est pavé de bonnes intentions, comme vous dites. En définitive, seul compte le résultat.

Alia lui prit le menton, et le força à le regarder droit dans les yeux.

— Alors, fais-lui bien comprendre ceci : s'il me trahit de cette manière, je vous égorge tous les deux dans votre sommeil, tu m'entends ?

Le Moine hocha la tête puis, d'un œil attentif, il se remit à observer le champ de bataille. Griff avait enclenché ses items magiques : ses bracelets dégageaient une aura lumineuse ; son pantalon produisait une fumée noire qui masquait ses jambes ; son pendentif lévitait au-dessus de sa poitrine en tirant sur sa chaîne. *Bien, je vais enfin pouvoir évaluer ses capacités.*

— Combat de Nôstres ! hurla une voix en provenance d'un immeuble.

Les badauds encore présents dans la ruelle se hâtèrent dans toutes les directions pour échapper à l'affrontement. Les portes et volets claquèrent un peu partout. Des habitants quittèrent leurs appartements.

— S'il meurt, je ne vous le pardonnerais ni à toi ni à lui ! lança Alia avec gravité.

Malgré les atermoiements de son alter ego, qui souhaitaient à la fois survivre et plaire à Alia, le Moine demeura silencieux. Les Husdamoriens qui se tenaient aux fenêtres grimpèrent sur les toits. *Griff devra faire face à des offensives en provenance de toutes les directions. Il est dans une position défavorable*. Durant de longues secondes, les ennemis se jaugèrent.

— À neuf contre un, vous hésitez ? s'amusa Griff une fois que les

Non-Sacrifiés eurent quitté la zone. Je sais que je suis impressionnant, mais tout de même.

Une attaque de nature électrique fusa dans son dos. La masse de fumée produite par son pantalon s'interposa. Les éclairs rebondirent dessus puis éclatèrent contre les habitations alentour, carbonisant les façades et mettant le feu à de nombreux volets en bois.

L'alter ego exigea alors du Moine qu'il prenne soin de sa compagne, qu'il la rassure. Il ne s'agissait ni de son rôle ni de son *forte*. Les émotions des uns et des autres le laissaient bien souvent perplexe. Cependant, une telle action ne lui coûterait rien, mais apporterait un peu de satisfaction à sa personnalité d'origine. Aussi, à défaut de pouvoir réconforter Alia sur le plan émotionnel, il décida de lui décrypter l'affrontement :

— Les *artisans* comme Griff peuvent être difficiles à abattre. Deviner la fonction des items magiques qu'ils utilisent se révèle impossible la majeure partie du temps. Et leurs fonctions sont toujours tordues ou redoutables. Par exemple, ce médaillon m'intrigue. Lorsque je l'ai vu la première fois, je pensais qu'il avait une vocation défensive, mais je crois maintenant que je me trompais. À mon avis, il s'agit de sa carte maîtresse.

— Ce petit truc serait dangereux ? s'étonna Alia.

Il manqua de temps pour répondre. Telle une fusée, Griff bondit à plusieurs dizaines de mètres d'altitude. Comme une comète, des étincelles bleutées se répandirent dans son sillage. Plus surprenant encore, l'homme resta en lévitation sans utiliser la moindre plateforme de déplacement rapide. Le Moine fronça les sourcils. *Serait-il un adepte du combat aérien ? C'est plutôt rare.* Des boules de magie multicolores fondirent sur le joueur, qui les esquiva en s'élevant un peu plus haut dans les cieux.

— Ses adversaires ignorent comment le mettre en difficulté, analysa le Moine. Le dispositif de protection de Griff est solide, sa vitesse d'exécution supérieure à la moyenne et sa capacité à voler dépasse de loin une plateforme de déplacement rapide. Ils vont devoir faire appel à leur Art.

— Leur Art ?

— De manière générale, les Nôstres maîtrisent un socle commun de sorts que nous employons dans des affrontements simples, afin de conserver secrètes nos compétences réelles.

Tandis que le Moine parlait, Griff joignit ses poignets. Un instant plus tard, ses bracelets générèrent une aura de lumière ambrée.

— Physiquement, à cause des risques de cancer magique, un Nôstre ne peut combiner qu'un certain nombre de sorts compatibles les uns avec les autres, continua le Moine. On appelle Art, l'ensemble des sorts qu'un Nôstre maîtrise. Quand l'un de nous y recourt, il trahit certaines faiblesses. Par exemple, si un Nôstre a misé sur le renforcement de son corps, il a de grandes chances d'être plus lent que la moyenne.

— Manœuvre d'esquive 4.1 ! hurla un Husdamorien.

Griff pilonna ses adversaires avec une grêle de projectiles qui atteignirent les immeubles alentour. Ces derniers tremblèrent de tout leur long tandis que des lézardes naquirent sur les façades touchées et que des morceaux de béton se détachèrent. Alia grimaça à cause des déflagrations en cascade.

Les Husdamoriens réagirent à l'unisson. Ils s'éparpillèrent selon une configuration répétée à l'avance. Cinq d'entre eux engendrèrent des plateformes de déplacement rapide pour se positionner autour de Griff. Les quatre restants demeurèrent à terre, mais s'écartèrent de la zone de tir. Chacun de leur côté, ils tracèrent des marques orange sur le sol.

— Ils essaient de paralyser Griff grâce à un faisceau lumineux, expliqua le Moine. Godéramée leur a sans nul doute fourni des informations sur l'Art de Griff.

Sur les pavés inégaux de la ruelle, les marques orange se joignirent les unes aux autres, afin de former un long motif, qui cracha sans crier gare un large rayon sur le joueur. Au lieu de fuir, Griff demeura statique. Le nuage sombre généré par son pantalon intercepta l'attaque avant de la redistribuer sur ses adversaires positionnés dans les airs. Aucun des cinq assassins ne parvint à esquiver, et ils furent tous pétrifiés en un instant.

— Arrêtez tout, hurla un Husdamorien au sol.

Cependant, ils réagirent trop tard. Griff utilisa l'aura ambrée de ses bracelets pour massacrer ses ennemis immobilisés dans les airs. Comme des shrapnells, des billes lumineuses jaillirent du joueur avant de déchiqueter ses opposants. Des morceaux cristallins de plateformes churent un peu partout accompagnés par une pluie de sang où se mêlaient des bouts de cadavres.

Le Moine secoua la tête.

— Mauvaise stratégie, commenta-t-il. À leur place, j'aurais opté pour le corps à corps. Son système de protection m'a l'air infaillible contre les attaques à distance.

Livide, Alia demeura muette, le regard bloqué sur un fragment de bras où saillait un os sanguinolent.

— Tu n'es pas obligée d'assister à l'affrontement, remarqua le Moine.

— Bien sûr que si ! répliqua-t-elle, les yeux larmoyants. C'est le monde où je vis, maintenant. Je dois pouvoir y faire face, même si c'est difficile.

Comme pour prouver ses dires, elle reporta son attention sur le combat. Griff avait quitté ses positions aériennes pour atterrir au centre de l'allée. Les Husdamoriens l'entouraient mais, de toute évidence, l'assassinat en un instant de la moitié de leur unité les avait démoralisés.

— Et Griff ? questionna-t-elle. Quel est le point faible de son Art ?

Le Moine grimaça.

— Je l'ignore. C'est pour cette raison que les *artisans* sont si redoutables. Comme ils utilisent en premier lieu leurs artefacts, il est très difficile de connaître la nature de leur Art.

— Tu recours à des items magiques, toi aussi ?

— Certains *guerriers* demandent à des *artisans* de leur fabriquer des armes sur mesures. Personnellement, je préfère compter sur mes propres forces. J'ai toujours considéré qu'il était dangereux de se reposer sur des artefacts conçus par autrui.

L'un des Husdamoriens joignit ses deux poings avant de les plonger dans le sol, comme si ce dernier était dénué de consistance. Une onde de choc se répandit dans toute la ruelle, pulvérisant les immeubles alentour. Aussitôt, des débris volèrent dans toutes les directions. *Par la Déesse !* Le Moine engendra en catastrophe un dôme autour d'Alia et lui. *Juste à temps !* Des morceaux de bâtiment se fracassèrent une seconde plus tard contre son bouclier. Dans le même temps, accompagnée d'un vacarme assourdissant, une vague de poussière envahit le champ de bataille. Puis, le Moine vit des lueurs multicolores déchirer la fumée environnante. Un instant après, un projectile verdâtre éclata contre leur barrière de protection, laissant une marque noire sur la surface bleutée.

— Les sorts rares entrent en jeu, annonça le Moine.

Un geyser de magma creva le sol à un mètre d'eux. Alia sursauta et, malgré son aversion pour lui, elle se colla contre le Moine, tremblante de peur.

— Je ne comprends pas ton jargon, lui reprocha-t-elle.

— Pour éviter d'attraper un cancer magique ou de mourir en testant un rituel, certains Nôstres suivent des schémas tracés par d'autres. Leur Art est dit « classique », dans la mesure où tout un chacun pourrait prédire l'ensemble des sorts qu'ils emploient. *A contrario*, il y a des Nôstres qui inventent leurs propres sorts, que l'on qualifie alors de « rares », car ils sont uniques ou presque.

De nouvelles explosions résonnèrent. Alia sursauta à chacune d'elles.

— Continue de parler, murmura-t-elle.

Cependant, un silence pesant s'abattit sur le champ de bataille, et le

Moine décida de se taire pour mieux observer les mouvements des uns et des autres.

Le nuage de poussière retomba peu à peu, révélant l'étendue des dégâts : des dizaines de bâtiments effondrés ; des incendies ; des morceaux de meubles éparpillés ici et là ; pareilles à des termitières, de petites colonnes de magma séché et fumant s'élevaient un peu partout, comme si un sort les avait refroidies en une seconde ; et le clou du spectacle : un cratère de plusieurs mètres de profondeur creusait le sol dans ce qui avait été le cœur de l'affrontement.

— Approchons-nous, dit-il à Alia.

— Tu es sûr ? demanda-t-elle.

— Le combat est déjà fini, répliqua-t-il.

Avec précaution, ils avancèrent. Quelques mètres plus loin, ils découvrirent le cadavre d'un Husdamorien, décapité. Un feu verdâtre dévorait sa toge rouge. Quant à sa peau calcinée, elle générait une odeur de viande grillée. La jeune femme détourna aussitôt le regard. Cependant, un moment plus tard, elle reposa les yeux sur le mort.

— Ce monde est vraiment violent, murmura-t-elle.

— Les combats urbains comme celui-ci sont rares, répondit le Moine. Et puis, nous sommes en temps de guerre. Normalement, les affrontements se déroulent à l'extérieur, dans des endroits plus isolés. De cette manière, les Nôstres évitent les dégâts collatéraux, en particulier les décès de Non-Sacrifiés.

Ils parvinrent au bord du cratère où trois statues de marbre à l'effigie des Husdamoriens se trouvaient à quelques mètres l'une de l'autre. *Que s'est-il passé ?* Les yeux du Moine se posèrent alors au centre de la dépression occupée par Griff. Le joueur se tenait le flanc droit tandis qu'une large tache de sang s'épanouissait sur sa chemise blanche. De multiples coupures lui parsemaient le visage. En lambeaux, son pantalon ne produisait plus aucune fumée obscure et l'un de ses bracelets gisait à terre, brisé en plusieurs morceaux. *Il est diminué, mais tout juste*, évalua le Moine. *Impressionnant*. Sans crier gare, Alia se précipita vers Griff.

— Ça va ? lui demanda-t-elle en l'épaulant.

— J'ai connu pire, répondit-il.

— Elle testait seulement tes capacités, intervint le Moine. Et tu Lui as prouvé à quel point tu étais faible.

Griff conserva le silence, mais une expression de pure furie s'afficha sur son visage. Le Moine montra les statues du doigt.

— Je n'ai jamais vu un tel sort, avoua-t-il.

Griff souleva son pendentif.

— Je suis à l'origine du mythe grec de la Méduse ! rétorqua sèchement le joueur. Je ne pouvais pas m'en servir lorsque la visibilité était parfaite, car je vous aurais tués tous les deux, mais je suis en train de me dire que j'ai peut-être eu tort.

— Allons-nous-en, répliqua le Moine, les forces de l'ordre ne devraient plus tarder, puisque le combat est fini.

Néanmoins, sur tout le chemin du retour, il surveilla du coin de l'œil le moindre mouvement de Griff. La suite des événements s'annonçait compliquée…

Une fois lavé, pansé et changé, Griff fit irruption dans la chambre avec, entre les mains, deux figurines d'un jeu d'échecs, des reines, qu'il brandissait en direction du Moine.

— Donne-moi une seule bonne raison ! exigea Griff.

Avec un calme glacial, le Moine observa les dames, se demandant quels dégâts elles provoqueraient si Griff les activait. Sous l'impulsion de son alter ego, il désigna Alia qui, sous le choc, avait sombré dans le sommeil dès leur retour ou presque.

— Sortons ! répliqua-t-il. Elle a besoin de repos, elle n'est pas encore habituée à la violence de ce monde.

— Très bien, répondit Griff d'une voix froide.

Ils descendirent l'escalier de la pension. Le Moine savait que le joueur passerait à l'offensive à la moindre incartade de sa part. Pourtant, il mena la marche, le dos exposé, certain que Griff attendrait avant de l'attaquer. En chemin, le Moine se tourna vers lui à plusieurs reprises pour voir comment il réagissait à sa provocation. À aucun moment, l'homme ne relâcha sa vigilance. La mâchoire serrée, Griff tenait un artefact dans chacun de ses poings.

Quand ils ouvrirent la porte de leur hôtel et qu'ils émergèrent dans la ruelle boueuse, une odeur d'urine assaillit les narines du Moine.

— Ce sera suffisant, déclara-t-il une fois à l'extérieur.

Aussitôt, Griff se positionna face à lui avec, sur le visage, une expression de fureur à peine contenue.

— Tu me fais sortir des futurs connus, où il me restait encore une chance de *la* vaincre, tu refuses de m'aider à deux reprises alors que mon existence est menacée…

Tandis que l'homme parlait et accumulait les reproches, le Moine analysa sa gestuelle pour essayer d'évaluer le danger qu'il représentait. Le joueur se tenait droit. À aucun moment, il ne parut douter de sa victoire en cas d'affrontement. *C'est mauvais signe !*

— Pour moi, malgré toutes les chances que je t'ai accordées, tu as décidé de travailler pour *elle*, conclut Griff d'une voix furieuse. En d'autres termes, tu es mon ennemi. Alors pourquoi devrais-je te laisser en vie ?

Les dames luirent d'une couleur ocre.

— Qu'espérais-tu ? répondit le Moine. Dix années de torture en continu. Personne ne sort indemne d'une telle épreuve. Pour que je La trahisse, il me faudrait de solides garanties ou alors que je sois acculé. Tu es hors du commun, je le reconnais, mais tu n'as aucune chance contre Elle. Parviendrais-tu seulement à m'arrêter si je décidais de te tuer, ici et maintenant ? J'en doute…

Devant ce bluff, les yeux du joueur s'étrécirent.

— C'est tout ce que tu souhaites dire pour ta défense ? fulmina

Griff.

Le Moine observa les figurines, qui scintillaient un peu plus chaque seconde. Avec la capacité du joueur à percevoir les destins, il savait que l'homme avait entrevu au moins un futur où ils s'affrontaient, même si les contextes différaient. *Il connaît une partie de mon Art. Ses dames sont conçues pour me combattre moi, spécifiquement. Je peux toujours employer mes sorts les moins probables, mais selon toutes vraisemblances, j'ai déjà eu ce raisonnement dans les avenirs dont il a rêvé. Néanmoins, j'ai la possibilité de le surprendre en exploitant les zones d'ombre que j'ai repérées dans ses visions des futurs. Malheureusement, il manquait de temps pour* découvrir ces faiblesses.

Optant pour la simplicité, qui dans des circonstances complexes comme celle-ci s'avérait bien souvent le comble du raffinement, le Moine serra les poings dans le but de déverser sur le joueur une vague de magie pure. *Attends !* intervint alors son alter ego. *Laisse-moi prendre le contrôle du corps*. Surpris, le Moine s'arrêta ; d'ordinaire, sa personnalité d'origine fuyait ce type de situation stressante. *Nous n'avons pas besoin de le combattre*, insista l'alter ego. Le Moine ne détecta chez lui aucun doute. Qui plus est, il se sentit curieux de voir quelle tactique emploierait cet incapable pour régler ce problème. *Et puis*, rationalisa-t-il, *je pourrais toujours intervenir si les événements dégénérent une fois de plus*. Aussi, il accéda à la demande.

À l'instant même où la personnalité d'origine revint aux commandes, le corps de Griff se détendit un peu.

— Depuis notre rencontre, remarqua-t-il d'une voix adoucie, c'est la première fois que tu apparais devant moi pour me parler, Krus…

— Cet homme est mort il y a longtemps ! explosa l'alter ego. N'essaie plus jamais d'utiliser ce nom, tu m'entends !

Devant cet éclat, Griff sursauta, puis l'observa avec pitié.

— Je suis désolé qu'*elle* t'ait détruit à ce point. Tu méritais mieux. J'ai fait tout ce que je pouvais, tu sais.

L'alter ego fronça les sourcils. Comment Griff pouvait-il se sentir coupable des actions de la Déesse ? Elle avait missionné Drago pour tuer son épouse et enlevé sa fille. Elle avait ordonné à Tortureur de laisser cours à ses plus bas instincts pendant près de dix ans. Griff était étranger à toute cette affaire, n'est-ce pas ?

Les yeux étrécis, il scruta le joueur avec intensité, et leurs regards se verrouillèrent l'un sur l'autre. Dans les pupilles de l'homme, l'alter ego surprit à nouveau l'étonnante langueur repérée lorsque Griff avait fait irruption dans la chambre qu'il partageait avec Alia. Et tous les éléments s'imbriquèrent dans sa tête pour former une image limpide de la situation.

— Dans les passés, tu m'as rencontré bien avant cette année, n'est-ce pas ?

Contre toute attente, Griff baissa les yeux.

— Si j'avais suivi mes visions et mes envies personnelles, je t'aurais accueilli à ton arrivée sur Terre, juste après ta consécration en tant que Dragon. En ma compagnie, jamais *elle* ne t'aurait capturé, jamais elle n'aurait implanté cet item magique dans ton crâne et jamais elle ne t'aurait torturé.

L'alter ego serra les poings.

— Dans ces conditions, pourquoi est-ce que tu ne m'es jamais venu à ma rencontre sur Terre à cette époque ?

Les bras de Griff tombèrent le long de son corps. Quant aux reines, elles cessèrent d'émettre une lueur menaçante.

— Si j'avais cherché à te voir, alors elle t'aurait tué cinq siècles plus tard, et jamais je n'aurais supporté ta mort.

— Pourquoi ? Je n'aurais été qu'une simple pièce pour toi. N'étais-tu pas sur le point de m'attaquer il y a deux minutes ?

Griff secoua la tête.

— Nous avons… Non… Nous aurions vécu une histoire d'amour épique. Quelque chose d'unique. Contrairement à notre réalité actuelle, où il n'y a que trahison et duplicité.

Une histoire d'amour ? Avec Griff ? Perturbé, l'alter ego baissa sa garde un instant. D'aussi loin qu'il se souvienne, jamais il n'avait éprouvé la moindre attirance pour des hommes. Puis, il se remémora sa fuite désespérée sur Terre, sa peur à l'idée de rencontrer un Nôstre, sa solitude, sa vulnérabilité et sa nostalgie de la Godéranie. Peut-être se serait-il laissé tenter ? Ou bien s'était-il agi d'une autre version de lui-même, quelqu'un avec un passé et des penchants légèrement différents ? Après tout, les visions de Griff s'avéraient toutes lacunaires.

Qu'est-ce que l'on s'en fout si tu préfères les chattes ou les queues ! intervint le Moine dans sa tête. *Concentre-toi sur l'essentiel : il a utilisé le présent pour discuter d'une situation qui aurait pu se produire voici deux millénaires et demi. Pourquoi, à ton avis ?*

La remarque judicieuse de son double ramena l'alter ego à la réalité. Car, à cet instant précis, il eut une aperçue de ce que ce don de prescience signifiait pour ceux qui l'employaient. Griff ne se contentait pas d'entrevoir des futurs probables, il les vivait ! Pour lui, une histoire d'amour hypothétique était aussi concrète que la relation de défiance qu'ils entretenaient à l'heure actuelle. Combien de fois le joueur avait-il expérimenté la mort de ses proches ? Des dizaines ? Des centaines ? Davantage ? Quid de son propre trépas ? Comment l'homme parvenait-il à ne pas confondre les réalités entre elles ? Malgré lui, il se mit à éprouver de la pitié pour Griff.

Après des millénaires de ce régime, c'est un miracle qu'il ait encore toute sa tête ! conclut l'alter ego.

— Si tu me connais de longue date, pourquoi le jour de notre rencontre t'es-tu conduit comme avec un étranger ?

— Il y avait des étapes à respecter, avoua Griff. Sinon, les futurs auraient été perturbés. Et puis, comment aurais-tu réagi si je m'étais comporté avec toi comme avec le compagnon avec qui j'ai tout vécu pendant près de cinq siècles ?

— Très mal, selon toute vraisemblance, admit l'alter ego.

— Ne laisse pas le Moine reprendre le contrôle de ton corps, implora Griff. Ni Alia ni moi ne l'apprécions. Qui plus est, c'est de toi que j'ai besoin pour abattre les sages. S'il revient, alors tu joues *sa* partie à *elle*.

L'alter ego fronça les sourcils.

— Je pensais que tu souhaitais utiliser le Moine pour détruire l'Husdamore ?

— Je veux exploiter son image, mais tu feras bien mieux l'affaire que lui, crois-moi. Si tu le laisses aux commandes, *elle* se servira de lui pour me tuer, et tu perdras à jamais l'occasion d'être libre.

— C'est une plaisanterie ?

L'alter ego réprima avec difficulté son envie de fracasser à coups de poing le crâne de Griff. Après une longue inspiration, il décida de se venger en retournant contre le joueur son don de prescience. Ce pouvoir engendrait d'inévitables confusions. Alors, autant s'en servir contre son possesseur. Évaluer les faiblesses de l'ennemi pour les exploiter. Le Moine lui avait au moins enseigné ça !

Comme si tous les deux évoluaient dans la réalité où Griff et lui étaient devenus amants, l'alter ego s'avança si près du joueur qu'il brisa la distance qui se formait naturellement entre des inconnus. L'odeur de savon et d'antiseptique de Griff lui emplit les narines. Quand l'alter ego approcha les lèvres de l'oreille du joueur, la respiration de celui-ci s'accéléra. La personnalité d'origine du Moine vit la chair de poule hérisser les poils de sa nuque. En son for intérieur, il sourit. *Mon plan fonctionne. Griff ne peut s'empêcher de superposer les branches des passés. Qu'est-ce qu'il croit ? Que je vais l'embrasser dans le cou ?*

L'espace d'un instant, l'homme lui parut si vulnérable… si en confiance… L'alter ego songea à générer une lame luminescente pour la plonger dans son corps. Dans son état de confusion actuel, Griff n'essaierait même pas de se défendre. *La Déesse me récompenserait sans l'ombre d'un doute*, évalua l'alter ego. Puis, il imagina Alia en train de le poignarder et, malgré les encouragements du Moine à en finir une bonne fois pour toutes avec le joueur, cette vision le dissuada de recourir à une telle trahison. Certaines confiances méritaient de ne jamais être ainsi bafouées. Qui plus est, jamais Godéramée ne lui avait demandé de tuer Son ennemi juré. Certes, l'alter ego était Son esclave, mais jamais il ne prenait la moindre initiative pour Elle lorsqu'il se trouvait aux commandes, et ce en dépit de la peur qu'Elle lui inspirait. Il lui restait au moins cette fierté ! L'alter ego continua donc avec son plan d'origine. Sans même chercher à dissimuler son fiel, il murmura :

— Le Moine a violé des hommes, des femmes, des enfants et des cadavres. Il a torturé, mutilé et massacré tellement de monde que personne n'a le courage de lui imputer un compte exact de victimes. Il n'éprouve aucun remords. Il est l'une des pires saloperies que la Godéranie ait jamais engendrées. Et tu oses affirmer que je pourrais le remplacer ! Pour quel monstre me prends-tu ?

À ces mots, Griff sursauta, comme s'il prenait enfin conscience des différences entre les deux réalités. D'un geste vif, le joueur s'écarta d'un bon mètre. L'alter ego en profita pour continuer :

— Contrairement à toi, Godéramée est honnête : certes, Elle emploie la brutalité la plus crasse, mais Elle n'a jamais eu l'hypocrisie de se dissimuler derrière le bien commun pour me contraindre à agir. Elle exige simplement mon obéissance aveugle, alors que toi, tu veux me posséder corps et âme ! Comment oses-tu te positionner en tant que victime ? Tu es pire qu'Elle !

L'alter ego cracha son mépris et sa colère aux pieds de Griff, qui l'observait la bouche ouverte.

— Quoi ? s'emporta l'alter ego. Tu t'attendais à une embrassade amicale ? Un baiser ? Davantage encore ? Reviens dans cette réalité-ci, mon vieux ! Il est hors de question que j'empêche le Moine de reprendre possession de ce corps. Ce que tu me demandes est tout simplement impossible. Je deviendrais fou !

Griff ouvrit la bouche mais, d'un geste, l'alter ego l'enjoignit au silence.

— À mon tour de te donner un ultimatum. Il est temps pour toi de faire un choix. Tu es hors des futurs que tu perçois. Tu es aveugle et tu as besoin du Moine pour nouer des alliances géopolitiques. Si nous nous affrontons aujourd'hui, l'un de nous deux mourra, et Elle aura gagné. Si nous concluons une trêve, tu conserves toujours la possibilité de me manipuler, et donc d'influer sur la marche des avenirs. Alors, pour quelle solution optes-tu ? La fin ou l'espoir ?

Griff soupira, puis il rangea les deux artefacts dans ses poches.

— Je choisis la trêve, répliqua-t-il les poings serrés.

Chapitre 13 : Gavannha

Après une journée à essayer en vain de gagner la confiance de Klan et Di, Gavannha décida de contacter Jaméo.

— Attendez-moi dans la tente, imposa-t-il à ses nouveaux protégés dès que la nuit eut étendu son voile confortable autour d'eux. Vous y serez en sécurité.

Klan accueillit cet ordre en croisant les bras tandis que Di acquiesça avec une certaine gravité. Songeur, Gavannha les observa tous deux. Livrés à eux-mêmes, les enfants lui auraient sans l'ombre d'un doute désobéi. Cependant, avec la menace de mort qui pesait sur eux, Di se montrerait raisonnable et Klan n'aurait d'autre choix que de suivre son frère. *Aucune inquiétude à avoir de ce côté-ci, donc.*

Il s'éloigna du campement, puis s'installa en tailleur sur la berge du lac, au milieu des herbes hautes et humides. La lune et les étoiles projetaient une lueur éclatante sur les eaux, qui les reflétait alentour, tel un miroir.

— Je n'ai pas beaucoup de temps, lui annonça Jaméo dès son arrivée par le portail. J'ai un rendez-vous très important dans quelques heures. La situation géopolitique de la Godéranie est peut-être sur le point de se débloquer.

— C'est-à-dire ?

— Le Moine est réapparu.

— Tu es sérieux ?

— Oui. Des soldats l'ont vu émerger du Passage. Tout le monde le recherche.

Pendant la demi-heure suivante, ils échangèrent les informations dont chacun disposait.

— Comment l'Araignée parvient-elle à planifier des événements pareils ? s'agaça Gavannha lorsque la conversation dériva sur ses propres préoccupations. Et surtout, pourquoi souhaiterait-elle que je m'occupe de Di ? J'y réfléchis depuis des jours et je ne trouve aucune hypothèse plausible.

Gavannha voulut poser une question supplémentaire, mais il s'arrêta en remarquant l'expression fermée de Jaméo.

— Tu sais quelque chose, n'est-ce pas ?

Le maître-espion acquiesça.

— Depuis une dizaine d'années, nos agents sur le terrain nous font remonter des informations inquiétantes. Selon eux, les sages ont mis en place un programme d'étude qui recenserait tous les individus nés à la fois d'un Godéranien et d'un Humain. Selon mes renseignements, beaucoup d'entre eux seraient dotés de capacités extraordinaires, qui n'ont rien à voir avec la magie. Les Husdamoriens expérimenteraient sur plusieurs d'entre eux.

Gavannha songea aussitôt à la disparition de Takuba. Son cœur battit la chamade.

— Pourquoi ne m'en as-tu pas parlé plus tôt ?

Jaméo l'observa en silence. Gavannha prit alors conscience de son ton accusateur et se mordit les lèvres.

— L'enlèvement de ton fils s'est produit il y a trois siècles, répliqua le maître-espion d'une voix froide. Pour moi, il n'a rien à voir avec cette affaire. Et au passage, je n'ai aucune obligation de t'informer de nos enquêtes en cours.

Sans crier gare, Jaméo fixa son regard en direction du ciel. À travers le radar magique, matérialisé sous la forme des antennes noires positionnées sur la charrette, Gavannha perçut l'utilisation d'un sort. Un glapissement de surprise retentit quelques secondes plus tard au milieu des herbes hautes. Sans un mot, Jaméo se dirigea vers l'origine du cri pour revenir avec deux paquets ficelés par des filaments orangés.

— Tu es rouillé, commenta Jaméo. Tu aurais décelé ces deux individus louches en un instant lorsque tu étais en exercice.

Grâce à la lumière de la lune, Gavannha identifia Klan et Di. Petit Félin se débattait avec une frénésie démesurée. Il tentait malgré ses entraves de griffer et mordre Jaméo, qui lui tendit les deux curieux avec nonchalance.

— Je suppose que ce sont les fameux enfants.

Gavannha commença aussitôt à les délier du sort.

— Klan ! gronda-t-il en sentant des dents pénétrer dans sa main droite. C'est moi.

Il acheva de les délivrer, puis essuya le sang qui coulait le long de sa paume. Gavannha jeta un regard furibond à Petit Félin, qui se recula tout en ayant la bonne idée de paraître penaud. Comme de coutume, Di observait le sol avec timidité. Après avoir passé un peu de temps en sa compagnie, Gavannha comprenait qu'il s'agissait d'une façade derrière laquelle le garçon étudiait la situation avec une attention redoublée.

La veille, Gavannha avait créé des traducteurs magiques en forme de bracelet pour les enfants et lui. D'une rapide pression du doigt, il enclencha son artefact.

— Vous deviez rester dans la tente.

— Tu r'venais pas alors on est parti t'chercher, lui mentit Klan.

— Me chercher ? En vous cachant tous les deux dans les herbes hautes ? Personnellement, j'appelle ça plutôt de l'espionnage.

Klan lui jeta un regard de défi. Gavannha comprit que des récriminations supplémentaires seraient contre-productives. Ses yeux se reposèrent sur Di, qu'il étudia à l'aune des informations données par Jaméo. Il se tourna ensuite vers le maître-espion.

— De quelles capacités les métis Humains seraient-ils dotés ? questionna-t-il en chitosien.

Jaméo scruta Di à son tour.

— C'est très variable. Une de mes espionnes a extrait plusieurs rapports du laboratoire de recherche. L'un des sujets peut mouvoir des objets par la pensée. Un autre a de grandes facultés télépathiques. Le dernier dossier parle de conversations avec les animaux.

— Tu disais que ces capacités n'ont rien à voir avec la magie ? Qu'entendais-tu par là ?

— Elles se manifestent à l'enfance, répondit Jaméo, et les métis n'ont pas besoin d'être sacrifiés à la Déesse pour les employer.

Le maître-espion désigna Di.

— S'il possède un don, il peut l'utiliser dès à présent.

— Et comment savoir si Di a une faculté ?

Jaméo haussa les épaules.

— Je l'ignore. D'après les recherches volées, l'élément déclencheur dépend du don en question.

— Je vois, répondit Gavannha en hochant la tête. Et selon toi, l'Araignée me demande de le protéger parce qu'il est spécial ?

— C'est l'hypothèse la plus plausible. Si tu veux mon avis, tu devrais interroger cette Aliénor au plus vite.

— Je le crois aussi, convint Gavannha.

Ils discutèrent un instant des recherches de Jaméo sur la cabale. Aucun espion n'avait découvert d'indices ou signaux faibles. Avant de se quitter, le maître-espion déclara :

— Klan et Di devraient être élevés au palais, avec la progéniture des autres notables. Tu connais la règle.

Gavannha secoua la tête avec colère.

— Ce ne sont pas mes enfants. Je les ai en charge depuis trop peu de temps pour éprouver un tel sentiment à leur égard. Ils ont survécu à des situations difficiles. J'essaie juste de les aider à reprendre le contrôle de leur existence.

Un léger sourire éclaira le visage de Jaméo.

— Je te connais, Gavannha. Tu as un cœur d'artichaut. D'ici quelques semaines, tu ne voudras plus t'en séparer. Et à partir de ce moment-là, tu n'auras plus le choix.

Gavannha lui jeta un regard noir.

— Je ne t'ai pas demandé de régulariser ma situation.

— Je sais, répliqua Jaméo en s'asseyant en tailleur. Je te prévenais, c'est tout. D'autres que moi te considéreraient en infraction.

Gavannha conserva le silence. Au bout d'un certain temps, Jaméo entra en contact télépathique avec un subordonné, engendra un nouveau passage à travers la Dimension de l'Esprit et se téléporta dans le Palais du Chitosa Perdu.

— C'était qui c'connard ? demanda Klan. Si j'le r'vois, j'le plante.

— Un ami, répondit Gavannha. Maintenant, retournez vous coucher.

Petit Félin se montra rétif. Il insulta Jaméo à plusieurs reprises, menaça de l'éventrer avec un couteau et de le faire cuire à la broche comme un lapin. Finalement, Di le prit par le poignet et l'entraîna vers la tente. Pendant de longues minutes, Gavannha demeura seul. Déia. Le retour du Moine. Les sages. L'Araignée. Et à présent des métis dotés de facultés surnaturelles… Alors qu'il réfléchissait, assis sur les berges du lac, Volya apparut, son fusil à lunette entre les mains. Le militaire avait un visage renfrogné.

— J'ai un rapport à faire dans une demi-heure. Je dis quoi à Vladimir à propos de cette visite nocturne ?

Gavannha éclata de rire.

— Qu'est-ce qu'il y a de drôle ? s'agaça l'éclaireur.

— Jaméo n'a pas détecté ta présence. Je ne suis pas le seul à être rouillé, on dirait. Tu aurais pu tuer ton premier Nôstre. Une balle dans la tête.

— J'ai pensé qu'il s'agissait d'un allié. Alors ? Qui c'est, ce Jaméo ?

— Un ancien collaborateur. J'aime me tenir informé des événements récents sur Godéranie.

Volya lui jeta un regard intrigué.

Le lendemain matin, en sortant de la tente, Di tendit à Gavannha un petit sac en cuir qui contenait des onguents.

— Comment vont vos plaies ?

Les enfants refusaient obstinément d'être auscultés. Gavannha leur en avait donc expliqué l'usage pour qu'ils puissent se soigner sans lui.

— Il y a de l'amélioration, répondit Di, timide. C'est surtout la peau du dos de Klan qui cicatrise mal.

L'intéressé jeta un regard assassin à son frère.

— Tu veux dire, là où il a reçu des coups de fouet ou là où son épiderme a été arraché ? demanda Gavannha.

— La peau arrachée. Il y a un liquide jaune et collant qui en sort tout le temps.

— Je vais voir si je peux trouver des plantes différentes, répondit Gavannha.

Tandis que tout le monde se réunissait une fois encore pour juger les dirigeants du second groupe d'Humains, Gavannha emmena les enfants dans la forêt. Habituées à ces multiples départs impromptus, les sentinelles qui le surveillaient le regardèrent s'envoler d'un œil morne. Tous trois atterrirent dans une clairière. Gavannha posa sur le sol peuplé de racines un sac qui contenait des tendons de chèvre, des branches de sapin, des plumes et des morceaux d'os.

— Pour survivre, vous devez comprendre la nature.

Di se frotta le menton. Aussi, Gavannha ajouta :

— La nature est très bavarde. Elle communique en permanence avec vous. Dans les prochaines semaines, je vais vous enseigner à entendre tout ce qu'elle vous dit. Grâce à tous les messages qu'elle vous adresse, vous trouverez les plantes dont vous avez besoin, vous repérerez les zones inondables, les endroits où vous abriter, vous éviterez les lieux dangereux et bien plus encore. La nature vous donnera également toutes les indications nécessaires pour traquer les animaux. En parallèle, je vais vous montrer comment fabriquer des armes pour la chasse.

Les bras croisés, Klan le défia du regard. Même si Gavannha était parvenu à asseoir une certaine autorité sur Petit Félin, l'enfant avait un long chemin à parcourir en matière d'obéissance, de confiance ou de respect. Comme leurs conditions de vie présentes favorisaient les liens d'interdépendance, Gavannha espérait en profiter pour les aider tous les deux. *Et peut-être trouverai-je un moyen de déclencher le don de Di, si tenté qu'il existe.*

— Aujourd'hui, poursuivit Gavannha, je vais vous montrer comment fabriquer un arc.

Il aurait pu leur dispenser cet enseignement au campement. Cependant, il voulait éviter que les enfants subissent en permanence l'hostilité des autres, raison pour laquelle il les avait emmenés dans la forêt. Gavannha construisit le premier modèle, en leur décrivant chaque étape avec soin. Durant toutes les explications, Klan regarda un point imaginaire situé entre deux arbres.

— À vous, maintenant, annonça Gavannha une fois ses démonstrations achevées.

Aussitôt, Di s'empara d'une branche, d'un couteau et il entreprit de tailler son manche. Klan s'assit dans un coin, les bras croisés. Cependant, lorsque Petit Félin vit le sourire fier de son frère, au moment où ce dernier nouait le tendon de chèvre sur la partie supérieure de son arc en devenir, il empoigna à son tour un morceau de sapin. Gavannha se garda d'émettre le moindre commentaire. Quand les enfants se lassèrent, il les emmena plus profondément dans la forêt et leur enseigna à reconnaître plusieurs types d'arbres. Il leur montra comment récupérer l'écorce de bouleau et la faire sécher.

— C'est une matière très inflammable, leur expliqua-t-il. Je vous conseille d'en avoir toujours une réserve avec vous. Protégez-la de l'humidité. Vous pourrez en avoir besoin pour faire un feu quand il pleuvra.

Gavannha leur demanda de démarrer un foyer à un endroit où ils ne risquaient pas de déclencher un incendie. Malgré sa volonté d'opposition, Klan se prit au jeu. L'enfant poussa même un petit cri de joie quand des flammèches embrasèrent l'écorce.

La majorité des blessés succomba très vite, faute de matériel ou de médicaments pour assurer des soins appropriés. Aussi, une fois les procès achevés, la troupe se remit en marche. Les médecins improvisés alitèrent ceux qui ne pouvaient se déplacer sur les charrettes. Fidèle à son habitude, Gavannha se positionna à la marge, sur un côté. Il avait commencé à se comporter ainsi non pour marquer sa différence, mais parce qu'il voyageait toujours seul et qu'il aimait se perdre dans ses pensées. Klan et Di l'accompagnèrent au début.

Le paysage lui parut monotone, avec le lac sur leur droite, la plaine rocailleuse accidentée devant eux – qui rendait très lente la progression des charrettes – et, dans leur dos, la forêt de bouleaux. Les garçons s'ennuyèrent très vite. Gavannha leur suggéra de courir où bon leur semblait ; Di se déplaçant toujours avec son couteau, Gavannha pouvait les retrouver tous les deux en cas de besoin. Peut-être inquiets à l'idée d'être attaqués par des membres de leur ancien groupe, les enfants demeurèrent à portée de vue. Après deux ou trois heures, ils se mirent à chahuter. Au bout d'un certain temps, Klan éclata même de rire. *Voilà un son très inattendu*, songea Gavannha en observant ses protégés se rouler dans l'herbe.

Durant toute la journée, il se demanda comment il isolerait Aliénor et la forcerait à se confesser. Le soir, il emmena les enfants cueillir des plantes dans la forêt. Ils préparèrent ensuite à manger ensemble. Pendant la veillée, les garçons travaillèrent sur leur arc. Gavannha attendit qu'ils se couchent avant de se glisser dans le campement, éclairé par la lumière des feux. La Camogérienne aimait s'isoler après manger.

Chapitre 14 : Le Moine

Comme à son habitude, Alia peignait dans le salon. Le tableau sur lequel elle travaillait représentait des pièces d'échecs au milieu d'un champ de bataille où des incendies crachaient des fumées multicolores. Chacune des figurines avait un visage différent. L'alter ego reconnut sans difficulté Griff et lui-même. À l'exception d'eux deux, encore debout, les autres agonisaient avec de la sève qui coulait le long de leur corps mutilé.

Fasciné par la concentration d'Alia, l'alter ego se tint à distance pour éviter de la déranger. Avant chaque coup de pinceau, sa compagne se mordillait la lèvre inférieure, tic charmant qui donna envie à l'alter ego de l'embrasser dans le cou.

— Comment s'est passée la leçon avec les enfants de notre hôte ? demanda Alia sans quitter son travail des yeux. J'ai cru entendre ce matin que tu leur as fait plutôt peur il y a deux jours.

— Oh ! répondit-il. Ils chahutaient beaucoup trop, alors le Moine a pris le contrôle de notre corps. Il s'est montré un peu… sec avec eux.

Alia cessa aussitôt de peindre pour se tourner vers lui. Dans ses yeux, il lut un reproche virulent : « tu as laissé le Moine s'occuper des enfants !!!! ».

— Mais depuis, ils sont vraiment sages ! s'empressa d'ajouter l'alter ego. Aujourd'hui, nous avons vu la Troisième Guerre d'Expansion. Je les ai emmenés dans les montagnes pour qu'ils se mettent à la place des soldats pendant le conflit. On a reproduit une petite bataille, mais c'était difficile de leur faire partager la peur des combattants quand il n'y a aucun danger véritable. Je crois cependant que ça leur a plu. Demain, je passe aux conditions de vie dans Centrum. La famine. Les maladies. Le manque d'hygiène.

Alia hocha la tête, puis tourna à nouveau le regard en direction de son tableau.

— Tu devrais aussi aborder l'aspect colonialiste, suggéra-t-elle. L'invasion. Comment les populations autochtones continuent de subir une violence vieille de trois cent quarante-trois ans. L'impact sur la psyché. Le fait que cette région pâtisse toujours de cette guerre. Dans quelle mesure les Chitosiens sont-ils encore aujourd'hui les victimes de ce conflit ? Quelles sont les solutions qui s'offrent à eux pour sortir de cette situation ?

— C'est prévu au programme, répondit-il. Penser l'après-guerre. Mais je crois que je manquerai de temps pour l'étudier avec eux, car Campbell devrait se manifester sous peu.

Alia posa ses instruments sur le sol, recouvert d'un drap blanc pour ne pas tacher le parquet, et se recula de plusieurs mètres. Elle grommela d'insatisfaction.

— C'est vraiment moche !

Elle se tourna vers lui.

— Tu en penses quoi ?

L'alter ego se racla la gorge. Quoi qu'il dise, il le savait, elle n'apprécierait pas.

— Très onirique, osa-t-il.

Alia grimaça avant de focaliser à nouveau son attention sur la toile.

— C'est ce que je craignais. Ce n'est pas du tout l'effet recherché.

Elle se gratta le cuir chevelu.

— Les couleurs ne vont pas. Trop percutantes. Je vais essayer avec des teintes pastel pour voir si le résultat fonctionne mieux. Et j'ai envie d'accentuer la prédominance du rouge.

— Si tu vises un public godéranien, méfie-toi, le rouge n'a pas la même signification que sur Terre. Pour nous, il est synonyme de gloire. C'est la couleur des vêtements d'un soldat après la bataille. Si tu tentes de représenter l'horreur de la guerre, je te conseille d'utiliser de l'ocre, qui évoque la dévastation qui nous entoure.

Alia croisa les bras et soupira.

— Je vois. Les différences de symbolisme. Je n'avais pas songé à ce paramètre.

Sans un mot supplémentaire, elle composa de nouvelles teintes sur sa palette. L'alter ego s'assit dans un fauteuil avant de s'immerger dans un livre intitulé *Le Mécanicien des charniers*. L'image d'un homme portant une bure s'étalait sur la partie supérieure de la couverture. À ses pieds gisaient de nombreux cadavres. Quelqu'un frappa à la porte. Surpris et aux aguets, l'alter ego tourna la tête vers l'entrée. Sans attendre de réponse, la poignée se baissa et Tanaktopa pénétra dans le salon. Pour une fois, à l'exception de ses boucles d'oreilles, l'employé de Griff n'arborait aucun artifice. Il portait même des habits phrygiens. Quant à ses cheveux, ils retombaient au niveau de son front. Un sourire se dessina sur le visage de l'enfant tandis qu'il se dirigea vers l'alter ego d'un pas assuré. Tanaktopa s'arrêta près de lui et, avec emphase d'un acteur dramatique de troisième catégorie, il déclama :

— Son excellence Campbell Premier du Nom, Souverain du Whisky et Grand Maître de la Ripaille, souhaite le bonjour au Porteur de la Bure Malodorante.

La personnalité d'origine du Moine retint un soupir d'agacement. Les pitreries de son ancien disciple l'exaspéraient depuis toujours. Malheureusement, s'il était possible de corriger une rune avant un rituel, personne ne pouvait lutter contre un humour douteux. Surtout celui de Campell… Alia, qui avait arrêté de peindre, jeta un regard interrogatif en direction de l'alter ego, car l'enfant récitait son texte en phrygien. Dans la même veine, Tanaktopa continua :

— Après maintes péripéties où Nous avons risqué Notre auguste existence pour Votre bon plaisir, Nous revenons vers Vous, certains que Nos glorieuses œuvres satisferont Vos attentes les plus déraisonnables. Nous avons semé dans Notre sillage moult gorges tranchées et bien des cœurs brisés. Les Godéraniens se souviendront à jamais de Nous comme

Campbell le Magnifique.

— Abrège les inepties, veux-tu ? gronda l'alter ego d'une voix impatiente. Je suppose que l'autre alcoolique t'a demandé de mémoriser des dizaines de pages comme celle-ci ?

Tanaktopa acquiesça, un sourire vissé sur les lèvres.

— Je gagne un écu Pharaonique par seconde de texte récité. Si j'arrive à une minute, je triple la mise.

— Délivre-moi le véritable message ! exigea l'alter ego. Je n'ai pas de temps à perdre avec ces inepties.

Malgré une moue déçue, Tanaktopa obtempéra.

— Campbell souhaiterait discuter avec vous, ce soir, dans le même bar que la dernière fois.

— Très bien. Nous y serons.

Sans doute frustré de n'avoir pu réciter davantage son texte, l'enfant acquiesça avec raideur, puis quitta la pièce sans ajouter un mot. Par chance, Campbell ne lui avait pas ordonné d'apprendre des vers… Après le départ de Tanaktopa, la personnalité d'origine du Moine reposa son livre sur la table basse du salon. La *lumière* restait constante. En d'autres termes, il effectuait le travail qu'Elle lui demandait. Ni Tortureur ni Drago ne s'attaqueraient à lui comme la dernière fois. Cependant, plus les semaines avançaient et plus il s'interrogeait sur Ses objectifs. Elle souhaitait que Griff assemble une coalition, il en était certain. L'alter ego subodorait qu'Elle entrevoyait plusieurs manières d'assassiner le joueur. Peut-être durant les négociations ? Ou alors, pendant la guerre elle-même ? Les avenirs le révéleraient. Quoi qu'il en soit, les risques qu'Elle prenait pour se débarrasser de Griff indiquaient à l'alter ego à quel point Elle le craignait. Ce qui semait de l'incertitude dans sa tête. En La préférant à Griff, perdait-il l'occasion de mettre fin à deux millénaires et demi de servage comme le joueur l'affirmait ?

En outre, le destin de Campbell l'inquiétait. Son ancien disciple tombait de Charybde et Scylla. Certes, le gamin savait maintenir son cap malgré les remous ; certes, il maîtrisait un Art qui faisait de lui l'un des Nôstres les plus dangereux de sa génération ; cependant, si cet Antoine ressemblait à Godéramée, Déia ou à Griff, Campbell courait de sérieux risques, car les récifs à éviter étaient nombreux au milieu de tous ces plans qui s'inséraient eux-mêmes dans d'autres machinations toujours plus complexes. L'alter ego lui-même pensait être passé à côté de détails fondamentaux. *Et je n'ai que deux joueurs à gérer... Alors Campbell qui louvoie au milieu des quatre...*

Campbell leva les yeux de son whisky lorsque Griff et le Moine s'assirent en face de lui. Il nota d'une voix narquoise :

— Je vois que tu as conçu de nouveaux artefacts, mon petit Griffounet. Tu as plus de boucles d'oreilles, de piercings et d'ornements qu'une starlette gothique de la télévision humaine. Tu vas arriver à ne pas les confondre dans le feu de l'action ?

Campbell ponctua sa remarque en buvant d'une traite le reste de son breuvage ambré.

— Tu veux tenter l'expérience ? répliqua Griff. *Elle* me remercierait si je t'enseignais une leçon d'humilité, j'en suis certain ! Ou alors, depuis ta trahison, *elle* en a fini avec toi et *elle* attend que je perde patience.

Le Moine décida d'intervenir pour éviter que l'échange ne dégénère ; Campbell s'amusait à rendre furieux tous ses interlocuteurs ou presque, quitte à parfois s'aliéner certains clients.

— Tu as les informations que j'ai demandées ?

L'alcoolique conserva le silence, car à cet instant précis un serveur apporta sur la table plusieurs bières, un plateau de charcuterie, quelques bouteilles de whisky et des verres. D'emblée, Campbell s'arrogea le whisky.

— Ce soir, je mange liquide, annonça-t-il. Le reste est pour vous.

Il tendit ensuite un très gros billet au barman.

— Garde la monnaie. Fais en sorte que personne ne puisse écouter notre conversation. En contrepartie, tu en recevras un second, voire un troisième, si je suis satisfait du résultat.

Les yeux du serveur s'allumèrent de convoitise. Il saisit l'argent.

— Je vous remercie, Monsieur. Il sera fait selon vos désirs. Souhaitez-vous autre chose ? Des femmes ? Des hommes ?

— Non, nous avons juste besoin de tranquillité, ce soir.

L'employé effectua un bref salut de la tête, puis il s'en alla. Un instant plus tard, des bruits de table retentirent derrière la séparation de bois. Les clients se plaignirent du dérangement, et le barman leur offrit des consommations pour les apaiser. Quand le silence s'installa à nouveau dans l'établissement, Griff déclara :

— Avant toute chose, je veux savoir si tu as des nouvelles de Valerianovska, de Hugo et de leur fille. C'est de la plus haute importance.

De fait, les gestes du joueur trahissaient sa nervosité.

— Mon agente a trouvé les cadavres d'un homme et d'une femme à l'endroit que tu m'avais indiqué, répondit Campbell d'une voix qui pour une fois était ferme et professionnelle. Malgré les altérations liées à la décomposition des organismes, mon agente est parvenue à la conclusion qu'il s'agit bel et bien d'eux. En revanche, elle n'a découvert aucune trace de la petite fille.

— Nom d'une couille de pacifiste ! s'exclama Griff.

Le joueur se réinstalla au fond de son fauteuil sans même chercher à dissimuler sa contrariété.

— Ton agente est fiable ?

Cambell leva les yeux en direction du plafond.

— Je n'emploierais jamais une personne capable de me fournir une information erronée. Et mes collaborateurs savent que je me débarrasserais d'eux sans hésiter s'ils me trompaient à dessein. Le Moine ne fait pas appel à mes services par hasard.

Griff hocha la tête, de toute évidence mécontent de ce qu'il venait d'apprendre.

— Nous sommes sortis de tes futurs connus, intervint le Moine. Cet événement est peut-être moins conséquent que dans les avenirs auxquels tu avais accès.

Griff lui répondit d'un regard furibond. Sans l'ombre d'un doute, l'homme avait mal digéré leur petite confrontation. Le Moine haussa les épaules. *Peu importe. La Déesse souhaite qu'il construise une coalition, alors c'est ce que je vais faire !*

— Campbell, que peux-tu nous dire de la situation géopolitique sur Godéranie ? Comment Griff peut-il assembler une armée derrière lui et abattre les sages ?

Campbell versa du whisky dans plusieurs verres à shot.

— Buvez et mangez ! leur ordonna-t-il. La nuit promet d'être longue.

— Donc, si je comprends bien, résuma Griff, pour que l'alliance ait une chance de se concrétiser, nous devons dans un premier temps trouver un moyen d'unir derrière nous la République de Krustkr et le Chitosa Perdu.

Campbell approuva cette synthèse en vidant sa troisième bouteille en moins d'une heure. Il lâcha ensuite un rot exagérément sonore.

— C'est en effet mon avis, répondit-il d'une voix traînante. Sur le plan militaire, la République de Krustkr est le pays le plus puissant après l'Husdamore. Quant au Chitosa Perdu, même si ce royaume n'est plus que l'ombre de lui-même, il représente un symbole important : depuis des siècles, il est le plus virulent des critiques à l'encontre des sages. C'est le seul à avoir alerté la communauté internationale à propos de *Cela*. L'union de ces deux pays derrière Griff créera un socle solide sur lequel bâtir la coalition.

— Pour la République de Krustkr, je pense que ce ne sera pas trop compliqué, annonça le Moine. Debra et moi-même, nous entretenons de bonnes relations, et ce depuis très longtemps. Elle devrait se ranger derrière nous si nous lui apportons des garanties intéressantes.

— Tu appelles la Présidente par son nom ? s'amusa Campbell avant d'engloutir un petit-four et trois canapés. J'ignorais que tu avais fricoté avec la Dame de Fer. Elle est un peu moins frigide au lit que lors des négociations politiques, j'espère ?

L'informateur lâcha un rire gras qui sonnait faux. Écartant la remarque volontairement provocatrice, le Moine continua :

— En revanche, le soutien du Chitosa Perdu sera plus compliqué à obtenir. Tous ses sujets me considèrent comme le grand responsable de l'annihilation du Chitosa.

Le Moine se souvenait encore du regard haineux des Chitosiens. Il avait survécu à treize tentatives d'assassinat pendant la Troisième Guerre d'Expansion. Les Chitosiens avaient même créé un courant littéraire dont la seule focale était le Moine. Les romans le décrivaient comme un personnage cruel qui enfreignait sans vergogne les Commandements de la Déesse. Les intrigues demeuraient simplistes dans leur déroulement : le Moine commettait un crime impardonnable, et plusieurs Nôstres le prenaient en chasse. Les récits étaient jalonnés par des scènes de sauvagerie, entre viols, massacres de Non-Sacrifiés ou d'Humains et destruction d'États. Les *pisteurs* le retrouvaient, plusieurs perdaient la vie, mais ils parvenaient à rendre la justice de Godéramée. Ces récits trouvaient encore aujourd'hui un écho particulier chez les Non-Sacrifiés ou les partisans de l'OPP.

— Tu serais surpris des sacrifices que Naguère 1er est prêt à consentir pour abattre les sages, répondit Campbell. Depuis que Sage M a exécuté publiquement toute la famille royale à la fin de la Troisième Guerre d'Expansion, le souverain du Chitosa nourrit une haine sans pareille à leur égard. Si tu le souhaites, je peux organiser un rendez-vous très rapidement. Jaméo, le maître-espion de la couronne, me doit quelques faveurs. Une rencontre permettrait de tâter le terrain, d'autant plus qu'une réunion au sommet est prévue dans une dizaine de jours. Ce sera l'occasion pour le Moine de réaliser un nouveau coup d'éclat.

Le Moine acquiesça.

— Ce serait parfait ! Il faudra également courtiser la Fédération Unique très rapidement. D'après tes rapports, leur armée est très performante. Et j'ai déjà vu le général Hu-Ti-Lee en action. Je préfère l'avoir à mes côtés que comme ennemi. Le Guide Suprême de la Fédération Unique est très conservateur dans ses idées. Je pense qu'un discours enflammé de Griff sur les devoirs moraux des Nôstres devrait briser ses réticences.

— Le Guide Suprême n'enverra aucun émissaire durant la réunion au sommet, objecta Campbell. Il craint les sages. De plus, il nourrit de sévères rancœurs à l'encontre de la République de Krustkr depuis que Debra a conquis un tiers de son pays.

— Mais, c'était il y a huit siècles ! s'étonna Griff.

Campbell lâcha un rire amusé.

— Le Guide Suprême et la Présidente s'entendent comme chien et chat. Pour couronner le tout, ils ont la plus grande longévité au pouvoir de toute la Godéranie. Ils s'entretuent depuis un millénaire en raison de leurs inimitiés respectives. Sans l'OPP pour calmer les esprits, l'une de ces nations aurait déjà disparu de la Godéranie, voire les deux en cas de victoire à la Pyrrhus.

Campbell s'arrêta de parler pour observer son poignet, où un bracelet en argent finement ciselé luisait. Sans crier gare, il se leva, mais dû s'appuyer contre la table pour rester debout.

— Je dois aller aux chiottes, annonça-t-il. Pour la prochaine fois, je prépare les nouveaux rapports que vous m'avez demandés sur toutes les cités-États susceptibles de se joindre à la coalition. Si je parviens à intéresser Jaméo, j'enverrai un message pour vous donner un lieu et une heure de rencontre. Je pense que ce sera tout pour ce soir.

Le Moine observa son ancien disciple tituber jusqu'aux toilettes.

— Il est complètement ivre ! s'énerva Griff. Ce type est vraiment inutile !

— Non, le contredit le Moine, il faudrait dix ou quinze bouteilles supplémentaires pour le mettre en état d'ébriété. Il est lié à un rituel qui permet à son organisme de se débarrasser de l'alcool très rapidement. Son bracelet en argent est un item magique de communication. Il ne s'allume qu'en cas d'urgence. Aller aux toilettes, c'est un signal pour m'informer que les autorités locales vont faire une descente dans le bar. Partons ! Nous devons rester discrets, surtout depuis ton combat de rue.

Griff lui jeta un regard mauvais.

— Campbell sait-il que je suis responsable de cette affaire ? interrogea le joueur avec suspicion.

— C'est son travail d'avoir des agents un peu partout.

À son tour, le Moine se leva.

— Trêve de bavardage ! Allons-y.

— Comment sort-on d'ici incognito ? demanda Griff.

— Suis-moi, répondit le Moine en se dirigeant vers les toilettes.

***

Le Dôme produisait des étoiles au moment des deux solstices. Aussi, cette nuit-là, une noirceur d'encre recouvrait la Godéranie. Pour l'occasion, le Moine avait à nouveau revêtu sa bure. À côté de lui brillait une boule argentée de la taille d'un poing. La montagne où ils patientaient, recouverte de neiges éternelles, aspirait la lumière blafarde et la projetait alentour. Pour avoir l'avantage tactique en cas d'affrontement, Griff avait insisté pour que la rencontre se déroule sur un flanc étroit qui contraignait tout le monde à des manœuvres aériennes.

Au début, ils avaient discuté de géopolitique, établissant une cartographie des forces en présence. Selon Campbell, la situation leur était favorable. Puis, le silence s'était installé et l'attente avait commencé.

Griff effectuait de multiples allées et venues d'un pas nerveux. À un moment donné, son pied heurta un morceau de glace. L'alter ego observa le bloc disparaître dans le vide abyssal qui s'étendait devant à eux. *Le terrain est propice aux avalanches et autres éboulements*, jugea-t-il. *En cas d'affrontement, je devrai évacuer Alia par les airs.*

— Je l'ai rarement vu aussi nerveux, souffla la jeune femme à son oreille.

L'alter ego la serra contre lui.

— Il est habitué à anticiper les différents futurs. Son angoisse de l'inconnu est normale. Sans parler du fait que le Moine et moi-même, nous ne sommes pas des alliés fiables. Cependant, je pensais qu'il gérerait bien mieux cette contrariété.

Sur leur droite, assis en tailleur, Campbell méditait avec une bouteille de whisky à la main. Ici et là, des lapins angoras s'agitaient. Cette vision agaça l'alter ego. Tout comme Déia, Campbell avait dédié son Art à la maîtrise des illusions. En permanence, il manipulait les sens de son entourage pour les plonger dans des situations qu'il jugeait comiques. Ainsi, dès qu'Alia ou lui échangeaient des marques d'affection, les animaux fictifs cessaient de se poursuivre et forniquaient en émettant des râles de bovins en rut.

Griff s'immobilisa sans crier gare, puis montra une plateforme de déplacement rapide qui se dirigeait vers eux.

— Les voilà ! annonça-t-il.

L'alter ego céda son corps au Moine, et Alia s'écarta de lui avec une expression de dégoût. Depuis la dernière attaque, Griff avait consacré tous ses instants de détente à fabriquer des items magiques offensifs. Des bagues habillaient tous ses doigts. Il portait à présent un pantalon tigré et une chemise blanche constellée de médaillons.

Le regard de Griff croisa celui du Moine, qui y lut une détermination sans faille. Leurs invités se posèrent à proximité. En tête de file, un trentenaire observa tout le monde. Des pattes d'oie s'étalaient à la commissure de ses yeux et un rictus désapprobateur lui déformait la bouche. Son pantalon de couleur sombre se fondait dans la nuit tandis que sa chemise blanche étincelait. Lorsqu'il s'avança, la lumière blafarde se refléta sur la partie argentée de ses cheveux poivre et sel.

Derrière lui se tenait une femme aux yeux vairons, les mains dans les poches. Le Moine repéra tout de suite le regard de braise qu'elle darda sur lui. Comme l'ordonnait la tradition militaire chitosienne en matière de cheveux longs, ces derniers étaient accrochés en une queue-de-cheval tressée qui s'enroulaient autour de son cou. Elle arborait avec fierté la combinaison moulante des gardes du corps royaux.

À l'arrière évoluait un individu qui paraissait lui aussi âgé d'une trentaine d'années. Il observait la petite assemblée avec froideur. Sa combinaison moulante révélait une musculature discrète. D'allure martiale, il agrippait une longue faux. L'attention du Moine se vissa sur l'item magique qui reflétait avec froideur les lueurs de la boule d'éclairage. *C'est un artefact offensif*, jugea-t-il. *Sert-il à trancher des adversaires à distance ou bien sa forme est-elle un leurre ?* Durant la Troisième Guerre d'Expansion, il avait affronté un garde du corps royal du Chitosa, Gavannha. Certes, il avait survécu, mais l'expérience l'avait rendu méfiant. *Avec ces deux-là, le maître-espion est vraiment très bien protégé. Soit ils n'ont pas confiance, soit c'est une force de frappe destinée à me tuer. Ou alors, ces individus œuvrent pour l'un des joueurs, et la vie de Griff est en danger en ce moment même...*

Campbell se leva paresseusement. Il s'étira de longues secondes, puis contempla sa bouteille, vide.

— Peu importe le flacon tant qu'il y a l'ivresse, grogna-t-il.

D'un geste nonchalant, il jeta la flasque du haut de la montagne, puis il tituba vers l'homme positionné à la tête du trio.

— Vous êtes en retard ! leur reprocha-t-il de sa voix traînante.

Le Chitosien l'ignora. Il s'approcha du Moine et de Griff.

— Je suis Jaméo, fit-il en plaçant sa main droite sur son cœur.

Devant ce salut dénué de fioritures, le Moine fronça les sourcils. Le Chitosa Perdu était une nation pétrie de traditions. Ses habitants observaient de multiples cérémoniels, tous plus obscurs les uns que les autres. Durant la Troisième Guerre d'Expansion, il avait tenté de se familiariser avec eux avant de très vite abandonner, car il avait soupçonné les Chitosiens de complexifier à outrance leurs rituels diplomatiques pour perturber les ambassadeurs adverses.

— Je suis le maître-espion du Chitosa Perdu, continua Jaméo. D'un point de vue hiérarchique, je suis le numéro deux de mon gouvernement. Je représente la volonté de Naguère 1er. Voici Alathana, qui est à la tête des gardes du corps royaux. Et enfin, Hansen, son second.

— Ouais, ouais, ouais, ouais, répondit Campbell en se grattant les testicules. Je suis Campbell, alcoolique patenté. Là-bas, vous avez le Moine, légende vivante et casse-couilles de première catégorie. À ses côtés, vous avez Alia, la maîtresse des plaisirs. Et enfin, vous avez Griffith, le candidat au suicide.

Alathana se rapprocha de Campbell, comme si elle s'apprêtait à l'attaquer. Jaméo la retint d'un geste de main autoritaire.

— Puisque tu sembles décidé à mener les négociations sans les cérémonies d'usage, autant s'asseoir et parlementer, dit-il à Campbell.

L'informateur haussa les épaules. Après avoir sorti une nouvelle bouteille de son manteau, il but une lampée, puis se mit en tailleur. Tout le monde l'imita. Un silence pesant s'installa alors. Chaque parti observait l'autre à la dérobée. Le Moine remarqua que les poings d'Alathana étaient crispés, comme si elle se retenait d'attaquer. *Probablement une survivante de la Troisième Guerre d'Expansion.*

— Avant toute chose, déclara le maître-espion, je tiens à exprimer mes inquiétudes.

Les yeux de Jaméo se dirigèrent vers le Moine.

— Vous avez travaillé avec les sages durant la guerre qui a rayé de la carte mon pays d'origine. Les habitants du Chitosa Perdu ne vous portent pas dans leur cœur. Comment puis-je m'assurer que vous ne servez plus vos anciens maîtres ?

Le Moine lui jeta un regard mauvais.

— Je n'ai pas de maître ! Mes allégeances sont ponctuelles. Elles durent seulement le temps d'un conflit. Je l'ai déjà prouvé à maintes reprises : je peux me retourner contre des pays avec qui j'ai collaboré autrefois sans éprouver le moindre scrupule. Je refuse de me justifier devant vous.

Jaméo s'humecta les lèvres. Quant à Alathana, elle agita les doigts, produisant des étincelles sur la glace autour d'elle. De son côté, Hansen posa la lame de sa faux sur ses genoux. Face à leur réaction, plusieurs médaillons sur la chemise de Griff émirent de la lumière. La tension naissante parut amuser Campbell, qui éclata alors d'un rire tonitruant. Il vida sa bouteille et la fit rouler entre les deux groupes.

— Ce sont de très mauvaises questions, Jaméo, assena l'informateur.

— Et quelles sont les bonnes questions ? demanda l'intéressé d'une voix acerbe.

— Comment Griff pense-t-il unifier la coalition sous son égide ? Pourquoi Naguère 1er a-t-il autorisé cette rencontre malgré la haine de son peuple à l'encontre du Moine ? Avez-vous la moindre chance de créer une alliance solide sans ces deux-là ?

Le visage de Jaméo resta neutre, mais le Moine avait collaboré maintes fois avec des personnes comme lui : son ancien disciple avait touché des cordes sensibles.

— Depuis combien de temps cherchez-vous à forger cette union ? questionna Campbell d'une voix goguenarde. Avez-vous progressé depuis les premières assemblées ? Sans une intervention extérieure, vous êtes dans une impasse. Le risque vous paraît peut-être considérable, cependant il mérite d'être pris.

— Pour l'heure, ajouta Griff d'une voix ferme, je n'ai qu'un seul but : abattre les trois sages. J'ai convaincu le Moine de se joindre à moi. Vous et moi, nous savons que sa simple présence à mes côtés démultiplie nos chances de créer cette alliance tant recherchée. Vous pouvez refuser cette collaboration, je le comprendrais, mais vous rateriez une grande occasion. En vous présentant comme notre principal soutien, vous pèserez sur la gouvernance de la future union. À l'issue de la guerre, cette position d'influence vous permettra peut-être de récupérer une partie de votre ancien territoire…

Jaméo s'accroupit sur la glace. Dans le même temps, Griff poursuivit :

— Votre marge de négociation est faible, je le crains. Si vous refusez de nous aider, nous prendrons contact avec la République de Krustkr qui, j'en suis persuadé, se montrera plus ouverte que vous à l'idée de cette collaboration.

Jusqu'à présent, le Moine avait conservé le silence, laissant Griff se positionner. Plus important encore, il désirait observer le joueur durant les pourparlers. *Bien*, évalua-t-il. *Il sait mettre la pression sur ses partenaires et se présenter comme un acteur incontournable du conflit.* Soucieux d'accélérer l'issue de la discussion, le Moine intervint :

— J'entretiens d'excellentes relations avec la Présidente. Debra est rigide, mais c'est une guerrière expérimentée. Nous nous entendrons avec elle sans difficulté.

Une grimace fugace apparut sur le visage de Jaméo. En son for intérieur, le Moine sourit. Élue à vie depuis un millénaire, Debra dirigeait Krustkr d'une main de fer. Impitoyable, elle avait profité de la chute de l'OPP pour annexer des territoires voisins. Beaucoup la percevaient comme une menace. Si elle obtenait une place conséquente dans le commandement de la future union, elle utiliserait son influence pour augmenter ses frontières et prendre le relais de l'Husdamore sur

Godéranie en cas de victoire.

— Pourquoi nous avoir contactés plutôt qu'elle ? interrogea Jaméo.

— Nous avons songé que les autres pays de la coalition se montreraient plus coopératifs si une nation mineure comme la vôtre occupait une position de choix dans l'alliance, expliqua Griff. De plus, vous êtes le symbole de l'opposition à l'Husdamore. Votre soutien est fondamental pour nous.

— Je vois, répondit Jaméo. Je cerne mieux les grandes lignes de votre offre.

Il se leva.

— Je retourne au palais pour discuter de votre proposition avec le roi. S'il souhaite poursuivre les négociations, nous vous téléporterons là-bas et nous assurerons votre protection, car d'après mes renseignements, l'Husdamore a cherché à vous abattre il y a plusieurs jours.

Campbell n'est pas le seul à être bien informé, on dirait…

Une demi-heure plus tard, Jaméo traversa un portail, laissant derrière lui Alathana et Hansen.

— Qui a envie de se réchauffer l'estomac ! brailla aussitôt Campbell en brandissant sa bouteille. M'est avis que nous sommes ici pour le reste de la nuit !

Les deux gardes du corps lui jetèrent un regard peu amène.

***

Le portail les amena assez loin du palais du Chitosa Perdu. Autour d'eux, une cinquantaine de soldats montaient la garde. Ils portaient tous un uniforme blanc immaculé, qui rappelait la couleur des neiges éternelles entourant Centrum. Tous arboraient un peu de fourrure ici et là. Le Moine savait que cette dernière signalait le statut social de l'individu. Par exemple, la famille royale utilisait l'hermine blanche.

Dès qu'ils reconnurent Jaméo, les militaires se raidirent, puis saluèrent leur supérieur hiérarchique : la main gauche posée sur le cœur et le bras droit collé le long de leur corps. À l'horizon, le Moine aperçut le palais, recouvert d'un dôme bleuté. Des centaines de machines volantes flottaient un peu partout. Contrairement à celles présentes au-dessus de Centrum, elles paraissaient toutes en bon état et prêtes au combat.

— Vous auriez dû me prévenir que la traversée du portail serait aussi glacée ! reprocha Alia, les bras serrés contre sa poitrine. C'était même pire que les neiges éternelles. J'aurai rajouté une couche supplémentaire ou deux.

— Ça n'aurait rien changé, lui répondit Griff. Le portail dématérialise ton corps et le réassemble de l'autre côté. La sensation de froid provient de la dissolution complète de ton organisme.

Avec frénésie, la jeune femme observa ses mains et ses avant-bras ; elle se toucha le visage, les cheveux et le reste.

— Ne t'en fais pas, la rassura Griff. Il n'y a aucun effet secondaire. Il n'y a jamais eu non plus d'accidents. C'est un moyen de transport très sûr.

— Tout comme l'avion ! répliqua-t-elle avec hargne.

Malgré sa réponse, elle sembla plus calme et observa le monde qui l'entourait.

— Pourquoi arrivons-nous aussi loin de notre destination ? demanda-t-elle.

— C'est une mesure de sécurité, lui expliqua Griff. Les Chitosiens ont installé des items magiques pour empêcher un ennemi de se téléporter dans leur palais.

Griff montra du doigt une dizaine de statuettes formant un cercle autour d'eux. Elles représentaient des guerriers armés de lames luminescentes.

— Ces artefacts capturent tous les portails créés dans la région, compléta-t-il. Il est impossible d'atterrir à un autre endroit. De cette manière, les Chitosiens contrôlent les allées et venues des Nôstres dans les environs. C'est une pratique très courante pour protéger les sites stratégiques.

— Allons-y, s'immisça Jaméo avec impatience. J'ai plusieurs réunions importantes ce matin.

Le maître-espion matérialisa une plateforme de déplacement rapide. Sans un mot, Hansen et Alathana y grimpèrent, suivis d'Alia, Griff et du Moine. De son côté, Campbell avait tiré sa révérence avant le départ des montagnes, prétextant des obligations professionnelles urgentes. Quand tout le monde fut installé, ils décollèrent. Une escorte de cinq soldats leur emboîta le pas.

Des fermes éparses occupaient la campagne environnante. Le Moine remarqua qu'elles respectaient un modèle de développement systématique. Elles s'organisaient toutes autour de plusieurs bâtiments principaux : hangars, étables, silos à grains, fosse à lisier et une habitation de taille variable. Des champs de blé, encore verts, ou des plantations de lupin, fleurissaient sur des jardins volants stationnés ici et là entre deux machines de guerre. Au sol, les pâturages accueillaient des ovins ou des bovins. Un réseau routier reliait les exploitations agricoles au palais, mais le gros du transport s'effectuait par les airs. Quant aux défenses, même si elles ne résisteraient pas à un assaut en règle de l'Husdamore, elles n'avaient rien à envier aux villes les plus modernes de la Godéranie.

Comme Alia posait très souvent des questions sur le fonctionnement de la Godéranie et la place occupée par les Nôstres dans la vie sociale, Griff désigna les travailleurs présents sur un jardin volant.

— Contrairement à Centrum, les personnes que tu vois ici sont des Nôstres. Ce sont des *terreux*. Leur Art tourne autour de la terre et de la roche. Ils maîtrisent des sorts très perfectionnés capables de modifier la texture des sols, ses propriétés physiques ou chimiques. Tu peux les comparer à des alchimistes de très haut vol. Ils possèdent aussi de très grosses connaissances sur la faune et la flore.

— Et les Non-Sacrifiés ? interrogea-t-elle. Ils ont accès aux jardins flottants ?

— Les Nôstres abattent la majeure partie du travail, mais si un Non-Sacrifié aime l'agriculture, il sera toujours le bienvenu, lui répondit Griff. C'est la même chose pour toutes les activités de production sur Godéranie. Pour les Nôstres, il est important que les Non-Sacrifiés aient des passions ou des occupations. Sinon, ils s'ennuieraient.

— Tu m'étonnes ! s'exclama la jeune femme.

Quelques minutes plus tard, ils arrivèrent devant le dôme qui protégeait le palais. Leur plateforme atterrit près d'une cabine en verre couverte de runes. Une dizaine de soldats se tenaient à proximité. Le Moine fronça les sourcils lorsque ces derniers les scannèrent avec plusieurs items magiques de taille et forme différentes.

— Que cherchent-ils ? s'inquiéta Alia.

— Des sorts de dissimulation, des illusions, des artefacts capables de désamorcer leurs défenses, répondit Griff.

Quand le tour du joueur arriva, tous les systèmes de sécurité s'activèrent : une sirène retentit, puis un gyrophare s'alluma sur le dessus de la cabine. Aussitôt, les militaires l'entourèrent, menaçants.

— Déposez tous vos items magiques sur le sol !

Le Moine repéra deux traits rouges sur l'épaule du soldat qui venait de s'exprimer. *Le grade de capitaine, si je me souviens bien.*

— Non ! répliqua le joueur.

Les Chitosiens se tendirent, mais Jaméo intervint :

— Laissez-le passer. Il est sous ma responsabilité. Il bénéficie de l'immunité diplomatique.

— Bien Monsieur, fit le capitaine. Mais je dois vous rappeler que ce faisant, vous contournez tous nos protocoles de sécurité.

— J'en prends note, répondit le maître-espion d'une voix froide. Maintenant, ouvrez le bouclier.

Le gradé s'inclina avant de sortir de sa poche un petit boîtier noir. Il pressa un bouton. Aussitôt, une brèche de trois mètres de large apparut dans le dôme.

— Suivez-moi, ordonna Jaméo.

Comme les règles de sécurité interdisaient l'usage des plateformes de déplacement rapide à l'intérieur de la barrière, ils marchèrent un kilomètre avant de parvenir à l'entrée du palais : un portail gigantesque conçu avec de l'or et des diamants.

— Si j'ai bien compris tes explications, Griff, déclara Alia, ce sont les *terreux* qui ont créé ces métaux précieux. Vous ne les avez pas extraits du sol, c'est bien ça ?

— Généralement, l'or provient de l'eucalyptus, confirma l'intéressé, et le diamant est fabriqué à partir de chêne. Pour l'acier, on utilise du sapin. Après, tout dépend du rituel. Nous employons beaucoup de composites.

— Mais je croyais que vous préserviez vos espaces naturels ! objecta Alia.

— Oui, c'est exact. C'est pour cette raison que toutes les nations possèdent de très larges plantations un peu partout sur leur territoire. Elles représentent de très gros enjeux stratégiques. Elles sont très bien gardées et ce sont des cibles prioritaires en temps de guerre.

— Tu m'étonnes, abonda Alia. En fait, vous ne pouvez rien faire sans bois.

Ils s'engagèrent sur une longue allée pierreuse qui tranchait en deux un jardin. Des parterres de végétaux divers taillés selon des formes géométriques jaillissaient un peu partout. Des arbres épars s'élevaient au-dessus d'une pelouse. Sur la gauche du Moine, des personnes pique-niquaient sur des nappes colorées. Des éclats de rire retentissaient dans le calme ambiant. Éparpillés dans la petite fête, de nombreux gardes ternissaient la candeur apparente de cette scène bucolique.

— Le roi est avec ses courtisans, expliqua Jaméo. Vous le

rencontrerez plus tard. En attendant, je vous invite à visiter le palais et je vous montre vos chambres.

***

Haut de treize étages, le palais du Chitosa Perdu était rectangulaire. Ses fenêtres s'alignaient comme les rangs d'un bataillon lors d'une inspection. De temps à autre, les colonnes doriques qui maintenaient le gigantesque préau d'entrée crachaient à l'unisson des volutes de runes vers le ciel.

Tandis qu'ils avançaient en direction de ce dernier, Alia s'exclama :

— Ça n'a pas de sens, Griff. Comment un territoire pourrait-il être habité et dans le même temps dénué de pouvoir politique ? Par exemple, le royaume du Chitosa Perdu est bien une puissance politique, non ? Le palais est en plein milieu des Territoires Neutres. Les sujets du Chitosa Perdu vivent ici. Donc, ils exercent une domination sur leur domaine.

— Les Chitosiens sont des réfugiés, répondit Griff. Oui, leur demeure est de taille conséquente, mais en soi, ils ne sont pas différents des autres occupants de la région. Toute cette partie de la Godéranie fonctionne selon un principe très similaire à celui de l'anarchie. C'est un peu la même chose que dans nos réserves naturelles. De fait, tu as raison en affirmant que la politique est présente dans les Territoires Neutres, mais personne ne possède le sol ; personne ne cherchera à imposer sa domination sur les résidents qui vivent dans les vicinalités.

— C'est franchement bizarre comme tradition, commenta Alia. Comment en êtes-vous arrivés là ?

— C'est une étrange histoire, intervint Jaméo dans la langue maternelle d'Alia. C'est un peu l'équivalent sur Terre de votre malédiction de la momie. C'est à la fois absurde et dérangeant. À la base, cette région était occupée par un empire. Cependant, depuis sa chute, tous les souverains qui essaient d'annexer ces terres meurent noyés dans une cuvette de toilettes. Certains accusent Déia d'être à l'origine de ces incidents, mais j'ai des difficultés à comprendre pourquoi elle chercherait à empêcher les nations limitrophes de s'installer dans les parages. Quoi qu'il en soit, voilà près de trois mille ans qu'aucun drapeau n'a flotté sur les Territoires Neutres.

Alia hocha la tête, de toute évidence déconcertée, néanmoins la discussion s'arrêta là. Ils marchèrent une dizaine de minutes avant d'arriver au pied du palais. Soutenu par des colonnes en marbre, le hall d'entrée occultait le reste de l'édifice. Un escalier disproportionné permettait d'accéder à l'intérieur. Le Moine trouva que les frises et la décoration extérieure s'inspiraient de la Rome Antique. La suite lui confirma cette première impression : construit en tuiles plates, un toit finement découpé laissait l'eau de pluie se déverser en contrebas dans un bassin situé au centre d'une immense cour pavée. Des enfants nus y nageaient ou s'y aspergeaient avec entrain. Ils riaient. Ils criaient. Ils chahutaient. Aucun adulte ne leur prêtait la moindre attention.

— Pourquoi personne ne les surveille-t-il ? s'étonna Alia.

— Les domestiques s'en occupent, répondit Jaméo. Ils vont et viennent en permanence dans le palais. Peu de choses leur échappent.

Le maître-espion hésita un instant, puis ajouta :

— Gardez vos distances avec les enfants. Les serviteurs pourraient vous assimiler à une menace. Et ce ne sont pas de simples majordomes inoffensifs comme vous en avez généralement sur Terre. Ils sont issus de l'aristocratie militaire du Chitosa Perdu. Pour la majorité d'entre eux, ce sont des guerriers émérites.

Alia lui demanda d'un air perplexe :

— Mais, et les parents ?

— À l'âge de sept ans, les enfants sont confiés aux domestiques. Les proches ne sont plus autorisés à interférer par la suite.

— Tous les enfants du royaume sont élevés ici ? s'étonna Alia.

— Non, s'amusa Jaméo en souriant, ce serait ingérable. Seules les élites dirigeantes doivent se soumettre à cette loi. Les autres sont éduqués avec leur famille, dans leur pays d'origine.

Alia se gratta la tête.

— Les habitants du Chitosa Perdu ne vivent pas tous au Palais ?

— Après la Troisième Guerre d'Expansion, les Chitosiens ont fui sur toute la Godéranie. Naguère 1er et l'aristocratie ont trouvé refuge ici. Ils ont construit ce palace et annoncé la fondation du Chitosa Perdu. Certains sujets nous ont rejoints, mais d'autres ont choisi de résider dans un autre État. Nous sommes donc un royaume sans terre…

D'un geste, le maître-espion les invita à pénétrer par la porte principale. Toutes les pièces se révélèrent outrageusement somptueuses. Différentes peintures érotiques, politiques ou historiques recouvraient les plafonds. Aussitôt, Alia se mit à les étudier. Ils traversèrent ensuite une salle tapissée de miroirs. Le Moine se désintéressa des statues après quelques secondes, tant il y en avait.

Jaméo les emmena dans l'aile droite du palais, où s'agglutinaient des chambres de toutes les tailles. Ils grimpèrent au sixième étage dans un dédale de couloirs. Enfin, ils aboutirent à un cul-de-sac où s'alignaient trois portes.

Le maître-espion fit pénétrer Alia dans la première, Griff dans la seconde et le Moine dans la dernière.

— Nous avons informé les domestiques de votre goût pour l'ascèse. Ils n'ont conservé que le strict nécessaire.

Le Moine acquiesça. Un regard rapide à l'intérieur lui permit d'apprécier la modestie des lieux. Un matelas sur le sol. Une table et une chaise. Des murs nus à l'exception d'un miroir. Toilettes et douche. Aucune fioriture. Sans s'attarder davantage, il rejoignit Jaméo et Griff, qui conversaient dans la pièce adjacente. La chambre du joueur se révélait bien plus luxueuse. Tapisseries précieuses. Luminaires incrustés de diamants. Lit au bois verni. Salle de bain en marbre.

— Les négociations avec Naguère 1er se dérouleront en début

d'après-midi, annonça le maître-espion.

***

— Le roi est prêt à vous recevoir, déclara Alathana en ouvrant les battants boisés et sculptés des appartements du monarque.

La garde du corps jeta à nouveau un regard brûlant de haine en direction du Moine, qui haussa les épaules en retour.

— Parfait, répondit Griff en franchissant le seuil de la porte.

Le Moine le suivit. Sur la gauche s'étalait un large bureau où s'empilaient de nombreux recueils de souvenirs. Une bibliothèque en bois massif occupait les murs. Des œuvres d'art s'éparpillaient ici et là. Des items magiques étaient entreposés dans une vitrine. Parmi eux, le Moine reconnut une hache finement ciselée. Durant la Troisième Guerre d'Expansion, un Nôstre avait tenté de le tuer avec. Il se souvenait encore des éclairs orangés qu'elle crachait à chaque coup. L'un d'eux avait manqué de le décapiter malgré le dôme de protection qu'il avait érigé à l'époque. *Je croyais avoir détruit cette saleté*, songea-t-il.

Naguère 1er les attendait dans un salon situé sur la droite avec devant lui des pâtisseries et des boissons posées sur une table basse en argent. Le roi se leva du canapé en cuir, puis s'avança vers eux. Le Moine l'observa avec attention. Naguère 1er était de petite taille. Son corps fin se déplaçait avec une rigidité toute militaire. Il avait les cheveux coupés court et le front haut. Le Moine se souvint alors du jeune prince, trois cent quarante ans plus tôt, timide et mal assuré. *Il a parcouru beaucoup du chemin...* D'une voix métallique, le monarque prononça une formule rituelle de bienvenue.

— Je vous épargne la cérémonie complète, déclara le souverain après avoir échangé une ferme poignée de main. Restons simples.

Il désigna le canapé et les fauteuils situés derrière lui. Tandis que Griff et le Moine s'installaient, Naguère 1er s'empara d'une pomme et croqua dedans. Il se tourna ensuite vers Alathana.

— Pourrais-tu nous laisser, s'il te plaît ?

Le Moine releva la tête, surpris. Au Chitosa Perdu, les gardes du corps royaux assumaient des responsabilités politiques considérables. Traditionnellement, ils étaient les bras et oreilles du souverain. Par sa position de cheffe de l'unité, Alathana était la numéro trois du gouvernement. *Ne lui fait-il pas confiance ?* se demanda-t-il.

— C'est contre le protocole, répliqua-t-elle avec un sourire crispé. Ces deux individus sont dangereux. J'ai vu des images du champ de bataille à Centrum. L'un d'eux maîtrise un sort capable de vous transformer en statue. Un garde du corps doit vous accompagner à tout instant de votre vie pour diffuser vos ordres et rédiger les chroniques de votre règne. Telle est la loi. Vous l'avez vous-même édictée.

Le roi haussa les sourcils.

— Refuses-tu de m'obéir ? demanda-t-il d'une voix dangereusement calme.

Elle secoua la tête.

— Non, bien sûr que non, mais s'il vous arrivait malheur… L'Husdamore est étrangement passive ces derniers temps, vous savez, et…

— Sors ! la coupa-t-il.

Alathana baissa les yeux. Avant de partir, elle jeta un regard meurtrier au Moine. Naguère 1er activa ensuite un interrupteur situé sur le mur du salon. Une lumière rougeâtre envahit la pièce.

— Nous pouvons désormais parler en toute confidentialité, annonça-t-il.

Il s'assit.

— Il y a trois siècles, j'ai reçu la visite de Déia. Depuis lors, j'ai très souvent recours à ses services. Ses renseignements m'ont beaucoup aidé pour diriger le royaume et causer le plus de dégâts possible aux sages. Aussi, la défaite cinglante de la Déicide et sa convalescence forcée tombent au plus mauvais moment pour moi. C'est pour cette raison que je suis content de pouvoir collaborer avec un autre joueur. De cette manière, je commettrai moins d'erreurs.

Le Moine se raidit. Jamais Griff ne lui avait révélé que Naguère 1er connaissait l'existence des joueurs ou qu'il était lui-même une pièce de la partie en cours. *Il s'agit pourtant d'une information qu'il aurait dû partager. Prend-il des précautions pour le cas où je le trahirais ?* De son côté, Griff émit un sourire entendu.

— Déia et moi-même sommes très souvent sur la même longueur d'onde.

En son for intérieur, le Moine approuva cette réaction évasive. Naguère 1er devait ignorer que Griff était aveugle sur cette branche-ci du futur. Autrement, le roi risquait de considérer leur collaboration sans le moindre intérêt, voire périlleuse. Le souverain opina avant de croquer une nouvelle fois dans sa pomme.

— Je sais, répondit-il après avoir avalé. Elle m'a parlé de vous avant de se retirer pour raison médicale. J'ai accepté de vous rencontrer tous les deux, car elle me l'a demandé. Si votre priorité est d'abattre l'Husdamore, alors nous découvrirons peut-être un terrain d'entente, nonobstant la mauvaise compagnie qui traîne dans votre sillage.

Griff hocha la tête. Le Moine éprouva quant à lui une impression de danger. *Naguère 1er travaille pour l'ennemie. Et je me trouve en plein cœur de son palais... S'il cherche à prendre sa revanche, mes chances d'en réchapper sont plutôt minces.* À cette pensée, sa personnalité d'origine s'agita. Il la calma sans douceur. Pour aider à la réflexion, il se servit une tasse de thé et mangea une friandise présente sur la table basse. Selon toute vraisemblance, Déia avait prévu cette rencontre. Il avait donc emmené Griff sur des branches des futurs qu'elle entrevoyait et maîtrisait. Loin d'être vaincue comme il le pensait depuis le début, la Déicide restait encore dans la partie.

Naguère 1er se tourna vers le Moine.

— Dans le meilleur des cas, ta participation à cette coalition me paraît… douteuse. Depuis combien de temps travailles-tu pour *elle* ?

— J'ai fait du Moine ma reine, intervint Griff. Nous avons besoin de lui, malgré vos réticences.

— Je n'ai pas confiance, insista Naguère 1er en accompagnant par de grands mouvements chacune de ses paroles. Il pourrait nous trahir. Vous savez, cette sombre histoire de libre arbitre…

Le Moine suivait avec attention le moindre geste du souverain. Dans le même temps, il se positionna de manière à observer la porte d'entrée. Si la situation dégénérait, le danger viendrait de là. Alathana ferait irruption avec une poignée de domestiques. L'aristocratie militaire du Chitosa Perdu ne l'effrayait guère. Il lui suffirait de recourir à deux ou trois sorts rares. En revanche, la garde du corps royale… Mieux valait éviter toute confrontation avec elle. Par chance, la *lumière* ne manifestait aucun signe d'affolement pour le moment. Il conservait donc toutes ses chances d'inluencer l'avis du souverain.

— Vous pouvez me parler directement, intervint le Moine d'une voix glacée. Dois-je vous rappeler que, sans moi, vous ne pourrez jamais unifier la coalition.

D'un geste sec, Naguère 1er jeta son trognon dans une poubelle située de l'autre côté de la pièce. Le déchet atterrit au centre de la cible sans même toucher un bord.

— Ne vous surestimez pas, rétorqua le souverain. Les Godéraniens sont capables de mettre en place des alliances sans votre concours.

Le Moine lui adressa un sourire méprisant. Il but une gorgée de thé, puis reposa la tasse.

— Vous essayez de concrétiser cette coalition depuis des mois. Vous approchez du but ?

Le Moine attrapa une tartelette au citron, et croqua dedans. Le goût de la pâtisserie lui inonda les papilles. Il prit le temps de mâcher, tout en observant Naguère 1er droit dans les yeux. Le souverain le foudroyait du regard, mais le Moine s'en moquait. Les sujets du Chitosa Perdu le haïssaient ; il pouvait vivre avec.

— Au début de ma carrière de Moine, j'ai bataillé très dur pour asseoir ma réputation. Les nations de la Godéranie coopèrent difficilement les unes avec les autres, car les guerres incessantes ont créé de féroces rancœurs. Avec les siècles, puis les millénaires, j'ai prouvé mes talents et mon aptitude à déclencher des conflits sanglants qui, sans moi, se seraient cantonnés à l'échelle régionale. Cette renommée est ma plus grosse valeur ajoutée. Ma simple présence suffit pour faire basculer les événements dans la direction la plus meurtrière possible.

Il croqua un nouveau morceau de tartelette, puis reposa la pâtisserie sur la table.

— En plus de ma capacité à accélérer ou détricoter des unions, je dispose d'une expérience étendue de la guerre. Par exemple, je peux vous assurer qu'à l'heure actuelle l'Husdamore est loin d'être passive. C'est un leurre. Si je devais donner mon avis, je dirais qu'elle essaie d'installer un allié à elle dans votre future coalition, un rat suffisamment convaincant pour tous vous tromper. Un rat assez puissant pour vous porter un coup fatal. Si vous pensez avoir l'initiative, alors vous êtes déjà tous morts. Aucun d'entre vous n'aura les compétences pour vaincre l'Husdamore. Sage S est de loin le plus grand tacticien de notre époque. Il vous réduira en miettes. Et c'est pour cette raison que vous avez besoin de moi.

Le Moine se leva. Il avança vers la vitrine qui exposait les divers items magiques. Il l'ouvrit puis s'empara de la hache pour la soupeser. Elle lui sembla plus légère que dans son souvenir. Il chercha des marques ; durant la Troisième Guerre d'Expansion, il avait tranché l'arme à plusieurs endroits avec une lame luminescente. *Il n'en trouva aucune. Un modèle neuf... Je me demande s'il y a des améliorations par rapport à la dernière version. Elle pourrait m'être utile si Naguère 1er essaie de me faire exécuter*. L'artefact à la main, il retourna vers Griff et le roi. Le Moine s'amusa de la tension soudaine du souverain, qui observait avec raideur la hache. Le monarque jeta un bref regard vers la porte derrière laquelle Alathana attendait.

À cet instant précis, la *lumière* se manifesta. Des motifs de couleur ocre constituèrent des nœuds coulants, comme des cordes de pendus. Tous les muscles du Moine se crispèrent. *Bien reçu. Vous ne me facilitez pas la tâche... comme d'habitude.* Il prit le temps de réfléchir. Godéramée souhaitait la formation de cette coalition. Il en conclut qu'Elle avait effectivement un plan pour dissoudre cette union, ou la faire échouer de façon spectaculaire. Si Sa stratégie réussissait, les sages s'empareraient d'une grande quantité de territoires, et l'Husdamore se transformerait en un empire hégémonique tentaculaire.

Le Moine reprit place dans son fauteuil, puis il mit l'item magique sur la table basse au milieu de la nourriture. Avec soin, il positionna la lame en direction de Naguère 1er. Pour la première fois depuis le début de la conversation, Griff lui jeta un regard incertain.

— Si vous le souhaitez, déclara le Moine, nous pouvons passer un accord tous les deux. La rencontre qui se déroulera dans six jours est importante. Si j'échoue à installer Griff à la tête de la future alliance, alors vous pourrez considérer que je travaille pour Elle. Vous aurez même ma bénédiction, si vous décidez de m'assassiner.

— Je ne suis pas certain que ce soit une bonne idée, intervint le joueur. Des négociations comme celles-ci peuvent s'étendre sur des semaines.

— En effet. Je donne seulement un gage de ma motivation au roi. Alors, marché conclu ?

Naguère 1er observa la hache située devant lui. Il s'empara du manche et repositionna la lame en direction du Moine.

— Alathana sera ravie de vous réduire en morceaux. Vous l'ignorez probablement, mais vous avez tué sa sœur pendant la Troisième Guerre d'Expansion. Elle et Hansen vous surveilleront durant toute notre collaboration. Au moindre soupçon, ils vous abattront.

— Ce marché me convient tout à fait, répondit le Moine en tendant la main en direction de Naguère 1er.

Durant plusieurs secondes, le roi regarda l'item magique gisant sur la table basse. Ses yeux fixèrent le Moine, comme s'il tentait de deviner ses intentions. Puis, après un long soupir, il se leva et serra la main tendue.

Chapitre 15 : Di

Y nous cache que'qu' chose, lâcha Klan avec suspicion. D'habitude, avant qu'on s'couche, y nous casse les couilles avec ses histoires d'plantes pourries. Il a même pas critiqué nos arcs. Normalement, y fait plein d'remarques débiles sur c'qu'on doit améliorer. Et là, on rentr' à peine dans la tente qu'y s'barre comm' un malprop'. Moi j'dis, faut l'suivr'. Y s'rait capabl' d'nous la mettr' à l'envers, c'te bâtard !

Di soupira. Par le passé, Klan avait appris à décortiquer le comportement des personnes qu'il épiait. Très souvent son frère comprenait bien avant lui les agissements ou les motivations des adultes. Cependant, Di se demanda si la colère et l'humiliation reçue quelques jours plus tôt influençaient Klan dans ses analyses.

— Gavannha ne nous a pas frappés la dernière fois qu'on l'a espionné. Pour l'instant, il nous traite bien. Je ne veux pas que ça change.

Klan ouvrit la tente en silence et scruta l'extérieur.

— On l'connait pas. T'es p't'êt' aveuglé par ses p'tits tours d'magic et l'fait qu'y vient du même endroit qu'ton paternel, mais c'est pas une raison pour lui faire confiance. J'veux savoir c'qui fabriqu', c'salorard. Magne-toi !

Klan se glissa à l'extérieur. Durant plusieurs secondes, Di hésita. Devait-il suivre son frère ? Contrairement à Klan, il aimait bien le Nôstre et il nourrissait la secrète ambition que Gavannha lui apprenne la magie un jour. S'ils le mettaient en colère en l'espionnant, peut-être refuserait-il de lui dispenser son enseignement ? D'un autre côté, Di savait qu'il devait modérer Klan, ou son frère risquait de se placer dans une situation dangereuse.

— Qu'est-ce tu glandes ? s'agaça Klan de l'autre côté de la toile.

Raboule ta fraise !

Di soupira de nouveau. Il sortit, puis suivit Klan, qui se faufilait déjà dans la nuit, derrière les tentes, là où ils passeraient inaperçus. En silence, ils explorèrent les environs jusqu'à découvrir Gavannha à proximité de chez Aliénor. La lumière des foyers fluctuait. Parfois, elle éclairait le Nôstre en entier ; parfois, la moitié de son visage seulement. L'homme scrutait les alentours sans paraître se soucier des sentinelles qui le filaient comme son ombre. Ici et là, des membres de la troupe l'observaient avec curiosité, assis devant leur tente respective.

— Tu crois qu'y la baise ? chuchota Klan. Ça m'étonnerait pas d'lui !

— Tais-toi ! répliqua Di. Il risque de nous entendre.

Klan se renfrogna. L'ignorant, Di se mit à plat ventre dans l'herbe avant de ramper vers leur tuteur. Il s'arrêta à la frontière mouvante entre l'ombre et la lumière. Que cherchait Gavannha ? Il s'aperçut alors que le Nôstre bougeait son index gauche en rythme, traçant de petits cercles toutes les deux ou trois secondes. *Il a jeté un sort !* comprit Di. À la recherche d'un phénomène surnaturel, il observa Gavannha et les environs. Di aimait la magie. Elle était son héritage et, depuis sa rencontre avec Gavannha, il voulait devenir un Nôstre. Di s'imaginait déjà dans le futur. Il jetterait des sorts surpuissants, punirait ceux qui s'en prenaient aux enfants et jamais plus il ne serait une victime !

Gavannha s'éloigna du campement pour se diriger vers les berges du lac. Les sentinelles le suivirent. Klan et Di attendirent de longues secondes avant de leur emboîter le pas. Très vite, seules la lune et les étoiles les aidèrent à s'orienter dans la pénombre. Leurs pieds crissaient sur le sol rocailleux où poussait parfois de l'herbe. Tous deux marchaient donc à petits pas en essayant de limiter le bruit. Klan se situait à un mètre ou deux devant lui. Sans crier gare, son frère s'arrêta.

— Regarde ! chuchota-t-il en montrant deux formes positionnées un peu plus loin.

Di s'approcha davantage.

— Ce sont les sentinelles !

— Ouais, abonda Klan, et c'te crevur' d'Gavannha les a paralysés avec ses lianes. Y veut pas qu'on sache c'qu'y fout ici, c'soir. J't'avais dit qu'fallait l'suivre !

La voix de son frère laissait échapper des intonations de triomphe.

— Faisons un détour, proposa Di. Gavannha m'a dit l'autre jour que ses sorts d'immobilisation agissent seulement sur un périmètre précis.

Le bruit d'une conversation retentit dans le silence nocturne. Klan hocha la tête. Ils arrivèrent près de la berge où deux adultes discutaient dans une langue que Di et Klan ne comprenaient pas. Ils s'approchèrent d'eux jusqu'à pouvoir distinguer leurs traits grâce à la pleine lune. Gavannha et Aliénor s'entretenaient. Très vite, la situation s'envenima. D'un geste, brusque, l'homme agrippa la femme et la plaqua contre le sol. La voix de leur tuteur devint clairement menaçante. Aliénor essaya de crier, mais l'homme lui couvrit la bouche avec sa main. Puis, il appuya un genou contre son estomac, se pencha près de l'oreille de sa victime et murmura un long monologue.

Di sentit un frisson de terreur courir le long de son échine. Il se tourna vers Klan, qui le regardait aussi, la peur gravée sur le visage. Leur échange silencieux dura moins d'une seconde. Di se remémora les horreurs traversées au cours des mois précédents. Les viols. Les coups. Les pleurs. Les trahisons. Et le meurtre… Aucun des deux ne souhaitait revivre ces malheurs. Non seulement Gavannha leur prouvait qu'il était violent, mais en outre ses capacités magiques le rendaient invincible. Seule la fuite les sauverait d'un sort pire que la mort.

En silence, ils s'éloignèrent des deux adultes avant de marcher en direction de l'est. Aucun d'eux ne regarda en arrière.

Chapitre 16 : Gavannha

Gavannha observa l'aura verdâtre qui les entourait désormais, Aliénor et lui.

— Inutile de crier, personne ne t'entendra.

Malgré les deux mains qui la plaquaient contre le sol caillouteux, malgré le genou s'enfonçant dans son estomac, Aliénor tenta de se débattre. Elle rua, essaya en vain de lui asséner des coups de poing ou de se dégager. Une odeur âcre de peur émanait d'elle. Sa tête bougeait en tous sens, les veines de son cou saillaient et des halètements liés à l'effort s'échappaient de ses lèvres. *Ça ne suffira jamais pour que j'obtienne les informations dont j'ai besoin.* Il activa un sort qui lui donnait une force supérieure à celle d'un individu normal, puis il resserra son étreinte. Tout d'abord, il sentit les muscles des bras d'Aliénor dans ses poignes fermes. Les humérus de la jeune femme lui semblèrent aussi fragiles que des brindilles. Avec sa puissance actuelle, il pouvait ou les briser, ou tirer et les arracher complètement de leur épaule. Aliénor glapit de douleur.

— Alors ! tonna-t-il en Camogérien. Pour qui travailles-tu ?

— Pour personne, gémit-elle. Lâche-moi, tu me fais mal ! On dirait Antoine. Je sais que tu vaux mieux que lui !

Il haussa les sourcils devant cette comparaison peu flatteuse. Elle essayait de le manipuler, comme il s'y attendait. Loin de se remettre en question ou d'éprouver la moindre pitié pour elle, Gavannha reprit son interrogatoire d'une voix encore plus froide qu'auparavant.

— Comment as-tu quitté le Camogéria ? Je connais mon géniteur, jamais il ne laisserait une de ses *femmes déchues* lui échapper. Qui te protège ? Qui peut intimider Antoine au point de le faire renoncer à l'un de ses jouets ?

Aliénor lui cracha au visage.

— Comment oses-tu me comparer à un jouet, fils de pute ! rugit-elle.

Retenant sa force surnaturelle pour ne pas lui fracasser le crâne, Gavannha lui donna un léger coup de tête. Il éprouva la sensation d'à peine l'effleurer mais, durant près d'une minute, Aliénor baigna dans un état d'hébétude. Son corps devint aussi mou que celui d'un mort. Inquiet, il lui prit le pouls. Elle vivait toujours. Poursuivant son auscultation, il découvrit un peu de sang sur les cailloux situés sous les cheveux de sa victime. *Lui ai-je causé un trauma crânien ?* Par chance, elle se remit alors à bouger. Il l'immobilisa à nouveau contre le sol.

— Ce n'était qu'une petite semonce. La prochaine fois, je m'arrange pour plonger directement dans ton esprit, comme je l'ai fait avec Volya et les enfants. Je trouve l'exercice désagréable, mais c'est toujours plus souhaitable qu'une séance de torture en bonne et due forme.

Malgré la pénombre, leurs regards se croisèrent. *Elle a conscience de sa situation*, comprit-il après de longues secondes passées à décrypter ce qu'il observait. *Bien, elle me facilitera la tâche.*

— Et si tu me mens, ajouta-t-il, tu le regretteras. Alors, réponds à mes questions ! Pour qui travailles-tu ?

— Pour Antoine, souffla la Camogérienne.

Surpris, Gavannha demeura muet. *Antoine est l'Araignée ?* s'étonna-t-il. *Impossible, je l'aurais remarqué durant mon séjour au Camogéria ! Peut-être œuvre-t-il pour une tierce personne ?*

— Explique-moi tout !

— Il… Antoine… Il me violait encore et encore. J'avais perdu toute envie de vivre.

La voix d'Aliénor se brisa.

— Un jour, reprit-elle une fois calmée, après… s'être soulagé, il a promis de m'aider à quitter le Camogéria pour toujours si j'acceptais de lui rendre service. Comme j'étais désespérée, j'ai dit oui.

— De quel genre de services parlons-nous ?

— Des trucs invraisemblables, répondit Aliénor. Il a exigé que je m'installe dans un pays précis. En échange, il m'a fourni tout l'argent dont j'avais besoin. Il m'a laissé tranquille durant des années. Il y a deux ans, au moment où j'étais parvenue à me reconstruire et où je pensais que je n'aurais plus jamais affaire à lui, il a repris contact avec moi. À une date et une heure exacte, je devais me rendre dans une station de métro afin de me positionner à un endroit précis sur la rame. En contrepartie, je gagnais le droit de vivre. Jusqu'au dernier instant, j'ai hésité à accepter. Finalement, j'y suis allée car, en définitive, je n'avais rien à perdre. C'était le jour où *Cela* a ravagé la Terre.

Gavannha l'arrêta d'un geste pour se donner le temps de réfléchir.

— Comment pouvait-il prévoir avec une telle exactitude le lancement de *Cela* ? demanda-t-il après un moment passé à examiner les différentes possibilités.

— Antoine voit le futur, révéla-t-elle.

Incrédule, Gavannha relâcha son étreinte sur la Camogérienne. Il se frotta le visage. Aliénor lui disait la vérité. Personne ne lâcherait un mensonge aussi éhonté, à moins de faire de l'humour ou de se moquer de son interlocuteur.

— Comment le sais-tu ?

— Après *Cela*, un Nôstre appelé Campbell m'a rendu visite. Il transportait un message hologrammique d'Antoine qui m'expliquait la marche à suivre pour être intégrée à ce groupe-ci, préparer notre rencontre à tous les deux et faire en sorte que tu prennes en main l'éducation de Klan et Di après l'escarmouche. Il m'a même donné la date et le lieu de notre rendez-vous. Tout ce qu'il m'a prédit s'est réalisé avec exactitude, à l'heure près. C'est pour cette raison que je suis certaine de moi : Antoine voit le futur.

Gavannha décida de croire la Camogérienne. Il enquêterait plus tard pour affiner les détails et satisfaire ses doutes.

— Que gagnais-tu en échange ?

— Atteindre un âge avancé. Avoir une vie confortable. Et surtout, plus personne ne me touchera sans mon autorisation.

Ignorant le reproche, Gavannha réorienta la conversation :

— Que sais-tu à propos de mon fils disparu ?

Le visage d'Aliénor trahit sa surprise.

— Tu as un enfant ? s'étonna-t-elle d'une voix tendue. Je ne sais rien de lui, je te le jure. Antoine t'a promis des retrouvailles si tu accomplissais certaines missions ?

Gavannha acquiesça pour observer ses réactions.

— Si tu écoutes Antoine, alors tu reverras ton fils, affirma-t-elle.

On dirait une croyante parlant des pouvoirs de son dieu ! songea Gavannha. Son écœurement à l'égard d'Antoine s'accrut encore un peu plus.

— Pour quelle raison veut-il que je m'occupe de Di ? Pourquoi cet enfant est-il aussi important ?

— Comment pourrais-je le savoir ? Je suis une simple exécutante.

— Avais-tu d'autres missions ?

— Non, affirma Aliénor.

Gavannha l'observa avec suspicion. Le visage de la femme demeura neutre et indéchiffrable.

— J'espère que tu me dis la vérité. Je vais te surveiller. Si j'ai un doute…

— Je sais, répliqua-t-elle.

Gavannha se releva. Son esprit fourmillait de questions sans réponse. Il réinterrogerait la Camogérienne un peu plus tard en cas de besoin. Pour l'heure, il lui fallait contacter Jaméo afin d'organiser un plan d'action.

— Quelles conclusions en tires-tu ? demanda Gavannha.

Éclairé par une faible lumière orangée, Jaméo se gratta la joue.

— On nage en plein délire ! s'exclama-t-il. Un sort qui permettrait de lire le futur ? Ça me paraît dément. Tu imagines tout ce que ça impliquerait ? Que toutes nos actions, idées ou pensées sont déjà écrites. Que nous sommes de simples marionnettes exécutant un spectacle minuté à la seconde près. Dans de telles conditions, à quoi bon vivre ?

Gavannha lui posa la main sur l'épaule.

— Déia disait que le libre arbitre était la clé de tout.

— Tu veux dire que… il serait possible de changer le futur ?

— C'est ce que je crois, répondit Gavannha. À mon avis, les prédictions ne se réalisent que si l'on exécute à la lettre les ordres d'Antoine. Depuis le début de cette affaire, je suis englué jusqu'au cou dans sa toile. Que se passera-t-il lorsque je cesserai de suivre ses directives ? Tous ses plans s'écrouleront d'eux-mêmes, j'en suis persuadé. Jamais Déia ne m'aurait divulgué une telle information dans le cas contraire.

Jaméo enleva la main de son épaule. Il s'éloigna de quelques mètres, disparaissant à demi dans la pénombre.

— Vraiment ? demanda-t-il d'une voix circonspecte. Elle t'a avoué elle-même qu'elle s'est alliée à Antoine. Pour que le futur s'accomplisse, peut-être ont-ils besoin que tu croies tes pensées ou actions indépendantes de leurs prédictions ? Et même si tu disposes effectivement de ton libre arbitre, comment peux-tu être certain de pouvoir sortir de la toile d'Antoine si tu le souhaites ? Peut-être a-t-il calculé le moindre de tes agissements à l'avance ? Te voilà un pion qui sert les ambitions de ton géniteur.

— Je refuse de céder à la paranoïa, répliqua Gavannha. Vérifions d'abord qu'il peut bel et bien prévoir le futur. Évaluons ensuite dans quelle mesure ses prédictions sont inexorables. Enfin, tentons de comprendre quel est son objectif. Pourquoi s'est-il mêlé de nos existences à Di et moi ? Ses plans dépassent-ils les frontières du Camogéria ? Après tout, il s'est bien allié à Déia pour une raison.

Jaméo se rapprocha, les mains enfoncées dans ses poches.

— Tu manques de perspectives. Si ton géniteur prédit l'avenir et si le futur est modifiable, alors nous devons utiliser Antoine pour gagner la guerre contre l'Husdamore. Plus important encore, nous avons besoin de son assistance pour abattre celle qui contrôlerait les sages. Imagine l'avantage tactique d'un tel sort ! Nous devons en obtenir le rituel pour nos soldats !

— Je doute qu'Antoine coopère, répliqua Gavannha. Il n'a jamais éprouvé la moindre affection pour le Chitosa Perdu ou même la Godéranie. C'est un Terrien, désormais.

— Alors, nous le capturerons, répondit Jaméo. Je vais envoyer une escouade sur le Camogéria dès mon retour.

Gavannha se mordit la lèvre inférieure.

— S'il prédit le futur, tes hommes n'ont aucune chance. À l'exception de Déia peut-être, mon géniteur est l'un des Nôstres les plus dangereux que j'ai rencontrés en six siècles d'existence. Et tu souhaites le confronter sur son propre terrain ? Il a transformé le Camogéria en un piège mortel. Le sol tout entier de la région est un item magique qu'il contrôle. Tu enverrais tes soldats à l'abattoir ! Et là, je ne te parle même pas de son Art. Antoine utilise son sang comme une arme. Si ton escouade lui érafle la peau sans le tuer, alors Antoine les pulvérisera. Littéralement ! Le seul moyen de s'emparer de lui, c'est par la ruse. Un somnifère puissant et un tatouage qui le coupe de sa magie, par exemple. Autrement, c'est du suicide.

— Tu as l'air d'y avoir beaucoup réfléchi, observa Jaméo, les yeux étrécis.

— Bien entendu ! répliqua Gavannha. Je te rappelle que je voulais le juger pour la séquestration et les viols à répétition de ma mère biologique. Sans parler de ses crimes au Camogéria. Dès notre rencontre, j'ai compris que je n'avais aucune chance de le vaincre par la force. Il me fallait bien trouver une solution !

Le maître-espion se caressa le menton.

— Je vais essayer de le capturer. Si j'y parviens, tu pourras interroger Antoine. Si j'échoue, alors ce sera à toi d'obtenir les informations dont nous avons besoin. Qu'en penses-tu ?

Que je n'interviendrai jamais avant d'avoir retrouvé Takuba, songea Gavannha en son for intérieur. *Tes hommes n'ont aucune chance si Antoine peut bel et bien prédire l'avenir*. Il tendit néanmoins la main vers son ancien protégé.

— Marché conclu, répondit-il.

Par la suite, ils réglèrent des détails pratiques, puis Jaméo lui annonça son départ. Une réunion au sommet se déroulerait dans l'après-midi au palais et le maître-espion voulait encore superviser de nombreux préparatifs. Gavannha s'étonna que Naguère 1er ait laissé le Moine entrer dans son palace ou participer à la rencontre. *Tout ceci ne me regarde plus*, songea-t-il.

Il rentra au campement, cependant il découvrit que Klan et Di n'étaient pas dans sa tente.

— Par la Déesse !

Il s'assit en tailleur. Comme Di portait toujours sur lui son couteau magique, Gavannha se concentra tout en se remémorant les leçons d'Antoine :

— Beaucoup l'ignorent, mais le sang est une arme puissante, affirmait son géniteur de sa voix caverneuse. Nous le transportons sur nous en permanence. Plus intéressant encore, il charrie notre magie. Quelques gouttes suffisent à tuer un adversaire si tu sais comment les exploiter. Tu peux aussi t'en servir comme un traqueur, un système de protection et tellement plus.

Gavannha lança le sort enseigné par Antoine et auquel il s'était lié des siècles auparavant. Ses perceptions sensorielles se dissipèrent, comme s'il était un esprit immatériel au milieu du néant. Peu à peu, une chaleur intense combla le vide. Son sang. L'hémoglobine pulsait dans ses veines à chaque battement cardiaque. Le flot lui donna très vite une idée précise des contours de son corps. Gavannha s'en désintéressa. Il concentra ses efforts pour rechercher les gouttes de fluide vital présentes hors de son organisme. Quelques secondes plus tard, il repéra le sang incrusté à l'intérieur du couteau. L'artefact se situait à six kilomètres du campement.

Gavannha ouvrit les yeux, généra une plateforme de déplacement rapide et se précipita vers les enfants. *J'espère que les quatre Humains qui souhaitent tuer Klan et Di n'ont rien à voir avec cette histoire*. S'il arrivait malheur à ses protégés, non seulement il s'en voudrait de sa négligence mais, en outre, il risquait de ne jamais retrouver Takuba. Il couvrit la distance en quelques minutes. À cause de la pénombre, il ne distinguait pas les deux garçons ou la situation dans laquelle ils se trouvaient. *Autant tout éclairer*, décida-t-il. *J'aviserai en fonction des événements*. Il forma une boule orangée entre ses mains, puis il la jeta dans les airs au-dessus de la campagne. Une pâle clarté s'abattit aussitôt sur les environs.

Par chance, le paysage s'avérait plutôt monotone, avec peu de relief ou de végétation. Gavannha détecta en un instant les enfants qui, pétrifiés, observaient la lumière magique. *Bien*, songea-t-il. *Ils ne sont pas en danger. C'est une simple fugue*. Il atterrit à proximité. Klan et Di suivirent sa descente d'un air effaré.

— Où allez-vous à cette heure de la nuit ?

Ils restèrent muets. Au bout de quelques instants, Di recula d'un pas, mais il trébucha sur une grosse pierre avant de tomber à la renverse. *Pourquoi ont-ils peur de moi ?* La sidération frappa Gavannha. La réaction des enfants le meurtrissait. *Qu'est-ce que je leur ai fait ?*

— Tu m'expliques ? demanda-t-il à Klan.

— T'es qu'un sale con ! cracha Petit Félin. Tu vas finir par nous taper d'ssus comme avec Aliénor ! Dégage ! On veut pas t'voir ! Si t'approches, j'te bute ! T'entends, salopard ?

Les mains tremblantes, Klan brandit le couteau magique devant lui.

J'aurais dû me douter qu'ils me suivraient à nouveau ! Comme s'ils avaient besoin d'être témoins d'une autre scène de violence après ce qu'ils ont vécu... Gavannha maudit sa négligence.

— Aliénor et moi, nous avions des comptes à régler. Elle m'a donné les réponses dont j'avais besoin. Cette affaire s'arrête là. Pourquoi voudriez-vous que je vous maltraite ?

Gavannha avança d'un pas. Le visage de Klan afficha un kaléidoscope d'émotions contradictoires. Dans le même temps, Di se releva. Dépourvu d'armes, le regard empli d'appréhension, il se positionna derrière son frère. Le cœur de Gavannha se serra.

— Nous pourrions en discuter calmement autour d'un petit-déjeuner ?

Il franchit un nouveau mètre. À l'exception des mains de Klan, qui se mirent à trembler davantage encore, rien ne se produisit. Il comprenait leur peur. Les mauvais traitements subis dans le passé les rendaient prompts à la méfiance. Pour eux, fuir et attribuer de piètres intentions aux autres se révélaient plus aisé que d'accorder leur confiance. Gavannha sourit.

— Tout va bien, les rassura-t-il.

Il parcourut un mètre supplémentaire. Des larmes affleurèrent les yeux de Klan. Sur son visage, Gavannha lut de la peur, mais également de l'hésitation. Il décida de s'engouffrer dans la brèche.

— Tout va bien, répéta-t-il d'une voix douce. Je viens seulement discuter avec vous.

À ces mots, Klan se détendit un peu, comme s'il avait craint depuis le début une pluie de coups.

— J'te hais, cracha-t-il néanmoins avec une bravade qui visait davantage à conserver son honneur qu'à exprimer ses véritables sentiments.

Comme pour contredire ses propos, Klan abaissa son arme.

— Tout va bien, lui répondit Gavannha.

Il s'assit en tailleur devant eux.

— Vous voyez, ajouta-t-il, je ne vous veux aucun mal. Ce qui s'est passé avec Aliénor n'a aucun rapport avec vous.

— Tu vas nous taper d'ssus ! l'accusa Klan.

— Pourquoi vous maltraiterais-je ? Parce que vous avez peur de moi ? Ce serait aberrant.

— C'est toujours comme ça qu'ça s'passait avec les autr' ! répliqua Klan sur un ton de défi. Un coup sympa, un coup j'te cogne et j'te fourre ma bite dans l'cul !

Gavannha avala sa salive.

— On ne se connaît pas, c'est vrai, mais je peux vous assurer que je fonctionne différemment. J'espère que vous me ferez confiance un jour. Alors, est-ce que vous souhaitez m'accorder une seconde chance ? Ou bien préférez-vous mourir de faim et de soif au milieu de nulle part ? Je respecterai votre décision, quelle qu'elle soit.

Les deux enfants échangèrent un long regard.

— On te donne une seconde chance, annonça Di. Mais à une seule condition : je veux apprendre la magie.

Gavannha manqua de s'étouffer.

Chapitre 17 : Le Moine

Le Moine s'appuya sur les murs blancs du couloir étroit où il patientait depuis maintenant deux heures. Pour tromper l'ennui, il observa les poutres en bois précieux qui soutenaient le plafond, puis il s'intéressa aux tableaux de maîtres qui pendaient ici et là.

Assis en tailleur à deux pas de lui, Griff fixait un item magique de forme conique dont le sommet retransmettait en continu les débats qui se déroulaient dans la pièce voisine. De temps à autre, le Moine reconnaissait la voix de Jaméo ou d'un autre personnage important. Le ton des politiciens se faisait parfois agressif, parfois accusateur, parfois violent.

Le Moine les écoutait d'une oreille distraite. Les échanges revenaient sans cesse aux mêmes antagonismes et aux mêmes pierres d'achoppement, comme un chiot qui tourne en rond en essayant de se mordre la queue. L'ambassadeur du Phrygiana s'exprimait avec emphase. Le Moine l'imaginait debout, appuyant chacune de ses phrases par un geste de la main.

— La situation géographique du Phrygiana est critique. Si nous soutenons la coalition, nous serons le premier territoire que les sages envahiront. Nous serons la plus grande victime du conflit. En conséquence, nous exigeons de diriger cette union. Sans cette position de commandement, nous joindrons nos armées à l'Husdamore, comme par le passé.

Un nouveau tumulte se propagea. Le Moine sourit. Campbell lui avait amené les preuves que le Pharaon mettait tout en œuvre pour prévenir la guerre. L'ambassadeur accumulait les exigences déraisonnables de manière à enliser les débats et entraver toutes les décisions. Il cherchait ainsi à empêcher la coalition de se former. Car, pour ce pays, situé entre le marteau et l'enclume, la seule chance d'éviter une catastrophe était de préserver le *statu quo*. D'ailleurs, selon Campbell, un représentant du Phrygiana menait en parallèle un groupe de pression en Husdamore pour garantir les frontières de la pharaonie, si jamais le conflit éclatait.

— Il est temps d'intervenir, annonça le Moine.

Griff lui jeta un regard mauvais.

— Tu m'assassines maintenant ou la semaine prochaine ?

Le Moine se força à sourire, mais n'obtint qu'une grimace informe.

— J'ai eu vingt fois l'occasion de te tuer par le passé, ne l'oublie pas. Jamais Elle ne m'a demandé d'en finir avec toi moi-même. Ta mort viendra d'une autre main que la mienne, c'est certain. Et plutôt que de me reprocher mes allégeances premières, tu devrais te concentrer sur un moyen de faire tourner les futurs en ta faveur.

— Rejeter tes responsabilités sur le dos d'autrui t'aide-t-il à mieux dormir la nuit ?

— Tu es libre de ne pas participer à cette réunion, de fuir ou tout simplement d'élaborer un autre plan. Je ne te retiens pas.

Les poings de Griff se serrèrent.

— Sur le papier, jamais je n'aurais de meilleure occasion de former la coalition. Je serais stupide de m'en aller à présent. Cependant, je t'ai à l'œil, sois-en certain.

Le Moine haussa les épaules, puis il s'empara du bâton posé devant lui. Conçu la veille par Griff, l'artefact lui arrivait au niveau de la gorge. Des *terreux* avaient fourni au joueur des dizaines de diamants écarlates pour en sertir le manche. Son extrémité supérieure ressemblait à une couronne d'épines dorées. Le Moine mit sa capuche, puis vérifia qu'elle lui dissimulait bien la moitié du visage.

— Le fruit est mûr. Il est temps de s'en emparer ou il risque de pourrir.

Griff se leva sans chercher à masquer ses réticences. Deux serviteurs leur ouvrirent la porte principale qui donnait sur une grande salle, occupée en son centre par une longue table ovale surannée. De larges fenêtres inondaient l'endroit de lumière. Pour avoir visité cette pièce la veille, le Moine savait qu'une scène religieuse représentant Godéramée en train d'offrir la magie aux Nôstres était peinte au plafond. Un classique de l'art sacré. Le regard du Moine scruta en priorité les individus présents, qui siégeaient tous sur des fauteuils rembourrés. Positionnés de manière stratégique, des miroirs fournissaient à chacun des invités une vision panoramique des lieux. Les luminaires en cristal qui pendaient à deux mètres au-dessus de la table des négociations scintillaient. Jaméo lui avait expliqué que ces artefacts inhibaient la magie sur une circonférence donnée. Le Moine s'approcha jusqu'à la frontière de leur champ d'action, délimitée par une ligne verte sur le sol. D'un geste sec, il frappa l'extrémité de son bâton contre le carrelage. Une onde de choc traversa la salle au point de faire trembler les murs et le mobilier.

Un silence total s'installa dans la pièce. Le Moine projeta un regard circulaire sur les hommes politiques présents. Tous l'observèrent avec surprise.

— Bien, maintenant que j'ai votre attention à tous, nous pouvons enfin passer aux choses sérieuses. Je vous présente Griffith. Il est le nouveau Commandant en Chef de la coalition.

D'un pas vif, le Moine rejoignit le pupitre positionné en bout de table où les représentants s'exprimaient à tour de rôle. Comme convenu, Griff le suivit, silencieux.

— Vous le savez tous, annonça le Moine d'une voix assurée, ma patience est limitée. À chacune de mes réapparitions, il y a des doutes sur mon identité. Suis-je le réel Moine ou simplement un imitateur ? La suspicion est d'autant plus forte aujourd'hui que les sages ont répandu une rumeur concernant ma mort quand j'ai cessé de collaborer avec eux. Laissez-moi donc clarifier les choses d'emblée. Je suis le Moine !

Sans paraître se soucier du raclement strident de son fauteuil, la présidente de Krustkr se leva. D'un pas souple, elle se dirigea vers le pupitre avant de s'arrêter à un mètre du Moine. Fidèle aux coutumes ascétiques de son pays, Debra portait une robe blanche taillée de manière grossière. Ses bras et jambes attestaient d'une pratique sportive intense et seules de légères rides barraient son front. Le Moine s'inclina de façon ironique.

— Debra, la salua-t-il. Tu as l'air très en forme. L'autocratie te va à ravir.

La Présidente conserva le silence. Il subit son examen sans protester. Après quelques secondes, elle se détourna de lui, montra du doigt les luminaires en cristal qui pendaient au-dessus de la table des négociations et demanda à Jaméo d'une voix sèche :

— Ces artefacts empêchent-ils l'utilisation des illusions dans cette salle ?

Le maître-espion affirma aussitôt :

— Bien entendu. C'est une mesure diplomatique standard. Ils bloquent toutes les formes de magie possibles et imaginables.

— Alors pourquoi son bâton a-t-il fonctionné ? questionna-t-elle sur un ton qui pour elle était normal, mais qui pour d'autres semblerait très agressif.

— Le phénomène a été provoqué par la magie, répondit Jaméo d'une voix calme. Néanmoins, en tant que telle, l'onde de choc est tout à fait naturelle.

Debra approuva avec un hochement de tête.

— Parfait !

Elle s'adressa ensuite aux autres représentants politiques.

— Cet homme est bel et bien le Moine ! Je le reconnaîtrais même sans sa bure.

Sur ces mots, elle retourna à son siège. Personne ne contesta l'information. En son for intérieur, le Moine remercia la Dame de Fer, qui venait de lui apporter un soutien implicite en l'identifiant publiquement. Debra avait construit sa réputation sur une honnêteté brutale. Jamais elle ne mentait. Elle préférait affirmer à des ambassadeurs que la République de Krustkr avait engagé des manœuvres offensives contre leur pays et exiger une reddition, même si une guerre défavorable résultait de cet aveu, plutôt que d'effectuer une frappe secrète qui lui permettrait de conquérir un nouveau territoire sans le moindre effort.

— Vous rencontrez des difficultés pour créer cette alliance, reprit le Moine.

Il opéra une pause calculée. La *lumière* s'agita alors. Les nœuds coulants violets se resserrèrent, des traînées sanguinolentes s'épanouirent un peu partout, et des formes ayant l'aspect d'un crâne se dessinèrent à plusieurs endroits. Devant la teneur du message, sa personnalité d'origine trembla de terreur. Elle se réfugia au plus profond de son être. La menace se passait de commentaires : s'il échouait à former cette alliance, Godéramée ou Alathana l'exécuteraient.

— Pour cette raison, reprit-il, Griffith sera le mieux qualifié pour unifier et diriger cette coalition. Il est à moitié humain. Le symbole et le message sont forts. De plus, il ne représente les intérêts d'aucune de vos nations, puisqu'il se considère avant tout comme un Terrien. Vous ne pourrez donc pas l'accuser de partialité. Je l'appuierais tout au long du processus.

L'assistance resta de marbre, à l'exception du ministre des Affaires étrangères d'Artica, qui se leva.

— En commentant vos méthodes, aussi viles que la ciguë, les augustes représentants qui siègent autour de cette noble table vous accorderaient trop de crédit. Vous jouissez d'un statut unique, mais vous n'êtes point notre égal, malgré vos états de services remarquables. Admettez-le, un chien d'attaque nous offrirait bien davantage que vous : nous aurions sa fidélité. Pourriez-vous nous apporter les garanties concernant vos allégeances réelles ? J'en doute fort. En outre, vous manquez de l'autorité nécessaire pour nous imposer votre choix. Vous pouvez considérer que vous êtes le dépositaire des volontés de la Déesse en Godéranie, cependant nous sommes tous lucides quant à la gravité de vos psychoses. Aucun des représentants de cette auguste assemblée n'a atteint sa position de pouvoir politique en s'effrayant devant des déments de votre acabit.

Le Moine regarda le petit homme chauve habillé de vêtements moulants. Cinq heures plus tôt, Campbell lui avait fourni des renseignements sur chaque pays et personnalité présente. Parmi ces informations se trouvait un enregistrement sonore qui compromettait Artica. L'île située à l'est de la Godéranie abritait déjà des dizaines de bataillons husdamoriens. Pour Jaméo, les insulaires avaient pour mission de retarder les négociations en cours. Selon Campbell, d'autres traîtres se dissimulaient aussi dans l'alliance en gestation. Le Moine étudia les solutions qui s'offraient à lui. Ou il compromettait Artica dès à présent pour instaurer un climat de confiance autour de sa personne ; ou il patientait et utilisait les îliens pour diffuser de fausses informations ; ou il les mettait dans une position intenable au point de les forcer à se retourner contre les sages. En temps normal, il aurait temporisé : certaines décisions irrévocables se prenaient quand une occasion immanquable se profilait. Cependant, en raison de la pression que Godéramée exerçait avec la *lumière*, il opta pour des méthodes radicales : il devait obtenir des résultats ! Le Moine sortit de sa bure un item magique.

— Jaméo, pouvez-vous suspendre l'action des luminaires pour que tout le monde écoute cet enregistrement ?

— C'est possible, répondit le maître-espion, mais selon nos protocoles diplomatiques, j'ai besoin de l'accord des émissaires ici présents.

Durant quelque temps, ils discutèrent de leurs options. Le

représentant d'Artica alerta contre les risques d'un piège ou d'une attaque-surprise destinée à décapiter la coalition. Finalement, le vote à main levé tourna en faveur du Moine. Jaméo sortit un boîtier noir et pressa un bouton. Les luminaires clignotèrent avant de s'éteindre pour permettre au Moine de diffuser l'enregistrement.

Pendant plusieurs minutes, le président d'Artica et Sage M discutèrent des modalités d'un accord entre l'Husdamore et les insulaires. Lorsque ce fut fini, l'îlien s'insurgea, rouge de colère :

— Voilà une bien grossière contrefaçon !

— Nous avons authentifié cet enregistrement, intervint Jaméo d'une voix froide.

— Il est patent, mes chers confrères et consœurs, que le maître-espion du Chitosa Perdu et le Moine ont forgé une alliance douteuse. Aucun de vous ne devrait se fier à ces menteries éhontées. Elles se déversent de leur infâme bouche comme des déjections d'un anus.

— Depuis sa création, le Chitosa Perdu cherche à abattre l'Husdamore, répliqua Jaméo. Notre position a toujours été claire. Quels sont les engagements de votre pays à ce sujet ?

Les représentants des différentes nations jetèrent sur l'Articalite un regard qui oscillait entre l'écœurement, l'agacement et, pour certains, la colère franche. *Bien*, jugea le Moine. *Le voilà discrédité. J'ai prouvé mes compétences auprès des émissaires. C'est le moment de marquer les esprits, et de prendre définitivement l'ascendant sur eux*. Profitant de la désactivation des luminaires, le Moine déclencha un sort. Son bras gauche se transforma en un amas de fumée grisâtre. Éprouvant la très désagréable impression qu'une prothèse avait remplacé l'un de ses membres, il frissonna. Tandis qu'il s'habituait aux picotements provoqués par l'infime courant d'air qui naviguait dans la pièce, tous les regards convergèrent dans sa direction.

— Ma patience étant limitée, proclama le Moine, j'ai décidé de hâter les événements en cours.

Comprenant le danger, l'émissaire d'Artica essaya de fuir par une fenêtre. Cependant, le Moine l'en empêcha : tel un tentacule, son bras de fumée jaillit vers le traître, l'enserra et le souleva du sol. Les pieds battant, l'homme hurla, tenta de se libérer, rua, mais le Moine accentua la pression. Un craquement sinistre retentit, une gerbe de sang gicla de la bouche de l'Articalite et les cris cessèrent aussitôt. Avec nonchalance, le Moine relâcha son étreinte. L'émissaire chuta sur le carrelage avec un bruit sourd. Comme broyé par une masse titanesque, ses os échouèrent à donner au corps sans vie une apparence décente : il ressemblait davantage à une poupée de chiffon boursouflée.

— Y a-t-il encore une objection ? demanda le Moine.

Tous les représentants politiques se levèrent. Certains déclenchèrent des sorts de protection.

— Quelqu'un d'autre travaille-t-il pour les sages ? s'enquit le Moine d'une voix calme.

— Vous venez de commettre un crime ! l'accusa un Phrygien au double menton. Tant que nous sommes en mission d'ambassadeur, personne ne peut attenter à notre vie.

Il s'emparera de toutes les excuses possibles pour faire avorter les négociations, celui-là ! Par le passé, le Moine avait recouru au meurtre diplomatique à trois reprises, chaque fois dans des circonstances similaires. En général, des voix indignées s'élevaient ; elles menaçaient de le capturer, de le tuer ou d'abattre sur lui une hypothétique justice. Le Moine tirait alors profit de sa légende et du statut qu'il possédait sur Godéranie. Il décida donc d'employer cette même stratégie une fois de plus.

— Pourquoi respecterais-je des accords que je n'ai jamais signés ? De plus, avant de forger une alliance, je préfère en éradiquer les membres douteux. C'est plus sain !

— Ce serait revenir trois mille ans en arrière, répliqua le Phrygien. Vous sectionneriez tous des liens diplomatiques entre les nations de la

Godéranie. Pour réparer cet affront, nous devons prendre votre tête.

De toute évidence échaudée par ces méthodes expéditives, la majorité des représentants l'approuva. Des lames magiques vrombirent. *Utilisons la force pour les contraindre à entendre raison*, décida-t-il. Cependant, à l'instant où le Moine voulut jeter d'autres sorts, la *lumière* s'affola. Les nœuds coulants se resserrèrent, les crânes éclatèrent et une explosion de couleurs meurtrières l'aveugla.

Durant une seconde, oubliant que ses visions étaient l'œuvre d'un item magique greffé sur son nerf optique, il ferma les yeux. En vain. Une douleur sourde lui vrilla le cerveau à mesure que l'artefact chauffait. Puis, la *lumière* s'immobilisa dans des teintes macabres. Le Moine eut alors la possibilité de prendre conscience de ce qui venait tout juste de se produire. *J'ai commis une grosse erreur d'appréciation. Je me suis montré arrogant et j'ai perdu le contrôle de la situation. C'est... fini.* Sa personnalité d'origine hurla dans son for intérieur, relâchant de nouveaux souvenirs de torture. Le Moine mit plusieurs secondes à encaisser le choc.

Idiot, le gourmanda-t-il. *Goděramée vient de nous condamner à mort ; Tortureur ne te ramènera pas chez lui !*

Ignorant la terreur de sa personnalité d'origine, le Moine étudia la configuration des lieux et la position des Nôstres présents dans la pièce. *La fenêtre sur ma gauche ! Je la brise. De là, je me dirige vers le dôme. Un sort de dématérialisation devrait me permettre de passer au travers.*

Il s'apprêtait à mettre son plan à exécution quand Griff s'empara du bâton magique, puis frappa le sol. L'onde de choc engendra un silence complet dans la pièce.

— Messieurs, déclara-t-il, vous perdez de vue les enjeux réels de cette rencontre.

Tous les regards convergèrent dans sa direction, comme s'ils remarquaient sa présence pour la première fois depuis son arrivée dans la salle des négociations.

— Sans le Moine, cette coalition ne naîtra jamais. Et sans une alliance, l'Husdamore étendra à nouveau ses frontières. Au mieux, le Phrygiana deviendra un de ses satellites.

Il se tourna vers Debra.

— La République de Krustkr sera envahie dans les premières. Votre culture disparaîtra à jamais. Britanica, la Fédération Unique et Vendéa seront les suivants. Une à une, les nations de ce monde tomberont, puis l'Husdamore s'attaquera aux cités-États jusqu'à contrôler la Godéranie tout entière.

Griff s'installa devant le pupitre avant de poursuivre d'une voix de plus en plus enflammée à mesure qu'il s'exprimait :

— Depuis leurs débuts, les sages utilisent vos divisions pour se développer. Jamais l'Husdamore n'aurait grandi autant si vous aviez su vous unir. En un sens, vous êtes les responsables de votre propre extermination. Et là, je ne parle même pas de votre devoir moral envers les Humains.

Griff jeta sur les représentants un regard sévère, comme un professeur tançant des élèves après une sottise commise à la récréation.

— La *Nobilianiti* exige une action sans équivoque, continua-t-il. Les sages sont des criminels que nous devons capturer, juger et punir ! Notre mode de vie repose sur notre aptitude à faire respecter les Commandements de la Déesse. Qu'adviendra-t-il lorsque les Non-Sacrifiés découvriront que nous sommes incapables de nous réguler les uns les autres ? Quel regard porteront-ils sur nous, qui sommes censés être plus sages et expérimentés qu'eux ? Accepteront-ils toujours de nous déléguer le pouvoir politique quand ils comprendront quelle étroitesse d'esprit gouverne les Nôstres ? Les sages, ce sont des sauvages qui menacent notre mode de vie à tous ! Et, nous devons les arrêter pour prouver aux Non-Sacrifiés que nous méritons leur confiance ! C'est notre devoir à tous !

Un silence gêné s'installa dans la salle. Griff en profita pour s'approcher du Moine et lui souffler à l'oreille :

— Tu viens de nous propulser sur une branche des destins que je connais. L'alliance sera forgée en fin de journée, crois-moi. Tu n'as pas besoin de fuir.

Le joueur retourna au pupitre.

— Je suggère de reprendre la discussion avec calme. Je recommande néanmoins d'écarter le Moine pour le moment. Le meurtre d'un représentant diplomatique en mission mérite à minima un geste symbolique, comme une exclusion temporaire de cette salle.

Un rapide vote à main levé consacra la proposition.

Le Moine se frotta longuement le visage et les yeux devant la glace du lavabo. Ses mains étaient moites de sueur. La *lumière* le condamnait toujours à mort. Avec méticulosité, il examina tous les événements de la journée sans trouver de raison à ce revirement subit. Sa personnalité d'origine avait arrêté de geindre. Terrifiée, elle se terrait au plus profond de son être. D'une certaine manière, son retrait était un soulagement. Il réfléchissait mieux sans ses incessantes jérémiades.

Dès la sortie de la salle des négociations, il avait abandonné toute idée de fuite. Peu importe où il se cachait, Elle le retrouverait et l'assassinerait. Pragmatique, il pesa ses options. Godéramée avait pris de grands risques pour se débarrasser de Griff. Visiblement, ce dernier représentait une sérieuse menace pour Elle. Après mûre réflexion, le Moine comprit que ses chances de survie s'accroîtraient s'il suivait Griff. Aux échecs, un mat était possible avec une reine et un roi… Surtout si Antoine et Déia collaboraient, comme l'avait suggéré Griff une fois. Ils s'affaibliraient tous les uns et les autres, et Griff en profiterait pour vaincre la Déesse.

— Alathana garde notre porte, déclara Alia dans son dos. Elle espère que Naguère 1er lui ordonnera bientôt de t'exécuter. Que s'est-il passé ?

Le Moine se retourna. La jeune femme se tenait à l'entrée de la salle de bain. Elle paraissait inquiète.

— La Déesse m'a condamné à mort.

Alia devint livide. D'une voix ferme, elle exigea néanmoins :

— Je refuse de parler au Moine à un moment aussi important. Je connais ton alter ego. S'il te confie les rênes en ma compagnie, c'est qu'il est terrifié. Laisse-le revenir.

Le Moine hocha la tête, puis força son alter ego à sortir des méandres où il se cachait. Dès que la personnalité d'origine reprit le contrôle, ses mains se mirent à trembler et, telle une bête acculée, il se recula contre le mur.

— C'est pire que je le craignais, murmura Alia en s'approchant de lui.

Elle le serra dans ses bras tandis qu'il hoquetait de terreur.

— Tout va bien se passer, chuchota-t-elle. La Déesse ne te capturera pas. Tu Lui échapperas. Mieux encore, tu La massacreras, cette garce ! Tu nous vengeras tous ! Tu n'as pas survécu toutes ces années pour rien ! J'ai confiance en toi ! Tu as des ressources ! Tu as créé le Moine, qui est l'un des guerriers les plus redoutés de la Godéranie ! Nous trouverons une solution, tu verras.

Dans les bras de sa compagne, il sanglota, dépassé par les événements. Des souvenirs de Tortureur lui revinrent à l'esprit. La souffrance. La peur. Le mépris pour lui-même. Sa haine pour Drago, qui avait tué son épouse et tenu sa fille en otage toutes ces années. De longues minutes durant, paniqué, il éprouva des difficultés à respirer. Néanmoins, peu à peu, l'étreinte et la voix douce d'Alia le rassérénèrent. Quand il se sentit mieux, il posa un baiser sur son front.

— Merci.

Il remarqua alors que les mains de sa compagne tremblaient. Aussitôt, il les prit dans les siennes pour la rassurer à son tour.

— Griff affirme qu'il voit à nouveau les futurs, lui annonça-t-il. Naguère 1er n'ordonnera pas mon exécution. De plus, le Moine a décidé que Griff pourrait nous sortir de ce mauvais pas. Tout n'est pas perdu.

Sans plus attendre, il lui détailla le raisonnement de son autre personnalité. Cependant, elle l'écouta d'un air distrait, comme si ces explications ne l'intéressaient pas. Pire encore, Alia paraissait de plus en plus mal à l'aise à mesure qu'il parlait.

— Qu'y a-t-il ?

— Je… Je sais que ce n'est vraiment pas le moment… mais…

Des larmes coulèrent le long de ses joues. L'alter ego l'attira contre lui et la serra dans ses bras.

— Dis-moi tout !

— J'ai pris conscience ce matin que mes règles devaient venir la semaine dernière… Comme nous n'utilisons aucun moyen de contraception…

Un bébé ?

Malgré la gravité de la situation, L'alter ego éclata d'un rire joyeux et l'embrassa à pleine bouche. Tout en savourant le contact des lèvres d'Alia contre les siennes, il repoussa les mises en garde mentales du Moine : à la place de ses ennemis, il enlèverait sa compagne enceinte et ferait pression sur lui. Elle les affaiblissait ! Il devait la tuer, elle et le bébé dès à présent !

— C'est une grande nouvelle ! s'enthousiasma-t-il en essuyant les larmes de la jeune femme.

Alia esquissa un léger sourire.

— Je suis contente que tu le prennes si bien. J'ignorais comment tu réagirais… surtout avec Godéramée qui te menace de mort.

À ces mots, il se rembrunit.

— Ne t'en fais pas, le rassura tout de suite Alia. Je crois en Griff ! Je sais qu'il nous protégera d'Elle.

Durant un instant de lucidité, il prit conscience que sa compagne et lui, désespérés, se raccrochaient aux seules lueurs d'espoir qu'ils entrevoyaient. En l'espace de quelques minutes, ils avaient dit tout et son contraire…

Puis, l'alter ego essaya d'analyser sa situation pour ce qu'elle était véritablement. Griff l'avait lui aussi manipulé à maintes reprises et il ne vouait au joueur qu'une confiance partielle : sacrifier certaines pièces s'avérait une nécessité pour gagner une partie d'échecs… Alia lui caressa la joue, puis l'embrassa. Sa nouvelle bouffée de stress se calma. Mieux encore, l'excitation s'empara de lui.

— Eh bien ! s'amusa Alia en tâtant son entrejambe.

— Allons-nous coucher, proposa-t-il. J'ai besoin de me changer les idées.

— Nous en avons besoin tous les deux ! répliqua-t-elle. Mais je préfère le lavabo !

Sans crier gare, elle le poussa contre la vasque.

Dès qu'il entendit la porte de la chambre s'ouvrir, l'alter ego céda sa place au Moine, qui s'assit dans le lit, puis transforma ses bras en fumée. Griff avait-il échoué à créer la coalition ?

— C'est moi, annonça le joueur.

Le soleil se couchait et une lumière rougeâtre pénétrait dans la pièce. Griff haussa les sourcils en observant le sort que le Moine avait lancé.

— Stressé ? Je t'avais dit que j'avais la situation en main.

Le Moine rematérialisa ses bras. Comme Alia dormait toujours, sous l'impulsion de l'alter ego, il invita Griff à l'attendre à l'extérieur d'un signe de tête. Après avoir revêtu une bure propre, il sortit dans le couloir. Alathana n'était nulle part à l'horizon. Si Naguère 1er avait rappelé son chien d'attaque, le Moine savait que le monarque n'abandonnerait pas aussi facilement. Pire encore, il marchait désormais sur un fil, et seul Griff le protégeait d'un assassinat.

— Allons chez-moi, proposa le joueur.

Une fois dans la chambre, le Moine s'adossa à un mur. Sans un mot, Griff enleva ses vêtements, tachés par des auréoles de transpiration. Le joueur s'approcha ensuite de son armoire. Tout en sélectionnant de nouveaux habits, il déclara d'une voix excitée :

— C'est incroyable cette histoire, tu sais ! Ce futur-ci avait disparu de mes rêves depuis des décennies, voire davantage. Je ne m'y étais pas engagé, car beaucoup de ses aspects me rebutaient. Je devais notamment assassiner plusieurs personnes que j'aimais bien. Je suis encore sidéré que ton intervention nous ait dirigés sur cette branche-là des avenirs. C'est la première fois qu'un tel phénomène se produit. Soit tu as créé une ramification par toi-même, soit nous avons emprunté un passage dont j'ignorais tout.

Pendant plusieurs secondes, le Moine demeura muet, se demandant s'il devait lui révéler qu'Elle l'avait condamné à mort.

— Quelles sont nos chances de La tuer sur ce destin ?

Griff arrêta de boutonner sa chemise et jeta un long regard vers le Moine. Un large sourire illumina alors le visage fatigué du joueur.

— Chaque chose en son temps. Pour les sages, nos probabilités sont bien meilleures qu'avant. Je dirais soixante pour cent. Pour *elle*, c'est une tout autre histoire. Il y a encore une série d'événements à manigancer, mais ils dépendent d'Antoine et de Déia.

Le Moine hocha la tête, analysant avec minutie toutes les miettes que lui jetait le joueur. *Je dois à présent tout faire pour gagner sa confiance*, décida-t-il. *Sinon, je perds des occasions de le conseiller, et mes chances de survie s'amoindrissent.* Avant qu'il puisse réagir, Griff ajouta :

— Sinon, j'ai une très grande nouvelle à t'annoncer : dans ce futur, l'un des pions de Déia, Kayeff, a massacré Drago. Si une telle information peut te réjouir, Drago a beaucoup souffert. Torture, membres sectionnés et tout ça.

Une légère grimace de dégoût apparut sur le visage du joueur, comme si des images de l'assassinat ou du corps de Drago lui revenaient en tête. De son côté, le Moine perçut l'allégresse de son alter ego.

Cependant, derrière cette manifestation de joie, il détecta une certaine déception : sa personnalité d'origine aurait aimé occire lui-même ce fils de pacifiste. Il en rêvait depuis des millénaires, depuis que Drago, à moitié carbonisé, avait plongé dans l'océan pour s'échapper. Plus frustrant encore, ce meurtre ne l'aidait pas à faire le deuil d'Allarti, son ancienne épouse. Mettant de côté les sauts d'humeur de son alter ego, le Moine focalisa à nouveau son attention sur Griff, qui détenait des renseignements nécessaires à leur survie.

— Tu as toujours soigneusement évité de me parler d'Elle. Pour quelle raison ?

Griff enfila son pantalon, puis il boutonna son jean.

— *Elle* t'a condamné à mort, n'est-ce pas ?

Le Moine hésita un instant avant de hocher la tête.

— Bien ! approuva Griff. C'est le meilleur de tous nos scénarios.

— Sais-tu pourquoi elle veut me tuer ?

— *Elle* est furieuse, tout simplement, répondit le joueur d'une voix jubilatoire. Tu nous as fait entrer sur une branche du futur qu'*elle* souhaitait éviter par-dessus tout. *Elle* veut se débarrasser de toi désormais car, entre mes mains, tu représentes une menace sérieuse pour *ses* plans. Je crois qu'*elle* a commis une grosse erreur en te dirigeant vers moi. *Elle* pensait t'utiliser contre moi. La manœuvre était risquée, comme un Humain qui pratique le funambulisme sans filet, et *elle* s'y est cassé les dents.

Cette explication mit le Moine mal à l'aise. Il se décolla du mur avant d'effectuer plusieurs allées-venues. À Sa place, jamais il n'aurait expédié un avertissement avant d'envoyer Tortureur sur ses traces. Le chien de chasse était bien plus redoutable qu'Alathana… Pire encore, il s'agissait d'un *furtif*, indétectable et insaisissable. Le tueur parfait. Pourquoi prendre la peine de le prévenir ? Pourquoi lui laisser le temps de se préparer à l'attaque ? Désirait-Elle instiller de la peur au préalable, par vengeance mesquine, ou bien venait-Elle d'enclencher un autre de ses plans tordus ?

Griff remit ses bracelets, puis accrocha à son cou ses pendentifs, un à un. Tandis qu'il s'activait, le joueur déclara :

— Dans ce futur, tu as besoin de mieux *la* connaître. Je vais donc te révéler une information que je retiens depuis notre rencontre. Comme tu le sais déjà, *elle* est une personne dangereuse et impitoyable. *Elle* est vieille, probablement six à sept fois mon âge, et *elle* est différente de toi ou moi.

Le Moine hocha la tête.

— En revanche, continua Griff, tu ignores qu'*elle* n'est pas Godéramée. *Elle* s'est fait passer pour la Déesse afin de mieux te contrôler et te terrifier.

Le Moine s'arrêta de respirer. En son for intérieur, son alter ego cessa de ruminer à propos de Drago pour écouter avec attention les paroles du joueur.

— Qui est-elle ? chuchota le Moine.

— Sa fille, répondit Griff. Godéramée avait pris pour amant un Nôstre. *Elle* est le résultat de cette union. C'est pour cette raison qu'*elle* ressemble autant à la Déesse.

Le Moine épongea son front avec une manche.

— Pourquoi m'avoir caché des informations aussi importantes ?

— Tant que tu collaborais avec *Kali* – c'est *son* nom – je tenais à garder pour moi les renseignements que je détenais, car *elle* ignore l'étendue de mes connaissances à *son* sujet.

Le Moine approuva d'un signe de tête. Il comprenait la défiance de Griff. Dans le même temps, il analysa ces nouvelles informations.

— *Kali* est-*elle* aussi puissante que sa mère ?

Le joueur sourit.

— Non, mais *elle* est redoutable. Déia elle-même n'a rien pu faire malgré des siècles de préparation. Et la Déicide m'est largement supérieure dans les arts guerriers. Après tout, elle était et est la plus formidable des Dragons encore en vie. Elle n'a pas atteint sa notoriété actuelle sans raison.

Le Moine acquiesça. Depuis le début, il se doutait que Griff était le moins dangereux des joueurs. Pour le Moine, vaincre la Déesse paraissait insurmontable ; en revanche, abattre sa fille lui semblait réalisable. Somme toute, si Déia pensait à une époque pouvoir *la* tuer… Il devait avant toute chose s'adresser à Griff dans un langage qu'il comprendrait afin de le guider.

— A-t-on la moindre chance de *la* battre sur ce futur-ci ?

Griff effectua une grimace.

— Ces avenirs sont un peu fragmentaires pour le moment, mais j'ai bon espoir de rêver à nouveau d'eux dans les semaines qui viennent. Quoi qu'il en soit, j'ai besoin de toi pour imaginer des solutions alternatives aux futurs connus. J'ai bien retenu la leçon que tu m'as administrée : mon esprit est prisonnier des sentiers qu'il entrevoie, si je me contente simplement de suivre les chemins déjà tracés. Je veux que tu m'aides à créer une nouvelle voie.

Le Moine haussa les sourcils.

— Es-tu certain ? Je croyais que tu préférais surveiller les mouvements des autres joueurs.

— C'est vrai, mais ta méthode nous a propulsés dans une position favorable. Autant continuer dans la même direction.

Griff tendit sa main vers le Moine.

— Alors ? Marché conclu ?

Le Moine la lui serra.

— Décris-moi les futurs.

Chapitre 18 : Paul Schwarzenberg

Paul entra dans sa chambre, qui mesurait une centaine de mètres carrés. Au centre s'étalait un lit en baldaquin bordé de rideaux blancs. Des armoires contenant ses effets personnels étaient disposées un peu partout contre les murs. Comme à leur habitude, les domestiques avaient posé des plateaux de fruits sur une grande table en bois précieux. Paul s'essuya le front, couvert de sueur. Il leva les yeux : les ventilateurs installés au plafond fonctionnaient à pleine puissance, mais la chaleur du désert ceinturant Atréida, la capitale, était trop intense. Toute la ville étouffait. Il tourna la tête vers son salon privé, où plusieurs canapés disposés en U permettaient de recevoir des invités. Personne. Il fronça les sourcils. Son garde du corps, Klaus, lui avait pourtant donné rendez-vous. L'horloge à balancier sonna onze heures et demie.

— Il est en retard, s'agaça-t-il.

Paul s'empara d'un plateau d'ananas et s'assit dans un fauteuil. Comme de coutume, des invitations l'attendaient sur sa table basse en ébène. Le prince consulta les premières. Un bal dc charité. Une soirée de célibataires en vue. Un dîner chez un général de l'armée royale. Un salon littéraire. Un concert. Las, il jeta les cartons où il les avait pris. Chacun de ces événements dissimulait des ambitions politiques. S'il s'y rendait, quelqu'un l'aborderait et lui demanderait de placer un cousin dans une position prestigieuse de l'administration. Des femmes plus âgées chercheraient ses faveurs, puis tenteraient de l'influencer dans des domaines divers et variés. Quant au militaire, Paul savait que l'homme intriguait pour pousser le royaume à se joindre à la coalition anti sages qui venait tout juste d'être forgée sous l'égide du Moine. Le général voulait très certainement l'utiliser comme pont pour atteindre le Roi.

Paul alla à son bureau, où un florilège de rapports sur la situation géopolitique patientait : même s'il était encore trop jeune pour contribuer aux décisions du royaume, il s'informait autant que possible de tous les remous extérieurs au pays. Paul appuya sur un bouton noir, puis dit à son secrétaire :

— Pouvez-vous donner des réponses négatives à toutes mes invitations ?

— Très bien, mon Prince. Seulement, compte tenu de vos réticences actuelles à participer aux événements sociaux de la cour, Sa Majesté m'a ordonné de vous programmer au moins deux rencontres publiques par jour pour le mois à venir.

Paul retira son doigt du bouton.

— Par la Déesse !

Le Roi n'en finirait-il donc jamais de l'humilier, de le rabaisser et de contrôler son existence ? Il serra les poings. Depuis l'assassinat de sa mère, le souverain surveillait de près ses activités. Il le noyait sous des tâches insipides pour le tenir à distance des décisions importantes. Depuis plusieurs semaines, Paul élaborait quelques théories à ce sujet. Ou le Roi le jugeait trop faible et il le reléguait à un rôle symbolique ; ou le monarque sentait que Paul lui poserait de gros problèmes à l'avenir et il l'écartait ; ou le Roi le poussait à gagner par lui-même le pouvoir comme lui l'avait fait autrefois.

Une colère sourde s'empara de Paul. *Attends un peu que je trouve un maître et que je me* sacrifie *à la Déesse ! Le Roi regrettera alors d'avoir tué Maman ! De nous avoir maltraités, Walther et moi, durant toutes ces années !* Paul transpercerait le crâne du souverain avec une lame luminescente, mais pas avant d'avoir éviscéré son géniteur et l'avoir pendu avec ses tripes ! L'espace d'un instant, il voulut ordonner à son secrétaire d'ignorer les directives du Roi. Cependant, il serait alors convoqué. À la simple idée d'une rencontre avec le Roi, son estomac se serra. D'ici une centaine d'années, il serait prêt à la confrontation, mais d'ici là jamais il ne pourrait lutter à armes égales avec le monarque.

Après mûre réflexion, Paul décida de participer aux événements qui lui permettraient d'étendre son influence politique. S'il souhaitait venger sa mère, il devait rassembler des partisans dans un premier temps. Autrement, les nobles le jugeraient pour régicide et en profiteraient pour installer l'un d'eux à sa place.

Paul appuya sur le bouton.

— Acceptez l'invitation du général et celle du salon littéraire.

Il regarda la pendule. Klaus avait désormais quinze minutes de retard. Paul retourna sur le canapé, mangea les morceaux d'ananas tout en épluchant le reste des sollicitations, et découvrit de nouvelles occasions d'accroître son réseau. Tandis qu'il travaillait, il éprouva la désagréable sensation d'être épié et, au bout de quelques minutes, la chair de poule souleva tous ses poils. Il se leva d'un bond. Sa chambre lui sembla normale. Seulement, Klaus lui avait expliqué qu'il existait des moyens de contourner le système de sécurité actuel ; son garde du corps œuvrait d'ailleurs avec les meilleurs *artisans* du royaume pour pallier ces failles.

— Qui est là ? demanda Paul d'une voix tendue.

Aucune réponse. D'un pas vif, il alla vers une armoire pour saisir un gant en cuir serti de plusieurs diamants. L'arme projetait des éclairs. Simple, mais efficace.

— Montrez-vous ! ordonna-t-il avec plus d'assurance en brandissant l'artefact.

Les rideaux de son lit remuèrent comme si un courant d'air les faisait danser. *C'est mauvais*, pensa-t-il. *Soit il s'agit d'une plaisanterie, soit d'une manœuvre d'intimidation, soit quelque chose de plus grave encore.* Un frisson parcourut l'échine de Paul. Sa réaction l'énerva. *Cesse d'avoir peur !* se morigéna-t-il. Tout en observant avec attention les alentours, il se dirigea vers son bureau pour demander à son secrétaire de faire intervenir des soldats. Avec peine, il contrôla le tremblement de ses jambes. *Mieux vaut une fausse alerte qu'une négligence avec des répercussions catastrophiques*, se convainquit-il. Néanmoins, il se sentait lâche d'appeler à l'aide à cause d'une simple impression. Il pressa le bouton de l'interphone, mais ce dernier demeura rigide.

— Montrez-vous ! ordonna-t-il. Ou je ravage les lieux !

Un bruit de pas sur le carrelage. Paul sursauta. Il voulut se retourner pour lancer des éclairs magiques, mais son corps ignora ses injonctions. Il aperçut alors les motifs lumineux qui s'agitaient sur le sol autour de lui. *Une toile d'immobilisation !* Il cria. Cependant, aucun son ne sortit de sa gorge. Sans crier gare, un homme râblé apparut devant lui. Il portait des vêtements amples qui ne rappelèrent à Paul aucune nation de la Godéranie. Un sourire cruel s'épanouit sur son visage carré. Paul remarqua également un bouton de chair qui trônait sur son nez.

D'un pas lourd, le visiteur s'approcha de lui.

— Si jeune, murmura l'inconnu avec un accent étrange. Si vulnérable.

L'intrus se tenait à présent très près de Paul. Son odeur mêlait transpiration et moisissure. Avec horreur, Paul sentit la main de l'homme se promener sur son corps, avant de s'arrêter sur ses parties intimes. Une vague de répulsion et de honte envahit Paul, qui essaya de hurler, de se débattre, mais il demeura pétrifié et étouffé par un sentiment de faiblesse. *Non !* gémit-il en son for intérieur. *Pitié, tout, mais pas ça !* L'agresseur lui caressa la joue avec une tendresse répugnante. Paul sentit la nausée le gagner. L'inconnu approcha sa bouche de Paul, projetant son souffle chaud contre son visage. Son haleine empestait le tabac froid.

— On m'appelle Tortureur, murmura-t-il à son oreille.

L'intimité de ce geste révulsa Paul, qui essaya de donner un coup de genou dans les testicules de l'intrus. En vain. Mais que faisait Klaus ?

— De manière générale, *elle* m'utilise pour punir ceux qui lui désobéissent.

Avec horreur, Paul sentit l'homme mordiller le lobe de son oreille.

— Ton père travaille pour *elle* depuis des siècles, mais il est en train de nous trahir. Il pactise avec l'ennemi.

Au grand soulagement de Paul, Tortureur se recula d'un pas. De sa poche, l'intrus sortit un item magique qui ressemblait à un disque de métal.

— Il y a deux ou trois cents ans, j'ai installé un système de surveillance dans le palais. *Elle* n'a jamais éprouvé la moindre confiance à l'égard de ton père, tu sais, et *elle* avait raison…

Tortureur posa l'artefact sur le sol. Aussitôt, un hologramme apparut.

Le Roi discutait avec un homme roux au visage aviné. Tous deux se trouvaient dans le bureau du monarque.

*— Je travaille pour Antoine depuis un demi-siècle, déclara l'ivrogne en portant un verre à ses lèvres. Il fonctionne différemment d'*elle. Elle*, c'est un rouleau compresseur qui t'écrase.* Elle *t'oblige à obtempérer par la force et, si tu refuses,* elle *te punit. Lui marche à la carotte. Par exemple,* elle *promet de ne pas raser ton pays en échange de ton obéissance. Lui, il t'offre une indépendance complète si tu suis ses instructions.*

Le visage du Roi demeura d'une parfaite neutralité.

— Quelles sont vos garanties ?

— C'est un acte de foi, rétorqua l'ivrogne en se resservant un verre. Mais je te conseille de l'écouter. Personne ne voudrait rester sous sa *coupe. D'après mes informations,* elle *t'a déjà demandé d'effectuer des actions déplaisantes. Tuer la mère de tes enfants devant leurs yeux... Rien de tel pour unir la famille. À quand l'infanticide ? Avec Antoine, tu as toujours le choix.*

— Et tu garantis que mon royaume sera libéré de l'Husdamore à l'issue de cette guerre ?

— Bien sûr, répondit l'ivrogne avec un sourire qui sonnait faux. Tout ce que tu dois faire, c'est t'engager auprès de la coalition anti sages.

— J'ai besoin de réfléchir à cette proposition, déclara le Roi, et je reviendrai vers toi, Campbell.

Le Roi a tué Maman sur l'ordre de quelqu'un ? Sous le choc, Paul cessa un instant de respirer. Dans le même temps, Tortureur se baissa, ramassa le disque et le remit dans sa poche.

— Tu dois te demander si cet enregistrement est authentique. La réponse est bien évidemment positive.

Il s'avança à nouveau vers Paul, qui eut envie de pleurer lorsque l'intrus reprit ses attouchements. Désormais, l'instinct de Paul lui soufflait que son agresseur agissait ainsi non par excitation sexuelle, mais pour asseoir sa domination sur lui. Il eut l'impression d'être humilié comme jamais. Même le Roi ne l'avait pas avili à ce point. *Je suis un faible*, se maudit-il. *Le Roi a peut-être raison de me frapper pour m'endurcir.*

— Tu sais quel est le pire dans cette histoire ? Le Roi a accepté de rejoindre Antoine. À la base, *elle* voulait que je vous capture, toi et ton frère, puis que je vous torture jusqu'à faire plier ce cher Manfried.

Durant une seconde, Paul se demanda qui était Manfried, puis il se souvint qu'il s'agissait du nom de son père, que plus personne ne prononçait depuis au moins un siècle. Même si Tortureur lui mentait, Paul devina que l'homme s'appuyait sur de puissants alliés. Son Art était clairement au-dessus de la moyenne. À aucun instant, il ne douta que Tortureur mettrait à exécution ses menaces. Son agresseur approcha alors sa bouche de l'oreille de Paul.

— J'avoue que l'idée me plaisait beaucoup, murmura-t-il. Deux jeunes garçons influençables à la fois. J'ai rarement cette chance. Nous aurions pu passer un moment fabuleux tous les trois.

L'homme lui lécha le lobe. Paul tenta de vomir, mais la toile d'immobilisation l'en empêcha. La bile monta dans sa gorge, avant de redescendre. Un goût acide lui envahit les papilles. *Ce n'est pas réel*, se répéta-t-il. *Il exagère beaucoup trop. Il essaie juste de t'effrayer*. Malgré tout, l'impression de souillure s'insinua jusque dans les pores de sa peau.

— Malheureusement pour nous, un événement très intéressant s'est produit durant mon voyage jusqu'ici. L'un de nos plus fidèles soldats a entamé une infiltration très profonde du camp adverse, une infiltration si profonde que lui-même ignore qu'il travaille encore pour nous. Quoi qu'il en soit, nous devons trouver quelqu'un pour le remplacer, car il effectuait pour nous des tâches très importantes.

Un sourire amusé s'épanouit sur le visage de Tortureur, qui s'éloigna de Paul.

— *Elle* te propose donc ce marché. Rejoins-nous. Si tu acceptes, nous t'aiderons à renverser Manfried ; nous n'avons que faire des traîtres. Si tu refuses, j'enlève ton frère et je continue avec le plan d'origine.

Paul imagina Walther entre les mains de cet homme. Il se représenta son cadet, le corps nu et couvert de sang, ses hurlements et ses supplications. Si une telle chose se produisait, jamais il ne se le pardonnerait. De plus, Tortureur lui offrait de l'aide pour se venger du Roi.

S'il acceptait, Paul pactiserait avec les individus cruels et impitoyables qui avaient commandité l'assassinat de sa mère. Cependant, pour une fois dans sa vie, il voulait protéger son petit frère. Il en avait assez d'être un faible. Et puis, il souhaitait en apprendre davantage sur ces personnes qui complotaient en toute impunité contre des rois. Peut-être parviendrait-il à retourner la situation à son avantage et à se venger d'eux aussi ?

Tortureur continua :

— Je vais te permettre de bouger la tête. Si tu cries, je considérerais que tu refuses ma proposition. Si tu essaies de gagner du temps jusqu'à l'arrivée de Klaus, sache que je me suis arrangé pour le retarder d'au moins une heure. Si tu me mens pour me faire partir, tu te retrouveras entre mes mains à un moment ou un autre, peu importe le nombre de gardes qui t'entourent. Comprends bien que je me suis montré agréable et courtois tout à l'heure. Si tu me trompes, tu n'as aucune idée des souffrances auxquelles tu t'exposes. En revanche, si tu acceptes de nous rejoindre, tu lies ton destin au nôtre de façon irrévocable. Tu entreras dans un monde dangereux où la trahison et l'erreur n'ont pas leur place.

Tortureur claqua des doigts. Paul sentit les muscles de son visage se détendre.

— Tu peux parler, annonça Tortureur.

Paul avala sa salive. Il hésita encore un instant. Peu importe sa décision, il se mettait dans une situation difficile. Il le savait.

— Je… J'accepte ta proposition.

Son agresseur sourit.

— Bien. Ton frère te remercierait s'il apprenait le sacrifice que tu viens de consentir pour lui. Pour commencer, *elle* souhaite te renforcer. Pour l'heure, tu es beaucoup trop faible. Que dirais-tu de devenir le Moine ?

Chapitre 19 : Gavannha

L'espace d'un instant, Gavannha s'arrêta pour fermer les yeux. Il laissa les rayons du soleil le réchauffer après une nuit particulièrement fraîche.

— Sa mère la pute ! J'vais les niquer, ces chiennes !

Même s'il ne parlait pas encore le russe, Gavannha avait déjà appris quelques mots, notamment les insultes, car ces dernières composaient soixante pour cent du vocabulaire de Klan. Surpris, il rouvrit les yeux pour découvrir Petit Félin en train de chasser deux guêpes. Il activa son traducteur automatique lorsque Di s'approcha de lui.

— Il s'est fait piquer, expliqua l'enfant. Il a donné un coup de bâton dans leur nid un peu plus loin par là-bas.

Du doigt, le garçon montra un bosquet. Amusé, Gavannha observa Klan courir après les insectes, frapper dans le vide avec une branche d'arbre et gesticuler dans tous les sens. Ils cheminaient tous trois à quelques dizaines de mètres des Humains. Depuis maintenant deux jours, ils suivaient une ancienne route qui, malgré l'absence de goudron et la présence de nids de poule, restait en bon état. La voie de communication permettait d'accélérer la cadence sans abîmer les charrettes. Autour d'eux, des plaines verdoyantes s'étendaient, parsemées de petits bois. À l'horizon, une ébauche de massif montagneux se dessinait.

— J'vais la baiser c'te garce ! grogna Klan en s'emparant d'une pierre.

Bien entendu, il manqua sa cible d'un bon mètre. Gavannha voulut intervenir, mais il sentit alors une sensation presque électrique courir le long de sa colonne vertébrale. Les deux antennes magiques positionnées sur la charrette centrale venaient de s'activer, émettant un florilège de messages. *Un Nôstre approche !* Il se raidit. L'intrus se déplaçait à grande vitesse. *Les nettoyeurs des sages nous ont-ils retrouvés ou bien ce Nôstre ne fait-il que passer sans savoir que nous existons ?*

Gavannha regarda le ciel sans remarquer la moindre forme suspecte. Ses antennes magiques lui envoyèrent de nouvelles informations : le Nôstre rectifiait de quelques degrés sa trajectoire, il se dirigeait droit sur eux. Cette manœuvre écarta ses derniers doutes. *Il connaît notre position.*

— Couchez-vous à terre et cachez-vous du mieux que vous pouvez, ordonna-t-il à Klan et Di d'une voix sans réplique.

Les enfants l'observèrent, les yeux ronds.

— Dépêchez-vous !

Par chance, ils comprirent dans sa voix l'urgence de la situation ; ils obtempérèrent sans même que Klan ne proteste.

Si le Nôstre m'avait détecté, il aurait fait preuve de plus de prudence. Je bénéficie donc de l'effet de surprise. Gavannha calcula rapidement le point d'impact entre leur visiteur et la troupe. Il attendit encore un peu. Chaque instant lui parut infini, comme si des semaines s'écoulaient. Longues. Interminables. Lorsque le moment propice arriva, il dématérialisa son corps et se propulsa sur le flanc droit des voyageurs, qui marchaient sur la route en ligne de trois ou quatre personnes, puis il se rematérialisa.

Gavannha découvrit l'assaillant, qui stationnait sur une plateforme de déplacement rapide à dix ou quinze mètres du sol. L'adversaire jeta un sort à cet instant précis. Une dizaine de ballons lumineux éclairèrent le ciel et retombèrent sur la troupe. *Des grenades à shrapnell !* Une sensation d'horreur envahit Gavannha. *L'explosion va faire un carnage !*

Par chance, les sentinelles détectèrent l'intrus aussitôt. Le clairon ordonnant la fuite retentit. Tandis que les projectiles amorçaient leur descente en arc de cercle, les Humains abandonnèrent les charrettes et s'éparpillèrent dans toutes les directions. Au milieu des hurlements, les militaires prirent position en petits groupes. Dans le même temps, ils cherchèrent à se mettre à couvert autant que possible – la plaine ne leur laissait que peu d'options. *Ils n'ont aucune idée de ce qui va s'abattre sur eux ! Ils sont condamnés s'ils restent là !*

Gavannha joignit ses mains à hauteur de buste et relâcha un sort. Une vaste barrière de protection s'étendit à trois mètres au-dessus du sol. Comme les civils s'étaient égaillés, comme la surface à couvrir se révélait immense, il engendra un dôme incomplet, capable de seulement les préserver d'une attaque aérienne.

Le bouclier se déployait encore quand les premières grenades à shrapnell explosèrent. Le bruit des détonations remplaça celui des cris. Des milliers de projectiles lumineux s'abattirent sur la barrière bleutée, pareille à une pluie de grêle où chaque grêlon pouvait creuser un trou de plusieurs mètres de profondeur. La violence du choc mit Gavannha à genoux. Elle manqua également de pulvériser son demi-dôme. *Cette attaque est complètement disproportionnée. Il ne cherche pas à détruire sa cible, il veut tout annihiler !*

Quand les explosions cessèrent, les hurlements des Humains redevinrent audibles. Des projectiles lumineux jaillirent alors de l'assaillant. L'offensive contourna le bouclier, puis s'engouffra dans l'espace que, dans sa hâte, Gavannha avait laissé ouvert. L'attaque se dirigea ensuite droit sur lui. *Tant mieux*, songea-t-il. *De cette manière, il y aura moins de victimes.*

Comme sa barrière de protection drainait une grande quantité de magie, il l'effaça. Dans le même temps, il utilisa un sort pour se propulser de six mètres sur le côté. Toujours dans les airs au moment de l'impact, le souffle de l'explosion le projeta plus loin que prévu. Il atterrit douloureusement sur l'épaule et effectua plusieurs roulades. Gavannha reprit ensuite ses appuis et leva les yeux vers son adversaire. Une seconde rafale de projectiles s'abattit sur lui. D'instinct, il se recroquevilla sur lui-même et érigea un bouclier autour de son corps.

Lors de l'impact, la terre trembla, puis son dôme vibra avant de s'enfoncer de plusieurs mètres dans le sol. Le choc fut tel que la tête de Gavannha heurta la surface bleutée et le laissa hébété.

Il reprit connaissance quelques secondes plus tard. Un sifflement si strident lui vrillait les tympans qu'il n'entendait plus rien d'autre. Avec fébrilité, il toucha ses oreilles. Lorsqu'il vérifia ses doigts, il constata qu'il y avait du sang. *Par les tripes enflammées de la Déesse !*

Dans un sursaut de lucidité, il observa sa barrière de protection. Elle était noircie au point de masquer ce qui se produisait à l'extérieur du dôme. *Tactique d'aveuglement classique !* comprit-il. Je dois sortir *de ce piège au plus tôt !*

À contrecœur, il se dématérialisa à nouveau, conscient qu'il ne pourrait utiliser son sort de déplacement rapide qu'une fois encore dans la journée. Il passa au travers des fissures de son bouclier pour se positionner au sol, sous la plateforme de l'assaillant. À l'instant même où il se rematérialisa, un objet pareil à une comète annihila l'endroit où il s'était trouvé un peu plus tôt. L'explosion projeta alentour une quantité faramineuse de rocs. Gavannha se protégea les oreilles avec les mains, car la déflagration accentua encore le sifflement qui lui vrillait les tympans. Une odeur de fumée le prit également à la gorge. Durant de longs instants, Gavannha resta éberlué par l'agressivité de son opposant. Puis, il se reconcentra sur le combat en cours.

Il leva les yeux vers son ennemi. Ce simple geste lui donna des vertiges et l'envie de vomir. *Quelque chose ne va pas chez moi. Je dois en finir au plus vite.* Il apercevait les pieds de son assaillant au travers de la plateforme bleutée. *L'heure n'est pas à la finesse* décida-t-il. À cause de ses étourdissements, il s'accroupit avec une lenteur exagérée, puis toucha le sol du bout de doigts. Étrangement, le contact de la terre meuble l'aida à demeurer conscient.

Sans la moindre hésitation, il lança son sort. Comme au cours de son combat dans l'entrée du Passage, une pluie ascendante de rocs jaillit autour de lui et se dirigea droit sur son ennemi, qui érigea aussitôt un bouclier. Des éclats volèrent en tous sens tandis que l'attaque frappait sa barrière de protection. Avec soin, Gavannha joignit ses pouces et ses index de façon à former un cercle irrégulier. Ses nausées le reprirent immédiatement. Toujours en position défensive, l'assassin demeurait immobile au-dessus de lui. *Viseur paré. Déia, je t'emprunte tes méthodes expéditives.*

Il ajusta sa cible, puis concentra son énergie en une boule de magie pure qu'il propulsa sur son ennemi. Bloqué derrière son bouclier, l'assaillant ne put esquiver. L'éclat de lumière qui suivit contraignit Gavannha à détourner le regard. Puis une déflagration gigantesque retentit.

L'explosion dura tout au plus une dizaine de secondes. Quand elle s'acheva, Gavannha scruta le ciel, qui était vide. Qu'était-il arrivé au Nôstre ? Avait-il péri, désintégré ? S'était-il enfui ? Aussi vite que le lui permit son état, Gavannha créa une plateforme de déplacement rapide et s'éleva dans les airs. De son nouveau point d'observation, il contempla le sol, crevassé en de multiples endroits. De la fumée s'échappait ici et là, répandant une odeur de brûlé désagréable. Un peu plus loin, les civils continuaient leur fuite effrénée. Les militaires maintenaient leur position autour des charrettes et tentaient de calmer les chevaux. Des corps inertes gisaient un petit peu partout. À cette vue, un pincement de cœur étreignit Gavannha. *J'espère que Klan et Di sont sains et saufs.* Il chassa immédiatement ses inquiétudes. *Plus tard !*

La magie saturait les lieux ; elle empêchait Gavannha d'utiliser son radar pour détecter son ennemi, si celui-ci avait survécu à l'attaque. Au bout d'une quinzaine de secondes, Gavannha dut s'asseoir en tailleur sur sa plateforme à cause des vertiges. Cependant, même dans cette position, sa vue se brouillait parfois. *Qu'est-ce que j'ai ?*

Malgré son état, à force de concentration, il repéra des mouvements à un endroit où aucun des Humains n'avait fui. Il s'en approcha, conduisant sa plateforme comme un ivrogne. Une fois au sol, il dut se faire violence pour descendre de son véhicule, se mettre debout et observer celui qui rampait dans la direction opposée à celle de la troupe. La jambe droite de l'homme était brisée.

— Tu es plutôt solide dans ton genre.

Le Nôstre s'arrêta, puis se tourna vers Gavannha. Son adversaire respirait avec difficulté. Du sang ruisselait en continu de sa bouche. Avec peine, l'assassin se positionna sur ses genoux. Les os de sa cage thoracique crevaient la peau de son torse à maints endroits. Leurs regards se croisèrent. Sans en comprendre la raison, Gavannha lut dans ses yeux une profonde stupéfaction.

— Père ? s'étonna le tueur d'une voix étrangement ferme au vu de ses blessures.

À son tour, Gavannha le reconnut. Ou du moins, il entrevit le visage de son ancienne compagne. Le même nez, les mêmes oreilles et la même couleur de peau – légèrement brunie par l'explosion. Cependant, l'agressivité haineuse dansant au fond de ses pupilles lui rappela davantage un dément que sa défunte épouse. Une bouffée d'adrénaline effaça provisoirement ses étourdissements.

— Takuba ? demanda Gavannha sur un ton incertain.

Un sourire de triomphe éclaira le visage de l'assassin. Il répondit en marquant des pauses pour reprendre son souffle :

— Vous êtes venu pour abattre… le châtiment de Godéramée, Père ? Tant mieux ! Je veux que vous vous souveniez… de moi… de mes derniers instants ! Je veux que tous les jours de votre maudite existence… vous vous rappeliez que vous avez tué… votre propre fils ! Et par-dessus tout… je veux que vous vous rappeliez que… tout est de votre faute ! Tous les Humains que j'ai tués… Vous êtes aussi coupable que moi !

Un bruit aux résonances atroces déchira la gorge de l'assassin. *Il... rit ?* Gavannha demeura stupéfait. *Il est fou !* Une fureur sans pareille le consuma alors de l'intérieur. Ce dément n'était pas son fils. Il s'agissait d'un étranger qui se faisait passer pour lui. Jamais son petit garçon ne se serait transformé en cette créature ignoble... Ce monstre... L'homme projetait autour de lui une illusion. C'était la seule explication possible. Son adversaire essayait de semer la confusion, de le tromper. À cet instant précis, le rire d'aliéné devint intolérable.

— Tais-toi ! hurla Gavannha. Tu n'es pas mon fils ! Tu n'es qu'un imposteur ! Tu n'es rien ! Tais-toi ! Tais-toi ! Tais-toi, je te dis !

L'assassin ignora son injonction. Gavannha lui décocha un coup de pied dans le menton. Un craquement sinistre retentit. Le corps s'éleva dans les airs avant de retomber au sol, inerte. Cependant, son apparence demeura inchangée. Gavannha observa le visage du tueur durant de longues minutes dans l'espoir qu'un phénomène magique se produise. En vain.

— Takuba... murmura-t-il. Ce... Ce n'est pas possible.

Il s'effondra à genoux et le monde extérieur cessa d'exister.

Gavannha sentit qu'on lui toucha l'épaule. Puis, on palpa son pouls et on claqua des doigts devant ses yeux.

— Être en état choc ? demanda-t-on d'une voix incertaine.

— Moi pas croire. Sang coule oreille. Commotion cérébrale ? Hémorragie interne ?

— Dans cette position ? s'étonna un homme au fort accent ukrainien. Normalement, il devrait être allongé ou évanoui. Et puis regardez, il a les yeux ouverts. C'est peut-être un de leurs trucs surnaturels ? Comme un piège magique ou un truc du genre. Vous savez... je sais pas, moi... son esprit a été séparé de son corps. Enfin, vous voyez le délire.

— Garde du corps être pitoyable ! s'exclama une voix que Gavannha détestait sans parvenir à se souvenir pourquoi. Tomber dès première attaque ! Au moins, ennemi être mort !

— Toi réjouir trop vite ! intervint un autre. Assaillant être toujours en vie !

Un sursaut secoua Gavannha et l'aida à chasser la torpeur dans laquelle il baignait. Takuba vivait encore !

— Sérieusement ? s'étonna le soldat à l'accent ukrainien. Avec une cage thoracique dans cet état ? La moitié des côtes ont perforé les organes vitaux. Personne ne peut survivre à de telles blessures !

— Lui pas être humain, répliqua la voix que Gavannha détestait. Toi avoir oublié ? Tous des monstres !

— Moi vais finir ennemi ! s'exclama quelqu'un.

Le cliquetis d'une mitraillette que l'on arme retentit aux oreilles de Gavannha. *Secoue-toi !* s'enjoignit-il. Non sans effort, il releva les yeux. Sept individus se tenaient autour de lui. Il regarda ensuite le corps étendu un petit peu plus loin. Takuba était inerte, vulnérable. Cette simple vision lui rappela l'enfant disparu qu'il avait recherché pendant plus de trois cents ans. Elle effaça de sa mémoire les rires déments et réanima l'amour qui sommeillait en lui. En moins d'une seconde, il passa de la colère à un besoin irrésistible de protéger son fils, même si ce dernier ne le méritait pas.

— Attends ! intervint Gavannha. Ne l'exécute pas !

Sa voix retentit à ses oreilles comme un son rauque et caverneux. Avec difficulté, il se releva. Ses vertiges nauséeux le reprirent aussitôt. Il s'empara d'un ancien piquet de clôture en bois qui gisait à proximité pour s'en servir de canne. Loin de le rendre vénérable, cette troisième jambe l'affaiblissait aux yeux des soldats. Sa crédibilité, déjà mise à mal par son refus de participer au combat contre la seconde troupe d'Humains, se révélait à présent plus ébranlée que jamais.

— Je l'ai laissé en vie pour l'interroger. Les tueurs comme lui agissent rarement seuls. Combien sont-ils ? Où les autres sont-ils positionnés et quel genre de magie pratiquent-ils ? Ses alliés vont venir bientôt. C'est inévitable. Il faut que je sache.

Celui que Gavannha détestait – un trou de mémoire étrange l'empêcha de se souvenir de son nom – haussa les épaules.

— Même sous torture, ennemi silencieux restera, rétorqua-t-il. Crèvera très vite, mais moi pas prendre risque. Monstre dangereux être.

— Ta haine t'aveugle... Maxime ! répondit Gavannha en se rappelant soudainement de son prénom. Je t'assure que je peux obtenir des informations. Même s'il est inconscient. Si je dispose d'un peu de temps, je parviendrai forcément à un résultat.

Que m'arrive-t-il ? Pourquoi avais-je oublié son nom ? Maxime lui jeta un regard circonspect.

— Laisser Vladimir trancher, se prononça-t-il.

L'homme s'empara d'une radio. Il entama une conversation avec le général en russe. Durant la discussion, Maxime s'exclama de colère à plusieurs reprises.

— Nous l'épargner ! déclara finalement Maxime avec une pointe de dépit dans la voix.

Gavannha s'attendait à cette décision. Avec le temps, il savait comment Vladimir réfléchissait. Le chef des militaires accordait une importance toute particulière au renseignement stratégique. S'il estimait des informations vitales pour la survie de la troupe, alors il prendrait les risques nécessaires pour les obtenir. Quel que soit l'avis de ses subordonnés.

Maxime pointa un doigt accusateur vers Gavannha.

— Toi pas avoir protégé tout le monde ! Beaucoup blessés ! Beaucoup morts !

Gavannha laissa échapper un soupir de lassitude. Avec une lenteur presque exagérée, il écarta les soldats du corps de son fils et l'installa sur une plateforme de déplacement rapide. Dans l'espoir qu'un peu d'exercice lui serait bénéfique, il marcha aux côtés de son véhicule. Peine perdue. Une abominable migraine lui martela le crâne. En chemin, il s'arrêta à deux reprises pour vomir.

Gavannha parvint finalement devant un homme aux cheveux grisonnants. Son visage ridé était constellé de taches brunes. Des galons étoilés ornaient son uniforme. *Vladimir !* se souvint Gavannha. *Comment ai-je pu oublier à quoi il ressemble ?*

— Vous n'êtes plus en état de nous aider à rassembler tout le monde ! constata Vladimir après quelques secondes d'observation. Maxime !

Aussitôt, le subordonné se mit au garde à vous. Omettant sans doute de passer au russe, le général aboya ses ordres en anglais :

— Gavannha est hors-jeu. Installe-le avec les autres blessés. Assure-toi qu'il soit examiné par l'un de nos médecins. Mais pas Sergei. Celui-là, il ne ferait pas la différence entre un pénis et un orteil. Il pourrait lui donner du cyanure pour le soigner. Et entrave-moi notre prisonnier pour le cas où il résiste plus longtemps que prévu.

Vladimir s'adressa ensuite à la cantonade :

— Je veux que la moitié de la troupe écume la campagne pour récupérer tout le monde ! Vous connaissez tous notre destination ! Vous nous rattraperez sur le chemin avec les survivants ! L'autre moitié, vous marchez avec les charrettes ! Vigilance maximum ! Une autre attaque est imminente ! Alors, bougez-vous le cul !

Les aboiements du général parurent de plus en plus lointains à Gavannha et la plaine se mit à vaciller. *Je m'évanouis*, comprit-il. Incapable de se ressaisir à temps, il percuta le sol avec sa tête, puis il perdit connaissance.

Chapitre 20 : Di

Déprimé par la tournure des événements, Di sortit de la tente-infirmerie où gisaient Gavannha et tous les autres blessés. Depuis l'attaque, cinq jours plus tôt, leur tuteur restait dans le coma. Incapable de chasser ou de trouver à manger par leurs propres moyens, Klan et Di puisaient dans les réserves de la troupe. À l'exception d'Aliénor, à qui ils quémandaient un peu de nourriture, personne ne leur adressait la parole.

Dehors, Di croisa le regard d'un membre de leur ancien groupe. La femme en question faisait partie des adultes qui cherchaient à les assassiner, lui et son frère. Le sang monta à ses joues. Il baissa aussitôt les yeux. Mal à l'aise et un peu effrayé, il se hâta de rejoindre une zone où plusieurs dizaines de personnes vaquaient à leurs occupations. Sans la protection de Gavannha, Di se sentait vulnérable. Par chance, ses ennemis étaient trop lâches pour s'en prendre à lui devant des témoins. Sans arrêt, il se demandait néanmoins quand ils passeraient à l'acte.

Il retrouva Klan à proximité de leur tente. Son frère creusait la terre avec le couteau que Gavannha lui avait confisqué trois semaines plus tôt. Sa langue ressortait légèrement de sa bouche tandis qu'il s'activait. À côté de lui, un feu léchait des branches mortes. En son absence, Klan avait ramassé assez de bois pour cuire quelques pommes de terre et une tranche de vache. Ils devaient cependant attendre la braise avant de placer la grille sur le foyer.

Di s'assit à côté de son frère. À l'horizon, le soleil amorçait sa descente.

— On d'vrait s'casser d'ici, lâcha Klan sans lever les yeux de son excavation. L'autr' trou du fion d'fils de catin d'sa mère-grand est passé trois ou quat' fois d'vant chez nous. Y f'sait du r'pérage, c'est sûr ! Ces tocards, y vont essayer d'nous la mett' à l'envers ! On est en danger si on reste.

Sous la caillasse et la terre, des fourmis pullulaient. Gavannha leur avait expliqué qu'ils pouvaient manger ces insectes s'ils avaient faim. Cependant, Di ignorait si cette espèce-ci était comestible. Il avait encore tellement à apprendre !

— On ne sait pas vraiment comment trouver de la nourriture, objecta Di. On peut attendre un peu que Gavannha se réveille, non ?

Toute cette situation lui semblait un immense gâchis. Depuis que le Nôstre les avait pris sous son aile, Klan et lui, Di dormait beaucoup mieux. La peur avait cessé de lui serrer l'estomac. Il se sentait en confiance. Plus important encore, même si leur tuteur avait refusé de lui enseigner la magie sous le prétexte qu'il devait patienter jusqu'à l'âge de quinze ans pour entamer le *sacrifice*, Di avait retrouvé sa foi en l'avenir. Son existence ne se résumait plus à une suite d'actes de survie parsemée de quelques moments agréables en compagnie de Klan. Di serait un Nôstre. Il combattrait les gens méchants et sauverait les enfants des sales types. Il se voyait déjà devenir un super héros, comme à la télévision, autrefois. Cependant, si Gavannha mourait ou restait dans le coma, alors jamais Di n'accomplirait son rêve. De plus, le danger les menaçait à nouveau, son frère et lui.

— Y pourraient nous attaquer aujourd'hui, objecta Klan. J'ai pas confiance. Heureus'ment qu'y z-ont peur d'la tente de Gavannha. Sinon, y nous auraient d'jà planté un coup d'surin en travers du gosier, ces bâtards-là ! Pour moi, faudrait s'casser dès c'soir. On s'carapate au milieu d'la nuit, ni vus ni connus.

— Attendons encore un peu, insista Di en lançant quelques branches supplémentaires dans le feu.

Une étincelle sauta du brasier et lui brûla le tibia.

— Aïe !

Di s'empara d'une cruche et versa de l'eau copieusement sur sa peau rougie. Tout en bougonnant, il se rassit à côté de son frère et observa les flammes.

— Venez tous les deux ! ordonna soudain la voix d'Aliénor en russe.

Surpris, Di releva la tête. La femme se tenait à deux ou trois mètres d'eux sur leur gauche. Elle les étudiait, Klan et lui, d'un regard sévère. Son frère cessa de creuser.

— T'es qui pour m'dire c'que j'dois faire ? répliqua Klan.

— Nous n'avons pas encore mangé, remarqua Di. Si nous partons maintenant, le feu risque de s'éteindre et nous devrons tout recommencer.

— Il n'y en aura pas pour longtemps, répondit-elle en mettant les mains dans les poches. Et croyez-moi, vous ne regretterez pas de m'avoir suivie. J'ai peut-être un moyen de soigner Gavannha.

Di sentit un frisson d'excitation lui courir sur l'échine tandis qu'une vague d'espoir le submergea. Avant même d'en avoir pris conscience, il se retrouva debout, prêt à partir. Plus circonspect, Klan toisa Aliénor durant de longues secondes. La méfiance de son frère lui rappela la nuit où Gavannha avait torturé la femme. Non seulement elle avait conservé le silence à ce sujet, mais en outre elle agissait depuis comme si rien ne s'était produit. *Elle est louche !* comprit-il.

— Pourquoi t'as envie d'aider Gavannha ? demanda Klan. Y t'a frappé et tout ça ! Qu'y m'dit qu'tes pas d'mèches avec les aut' trous du cul qui veulent nous buter not' race !

Un rictus agacé souleva les lèvres d'Aliénor.

— Oui, en effet, je déteste Gavannha, confirma-t-elle. Cependant, il n'est pas dans mes intérêts de le voir mourir, bien au contraire. Il nous a tous sauvé la vie. Si un autre de ces monstres attaque, aucun de nous ne survivra sans lui.

Di se tourna vers Klan, s'attendant à un éclat ou une remarque incendiaire.

— Pas faux, répliqua-t-il. Z'avez aucune chance sans Gavannha. Mais ch'te fais pas confiance dans tous les cas !

— Je ne t'oblige en aucune façon à me faire confiance, répondit Aliénor d'une voix tranquille. Quant à vos sentiments à mon égard, ils n'ont aucune pertinence dans la situation présente. J'ai simplement une affaire à vous proposer. Libre à vous de la saisir.

Klan fronça les sourcils, de toute évidence confus. Di en profita pour intervenir.

— Je vais la suivre, affirma-t-il. Tu peux rester ici si tu veux.

Plus il réfléchissait à la question et plus l'évidence s'imposait à lui : s'ils cheminaient avec la troupe, ils seraient nourris, mais ils risquaient d'être assassinés ; s'ils partaient, ils mourraient de faim. Pour la première fois depuis l'attaque, une issue de secours s'ouvrait devant eux. Certes, il pouvait s'agir d'un piège, cependant, à l'heure actuelle, Di ne voyait aucune autre échappatoire.

Klan renâcla. Il pesta une dizaine de secondes, insulta toutes les femmes à petite vertu et les enfants naïfs qui pénétraient dans l'antre du loup en croyant y dénicher un trésor. Néanmoins, il se leva. En s'approchant d'Aliénor, il exhiba son couteau avec nonchalance. Après avoir haussé les épaules devant cette manœuvre d'intimidation, Aliénor les emmena à l'extérieur du campement sans même vérifier s'ils lui emboîtaient le pas ou non. Comme elle marchait à grandes enjambées, Di se mit à trotter ou presque derrière elle. À plusieurs reprises, à tour de rôle avec Klan, il se retourna pour s'assurer que personne ne les suivait.

— C'est où qu'tu nous conduis ? demanda son frère au bout de deux kilomètres.

Aliénor lui montra un bosquet situé à deux ou trois cents mètres de là. Di prit alors conscience du ciel qui s'assombrissait. D'autre part, l'endroit où la femme les emmenait lui parut suffisamment isolé pour procéder à un assassinat en règle avant de disposer des corps en toute impunité. Une peur sourde lui noua l'estomac. Devait-il s'enfuir ? Il se tourna vers Klan qui semblait en proie aux mêmes doutes. Gavannha leur répétait souvent qu'ils devaient s'appuyer sur leurs erreurs pour apprendre. Durant tout le temps passé dans l'autre troupe, Di avait laissé ses craintes le gouverner. Quand il réfléchissait à ces moments-là, il se trouvait lâche ; il comprenait comment la pleutrerie générale permettait à des individus comme leur ancien chef d'imposer leur loi. *Fais preuve de courage !* s'enjoignit-il. *Pourquoi Aliénor nous voudrait-elle du mal ?* Du doigt, il signala furtivement à son frère de continuer à suivre la femme. Dans sa tête, il prépara néanmoins un plan de fuite en cas de besoin.

À mesure qu'ils approchaient du bosquet, malgré sa résolution, Di se sentit de plus en plus fébrile. L'impression de marcher droit dans un piège l'étreignait sans jamais se relâcher. De fait, il se demandait en permanence comment ils pourraient aider Gavannha en s'éloignant ainsi du campement. Il se souvint alors d'une phrase que sa maman prononçait souvent :

— Il y a une différence entre être brave et être stupide !

À l'époque, ces propos lui semblaient évidents. Cependant, la distinction lui paraissait désormais beaucoup plus subtile. Malgré la fraîcheur nocturne qui s'installait, de la transpiration lui coula des aisselles. Di se sentit alerte comme jamais. Il grava dans sa mémoire le moindre oiseau qui les survolait ou la variété des arbres composant le petit sous-bois. Soudain, au milieu des ombres et des troncs, il détecta un homme corpulent dont le boubou se fondait dans la végétation environnante. Di s'arrêta, puis recula de quelques pas.

— Tout va bien, le rassura Aliénor. Cet homme n'est pas ton ennemi.

Di échangea un nouveau regard avec son frère.

— Y nous veut quoi, l'aut' ? intervint Klan. Et p'is d'abord, c'est qui ?

L'étranger sortit du bosquet. Il s'approcha d'un pas tranquille. Tel un caméléon, son boubou changea de couleur pour prendre l'apparence des éléments qui l'entouraient. Le bas de son habit ressemblait à de l'herbe, le milieu à des arbres et la partie supérieure au ciel. *Un vêtement magique !* s'exclama Di, en lui-même. *Mais alors... C'est un Nôstre, comme Gavannha !*

L'inconnu s'arrêta à quelques mètres d'eux. À l'instar de leur tuteur, il portait à son poignet un traducteur. L'homme l'activa.

— Je m'appelle Antoine, déclara-t-il d'une voix puissante.

Di étudia leur visiteur. Il lui trouva un air familier sans pour autant en comprendre la raison.

— Tu veux quoi ? répliqua Klan avec méfiance.

Antoine lui jeta un regard agacé.

— Tu peux me considérer comme un marchand, répondit-il. J'ai quelque chose dont vous avez besoin et vous avez quelque chose qui m'intéresse.

Surpris, Di effectua un inventaire rapide de leurs maigres possessions. Il ne trouva aucun objet de valeur justifiant un troc avec un Nôstre.

— Qu'est-ce t'a qu'on pourrait vouloir ? lui demanda Klan dont le scepticisme transparaissait à chaque mot.

— Gavannha a subi un très gros choc. Il risque de mourir. Je connais une personne capable de le guérir.

À ces mots, Di sentit un sursaut d'espoir l'envahir. Aliénor leur avait donc dit la vérité !

— Les termes de mon marché sont les suivants, continua Antoine. J'accepte de faire soigner Gavannha. En échange, Di s'adressera à moi en priorité lorsqu'il souhaitera se *sacrifier* à la Déesse. De plus, vous mentirez tous deux à Gavannha. À aucun prix, vous ne lui parlerez de notre rencontre ou de cet accord. Vous encourrez de très sévères pénalités si vous manquez à votre parole. De mon côté, si j'échoue à remplir ma part, non seulement vous êtes affranchis de tous vos engagements vis-à-vis de moi mais, en outre, je cesserai de vous importuner et je libérerai Aliénor de toutes ses obligations. Alors, qu'en pensez-vous ?

Les mois passés dans son ancienne troupe avaient enseigné à Di la prudence. Certes, Antoine leur adressait un sourire chaleureux ; certes, les termes de ce marché lui paraissaient avantageux : grâce à ce pacte, il deviendrait un Nôstre, peu importe si Gavannha survivait ; cependant, leur visiteur se gardait bien de révéler quelles représailles il exercerait si Klan ou lui-même transgressaient l'une de ces clauses.

— Comment savoir si on peut vous faire confiance ? demanda-t-il avec suspicion. Que risque-t-on si on ne respecte pas cet accord ?

Le visage d'Antoine trahit sa satisfaction.

— Questions très pertinentes, remarqua-t-il. Que de sagesse malgré un âge aussi jeune. Aliénor, pourrais-tu nous apporter un témoignage ?

Silencieuse et renfermée depuis le début de cette entrevue, la femme émit une grimace mal à l'aise.

— Au Camogéria, nous pratiquons des mariages de convenance, révéla-t-elle après s'être humecté les lèvres. À l'âge de dix-neuf ans, j'ai commencé à aimer un autre homme que mon mari. Un jour, Antoine m'a contacté. Il m'a offert le moyen d'entretenir une liaison avec mon amant en toute impunité, malgré nos lois très strictes sur les adultères. En échange de ce service, jamais je ne devais entamer de relation avec une autre personne que mon mari ou mon amant. Cependant, je me suis lassée d'eux au bout de quelques années. Alors, je suis allée voir ailleurs. Quelques semaines après, je suis devenue une *femme déchue* et j'ai connu un sort pire que la mort. Donc, pour répondre à tes questions, Di, oui Antoine respectera ses engagements. Quant aux pénalités, elles dépendront du contexte, mais elles seront pensées pour vous mettre à genoux tous les deux, voire vous détruire. Ne concluez aucun accord avec lui si vous avez l'intention de le transgresser plus tard.

Klan brandit son couteau vers leur visiteur avant de se positionner devant Di, pour le protéger.

— Qu'est-ce tu lui veux à Di ? cracha-t-il. Ch'te laiss'rai pas lui faire d'mal !

Antoine jeta un regard irrité vers Klan.

— Di est précieux, révéla-t-il. Il est à moitié Godéranien et à moitié Humain. Il a donc des talents uniques que même les Nôstres ne peuvent reproduire.

Bien en peine de comprendre de quoi Antoine parlait, Di se gratta l'arrière du crâne.

— Mon père est Humain, ajouta Antoine. C'est pour ça que, depuis mon enfance, je perçois les futurs. Aucun Nôstre ne pourrait obtenir mon don de prescience grâce à un rituel. D'après les avenirs que j'entrevois, tu possèdes de ton côté un pouvoir très différent : tu entretiens un lien étroit avec la pierre. Tu es destiné à devenir un *bâtisseur* et un *terreux* hors pair. Pour cette raison, j'aurai besoin de ton don à l'avenir. Alors, qu'en penses-tu ? Acceptes-tu mon marché ?

Antoine se trompait. Par le passé, jamais Di n'avait éprouvé la moindre affinité avec la pierre. Cette présomption l'amusa d'ailleurs beaucoup. S'imaginant en train de discuter avec une statue, il retint un éclat de rire nerveux. Il échangea ensuite un regard avec Klan. Grâce à leur complicité, il devina les pensées de son frère : sa peur d'Antoine ; son intuition d'être manipulé ; son anxiété à propos du sort que l'homme leur réservait. Tout comme lui, Di sentait que d'une manière ou d'une autre, le Nôstre leur tendait un piège.

— Tu as raison, convint-il après un instant de réflexion. Cependant, je ne vois aucune alternative.

Sur ces mots, Di avança vers le Nôstre. Aussitôt, Klan lui agrippa le bras pour l'empêcher d'aller plus loin. Leur regard se croisa. Les mâchoires de son frère se bloquèrent l'une contre l'autre. Avec une réticence évidente, il desserra les doigts et Di approcha d'Antoine.

— C'est d'accord, annonça-t-il en tendant la main.

Le Nôstre éclata d'un rire joyeux, révélant des dents blanches et impeccables. Il prit ensuite avec délicatesse la main de Di.

— Tu ne le regretteras pas, promit-il.

L'expression trop ouverte et chaleureuse d'Antoine perturba Di. Il repérait parfois certains détails qui trahissaient des arrière-pensées. En l'occurrence, il ignorait pourquoi, mais il songea à *Cela* et à la manière dont la barrière de protection l'avait préservé du cataclysme. Une intuition lui souffla que leur visiteur était responsable de ce sauvetage inespéré. *Que me veut-il au juste ?* s'inquiéta-t-il. *Depuis combien de temps me surveille-t-il ?*

— Bien, déclara Antoine, puisque nous sommes tous d'accord, je m'en vais de ce pas remplir ma part du marché. Aliénor, pourrais-tu faire en sorte que les Humains accueillent mon collaborateur avec décence ? De même, occupe-toi des enfants pendant que Gavannha est dans le coma. S'ils sont bien entourés, personne n'attentera à leur vie.

Aliénor hocha la tête.

Chapitre 21 : Kayeff

D'un bond, Isaël sortit de la file indienne. Il marcha quelques mètres dans les herbes hautes, puis stoppa son avancée, le regard vissé vers l'horizon où s'étendaient des collines.

— C'est quoi ce bruit ? s'inquiéta-t-il.

Kayeff s'arrêta pour écouter le monde alentour. Posés sur les branches d'un épais bosquet, des oiseaux piaillaient. Les feuilles des arbres bruissaient sous une brise légère. Au loin, Kayeff perçut les meuglements d'un bovin.

— Je n'entends rien de suspect.

Isaël se retourna.

— Tu es sourd, ou quoi ? On dirait une femme qui… a un orgasme.

Le sexagénaire prononça ses derniers mots en chuchotant.

— Tu sais, lui répondit Anke d'une voix excédée, le plaisir féminin n'est plus tabou depuis longtemps. Et au passage, je n'entends rien non plus.

Isaël foudroya l'écrivaine du regard.

— C'est que tu dois être sourde ! répliqua-t-il. Parce qu'elle hurle !

Kayeff fronça les sourcils. Comme de coutume, il avait effectué une mission de reconnaissance sous sa forme astrale en début de matinée. Il n'avait découvert aucun Humain.

— Les bruits proviennent de quelle direction ?.

— De partout ! lui répondit l'ancien militaire. On dirait un écho !

— Tu n'aurais pas une Jeanne dans tes ancêtres ? pouffa Peter. Elle aussi entendait des voix : Dieu lui parlait. Mais je dois reconnaître qu'entendre des orgasmes à longueur de journée, ça doit être plus sympa encore.

Isaël leva les yeux au ciel avant de se remettre à observer les alentours, aux aguets. Intrigué, Kayeff déclencha son sort de guérison. Les corps des neufs Humains lui apparurent aussitôt. Le cœur de l'ancien militaire battait à un rythme soutenu. Ses glandes sudoripares sécrétaient de la transpiration, principalement sous ses aisselles et son dos. Son activité neuronale lui sembla normale, mais la complexité du cerveau laissait Kayeff bien souvent confus ; il préférait éviter de toucher à cette zone par peur de commettre un impair. *Tout a l'air en ordre par ici*, conclut-il.

Se désintéressant d'Isaël, Kayeff élargit son champ d'observation ; il perdit en précision, mais gagna en étendue couverte. Les organismes de ses protégés se réduisirent à des mécanismes indistincts de petites tailles. Les insectes disparurent, trop minuscules pour entrer dans son échelle de perception actuelle. Il détecta une biche, tapie dans le bosquet. Elle était immobile et tournée dans leur direction, les oreilles soulevées. Quelques lapins dormaient sous elle, dans leur terrier selon toute vraisemblance. À côté du cervidé se tenait un homme. *Un Humain devrait normalement effrayer la biche !* Aussitôt, Kayeff zooma sur l'inconnu pour en savoir davantage. Il repéra d'emblée un taux de gamma GT très élevé. Malgré son alcoolémie avancée, l'étranger demeurait immobile et bien droit. Seules ses phalanges bougeaient en rythme comme ceux d'un marionnettiste. *Qu'est-ce qu'il fait ?*

Kayeff coupa son sort de guérison, se tourna vers le bosquet et cria :

— Qui est là ? Montrez-vous tout de suite ou je viens vous chercher !

Aussitôt, les Humains autour de lui se raidirent. Berti et Hanne sortirent leurs lames luminescentes, prêtes à s'en servir au besoin. Peter lâcha un juron, puis dégaina à son tour son item magique. L'arme vrombit. En provenance du bosquet, un rire éclata, aussi puissant qu'un barrissement. Surprise, Angela poussa un petit cri. Elle recula d'un pas et se positionna derrière Kayeff. Les buissons et les arbres s'agitèrent en tous sens, comme si une bête immense traversait le bois. Soudain, un éléphant s'en extirpa. Comme ivre, l'animal tituba, secoua la tête et arracha la moitié de la végétation avec ses défenses. Le pachyderme trébucha, puis manqua de s'affaler sur le sol. De justesse, il se rattrapa avant de s'immobiliser. Il fixa la troupe d'un regard myope et vitreux. Sa trompe se tendit vers eux pour les sentir. Après un barrissement, l'éléphant avança dans leur direction d'un pas lourd. Une panthère rose juchée sur son dos retroussa les canines.

— C'est quoi ce bordel ! s'exclama Isaël.

— Un *illusionniste*, lui répondit Kayeff avec calme.

— Il vient nous attaquer ? s'inquiéta Angela.

— Les Husdamoriens frappent et tuent sans prévenir. Lui, il s'est annoncé avec… une touche humour. C'est autre chose, crois-moi.

— Il a un sens de l'humour très particulier, grommela Anke.

Elle baissa la voix et ajouta en murmurant :

— Un humour de beauf, comme Peter !

Songeur, Kayeff demeura néanmoins sur ses gardes. Très peu de Nôstres recouraient aux illusions, tant leur consommation en magie était importante. Les individus liés à ce type de sorts ne les utilisaient d'ailleurs presque jamais. Certes, il existait des artefacts permettant de modifier son apparence, mais leurs effets duraient tout au plus un quart d'heure. Jusqu'à présent, Kayeff avait pensé que seule Déia connaissait le moyen de contourner ce problème de dépenses énergétiques. L'insouciance avec laquelle cet étranger maniait les illusions laissait néanmoins pensser qu'il avait lui aussi résolu cette difficulté. En soi, cet exploit était digne de louanges. Cependant, Kayeff détestait l'arrogante grossièreté avec laquelle l'homme exposait ses capacités.

Avant l'attaque de l'oasis, Kayeff aurait paniqué et imaginé une infinité de menaces ; le stress aurait grimpé de lui-même. Désormais, il se sentait plus serein : il pouvait s'affranchir de ses perceptions et donc se prémunir contre un tel individu. Il activa par intermittence son sort de guérison afin de surveiller la progression de leur visiteur tout en observant l'illusion.

— Qui êtes-vous ? demanda Kayeff. Que voulez-vous ?

Le pachyderme s'arrêta à deux mètres d'eux. Une virulente odeur d'alcool se dégageait de lui.

— Je suis Campbell, déclara la panthère rose en phrygien. Je dirige l'agence de renseignement que votre mère adoptive a contracté pour les besoins de sa cause.

— En effet, Érèbe m'avait prévenu que vous viendriez, lui répondit Kayeff dans la même langue. Je m'attendais néanmoins à un individu plus… discret.

L'éléphant barrit avec amusement. En parallèle, la panthère sauta à terre et s'approcha d'eux.

— Je suis *furtif* si nécessaire, contredit le félin d'une voix soudainement glacée. J'aime cependant connaître les capacités des personnes avec qui je travaille. En l'occurrence, vous m'avez détecté malgré mes illusions. Lorsque je parle, vous me regardez droit dans les yeux. J'en conclus que vous employez un sort ou un item magique qui vous octroie un sixième sens. Votre sang-froid est une autre indication intéressante. Ou vous disposez d'une foi infaillible en votre jugement, ou vous pensez pouvoir m'arrêter sans la moindre difficulté si je me révèle une menace. Dans les deux cas, votre excès de confiance vous rend vulnérable.

Cette conversation lui sembla irréelle, digne d'un film nord-américain de catégorie B. Il détecta néanmoins chez Campbell une vive intelligence. L'informateur était un individu dangereux.

— Cette remarque peut aller dans les deux sens, rétorqua Kayeff.

Un éclat de rire tonitruant retentit alors.

— Sans doute, sans doute, fit Campbell sur un ton théâtral.

Les illusions s'effondrèrent, révélant un trentenaire roux au visage ravagé par l'alcoolisme. Grâce à son sort, Kayeff détermina que son apparence véritable différait de celle affichée en cet instant précis.

L'homme n'était pas bouffi. Malgré un léger embonpoint, ses muscles ressemblaient à ceux d'un individu ayant une activité physique importante. De plus, les doigts de l'informateur continuaient de se mouvoir dans la réalité quand, avec ses yeux, Kayeff les voyait immobiles, le long de son corps. *C'est de cette manière qu'il contrôle ses illusions. Cet individu joue sur les apparences pour que tout le monde le sous-estime*, conclut-il. *C'est un manipulateur né.*

— Votre mère m'a mandaté pour vous emmener sur Godéranie et vous indiquer les cibles d'intérêt à Sageopolis.

Une immense bouffée de satisfaction traversa Kayeff. Néanmoins, il songea aussitôt à ses protégés. Il répondit donc dans la langue des Humains :

— Il nous faut tout d'abord leur trouver un refuge, affirma-t-il. Ils refusent de se rendre à Nahala en raison du danger. Je n'ai découvert aucun endroit de sûr pour le moment.

Un sourire en coin étira les lèvres de l'informateur.

— Je peux vous aider à régler ce petit problème, annonça-t-il. Ce n'est pas inclus dans mes tarifs actuels, cependant. Vous devrez donc payer un surplus.

Méfiant, Kayeff observa Campbell. Son cœur battait à un rythme régulier. Aucun signe de nervosité. Néanmoins, il sentit que leur visiteur préparait le terrain à quelque chose de désagréable.

— Quel est votre prix ?

— La formule de votre sort de guérison.

Des sueurs froides coulèrent sur le dos de Kayeff. *Comment sait-il pour mon sort de guérison ? Depuis la mort de Madelin, seuls Bafane et* Érèbe *sont au courant ! Et mes parents n'en dévoileraient jamais rien à personne, car ils me mettraient en danger. Quelqu'un me surveillait-il pendant le combat de l'oasis ?* Il avait quitté les lieux sans vérifier. Une fois encore, il maudit son inexpérience.

— J'ai promis à mon ancien maître d'en garder la formule secrète.

Ce sort est trop redoutable pour être diffusé au reste de la Godéranie. S'il tombait entre de mauvaises mains, les conséquences seraient désastreuses.

— Dixit celui qui l'a utilisé pour massacrer Drago, quand une simple rupture d'anévrisme aurait suffi, répliqua Campbell. Pour ma part, j'appelle ça du sadisme. On est loin des Commandements de la Déesse, qui incitent les Nôstres à abattre leurs adversaires le plus proprement possible.

Kayeff sentit ses battements de cœur s'accélérer. Cette rencontre le mettait de plus en plus mal à l'aise. Certains éléments de contexte lui échappaient ; cette ignorance le poussait droit dans le piège qu'on lui réservait. Il devait s'informer davantage avant de prendre la moindre décision.

— Vous étiez présent durant le combat ?

— L'arrivée d'un nouveau pion dans la partie est toujours un moment privilégié, répondit Campbell d'une voix mielleuse.

C'est une pièce ! comprit Kayeff, qui se crispa, prêt à attaquer. Autour de lui, les Humains l'imitèrent, lisant son langage corporel à la perfection après ces deux mois passés en sa compagnie.

— Pour quel joueur travaillez-vous ? interrogea-t-il.

Campbell éclata d'un rire joyeux.

— C'est le grand drame de mon existence ! s'exclama-t-il, les bras dirigés vers le ciel tel un acteur de série B.

Puis, l'homme se pencha en avant et chuchota sur un ton de confidence exagéré :

— Officiellement, j'en sers deux à la fois. Mais à présent que Déia s'est alliée avec l'un de mes employeurs et que ce dernier s'est mis en tête d'aider le quatrième joueur à faire tomber les sages, on peut considérer que je travaille pour tous les quatre en même temps. Je mange à tous les râteliers, si vous préférez. Ces allégeances multiples garantissent ma sécurité pour le cas où l'un d'eux voudrait se débarrasser de moi pour des raisons… stratégiques.

Kayeff s'humecta les lèvres. Campbell pouvait lui mentir, néanmoins les faits énoncés correspondaient tout à fait à l'idée qu'il s'était forgé du personnage.

— Pour lequel d'entre eux êtes-vous en mission actuellement ?

— Tout comme vous, mon employeur d'aujourd'hui désire briser la position dominante des sages sur Godéranie. Il a donc le même objectif que Déia. Cependant, mon employeur de demain souhaitera peut-être vous tuer. La vie est pleine de surprises…

— Bafane savait-elle que vous étiez un pion ?

— J'en doute. Les circonstances présentes m'ont obligé à multiplier les contacts. J'étais bien plus discret autrefois. Quant à me considérer comme un vulgaire pion… Je suis un cavalier, comme Érèbe !

C'est bien ce que je pensais, songea Kayeff. *Il a un orgueil démesuré*. Les doigts de Campbell accélérèrent leur danse. Dans le même temps, l'homme bedonnant représenté par l'illusion fit apparaître entre ses mains une statuette en bois obscène qu'il posa au sol. Berti gloussa, avant d'affirmer d'une voix nerveuse qu'elle possédait autrefois un *sextoy* de cette taille.

— Voici le marché que vous propose ce joueur, déclara Campbell. Comme d'habitude, vous êtes libre de refuser.

— J'accepte de regarder ce message, répliqua Kayeff, mais j'exige que vous stoppiez vos illusions pendant sa diffusion. Je ne veux pas être manipulé à un moment aussi important.

Durant un instant, le visage de l'informateur resta de marbre. Devant cette réaction, Kayeff comprit qu'il venait de trahir en partie le fonctionnement de son sort : Campbell savait désormais que son sixième sens ne le protégeait pas tout à fait des illusions. Puis, une expression outrée et à la limite du comique étira les traits de Campbell.

— Comment ça ? fit-il d'une voix faussement étonnée. Moi, je vous manipulerais ? Je suis choqué par de telles allégations. Mes paroles et actions sont toutes aussi fiables que celles de Sage M.

Au moins, il a le sens de l'autodérision, songea Kayeff en croisant les bras.

— Coupez vos illusions.

Leur visiteur effectua une petite courbette ridicule. Ses doigts cessèrent de s'agiter. L'homme bedonnant connut de légères altérations. La peau de son visage se tendit pendant que les stigmates de son alcoolisme disparurent. Ses muscles se gonflèrent, révélant une silhouette presque athlétique en dépit d'un ventre à bière. Ses cheveux devinrent plus roux encore. Ses traits se durcirent : son expression presque comique d'acteur muta en quelque chose d'infiniment plus menaçant et dangereux. L'apparence du véritable Campbell inquiétait et Kayeff remarqua que la nervosité de ses protégés s'accrut dès que le Nôstre cessa d'utiliser ses illusions.

En parallèle, la statuette obscène se transforma en un guerrier, avec une tenue de tissu rouge, une lance et un bouclier orné de figures géométriques. L'informateur actionna l'arme en bois vers Kayeff. Aussitôt, un homme noir à la carrure massive surgit devant eux en hologramme. Il portait un habit de coton blanc immaculé qui descendait jusqu'à ses chevilles. Son vêtement était finement brodé avec des motifs dorés et complexes. D'une voix rauque et puissante, l'inconnu déclara :

> *Je m'appelle Antoine. Tu ignorais jusqu'à présent mon existence et, d'après les futurs, il y a peu de chances pour que nous nous rencontrions un jour. Je suis l'un des quatre joueurs, mais toi et moi ne sommes pas ennemis. Comme tu le sais peut-être, pour éviter une défaite totale, Déia a décidé de s'allier à moi. Elle est désormais mon cavalier, au même titre que Campbell. Nous combattons donc dans le même camp.*
>
> *À ce titre, voici le marché que je te propose. L'une de*

mes deux tours, Gavannha, protège un groupe d'Humains. Il a essuyé une attaque de l'Husdamore il y a peu et a malheureusement été grièvement blessé. J'aimerais que tu ailles le soigner et que tu lui donnes la formule de ton sort de guérison. En échange, Campbell ici présent t'assistera dans ta vendetta contre les sages. Il te fournira les informations dont tu as besoin et t'aidera si nécessaire à enlever certains... obstacles de ta route. De plus, je m'engage à ce que Gavannha défende tes protégés contre une nouvelle attaque.

À l'inverse de Déia, qui réclame vos services sans rien vous offrir en retour, je suis un fervent partisan de la collaboration mutuellement bénéfique. Je donne autant, voire davantage, que je ne prends, si tu préfères. Considère tout accord entre nous comme sacré. Je peux aller très loin pour tenir mes promesses et j'exige le même dévouement de la part de mes pièces.

Tu as bien entendu le droit de refuser. Je n'impose jamais à personne un marché que l'un des partis estimerait injuste. En revanche, mes termes ne sont pas négociables. Si tu as des questions, adresse-toi à Campbell, il se fera une joie d'y répondre.

J'espère qu'aujourd'hui marquera entre nous le début d'une longue et fructueuse collaboration. Je te souhaite une bonne journée.

Dès que l'hologramme s'éteignit, Kayeff se gratta l'avant-bras.

— Si je lis bien entre les lignes, il veut que je devienne un de ses pions en plus d'en être déjà un pour Déia, je me trompe ?

Un sourire moqueur étira les lèvres de Campbell.

— Tout à fait. Alors, acceptes-tu cet accord ou non ? Je tiens à préciser que l'état de Gavannha est critique. Tu n'as donc pas le loisir de réfléchir très longtemps à cette offre.

Kayeff avait consulté des *recueils de souvenirs* appartenant à des individus habitués à négocier. Malgré son inexpérience, il possédait des connaissances pour évaluer la situation. Il détecta dans les termes des points étranges. Pour quelle raison Antoine souhaitait-il faire de lui un de ses pions ? Lui-même travaillait déjà pour Déia, qui était un cavalier à lui. D'une certaine manière, il s'inscrivait dans la hiérarchie existante. Il se remémora sa discussion avec Érèbe, deux semaines plus tôt, et son insistance à propos du libre arbitre des pièces. Antoine se méfiait donc de son accord avec Déia. Si elle refusait de lui obéir, alors il perdrait son contrôle sur les pièces de la Déicide. En l'incorporant directement à ses pièces à lui, Antoine supprimerait un intermédiaire et s'assurerait d'avoir accès à lui en cas de besoin.

— Ma mission pour Antoine se résume à soigner Gavannha et lui donner la formule du sort de guérison ? questionna-t-il. Ce que je fais en Husdamore ne le regarde en rien, nous sommes bien d'accord ?

— Tout à fait, répondit l'informateur. Cette partie-là concerne davantage ton allégeance à Déia.

Kayeff se doutait qu'à terme, Antoine lui proposerait d'effectuer des actions qui entraveraient les plans de Déia. Il subodorait également que les deux individus s'entretueraient à un moment ou un autre. De même, il devinait qu'Antoine profitait de la faiblesse passagère de la Déicide pour s'emparer de ses pièces à fort potentiel. Cependant, Kayeff pourrait toujours refuser leurs demandes, s'il les estimait iniques ou dangereuses. Pour l'heure, seul le fait de donner la formule de son rituel à Gavannha le dérangeait. En soi, l'ancien maître-espion lui inspirait confiance. De réputation, il était un modéré. Sa présence sur Terre pour protéger des Humains laissait présager un individu qui respectait la *Nobilianiti*. De plus, le Chitosien risquait de ne pouvoir utiliser la formule telle quelle : il devrait chercher des équivalences dans les propriétés magiques pour éviter un cancer. L'opération durerait peut-être des années. Kayeff aurait alors l'occasion d'entraver le rituel, par la force si nécessaire. À aucun moment, Antoine ne lui interdisait dans ses clauses d'agir de la sorte.

Il prit une longue inspiration. Normalement, il aurait rejeté l'accord, par principe et par respect pour Madelin. Cependant, les circonstances lui paraissaient exceptionnelles. S'il refusait, il perdrait un temps précieux à trouver un refuge pour ses protégés. Il se priverait aussi d'une aide inestimable. *Attaquer l'Husdamore reste ma priorité*, songea-t-il. *Tout cet imbroglio politique peut attendre.*

— Très bien, déclara-t-il, j'accepte le marché d'Antoine.

— Tu ne le regretteras pas, répondit Campbell d'une voix amusée.

Après un voyage en plateforme de déplacement rapide qui dura cinq jours, guidés par les indications de Campbell, ils rejoignirent un campement où s'agglutinait une centaine d'Humains. Des hommes en arme les accueillirent à l'atterrissage, la mitraillette braquée dans leur direction.

— Du calme, intima-t-il à ses protégés, qui montraient de l'inquiétude. Campbell n'a aucune raison de nous mener dans un piège.

Sauf s'il travaillait pour l'ennemie de Déia au moment où il nous a donné toutes ces indications, songea-t-il. Kayeff tut ce petit doute. Il le comprenait seulement à présent, mais collaborer avec l'informateur était comme jouer à la roulette russe : le risque de finir avec une balle logée dans le crâne, sans le moindre signe avant-coureur, était réel. Kayeff se tint donc prêt à ériger une barrière de protection en cas de besoin.

— Ils n'ont pas l'air très amicaux, murmura Angela, de toute évidence effrayée.

Aucun d'eux ne s'était opposé à sa décision de venir ici. Toutefois, ils souhaitent rencontrer Gavannha et les chefs de cette troupe avant d'accepter ou non de rester en leur compagnie.

— Tout va bien, la rassura Kayeff. Ils sont seulement méfiants. Des

Nôstres les ont attaqués il y a peu de temps, souviens-toi.

La chanteuse déglutit avec difficulté.

— Ils n'ont pas l'air d'avoir eu la vie facile, remarqua Berti. Vous avez vu comment ils sont habillés ? On dirait des hommes préhistoriques pour certains.

D'un pas énergique, une femme de couleur s'avança au milieu des soldats. Sans exception, tous s'écartèrent. Elle s'arrêta avant le début de leur ligne de tir.

— Identifiez-vous ! exigea-t-elle dans un anglais impeccable. Que faites-vous ici ?

— Je m'appelle Kayeff, répondit-il dans la même langue. Je viens vous proposer de l'aide.

Elle le toisa, les mains enfoncées dans les poches. Deux enfants, qui se faufilaient entre les soldats, stoppèrent au pied de la femme. En soi, leur présence ne le surprenait nullement. Cependant, la manière dont ils l'observèrent mit Kayeff mal à l'aise.

— Je m'attendais à une personne plus âgée, remarqua-t-elle d'une voix froide. Tu ressembles à un adolescent.

Kayeff se tourna vers elle à nouveau.

— Je suis jeune, admit-il, mais j'ai des talents uniques.

— C'est ce qu'affirme Antoine, répliqua-t-elle. Tu viens soigner Gavannha, je suppose ?

La simple mention du joueur le fit sursauter. *Est-elle mêlée à la partie en cours ?* s'inquiéta-t-il. *Est-elle une Nôstre ?*

— Il est dans une tente un peu plus loin, ajouta-t-elle. Suis-moi. Et dis à tes amis de déposer leurs armes. Ils sont les bienvenus, mais nous soumettons tous les étrangers à certaines mesures de sécurité. J'espère que vous ne nous en voudrez pas.

Kayeff se demanda s'il pouvait lui faire confiance. *Probablement pas*, comprit-il en écoutant son instinct. *Néanmoins, si elle travaille pour Antoine, alors elle est de mon côté.*

— Très bien, répondit-il. Je traduis vos requêtes auprès de mes amis et je vous suis après.

La femme acquiesça.

Chapitre 22 : Gavannha

Baignant dans sa sueur, Gavannha se réveilla en sursaut.

— Takuba ! s'exclama-t-il en se redressant.

Il observa les environs. Il se trouvait dans la tente-infirmerie où gisaient une dizaine de blessés. Malgré les pans de toile ouverts, une odeur désagréable flottait dans l'atmosphère. À son chevet s'agenouillaient Klan, Di et Aliénor. Tous trois le scrutaient, dans l'expectative. Il repéra avec surprise un léger sourire sur le visage des enfants. Il leur adressa un petit signe de tête, en excluant avec soin la Camogérienne de cette marque de connivence. Son attention se porta ensuite vers un adolescent qui avait entre dix-huit et vingt ans. L'inconnu était vêtu d'une robe blanche. *Un membre de l'OPP !* comprit-il. *Ici ? Comment est-ce possible ? Je les croyais tous morts.*

— Qui êtes-vous ? demanda Gavannha avec méfiance.

— Je m'appelle Kayeff, répondit le visiteur dans un chitosien parfait.

Ce nom, dans le contexte de l'OPP, évoqua des souvenirs à Gavannha. Il se remémora les rapports de ses anciens agents.

— Le disciple de Madelin ?

Kayeff acquiesça. L'homme tapotait avec impatience ses doigts contre le sol. De la sueur coulait le long de son front et de son cou, comme s'il venait de fournir un effort important.

— Il t'a soigné, l'informa Aliénor.

— Avec la magie ! compléta Di d'une voix excitée. Je veux apprendre à faire pareil !

À ces mots, Kayeff sursauta avant de jeter un regard intrigué vers Di. *Guérir par la magie ?* songea Gavannha. *Impossible !* Puis, il se ravisa. Avant sa libération de l'île, jamais il n'aurait envisagé qu'un Nôstre puisse prédire le futur. Les événements récents l'avaient contraint à réviser ses a priori. Il observa le nouveau venu avec un intérêt renouvelé, notant sa mâchoire serrée et son expression renfrognée. *Il ne m'aide pas de gaieté de cœur.*

— Que puis-je faire pour vous prouver ma gratitude ? demanda Gavannha.

— Je suis venu avec des Humains. J'aimerais qu'ils se joignent à cette troupe et que vous les protégiez.

À la fois gêné de ne pouvoir l'accommoder et étonné que Kayeff évoque avec une telle nonchalance une infraction à la *Nobilianiti*, Gavannha se passa la main dans les cheveux. *Est-ce un test ?*

— Je n'ai pas l'autorité pour exiger une chose pareille, répondit-il avec circonspection. Ce groupe d'Humains possède son propre système politique auquel je refuse de participer. Ce serait contrevenir à la *Nobilianiti*.

Tout en prononçant cette dernière phrase, Gavannha étudia avec soin le visage de Kayeff, se demandant comment il réagirait. L'ancien disciple de Madelin parut dans l'expectative, comme s'il ne comprenait pas le danger implicite. *A-t-il seulement conscience du fait que nous risquons d'être jugés par des Nôstres pour avoir aidé ces Humains ?*

— J'ai accepté de protéger cette troupe pour faire face à des circonstances exceptionnelles, continua Gavannha avec précaution. C'est tout. En revanche, Aliénor ici présente a la possibilité de convoquer une assemblée pour décider d'approuver ou non votre requête.

Cette réponse agaça Kayeff.

— Je dois me rendre sur Godéranie au plus vite. Je n'ai pas le temps d'attendre que ces formalités soient remplies.

Gavannha fronça les sourcils. Grâce à son expérience de maître-espion, il cernait très vite ses interlocuteurs. Cette impatience. Ce manque de considération pour les lois godéraniennes. Ses évidentes œillères. *Il se moque des conséquences de ses actes. Une personne dangereuse, en somme, qui n'hésitera pas à tout réduire en cendres pour atteindre ses objectifs*. Gavannha résuma la situation en camogérien à Aliénor.

— Pour moi, ses compagnons de voyage seraient plus en sécurité avec nous, conclut-il.

Gavannha se leva, puis effectua quelques mouvements avec les bras. Aussitôt, ses articulations craquèrent. Il inspecta son corps. *Ni escarre ni muscle atrophié. Aucune migraine non plus. Son sort de guérison est exceptionnel.* Tandis qu'il enfilait un pantalon propre, la Camogérienne expédia au disciple de Madelin un sourire faussement chaleureux.

— Votre demande me paraît raisonnable, lui annonça-t-elle en anglais. Votre groupe est peu nombreux et les gens qui le composent ont l'air en bonne santé. Ils devraient supporter le voyage. Avant de vous donner une réponse définitive, je dois cependant en discuter avec Vladimir et Joseph. Mais pour moi, il n'y a aucun problème.

À la simple mention du périple en cours, Kayeff sursauta.

— Vous avez une destination particulière ? demanda-t-il avec suspicion.

— Oui, nous allons vers la ville qui a résisté à *Cela*, affirma Aliénor d'une voix surprise.

— Vous voulez dire Nahala ? insista Kayeff sur un ton agressif. Au Moyen-Orient ?

Gavannha échangea un regard confus avec Aliénor. Le disciple de Madelin leur donna les coordonnées exactes du lieu.

— Je pense que nous parlons du même endroit, confirma Gavannha. Pourquoi ?

Kayeff lâcha une bordée de jurons.

— Ce n'est pas ce qu'Antoine et Campbell m'ont promis ! Mes compagnons de voyage refusent d'aller là-bas !

Aliénor arrêta de sourire ; de la crispation figea ses traits durant une seconde à peine, puis son expression se relâcha. Gavannha éprouva quant à lui un sentiment de malaise. Il se tourna vers Klan et Di, qui jusque-là observaient les événements sans mot dire. Les préférant à distance de Kayeff, Gavannha leur ordonna d'un ton sans réplique :

— Laissez-nous !

Gavannha ignora les insultes de Klan, qui le qualifia de sale autocrate véreux nourri à la pisse depuis l'enfance.

— Allons ailleurs ! interpella-t-il Kayeff après le départ des enfants. Cette histoire concerne uniquement les Nôstres.

— Je suis d'accord.

À l'extérieur, les Humains préparaient la soirée. Des feux et des casseroles propulsaient des odeurs de cuisine un peu partout. Dans le ciel, le soleil se couchait, balayant la campagne de ses rayons orangés. Gavannha demanda des nouvelles de Takuba auprès d'un médecin militaire qui approchait.

— Le prisonnier vit encore, mais il est toujours inconscient, lui annonça le soldat avec un fort accent russe. Il lui reste très peu de temps. Si vous souhaitez l'interroger, je vous conseille de le faire au plus vite.

Pour se retenir de pleurer, Gavannha ferma un instant les yeux. Quand leur visiteur serait parti, il pourrait se laisser aller au chagrin. Ils établirent ensuite chacun leur plateforme de déplacement rapide, puis ils s'éloignèrent.

Sur les berges d'une rivière partiellement asséchée, ils échangèrent les informations dont chacun disposait durant près d'une demi-heure. Le chant des oiseaux berça leur discussion. Gavannha apprit avec stupéfaction l'existence des joueurs. Il obtint ainsi la confirmation qu'ils pouvaient tous les quatre voir les futurs. Un sentiment de fureur s'empara de lui quand Kayeff lui révéla qu'ils étaient tous deux de simples figurines dans une partie d'échecs à l'échelle du monde réel.

— Après cette escale, je m'arrête à Nahala pour discuter avec ma mère adoptive. Bafane a établi un plan d'attaque, expliqua Kayeff avec un sourire carnassier. Nous comptons mener une guérilla en plein cœur de Sageopolis afin de saper la puissance des sages.

Des pacifistes belliqueux, songea Gavannha, légèrement déstabilisé par les positions et attitudes de Kayeff. *La pomme est tombée très loin de l'arbre, comme on le dit sur Terre.* Quand vint son tour, il décrivit sa rencontre avec Déia et comment elle avait orienté ses pérégrinations. Lorsqu'ils abordèrent les origines humano-godéraniennes de Di et le don qui en résultait parfois, Kayeff fronça les sourcils.

— Selon certaines archives, Déia est à moitié humaine. C'est peut-être les racines de son don de prescience ?

Le beuglement d'une vache retentit. Gavannha observa le troupeau, qui quittait le cours d'eau pour se diriger vers une prairie verdoyante.

— Le père d'Antoine est aussi un Humain, confirma Gavannha. Ce n'est pas une coïncidence. Lorsque l'on découvrira l'identité des joueurs, on apprendra par la même occasion qu'ils ont tous des origines humano-godéraniennes, j'en suis persuadé.

— Dans ces conditions, objecta Kayeff, vous devriez vous-même avoir des dons particuliers, non ?

— Selon les renseignements dont je dispose, la transmission n'est pas systématique. Je serais cependant incapable d'en expliquer la raison. Il faudrait interroger un scientifique qui conduit les recherches en Husdamore à ce sujet.

— J'en parlerai à Bafane. S'ils expérimentent sur des enfants, comme vous le dites, ma mère adoptive en fera sa priorité.

— Je vous serais très reconnaissant si vous pouviez m'informer de vos trouvailles sur place.

— Ce serait la moindre des choses, répondit Kayeff.

Ils conversèrent encore une quinzaine de minutes à propos des joueurs, notamment de la mystérieuse ennemie de Déia. Néanmoins, Kayeff trépigna tout au long de cette discussion. Très vite, le disciple de Madelin cessa de relancer les échanges. Avec réticence, il montra à Gavannha la formule de son sort de guérison, comme promis dès leur atterrissage. Quand il en eut achevé le tracé sur le sol, il déclara :

— Maintenant, je dois retourner voir mes compagnons de voyage. J'espère qu'ils vont accepter de s'intégrer à votre groupe, surtout lorsqu'ils apprendront que vous vous dirigez vers Nahala.

Sans attendre de réponse, Kayeff établit une plateforme de déplacement rapide et décolla. Gavannha l'observa de longs instants, puis il se concentra à nouveau sur la formule, gravant dans son esprit la moindre rune. Antoine n'agissait jamais par hasard. Son géniteur voulait qu'il soigne Takuba. Malgré les éclaircissements amenés par Kayeff, beaucoup de détails lui paraissaient encore obscurs. Déia cherchait à instaurer une société utopique, mais qu'en était-il d'Antoine ? Pourquoi le vieux roublard entrait-il dans la partie ? Comment souhaitait-il façonner l'avenir ? Gavannha avait connu une société sculptée par les doigts d'Antoine et il refusait de le laisser exporter ce modèle à une plus large échelle. *Il devient urgent que je m'entretienne avec lui.*

Avant d'entreprendre la moindre action ou de retourner au campement, Gavannha contacta Jaméo. Son ami répondit très vite à l'invitation télépathique, et se téléporta un instant plus tard.

— Je m'inquiétais de ton mutisme, déclara le maître-espion. Tu as rencontré des problèmes ?

— Tout est arrangé, le rassura Gavannha.

D'une voix excitée, Jaméo lui raconta la réunion internationale au sommet, comment le Moine s'était disgracié et de quelle manière Griffith avait pris en main la coalition.

— C'est l'effervescence au palais, conclut Jaméo. Les ambassadeurs et les chefs militaires vont et viennent à toute heure pour négocier les traités ou intriguer à propos des postes importants. Le Chitosa Perdu est devenu le centre névralgique de l'alliance. Naguère 1er en profite pour régler de vieux contentieux avec les pays qui ont participé à la Troisième Guerre d'Expansion.

Gavannha hocha la tête. Il avait lui-même subi les foudres

rancunières du monarque. Le roi était un animal à sang-froid qui préférait attendre le meilleur moment pour se venger.

— Où en es-tu avec ton expédition au Camogéria ? Tu as des nouvelles des soldats ?

Le visage de Jaméo s'assombrit.

— J'ai cherché à te joindre il y a plusieurs jours à ce sujet. Au palais, j'ai reçu huit têtes fraîchement coupées dans un colis avec un petit mot d'amour.

Le maître-espion sortit un morceau de papier de sa poche et lut à haute voix :

— *La prochaine fois, je me déplacerai en personne. Peu importe tes gardes du corps, tu subiras le même sort, voire bien pire !*

Tandis qu'il repliait le message, Gavannha répondit :

— Je ne suis pas surpris. Antoine est dangereux.

Il n'ajouta pas que son ami avait gaspillé en vain la vie de ses soldats. Jaméo prendrait tout seul la mesure de ses erreurs. Gavannha préférait les discussions constructives. Il lui relata donc sa rencontre avec Kayeff, et il lui détailla les informations apprises durant la conversation.

— Naguère 1er est fini ! s'exclama le maître-espion à la fin du récit. Il travaille pour une puissance étrangère. C'est un traître ! Nous devons le détrôner !

Comprenant alors son erreur, Gavannha se mordit les lèvres. Sans le vouloir ni même y penser, il venait de déclencher une motion de censure à l'égard du souverain. *Pire encore*, songea-t-il, *sans l'intervention d'Antoine et ma rencontre avec Kayeff, jamais je n'aurais appris ces renseignements*. Il prit le temps de retourner dans sa tête tous les éléments à sa disposition. Une à une, les pièces du puzzle s'emboîtèrent pour former une image inquiétante. Son géniteur souhaitait utiliser sa popularité au Chitosa Perdu pour qu'il remplace le roi une fois celui-ci destitué. De ce fait, Antoine installerait sa tour à une position stratégique. Dans le même temps, il supprimait de l'échiquier un pion de Déia, Naguère 1er. Il envoyait de même un autre pion de la Déicide, Kayeff, pour affaiblir l'assise de l'Husdamore ; il attaquait la pièce dominante de la joueuse responsable de *Cela*, tout en se renforçant. *Déia n'approuvera pas le remplacement de Naguère 1er. L'alliance entre elle et Antoine s'avère donc très précaire s'il se permet de la fragiliser ainsi. Et Kayeff est tellement obnubilé par sa vengeance qu'il n'a probablement même pas conscience du jeu qui se déroule autour de lui. L'Araignée...* conclut Gavannha. *Ce sobriquet convient parfaitement à Antoine.* Néanmoins, malgré toutes ses déductions, il ne comprenait toujours pas le rôle de Di et Takuba dans cette histoire.

— Si ta motion de censure aboutit, je risque d'être sollicité par le peuple pour prendre sa place, car Naguère 1er n'a aucun héritier. Je n'ai aucune envie de devenir roi ! Qui plus est, renverser notre monarque juste avant d'entamer une guerre me semble un très mauvais calcul politique.

Plus important encore, songea Gavannha, *je refuse de suivre aveuglément les manipulations grossières de mon géniteur.*

Dès cet instant, la discussion entre Jaméo et lui s'envenima. Très vite, le maître-espion se mit en tailleur pour démarrer le processus de téléportation. De son côté, Gavannha établit une plateforme de déplacement rapide et rentra au campement sans même attendre le départ de son ancien protégé. À son atterrissage, un soldat trotta dans sa direction.

— Vladimir, Joseph et Aliénor voudraient s'entretenir avec vous, annonça l'Humain.

— Très bien, je passerai les voir un peu plus tard. Où est l'autre Nôstre ?

— Oh ! Il est parti depuis au moins une heure déjà.

Gavannha fronça les sourcils.

— Et qu'en est-il des Humains qui l'accompagnaient ?

Le soldat se gratta l'arrière du crâne.

— Ils restent avec nous. D'après ce que j'ai compris, ils nous quitteront dès qu'ils trouveront un endroit sûr où s'installer.

Gavannha acquiesça.

— Où est notre prisonnier. J'aimerais m'assurer de ses conditions de détention.

Le soldat les lui indiqua et Gavannha s'y rendit. Dix militaires gardaient le corps de Takuba ; six d'entre eux le maintenaient en joue en permanence. Le corps de son fils reposait dehors, à une distance raisonnable des tentes. Le cœur serré, Gavannha huma l'odeur de pourriture qui s'échappait du blessé. D'un geste agacé, il chassa les mouches qui bourdonnaient et s'affairaient sur les plaies. Takuba semblait plus mort que vivant avec ses côtes crevant sa peau. Les rayons du soleil se reflétaient sur son épiderme, d'aspect légèrement métallique. Fronçant les sourcils, Gavannha s'approcha davantage. Il comprit alors que le corps entier de Takuba était renforcé par la magie. Selon toute probabilité, ses os étaient plus robustes que de l'acier trempé. Ses organes pouvaient supporter des chocs d'une très grande violence. *Il a survécu à mon attaque grâce à tous ses sorts de protection*, conclut Gavannha. *À sa place, beaucoup de Nôstres seraient décédés depuis longtemps. Durant son* sacrifice*, il a misé sur la solidité et la puissance plutôt que la vitesse.*

Gavannha sentit des larmes perler le long de ses joues. Ignorant l'étonnement des soldats, il s'agenouilla auprès de son fils. Des souvenirs envahirent son esprit. À bien des égards, Klan et Takuba avaient un caractère similaire : ils étaient tous deux prompts aux insultes, à la contradiction et à la démesure. Gavannha comprenait sans difficulté comment Klan avait évolué de cette manière. Cependant, la trajectoire de son fils lui paraissait inintelligible. Comment ce petit garçon brillant et plein de vie s'était-il transformé en une bête enragée tout juste bonne à abattre ? Il serra les poings devant son impuissance.

— Toi aller bien ? demanda un soldat.

— Oui, répondit Gavannha en s'essuyant les yeux.

Il possédait à présent une formule capable de se lier à un sort de guérison. Plusieurs éléments magiques entraient en opposition avec les siens. Il devrait selon toute vraisemblance effectuer de nombreux ajustements pour éviter le cancer magique. Cependant, Gavannha garda confiance : il trouverait la solution en temps et en heure. Jamais Antoine ne l'aurait mis dans une telle position autrement. Après tout, son géniteur prédisait les futurs…

— Je m'occuperai de lui demain, annonça-t-il aux soldats en se relevant.

Pour l'heure, Klan et Di avaient besoin de son attention. *Je passerai ensuite discuter avec le triumvirat.* Il souhaitait réfléchir avec soin à la façon dont il se mesurerait à Antoine. Car, en l'état, il ignorait s'il lui en voulait d'avoir ainsi orchestré cette confrontation entre Takuba et lui, ou s'il devait le remercier de lui offrir les outils capables de le sauver. L'avenir s'annonçait compliqué.

Chapitre 23 : Lily

Lily observa les maçons qui s'affairaient autour d'elle. Certains construisaient un magnifique mur en pierre apparente. D'autres ouvriers travaillaient sur un bâtiment gigantesque. Un palais. Peut-être qu'il y avait un prince et une princesse à l'intérieur ? Lily l'espérait. Elle avait toujours voulu en rencontrer. La simple vue de cet énorme édifice lui rappela son papa. Très souvent le week-end, il l'avait emmenée visiter des châteaux forts un peu partout en France. Papa lui avait raconté tant d'histoires sur leurs propriétaires passés. Une fois, il lui avait même décrit une bataille. Et Lily avait adoré, surtout parce que la générale était une femme. Elle s'appelait Jeanne de Flèche. Ou alors, c'était Jeanne d'Arbalète. Lily ne s'en souvenait plus très bien.

Fascinée par les ouvriers, elle les scruta un à un. Même si elle savait que son papa ne reviendrait plus, l'espoir de le voir émerger par accident d'une ruelle ou d'un chantier lui tenaillait très souvent l'estomac. C'était plus fort qu'elle. Mais la plupart des travailleurs avaient le teint sombre, comme beaucoup de gens dans ce pays étrange où Tortureur l'avait escortée de force. Rien que de penser à ce méchant homme, qui l'avait giflée plusieurs fois, Lily songea à nouveau à sa situation, et elle eut envie de pleurer. Son papa et sa maman lui manquaient tellement ! Comment pouvaient-ils être morts ?

Elle sentit alors une main se poser contre son dos.

— Allons-y, décréta Saïd.

À cause du bruit généré par les machines autour d'elle, Lily l'entendit à peine. Pourtant, son protecteur se tenait juste à côté d'elle. Lily leva la tête. Saïd était presque aussi grand que son papa. Et il était aussi très costaud. Quand elle lui avait demandé pourquoi il avait des bras aussi gros, il lui avait répondu qu'il faisait beaucoup de lutte.

Curieuse, elle avait voulu voir de quoi il s'agissait, et il l'avait emmenée à un de ses entraînements. Lily avait été très surprise : Saïd était comme les catcheurs de la télé – elle avait regardé un match une fois, lorsque Papa et Maman ne la surveillaient pas. La seule différence, c'est que Saïd essayait de faire sortir son adversaire d'un cercle tracé sur le sol.

Saïd lui adressa un sourire chaleureux, puis il la prit par la main avec douceur et l'emmena sur le chemin pavé qu'un petit parapet en brique délimitait. Des bruits de marteaux, de bétonneuses et autres gros engins résonnaient de partout. Lily en avait mal aux oreilles. Parfois, les ouvriers se redressaient pour les observer. Immanquablement, leurs yeux s'attardaient sur Lily. *Pourquoi ils me regardent comme ça ?* s'interrogea-t-elle.

Au bout de quelques minutes, Saïd et Lily arrivèrent devant un bassin rempli de lotus. Tout autour d'eux, construites avec de la roche volcanique, des colonnes à trois chapiteaux, aussi hautes que des arbres, formaient une petite forêt artificielle. Saïd lui avait expliqué une fois ce que signifiaient ces trois chapiteaux, mais Lily n'avait pas bien compris. À une centaine de mètres en face d'eux, un temple peint en bleu occupait tout l'espace. Deux gigantesques statues en or gardaient l'entrée principale. Des lions. Non ! Ils étaient un peu différents, avec un museau plus écrasé et un corps plus compact. Le toit de l'édifice montait en escalier jusqu'à former une pyramide. Sur chacune des marches, des sculptures représentaient des scènes mythologiques.

Des frissons de terreurs coururent sur l'échine de Lily. Maintenant qu'elle parlait un petit peu mieux l'hindi, elle comprenait de quoi discutaient les serviteurs de la maison de Saïd. Tout le monde disait qu'une déesse vivait dans ce temple. Tremblante, Lily serra la main de Saïd un peu plus fort. L'homme s'arrêta et lui sourit, dévoilant des dents blanches, mais tordues. Des gouttes de transpiration coulaient sur son front.

— Tout va bien, déclara-t-il. Kali veut seulement te parler.

Lily aimait bien Saïd. Il était patient. Quand Tortureur l'avait déposée dans cet étrange endroit, Saïd s'était tout de suite occupé d'elle. Il l'avait prise dans ses bras, parce qu'elle pleurait la mort de Papa et Maman. Au début, elle n'avait pas compris ce qu'il disait, mais elle avait senti qu'il était gentil et doux, alors elle n'avait pas résisté. Maintenant, après un mois et demi passé en sa compagnie, elle communiquait beaucoup mieux en hindi. Pourtant, cette fois, malgré le ton apaisant de Saïd, Lily continua d'avoir peur.

— Pourquoi, Kali, Elle veut m'parler ?

Quelque chose se tramait et Lily avait un mauvais pressentiment.

— Je ne sais pas, avoua Saïd. Kali est une déesse. Ses raisons nous dépassent. Nous pouvons seulement Lui obéir et espérer une récompense, si telle est Sa volonté.

Ils reprirent leur marche. Depuis son arrivée au palais, Lily entendait tout le monde discuter de Kali. Les gens murmuraient son nom avec crainte et révérence, mais Lily ne L'appréciait pas beaucoup, cette déesse. Les habitants de ce lieu étrange disaient que si on lui déplaisait, alors Elle envoyait Tortureur vous faire du mal. D'après les rumeurs, le vilain monsieur vivait derrière le temple. Sa maison était construite juste à côté de galeries souterraines d'où s'échappaient en permanence des hurlements de douleurs. Les serviteurs chuchotaient même que l'endroit était rempli de fantômes.

— Hâtons-nous, ajouta Saïd d'une voix anxieuse. Kali nous attend peut-être déjà. Elle pourrait me punir si nous arrivons trop tard.

Saïd avança de nouveau et Lily fit de son mieux pour le suivre. Lily ne se le pardonnerait jamais si Kali faisait du mal à Saïd à cause d'elle.

Dans le palais, elle compta beaucoup de statues qui représentaient toutes des femmes bleues qui tiraient leur langue rouge sang. Autour de leur cou pendait un collier de crânes humains. Dans leurs mains – jusqu'à huit pour une statue –, les femmes tenaient des objets étranges. Lily frissonna en remarquant l'hémoglobine sur les cimeterres et les tridents.

— C'est Kali sous ses différentes formes, lui souffla Saïd. C'est la déesse de la préservation et de la transformation. Elle représente le pouvoir destructeur du temps.

Lily comprit mal ce que Saïd lui expliquait ; il compliquait toujours tout ! Cependant, elle garda le silence. Ce n'était pas le moment. Des cierges parfumés et de l'encens brûlaient un peu partout dans le temple. Des dizaines de prêtres en habits jaune et blanc vaquaient à leurs occupations. Certains, comme Saïd, étaient torse nu avec des peintures ocres ou indigos sur la peau. Tous avaient un point rouge ou orangé sur le front. Plusieurs d'entre eux portaient un plateau où s'élevait une montagne de pétales colorés.

Saïd et Lily grimpèrent plusieurs étages dans un escalier en marbre. Ils arrivèrent au sommet, sur une large plateforme qui aboutissait à une gigantesque porte en bois occupant tout l'espace. Aussitôt, Saïd se prosterna, à genoux, et posa la tête contre le sol. Surprise, Lily l'observa tandis qu'il récitait une prière avec ferveur. Des gardes, deux femmes enduites de peinture bleue, s'approchèrent d'eux. Intimidée, Lily baissa les yeux.

— Kali t'attend, petite fille, déclarèrent-elles avec révérence. Entre chez Elle.

Lily jeta un regard en direction de Saïd, toujours en train d'énoncer ses mantras.

— Kali S'offenserait de sa présence chez Elle, expliqua la garde de gauche. Par Son ordre, seuls les dieux peuvent pénétrer dans Son antre.

Lily voulut se révolter. Saïd était son unique ami. Sans lui, elle se sentait effrayée. Cependant, quand elle leva les yeux pour refuser, les pupilles froides des guerrières peintes en bleu la terrorisèrent. Tortureur avait eu le même regard. Retenant ses larmes, elle acquiesça avec timidité et se résigna à obéir.

À peine eut-elle avancé d'une dizaine de pas que les battants de la porte s'ouvrirent en émettant un grincement sinistre. Lily frissonna. L'envie de partir en courant s'empara d'elle. Cependant, le regard glacial des deux femmes dans son dos l'en dissuada. Alors, elle continua sur sa lancée. Quand elle franchit le seuil, un claquement sec retentit : elle était enfermée à l'intérieur. Pour dissimuler ses tremblements de peur, elle mit ses mains dans les poches. Ici aussi, des cierges brûlaient partout, ils répandaient d'ailleurs une odeur de fumée écœurante.

Un puits de lumière se situait plus loin sur la gauche ; à n'en pas douter, il menait à Kali. Lily avança dans le couloir avant d'émerger dans une gigantesque salle en pierre. Son centre était occupé par un trône démesuré que des dizaines de crânes ornaient. Une créature humanoïde bleue siégeait dessus. Elle avait des yeux rouges qui donnèrent à Lily l'impression d'être transpercée à chaque instant. Ses cheveux noirs cascadaient jusqu'à Sa poitrine. Contrairement aux statues à Son effigie, Elle n'avait que deux bras, mais Elle était infiniment plus terrifiante.

— Lily, déclara Kali d'une voix glaciale. J'attendais ta venue depuis au moins trois millénaires. J'ai consenti de nombreux sacrifices pour permettre cette rencontre.

Malgré elle, Lily baissa les yeux.

— Je m'appelle Kali, ajouta la déesse en se levant. C'est un réel plaisir de faire ta connaissance.

Lily conserva le silence. Le ton froid et inhumain de la créature contredisait chacune de Ses paroles.

— Je t'ai laissé toutes ces semaines en compagnie d'un de mes fidèles serviteurs pour te permettre de faire ton deuil. Un mois et demi, c'était bien plus que nécessaire.

Des pas sur le sol en pierre apprirent à Lily que la déesse approchait. Quand Elle se trouva à proximité, Lily leva les yeux : Kali mesurait bien plus de deux mètres. Elle ressemblait à une géante issue d'un conte de fées.

— J'ai de grands projets pour toi, annonça Kali. Grâce à toi, tous mes adversaires tomberont un à un sous mes coups. Grâce à toi, un monde nouveau renaîtra des cendres de l'ancien. Plus important encore, tu es celle qui sauvera les futurs.

Lily ne comprit pas la teneur de ces propos, mais une terreur sourde la paralysa.

Épilogue : Conteuse

Un vagissement indigné fit sursauter Conteuse. Durant un instant, tiraillée entre le passé, qu'elle était en train de retranscrire dans son *recueil de souvenirs*, et le présent, elle ne sut plus très bien où elle se trouvait. La peur générée par sa première rencontre avec Kali lui tenaillait l'estomac avec une prégnance à la limite du soutenable. Puis, les cris s'intensifièrent. *Tugræl ! Je suis de retour à la maison, à ma table de bureau. Tout va bien.* Elle se frotta le visage.

— Gælorå ? appela-t-elle en se tournant vers la porte entrouverte de son bureau. Pourrais-tu t'en occuper ?

Les vagissements redoublèrent, mais son compagnon ne répondit pas. Conteuse regarda au travers de la fenêtre. La nuit étendait sur l'extérieur un voile opaque. Quelques étoiles traversaient cependant l'épais manteau nuageux de cette fin d'automne pluvieuse. Gælorå aimait sortir à cette heure-ci : les Humains étaient rentrés chez eux, disait-il, ce qui lui permettait de gambader dans la campagne environnante sans être dérangé. Conteuse le soupçonnait surtout de s'adonner au braconnage dans le dos du grade champêtre : Gælorå trouvait un peu trop souvent des lapins « blessés », qu'il avait achevés par bonté de cœur et ramenés pour éviter de « gaspiller » la viande.

— Il doit être sorti. En même temps, il s'est occupé de Tugræl toute la journée. Il a besoin de prendre l'air.

Conteuse se leva, puis s'engagea dans le petit couloir éclairé par des artefacts en forme de bille. Elles flottaient sous le plafond en envoyant de la lumière sur les murs blancs. Ces derniers la capturaient et la rediffusaient à une intensité très douce. De cette manière, Gælorå pouvait garder les yeux grands ouverts sans éprouver le moindre inconfort.

Les vagissements de sa fille s'amplifièrent. Conteuse pénétra dans la première pièce située sur sa droite. Un dispositif similaire à celui du couloir éclairait la chambre à coucher où des peluches gisaient partout. Au milieu du chaos ambiant trônait un berceau.

— J'arrive, j'arrive, dit Conteuse d'une voix douce.

Elle se pencha sur le lit. Composé d'oiseaux en bois, le mobile qui tournait en émettant une mélopée agréable s'écarta de lui-même pour ne pas la gêner. Les cris de Tugræl devinrent plus stridents encore.

— On a faim à ce que je vois ! s'exclama Conteuse en observant les mains bleues de Tugræl saisir son doigt, puis le sucer avec avidité. On a faim !

Elle porta sa fille contre elle et lui donna le sein. Aussitôt, les lèvres violacées de Tugræl s'emparèrent de son téton. Conteuse s'assit dans le fauteuil à bascule localisé dans un coin de la pièce. Conteuse ferma les paupières pour savourer l'instant présent. Elle aimait la simplicité de ce contact animal. Après une période indéfinie, Tugræl cessa de téter. Conteuse rouvrit les yeux. Les pupilles rouges de sa fille étaient braquées sur elle ; un large sourire éclairait son visage de nourrisson.

— Comme tu ressembles à ton Papa, murmura Conteuse d'une voix douce en caressant les cheveux blonds de Tugræl. Le bleu de ta peau est juste un petit peu plus clair que la sienne.

Remerciements

Comme toujours, ce livre n'aurait jamais vu le jour sans le soutien de mon entourage.

Mention spéciale à Marion, qui a été ma première lectrice.

Merci également à Élisa, pour avoir lu une version moins aboutie du manuscrit et m'avoir aidé à y voir plus clair. Merci surtout de m'avoir écouté patiemment toutes ces années pendant que je pataugeais dans la gadoue avec mes écrits et mes doutes. Je me souviens encore de notre discussion au LU, à Nantes, où tu m'as sorti de l'ornière (autour de quelques bières, de chips et de saucissons, bien sûr !).

Merci aussi à François. Une fois de plus, tu as joué le rôle d'impulsion (coup de pied au derrière ?). Sans toi, le fichier de ce tome 2, dont les ultimes corrections attendaient depuis près d'un an, serait resté fermé pas mal de temps encore.

Bon, ce livre n'aurait jamais été ce qu'il est sans les contributions multiformes du collectif d'auteurs CoCyclics. Je vous dois tellement !

Et puis, il y a eu bien-sûr mes alpha-lectrices de choc : Platypus et Claire E. Delhove. Merci à vous deux de m'avoir lu patiemment, de m'avoir conseillé dans la bonne humeur et l'humour. Sans vous, ce roman n'aurait jamais évolué comme il l'a fait.

Last but not least, merci encore une fois à toi, Platy, pour la couverture de ce tome 2 !

www.ingramcontent.com/pod-product-compliance
Lightning Source LLC
LaVergne TN
LVHW010537160826
845677LV00013B/2903

* 9 7 8 2 9 5 5 9 1 7 3 3 6 *